i grandi libri Garzanti

Voltaire

Candido
Zadig
Micromega
L'ingenuo

Introduzione e traduzione di
Maria Moneti

Garzanti

I edizione: novembre 1973
XXV edizione: aprile 2005

Traduzione dal francese
di Maria Moneti

Titolo originale dell'opera:
Candide, Zadig, Micromégas, L'ingénu

ISBN 88-11-36038-2

www.garzantilibri.it

Voltaire

la vita

profilo storico-critico
dell'autore e dell'opera

guida bibliografica

Voltaire in un'incisione del XVIII sec., Parigi

La vita

François-Marie Arouet nasce a Parigi il 21 novembre 1694 dal notaio François e da Marguerite Daumard. A dieci anni entra nel collegio di gesuiti Louis le Grand. In seguito, affidato alle cure dell'abate di Châteauneuf suo padrino, viene da costui introdotto nei circoli libertini: l'incontro con il « libero pensiero » sarà ricco di conseguenze per la formazione ideologica del giovane Arouet ma segnerà anche l'inizio delle persecuzioni di cui fu spesso oggetto. I suoi primi scritti satirici gli costano dapprima l'esilio a Sully-sur Loire, quindi un anno di reclusione alla Bastiglia; ma subito dopo il successo con la tragedia *Oedipe*, che aveva finito di scrivere in prigione (1718), accompagnato da un riconoscimento ufficiale, lo risarciva moralmente e materialmente delle sofferenze del carcere. I salotti della più alta aristocrazia gli aprono le porte; Arouet, divenuto ormai Voltaire, poeta alla moda, è ritenuto il successore di Racine e Corneille. Con *Mariamne* (1725) ottiene una seconda pensione più cospicua della prima, mentre l'investimento oculato dell'eredità paterna lo mette per sempre al riparo da preoccupazioni e gli permette di vivere con una certa larghezza. Ma un fatto nuovo interrompe questa brillante carriera: venuto a diverbio col nobile cavaliere di Rohan sarà da questi fatto bastonare; la giustizia, trattandosi di un borghese e di un aristocratico, punisce il bastonato condannandolo alla prigione e poi all'esilio, in Inghilterra. Vi resterà tre anni (1726-29), nel corso dei quali pubblica il poema epico *Henriade*, sul re Enrico IV, stringe rapporti con aristocratici, uomini politici, intellettuali, ma soprattutto raccoglie esperienze sulla vita politica, le istituzioni, la società, i rapporti tra stato e chiesa, la religione, il pensiero filosofico, la cultura di quel paese. Frutto di queste riflessioni sono le *Lettres philosophiques ou anglaises*, pubblicate prima in Inghilterra (1733) e l'anno dopo in Francia, condannate dal Parlamento di Parigi, pubblicamente bruciate. Mentre lo scritto circolava clandestinamente con enorme successo l'autore, condannato di nuovo, è costretto a rifu-

Il successo

L'esilio

giarsi a Cirey, presso Mme du Châtelet, con la quale stringe un'amicizia profonda e duratura. Prima della pubblicazione delle lettere, alla cui elaborazione aveva dedicato ancora qualche anno dopo il ritorno in Francia, aveva scritto un'opera storica, *Histoire de Charles XII*, e diverse tragedie: *Brutus*, *Zaïre*, *la mort de César*; aveva inoltre pubblicato l'*Epitre à Uranie*, poema giovanile di ispirazione deistica. Tornato a Parigi (1735) comincia ad elaborare il *Traité de metaphisique*, pubblicato postumo, e intanto scrive e fa rappresentare *Alzire ou les Américains*, pubblica il *Mondain* e inizia la corrispondenza con Federico di Prussia. Nel 1737 pubblica gli *Eléments de la philosophie di Newton*, nel 1738 il *Discours en vers sur l'homme*; scrive e fa rappresentare il *Mahomet* (1742), ma le rappresentazioni sono subito sospese perché l'allusione alla religione cristiana è palese. L'anno dopo è la

La vita a corte

volta di *Mérope*, tragedia di grande successo. Col 1745 si apre il periodo di vita a corte, il più splendido dal punto di vista mondano; dopo la *Princesse de Navarre* e altri scritti di carattere cortigiano viene nominato gentiluomo ordinario del re ed eletto all'Académie Française. Scrive i suoi primi romanzi filosofici, *Babouc* (1746), *Memnon* (1747) e *Zadig* (1747). Ma intanto ha fine il periodo cortigiano, di gran lunga il meno importante e di ripiegamento ideologico rispetto alla battaglia iniziata a partire dalle *Lettres philosophiques*. Alla morte di Mme du Châtelet (1749),

Berlino

Voltaire abbandona definitivamente Cirey e si reca a Berlino presso l'illuminato Federico che gli offre il posto di gran ciambellano. È di questo periodo la prima edizione del *Siècle de Louis XIV*, *Micromégas* e la *Défense de M. Bolingbroke*. Ma il difficile sodalizio col re di Prussia dura solo tre anni e si conclude

Ginevra

drammaticamente coll'arresto di Voltaire. Partito dalla Prussia si stabilisce a Ginevra, dove acquista una tenuta. Scrive due poemi filosofici, il *Poème sur le désastre de Lisbonne* e il *Poème sur la loi naturelle*; del 1756 è la prima edizione dell'*Essai sur les moeurs et l'esprit des nations*. Gli anni successivi sono dedicati prima ad una missione diplomatica per la pace tra Prussia e Francia nella guerra dei sette anni, quindi all'acquisto di una nuova tenuta presso Ginevra, Ferney, che diverrà ormai la residenza abituale di Voltaire, provvista di un teatro e centro di raccolta dei maggiori intellettuali europei, ma anche azienda agricola modello e sede di manifatture. Comincia anche un'intensa stagione di attività letteraria e pubblicistica: del 1759 è la pubblicazione di *Candide*, poi la stesura dell'*Histoire de la Russie sous Pierre le*

Grand; si apre una violenta polemica con i gesuiti a proposito dell'*Encyclopédie*: Voltaire pubblica numerosi pamphlets anonimi; nel 1762 comincia la campagna per la riabilitazione di Jean Calas, che si conclude col *Traité sur la tolérance* e la vittoria del partito *philosophique*. Nel 1764 pubblica il *Dictionnaire philosophique*, prontamente condannato dal Parlamento di Parigi. L'anno successivo scrive la *Philosophie de l'histoire* che diventerà poi l'introduzione dell'*Essai sur les moeurs*. Continua la sua attività di pubblicista scrivendo innumerevoli pamphlets contro il cristianesimo e per la tolleranza. Poi *Le philosophe ignorant* (1766), i racconti filosofici l'*Ingénu* (1767), l'*Homme aux quarante écus*, la *Princesse de Babylone* (1768); quindi un'opera filosofica: *A.B.C.* (1769) e uno scritto storico-politico *Histoire du Parlement de Paris*, contro le tesi aristocratiche sulla libertà. Nel 1772 pubblica le *Questions sur l'Encyclopédie* e la tragedia *Les lois de Minos*. L'anno 1774 è ancora un periodo di battaglie politiche: per l'affrancamento del Gex dai vincoli feudali e in favore della politica economica di Turgot, divenuto ministro delle finanze fino al 1776. A Ginevra vengono pubblicate le *Oeuvres complètes* di Voltaire (1775) sotto la guida dell'autore. Ancora due opere: la *Bible enfin expliquée*, e i *Dialogues d'Evhémère*; poi l'autore ritorna trionfalmente a Parigi dove assiste alla prima di *Irène*: è un grande successo tributato non tanto all'opera quanto al vecchio capo di tutta una generazione intellettuale. Poco dopo (30 maggio 1778) Voltaire muore.

Gli ultimi anni

Le opere e il pensiero

« L'illuminismo è l'uscita dell'uomo dallo stato di minorità che egli deve imputare a se stesso. Minorità è l'incapacità di valersi del proprio intelletto senza la guida di un altro... A persuadere la grande maggioranza degli uomini... che il passaggio allo stato di maggiorità è difficile e anche pericoloso, provvedono già quei tutori che si sono assunti con tanta benevolenza l'alta sorveglianza sopra i loro simili minorenni. *Dopo averli in un primo tempo istupiditi come fossero animali domestici e di avere con ogni cura impedito che queste pacifiche creature osassero muovere un passo fuori della carrozzella da bambini in cui li hanno imprigionati, in un secondo tempo mostrano ad essi il pericolo che li minaccia qualora cercassero di camminare da soli. Ora questo pericolo non è poi così grande come lo si fa credere*, poiché a prezzo di qualche caduta, essi imparerebbero finalmente a camminare... » (Kant).

L'illuminismo Il movimento di intellettuali francesi del XVIII secolo, che va sotto il nome di illuminismo, si propone appunto il compito di emancipare gli uomini dallo stato di minorità spirituale, di soggezione al principio di autorità, di accettazione passiva della realtà di fatto esistente; un progetto non solo culturale e pedagogico, ma un vero programma politico: sconfiggere l'egemonia ideologica della classe aristocratica e proclamare i principi della borghesia in ascesa, rivendicarne la dignità e i diritti.

Guida riconosciuta e indiscussa di questo gruppo fu Voltaire, la cui vita e la cui opera è un'ininterrotta battaglia ideologica che si combatte su diversi fronti: per la difesa della scienza moderna, per l'elaborazione di una morale laica e attiva, esaltante il borghese, l'uomo d'affari, il commerciante; contro ogni immobilismo, ogni oscurantismo, ogni ostacolo al progresso, contro tutte le religioni rivelate, contro tutte le chiese e in particolare quella cattolica che rappresenta l'organizzazione internazionale del sistema feudale.

Natura e ragione A tutto ciò che esiste Voltaire oppone la natura e la ragione, le due grandi bandiere dell'illuminismo contro la tradizione e la consuetudine; davanti al tribunale della ragione tutto deve essere giudicato, condannato o assolto, senza timore; niente è abbastanza santo da potersi sottrarre a questo esame. Con l'avvento della borghesia « si dissolvono tutti i rapporti stabili e irrigiditi, con il loro seguito di idee e di concetti antichi e venerandi e tutte le idee e i concetti nuovi invecchiano prima di potersi fissare. Si volatilizza tutto ciò che vi era di corporativo e di stabile, *è profanata ogni cosa sacra*, e gli uomini sono finalmente costretti a guardare con occhio disincantato la propria posizione e i propri reciproci rapporti » (Marx-Engels). La battaglia pedagogica dell'illuminismo, che preparò il dominio della borghesia e che in nessuno assunse forme così emblematiche e vigorose come in Voltaire, fu soprattutto una sistematica demolizione di idoli. Le armi di cui si serve sono raramente l'appassionata invettiva o la declamazione retorica, ma piuttosto il gioco elegante dell'ironia, del ridicolo. Raramente l'attacco è diretto: più spesso il procedimento è subdolo e si fonda sull'associazione e sull'analogia; il discorso è allusivo, malizioso o finto-ingenuo; si attacca una religione pagana e l'intreccio tra la sua chiesa e gli interessi più materiali, per colpire più efficacemente il cristianesimo; oppure si riferiscono le critiche altrui al cristianesimo o alla chiesa cattolica, ostentando un pio sdegno ma intanto riportando distesamente tutte le ragioni dell'avversario. È questo un procedimento già noto prima di Voltaire, molto usato dai libertini, o liberi pensatori, la cui critica colpiva tutte le religioni rivelate come un insieme di superstizioni, i miracoli, i culti, i sacerdoti come una casta di impostori che si servono della religione come di uno strumento di dominio delle coscienze per il mantenimento dei propri privilegi.

Critica delle religioni

Il tema della critica delle religioni e delle chiese storiche, in particolare della chiesa cattolica, è il più noto e dominante in Voltaire, percorre tutte le opere e ne è il filo conduttore. Sul piano dottrinario si esprime come critica nel dogmatismo cattolico, dell'incongruenza tra dottrina della chiesa e Scritture, dell'incongruenza delle Scritture tra di loro, della loro derivazione da miti e tradizioni pagane precedenti, dell'immagine che da esse risulta della divinità, dei miracoli, del comportamento dei profeti; e inoltre critica filologica delle fonti vetero e nuovo testamentarie, del loro inquinamento e della scarsa attendibilità ecc. Per questo aspetto si rinvia soprattutto alle sarcastiche e brillanti voci del *Dictionnaire philosophique*. L'altro aspetto è invece quello politico di critica contro l'istituzione: la chiesa è colpita come baluardo dell'*ancien régime*, alleata del potere costituito, centro di diffusione dell'oscurantismo intellettuale e del principio di autorità che è l'avversario principale dell'illuminismo come proclamazione del libero pensiero; e infine contro il settarismo di tutte le chiese che è all'origine del fanatismo religioso, delle guerre e delle persecuzioni religiose contro il quale Voltaire si battè per tutta la vita, in favore dell'idea moderna di tolleranza. All'intolleranza e al fanatismo dei paesi cattolici Voltaire contrappone il liberalismo dell'Inghilterra: « Un inglese, da uomo libero, va in cielo per la strada che sceglie. » La pluralità delle confessioni ha reso in Inghilterra la tolleranza un fatto necessario: « Se in Inghilterra ci fosse una sola religione, si dovrebbe temere il dispotismo; se ce ne fossero due, si taglierebbero la gola; ma ve n'è una trentina e vivono felici ed in pace. » Se l'isolamento favorisce l'ignoranza e la presunzione di essere i soli possessori della verità, il contatto con religioni differenti insinua nell'animo il senso della relatività di tutti i dogmi. Ciò vale per la religione come per gli usi e costumi, le leggi, la morale: la ragione e la natura umana sono per Voltaire identiche dappertutto, ma le credenze, le usanze e i comportamenti sociali sono diversi: essi si definiscono sempre in base all'utile sociale; ma la categoria dell'utile è per sua natura riempibile di contenuti differenti, a seconda dei diversi modi di associazione e delle diverse esigenze che ne derivano. Quella sorta di illusione che ci fa ritenere sacro e assoluto ciò che è ritenuto tale nel mondo in cui viviamo, cade se si guardano le cose da un punto di vista esterno per cui tutto diventa relativo, dubbio, addirittura ridicolo: la finzione letteraria di immaginare un viaggiatore esterno (sia esso il selvaggio dell'*Ingénu*, o il gigante di *Micromégas*) serve appunto a vanificare quest'illusione e a rendere evidente la molteplicità dei punti di vista e delle « verità » possibili. Il commercio, tra le sue tante funzioni emancipatrici, ha per Voltaire anche questa specifica: avvicinare la gente di paesi lontani, favorire lo scambio di opinioni, temperare i fanatismi e i particolarismi, fare inclinare gli animi verso un intelligente e tollerante scetticismo.

Il commercio

Il commercio ha la funzione di unificare, al di là di ogni divergenza religiosa e morale, tutti gli uomini della terra in nome dell'unico vero signore del mondo, il dio laico, il denaro: se i templi confessionali sono tanti e in guerra tra di loro, c'è tuttavia un tempio universalmente riconosciuto, la Borsa, dove « trovate riuniti i rappresentanti di tutte le genti per l'utilità degli uomini. Là l'Ebreo, il maomettano, il cristiano trattano l'uno con l'altro come se fossero della stessa religione, e danno il nome d'infedeli solo a quelli che fanno bancarotta... ». Il commercio ha una funzione civilizzatrice: emancipa dai vincoli feudali, dalla prevalenza della campagna sulla città, dall'immobilismo dell'economia di sussistenza: « Il commercio che in Inghilterra ha arricchito i cittadini, ha contribuito a renderli liberi e questa libertà a sua volta ha esteso il commercio; donde è derivata la grandezza dello stato. » Poco a poco la nobiltà ha perso il suo potere, soppiantata dall'operosa classe della borghesia commerciale: « Solo la borghesia ha dimostrato che cosa possa compiere l'attività dell'uomo. Essa ha compiuto ben altre meraviglie che piramidi egiziane, acquedotti romani e cattedrali gotiche, ha portato a termine ben altre spedizioni che le migrazioni di popoli e le crociate. » (Marx-Engels). Ma occorreva ancora che la borghesia prendesse coscienza della sua forza e si liberasse del senso di inferiorità che ancora l'affliggeva; perciò Voltaire insisteva sulla dignità e il giusto orgoglio che dovevano accompagnare l'operosità della classe borghese: « Il commerciante sente così spesso parlare con disprezzo della sua professione, che è così stolto da arrossirne. Io non so tuttavia chi sia più utile allo stato, se un signore ben incipriato che sa con precisione a che ora il re si alza, a che ora va a dormire, e che si dà arie di grandezza mentre fa la parte dello schiavo nell'anticamera di un ministro, o un commerciante che arricchisce il suo paese, dal suo ufficio dà ordini a Surat o al Cairo e contribuisce alla prosperità del mondo. »

Universalità della legge

La libertà sociale dell'Inghilterra ha come corrispettivo un concetto moderno di libertà politica: contro la concezione aristocratica della libertà, che si rifaceva alle antiche consuetudini germaniche e che consisteva nella limitazione del potere monarchico da parte di organismi nobiliari, i Parlements, Voltaire si batté continuamente: il principio moderno di libertà è soltanto quello dell'universalità della legge. Qualunque sia il tipo di governo non è tanto la forma che interessa, quanto che « i signori siano grandi senza insolenza e senza vassalli e il popolo partecipi al governo senza confusione ». L'ultima clausola sta ad indicare l'avversione di Voltaire per la democrazia e il suo disprezzo per il popolo, l'infame *canaille*, che giudicò incapace di raziocinio e preda dell'ignoranza; nel quale stato conveniva tuttavia mantenerla, anche coll'ausilio della religione e dei tanto aborriti castighi eterni, acciocché si mantenga docile. Si veda in proposito l'articolo « egalité » del *Dictionnaire*. Da cui si ricava che se Voltaire aveva una spiccata coscienza di classe nei confronti dell'aristocrazia, non meno chiaramente si poneva nei confronti di quella plebe che non si poteva ancora chiamare proletariato; e se il suo cinismo non può che apparire ripugnante, tuttavia dobbiamo essergli grati della spregiudicatezza con cui tratta una materia tanto delicata.

La storia

Alle posizioni dette è legata anche l'attività di storico di Voltaire. È pregiudizio accreditato, anche se forse oggi un po' in disuso, che l'illuminismo sia stato un'età antistorica: per le sue affermazioni sull'autoeguaglianza nel tempo e nello spazio della ragione e della natura umana, ma soprattutto per la sua incessante polemica contro il Medioevo, età dominata dall'egemonia culturale e politica della chiesa. Questa tesi falsa nell'assunto e nel contenuto, si basa su di una concezione del senso storico come storicismo, ossia imperniato sulla concezione della continuità, senza rotture. Possiamo affermare, al contrario, che nessuna età ebbe così forte il senso storico del significato della propria epoca di gestazione e di trapasso. Se si accentuava ciò che distingueva dal passato era perché *realmente* un mondo nuovo stava sorgendo, e si combatteva con tutte le forze disponibili per-

ché la gestazione fosse rapida e indolore; indolore non fu, come è noto, e fu questo il solo punto sul quale tutti o quasi tutti si ingannarono.
Per comprendere l'opera storica di Voltaire dobbiamo tener presente il suo costante riferimento polemico, cioè la *Storia universale* dell'abate Bossuet. Si trattava di una storiografia tutta ancora nell'ambito della visione vetero e nuovo testamentaria: iniziava col peccato originale, rispettava la cronologia della Bibbia; ma soprattutto tracciava un asse storico che andava dagli ebrei a Roma e di qui, tramite l'universalità dell'impero che veniva lasciata in eredità alla chiesa, all'Europa e al mondo; era una visione provvidenzialistica della storia, in cui gli eventi non erano spiegati secondo la dinamica del nesso causale, ma secondo quella teleologica: era il fine, quello della civiltà cristiana, che determinava all'indietro le sue condizioni necessarie. Voltaire oppone una storia completamente laica, che tenta di allargare il più possibile l'orizzonte dell'indagine, di valutare concretamente, in ogni circostanza storica, tutti gli elementi presenti, il loro diverso peso e intreccio, al di là di ogni pregiudizio o tesi precostituita. Ma soprattutto il significato della sua opera di storico, in particolare del monumentale *Essai sur les moeurs*, sta nell'aver allargato il concetto di storia universale alle civiltà fino ad allora ignorate a causa dell'ottica eurocentrica e cristiano-centrica che aveva ispirato la storiografia alla Bossuet. In questo senso dobbiamo leggere la sua esaltazione dell'antichissima e ignorata civiltà cinese, e per contro la sua antipatia profonda per il popolo ebraico, insignificante nella storia delle arti e delle scienze, privo di peso politico nella storia del bacino mediterraneo, ma assurto ai fasti di popolo cardine nella storiografia solo perché il cristianesimo per circostanze diverse e per le sue alleanze col potere costituito ha avuto la meglio sulle altre religioni e ha attratto anche le sue origini, l'ebraismo, nella sua area vincente.

La scienza moderna

Un altro aspetto della battaglia ideologica di Voltaire è quello per la difesa e la diffusione della scienza moderna, e della filosofia di Newton in particolare, della quale fu grande divulgatore in Francia. Questa battaglia si svolge su due fronti: quello della filosofia scolastica, già teoricamente sconfitta ma ancora presente nelle università, e quello della filosofia cartesiana che era invece dominante. Non bisogna minimizzare l'importanza della battaglia per la scienza sul versante della polemica contro la chiesa; se è vero che la chiesa non aveva nessuna ragione dottrinale per schierarsi contro Galileo e Copernico (avrebbe potuto benissimo sostenere che le scritture in tanti passi si esprimono metaforicamente, come aveva già dichiarato molte volte) tuttavia quella condanna non fu solo un funesto incidente; è vero che la scienza newtoniana non andava affatto nella direzione dell'ateismo, ma anzi della celebrazione dell'onnipotenza divina, ma il principio di investigazione che presiede alla scienza ingenerava un habitus mentale che alla lunga costituiva un pericolo. Ne è prova, a contrario, la polemica dell'isterico de Maistre, che vede appunto nella scienza e nella Riforma (che gettava le basi del principio del libero esame) i due grandi pericoli che minacciano la civiltà cattolica e la controrivoluzione, che si reggono sul principio dell'obbedienza. Quanto alla polemica anticartesiana si volgeva insieme ai contenuti e ai metodi: a questi nella forma di *esprit de système*, o tendenza a elaborare sistemi razionali e coerenti sulla base di poche e dubbie osservazioni empiriche, col rischio pertanto di costruire sul vuoto e di essere smentiti dall'esperienza; a questo modo di procedere, deduttivo e razionalistico, Voltaire opponeva il famoso *Ipotheses non fingo* di Newton, il suo empirismo, la sua cautela critica e soprattutto il senso dei limiti assegnati all'umano conoscere e della improponibilità di certi temi perché per definizione insolubili; è questa una delle tematiche più diffuse nel '700 e culmina nelle critiche kantiane. L'altro aspetto della critica anticartesiana sul terreno della scienza è più specifico: riguarda la negazione del vuoto, la teoria dei vortici, la definizione della materia come pura estensione, la teoria della invariabilità della quantità di moto ecc. Sul terreno metafisico invece la polemica di Voltaire contro Cartesio è volta a mettere in dubbio l'opposizione cartesiana delle due sostanze, quella estesa e quella pensante, e la teoria delle idee innate. A queste tesi Voltaire oppone lo scetticismo e l'empirismo di Locke: non v'è idea che non abbia origine da sensazioni o da combinazioni di esse; d'altra parte niente fa pensare che l'attributo del pensiero debba per forza appartenere ad un'essenza spirituale; niente vieta che Dio abbia dato la facoltà di pensare alla materia, e che l'anima sia pertanto materiale e mortale. Una tradizione di pensiero volgare ha reso automatica l'associazione di materialismo e ateismo; questo binomio non vale affatto per Locke e Voltaire, per i quali il problema « se dio abbia dotato la materia di pensiero » è se mai un'ulteriore prova della sua onnipotenza. Questa tesi non mancò tuttavia di scandalizzare i contemporanei: « Si

La polemica anticartesiana

gridò che Locke voleva rovesciare la religione: non si trattava tuttavia di religione in questo caso; era una questione filosofica, pienamente indipendente dalla fede e dalla rivelazione; occorreva soltanto esaminare senza acrimonia se vi è contraddizione nel dire: *la materia può pensare* e se Dio può comunicare il pensiero alla materia. » D'altra parte la dottrina della spiritualità dell'anima, come molti altri dogmi cristiani, è molto tarda: non se ne trova traccia nelle antiche scritture fino a Mosè compreso; e anche dopo le dottrine sull'anima e sulla vita ultraterrena sono nelle scritture molteplici e contrastanti. Quanto a Dio abbiamo visto che Voltaire non ne ha mai negato l'esistenza, pur negandogli tutti gli attributi e i culti delle religioni « positive »; spogliato delle variopinte caratteristiche fornitegli dalle religioni storiche resta ormai solo come ente di ragione, Essere supremo creatore dell'universo e delle sue leggi. Ma quale sia il rapporto di Dio con il mondo, se intervenga ad ordinare il mondo umano, se esista un piano divino provvidenziale che regoli gli eventi e le azioni verso un fine e quale esso sia, quale rapporto ci sia tra l'operare umano e l'accadere necessario cui sono sottoposti gli eventi naturali, tutta questa problematica teologica e morale ci introduce all'argomento dei romanzi filosofici.

I romanzi: « Zadig »

Zadig è una storia orientale: la vicenda parte da Babilonia, attraversa l'Egitto, l'Arabia e un po' tutto il medio oriente per poi approdare di nuovo, nella conclusione, al punto di partenza. Un'ambientazione familiare a Voltaire e molto diffusa nella narrativa del secolo. L'oriente rappresenta un po' per tutto il settecento il grande polo di attrazione culturale alternativo alla civiltà europea, e questo per molti motivi. L'interesse per civiltà diverse dalla nostra risale alla grande crisi della coscienza europea all'indomani della scoperta dell'America. Gl'infiniti problemi, di ordine morale, teologico, sociale e politico che ne nascevano sono così complessi che non è il caso di accennarvi; diremo solo all'interesse per i cosiddetti « selvaggi » si accompagna la messa in discussione delle istituzioni-cardine del mondo europeo; è un po', per l'Europa, una rivoluzione paragonabile a quella copernicana per il pianeta: un colpo decisivo alla presunzione di essere al centro dell'universo.

Il mondo orientale

L'interesse per i « selvaggi » risvegliava, per contraccolpo, anche la curiosità per quelle civiltà da tempo note e vicine, ma ignorate, come le civiltà orientali e medio-orientali. Gli arabi, considerati un tempo solo feroci infedeli, sono guardati ora come un popolo che aveva raggiunto un grado di civiltà molto superiore a quella cristiana all'epoca del dominio del Mediterraneo. Inoltre il mondo orientale cominciava già ad esercitare quel fascino indefinibile che sarà oggetto di tanta letteratura fino ai nostri giorni e che già al tempo di Voltaire era diventato una moda letteraria; in questo gusto dell'esotismo l'interesse teorico si intrecciava dunque alla *rêverie* per gli aspetti più seducenti del costume, della natura, dei rapporti umani; e inoltre la nostalgia del meraviglioso, delle favolose ricchezze d'oriente, della magnificenza delle monarchie, dello splendore delle corti; il *topos* dell'antica saggezza orientale si univa all'immagine di piaceri raffinati e pagani, quali apparivano dalle pagine di raccolte novellistiche, come le *Mille e una notte*, che proprio in quel tempo venivano tradotte; infine il tessuto sociale precapitalistico, anzi collocato in una dimensione senza storia, che faceva da sfondo alle vicende, permetteva di dare rilievo a valori morali personali come la probità, la saggezza, la lealtà, la giustizia in tutti i rapporti sociali e particolarmente nell'esercizio della cosa pubblica. Tutto ciò non esaurisce ancora, tuttavia, i motivi della scelta di Voltaire; perché bisogna aggiungere che Babilonia, questa mitica città dove si svolgono le vicende di Zadig, altro non è se non Parigi. L'inizio di *Zadig*, coi sarcastici accenni ai costumi di quella città, alle vuote chiacchiere, alle maldicenze, alla presunzione dei metafisici, all'arroganza dei teologi e dei preti, all'idiozia delle dispute religiose, non lascia dubbi sul fatto che, in modo metaforico, Voltaire alluda chiaramente alle vicende del suo paese. Perché dunque travestire la realtà prossima con questa veste esotica, trasformare Parigi in Babilonia? Si tratta del procedimento inverso ma simmetrico che presiede all'*Ingenu*: là è lo straniero approdato in Europa che sottolinea col suo sbalordimento e le sue reazioni « inadeguate » la stranezza, l'aberrazione, l'ingiustizia, o anche semplicemente la non conformità alla natura, l'irrazionalità delle istituzioni, dei costumi, della vita sociale degli europei. Qui il punto di vista esterno è ottenuto invece rendendo estranea la totalità del mondo che deve essere oggetto di critica; la nostra realtà quotidiana vi compare ma sotto forma mutata, tale che sia estranea ma familiare al tempo stesso; basta che l'autore calchi leggermente la mano, esageri un poco il grottesco o anche semplicemente muti le circostanze contingenti in modo da evocare subito il ri-

Babilonia metaforica

dicolo, perché l'assurdità che presiede a tutto ciò che quotidianamente facciamo e viviamo risulti evidente anche all'uomo comune.

Il personaggio positivo Il personaggio Zadig è « positivo » per eccellenza, anzi incarna tutte le virtù borghesi care all'autore, ed è portavoce della sua ideologia. È bello, ricco, giovane; appassionato ma capace di dominare le sue passioni, intelligente senza essere presuntuoso, saggio senza essere saccente, equilibrato, tollerante, indulgente nei confronti delle altrui debolezze, semplice schietto nel dire e nel fare. Quando gli viene rimproverato di non sapere ornare i suoi discorsi delle metafore di cui è ricca la letteratura orientale (Voltaire pensa soprattutto ai barocchismi della Bibbia) Zadig risponde che preferisce lo stile del buon senso e della ragione. Risposta esemplare: giacché tutta la sua condotta è sempre ispirata a questi principi. Ciò appare evidente soprattutto nei confronti delle dispute teologiche in cui di frequente s'imbatte e che lo contrappongono ai teologi « professionisti », uomini avidi e stupidi, vecchi lubrichi in preda a ridicole passioni senili e dottrinari pieni di spocchia che disquisiscono senza sosta su oggetti che non esistono e su problemi insensati. Le risposte di Zadig sono, nella loro semplicità, definitive: ne sono esempio l'ingresso a piedi pari nel tempio per por fine alla disputa se si entri col piede destro o col sinistro, il suo atteggiamento risoluto sul tema se sia lecito o no mangiare carne di grifone (animale inesistente), ma soprattutto la sua opera di convincimento della vedova affinché non si getti nel rogo del marito; alla domanda: chi di noi oserebbe cambiare una legge consacrata dal tempo? C'è niente di più rispettato di un antico abuso? Zadig risponde: la ragione è più antica.

La ragione La ragione è il metro universale: nel governo, nell'esercizio del quale Zadig rinuncia ad ogni arbitrio (che è la caratteristica del dispotismo) per l'universalità della legge (non senza, però, una buona dose di empirismo e di buon senso); nella morale privata, per una costumatezza non schiva dei piaceri ma rispettosa dell'altrui libertà, equilibrata e dignitosa; infine nella religione in cui, abbandonato tutto il bagaglio di superstizioni legato alle religioni storiche, Zadig proclama i principi del deismo: il riconoscimento cioè di un unico Dio creatore e ordinatore dell'universo, riconoscimento che è il nucleo razionale di tutte le religioni. A più riprese Zadig dà lezioni di deismo, ma la principale è quella della fiera di Balzora: in questo episodio, il più significativo del romanzo, convergono i due temi del commercio come strumento di unificazione e confronto tra i popoli (l'ecumenicità cui tutte le chiese aspirano e che nessuna raggiunge diventa reale solo nel nome dell'universalità degli affari) e quello più specifico del confronto tra le religioni positive e del convenire di tutte su alcuni principi universali che sono appunto quelli del deismo. Ma una volta che si sono tagliati i ponti con le religioni positive, coi culti e i vari mediatori che tutte mettono tra la divinità e l'uomo, colle preghiere e i sacrifici atti a propiziare la divinità, una volta che si è spogliata la religione di ogni superstizione e di ogni antropomorfismo, che cosa resta del rapporto uomo-Dio e viceversa? Nella sua fuga verso l'Egitto Zadig, in preda al dolore per essere dovuto fuggire da Babilonia abbandonando la donna amata, dimentica per un attimo le sue sventure perduto nella contemplazione dell'universo. L'immensità del cielo stellato lo induce a pensare alla molteplicità dei pianeti, forse abitati, all'insignificanza della terra. Nell'infinita distesa dello spazio e del tempo, nell'immutabilità indifferente delle leggi che lo regolano, che cosa conta l'uomo, la sua vita, le sue vicende, l'umanità intera la cui esistenza forse non è che un breve spazio tra un'immensa distesa di tempo che la precede e che la segue? E che importa a Dio che tutto questo ha creato e che con ordine immutabile lo regge, delle piccole passioni, delle sofferenze, della morte di uno di questi miseri insetti che per un attimo si agitano su questo atomo di fango.

Il deismo

Sul rapporto di Dio con le cose umane e con l'universo esistono nel '700 posizioni diverse; tuttavia il tono costante, almeno nella prima parte del secolo, è quello di un ottimismo ora cauto ora sfrenato, sul destino dell'uomo e sui fini della creazione. Sgombrato il campo dal pessimismo del peccato originale e della caduta che avrebbe coinvolto tutto l'universo, anche nella pubblicistica cristiana si faceva strada tutto un altro tono: le scoperte scientifiche non facevano che confermare la presenza di un creatore, narrarne le lodi e mostrarne la sua benevolenza verso l'uomo. Sulla base di questo ottimismo si sviluppavano due posizioni divergenti: una è la concezione antropomorfica e antropocentrica della provvidenza, che prima di essere una posizione filosofica è un atteggiamento istintivo dell'uomo, di cui sono esempio gli scritti dell'abate Pluche, di B. de St. Pierre e altri: « Non c'era argomento che non potesse essere utilizzato a questo scopo, dalla densità dell'acqua, che Fénelon considerava come esattamente calcolata per facilitare la navigazione, alla forma del melone che consentiva di affettarlo più facilmente. B. de St. Pierre ammirava la lungimiranza che aveva fatto sì che le pulci, essendo scure, risaltassero bene sul bianco della pelle: un esempio, fra l'altro, della predilezione della provvidenza per gli europei. » (Hampson). Contro questo finalismo volgare Voltaire polemizzò sempre; in *Candide* il mentore Pangloss, caricatura dell'ottimismo leibniziano, argomenta l'eccellenza di questo mondo tra tutti i mondi possibili con esempi non dissimili (il naso è stato fatto per portare gli occhiali ecc.). L'altra forma di finalismo è il provvidenzialismo cosmico alla Newton, che afferma che l'ordine dell'universo rinvia ad un'intelligenza che lo regola, ne assicura la stabilità e la durata; il finalismo di quest'ordine è interno a se stesso e soprattutto non ha niente a che fare con la felicità umana. A questo secondo finalismo Voltaire aderì sempre, pur con diverse sfumature, come vedremo. In *Zadig* c'è ancora la convinzione che tale ordine presieda anche all'accadere del mondo umano: il male morale e l'infelicità non sono che momenti di un piano provvidenziale i cui termini sfuggono alle vedute limitate di ciascun uomo. Questo tema è quello che motiva il sottotitolo di *Zadig*: ciò che all'uomo appare destino, ossia accidentalità incomprensibile, fa parte di un piano teleologico globale che l'uomo non può abbracciare. Il romanzo è un susseguirsi e un crescere di amare riflessioni del protagonista sulle proprie sciagure, e di perplessità su quale possa esserne il senso: c'è un *décalage* incomprensibile tra le intenzioni del suo agire e gli effetti, ma soprattutto tra l'azione e la remunerazione che ne dovrebbe seguire: se il mondo fosse governato da un ordine provvidenziale ad ogni azione giusta dovrebbe seguire prosperità e ad ogni malvagità la punizione; invece i malvagi prosperano e i giusti sono perseguitati. Quello che qui è manifestato come dubbio verrà risolto in senso drasticamente negativo, non molto tempo dopo, dal marchese de Sade, che vuole appunto dimostrare che nessuna provvidenza governa il mondo dell'operare umano proprio dalla constatazione che ogni prosperità va ai malvagi, ai cinici e agli avventurieri, mentre i deboli, i pii e i generosi sono fatalmente destinati alla sconfitta. Tale atteggiamento è per Voltaire inammissibile, anche se è costretto ad ammettere che i fini e il modo di intervento della provvidenza sono del tutto incomprensibili. Il suo modo di sciogliere il dramma di *Zadig* appare meccanico come espediente di intreccio narrativo e tradizionale come soluzione sul piano teorico. L'angelo Jesrad, o il destino, dopo aver

L'ordine provvidenziale

compiuto una serie di atti insensati, spiega a Zadig che il caso non è tale se non per l'uomo e che nella totalità di cui ci sfuggono i termini il male viene riassorbito. E se il male non ci fosse per nulla? Questo non è possibile, secondo il messo divino, perché la perfezione è solo di Dio e il mondo degli uomini, imperfetto, non può mai espungere del tutto il male dal suo seno.

« Candido »

Con *Candide* ci troviamo nel medesimo ambito problematico, anche se la prospettiva è molto mutata: la fede che Dio intervenga, per dare al corso degli eventi umani un ordine e per realizzare un progetto provvidenziale al di là e malgrado le intenzioni degli uomini, è caduta. Si suole attribuire questo mutamento all'evento che turbò non poco la coscienza europea di quegli anni: il grande terremoto di Lisbona che distrusse interamente la città mietendo migliaia di vittime. Ora è vero che tale evento dava un duro colpo all'ottimismo filosofico e alla teodicea settecentesca, che era difficile sostenere che quanto accadeva era in vista della realizzazione del migliore dei mondi possibili; per quanti sforzi si facessero non era chiaro a che cosa servisse, nell'economia dell'universo, una tale strage di vite umane. Proprio su questo Voltaire scrisse, nel 1755, il poema sul disastro di Lisbona, nel quale questa crisi e le domande che ne seguivano erano espresse con accenti inconsuetamente accorati. Tuttavia tale fatto da solo non riesce a spiegare il cambiamento di orientamento di gran parte degli illuministi riguardo al problema della teodicea e della provvidenza: le teorie evoluzionistiche nella seconda metà del secolo dotavano la natura stessa di quei principi di assestamento che, a processo compiuto, suggeriscono l'illusione di una finalità inserita nella natura da un essere intelligente. Voltaire, che fu sempre sostenitore della versione newtoniana della provvidenza, ossia della necessità di supporre un'intelligenza regolatrice alla base dell'ordine cosmico, fu non a caso strenuo oppositore dell'evoluzionismo; tuttavia, per contraccolpo, veniva meno in lui la fiducia che tale intelligenza governasse anche il mondo umano, o avesse l'uomo e la sua felicità come fine. Esiste un ordine fisico universale del quale la vicenda biologica dell'uomo è solo un momento: la sua vita e la sua morte non hanno un senso se non per gli equilibri chimici e fisici del mondo. Già in *Zadig* le argomentazioni dell'angelo apparivano poco convinte e poco convincenti, e se il male e l'ingiustizia erano

« necessari » non per questo erano meno dolorosi. Da allora, nel succedersi dei racconti di Voltaire, il male appare sempre più evidente e inspiegabile, e la condizione umana sempre più intollerabile e triste.

Contro l'ottimismo

In *Candide* il sarcasmo contro l'ottimismo diviene scoperto e feroce. L'obiettivo polemico è la nota teoria leibniziana (ripresa dal Pope nel suo *Essay on man*) per cui Dio ha scelto il migliore tra i mondi possibili e ogni male è tale solo per noi ma non nell'economia del tutto; ma la polemica vuole colpire una concezione più diffusa, che nelle sue forme volgari trova l'assenso dell'uomo comune. Alla tenacia sistematizzante dell'ottimismo filosofico è possibile trovare una giustificazione anche per il terremoto di Lisbona, ma i suoi argomenti hanno ormai perso ogni credibilità: Voltaire non li confuta con le medesime armi, ma si limita a mostrarne il grottesco.

Justine, l'eroina di de Sade, passa di sventura in sventura senza mai venir meno alla sua fede nella provvidenza; neanche il ritrovamento della sorella malvagia e fortunata scalfisce la sua ostinata pertinacia; talché non le resta che schiantare colpita dalla folgore, estremo sberleffo della sorte contro il suo ottuso candore. Candide, candido sì ma non restio agli insegnamenti che la vita gli impartisce sotto forma di vicende disgraziate e di maestri di opposta filosofia, farà una fine meno infelice.

La vicenda

Il romanzo di Voltaire, sebbene sia anch'esso un romanzo a tesi, ha tuttavia contorni meno rigidi e struttura meno sinistra. Partito dalla fede spontanea, ma rafforzata dal maestro Pangloss, di vivere nel migliore dei modi possibili e, all'interno di questo, nel migliore dei castelli possibili, il protagonista, cacciato dal suo paradiso terrestre conoscerà le più amare esperienze nel vecchio e nel nuovo mondo in seguito alle quali sarà costretto a correggere il suo primitivo giudizio. Sulla sua strada incontra la guerra colle sue assurde carneficine, la catastrofe del terremoto, la persecuzione dell'Inquisizione, lo spettacolo delle malattie, della schiavitù, della morte e dell'infelicità quotidiana di tutti gli uomini, dai grandi ai miserabili. Egli stesso, derubato, perseguitato, costretto ad uccidere e sul punto di esserlo a sua volta, rassegnato alla fine alle nozze con la bella che ha inseguito per tutto il mondo e che non è più tale irrimediabilmente, sperimenta l'infelicità della vita su se stesso. Ma tutto questo, però, avviene attraverso cento mirabolanti avventure, cui il tono ironico e grottesco del racconto toglie ogni aspetto di tragedia. Lo stesso Candido, benché prostrato da tante disgrazie, è sempre disposto a rinviare alla prossima occasione la conferma del corollario *tutto è bene*; deluso ogni volta dalla smentita, ogni volta è pronto a ricominciare. Alle universali leggi della malvagità e del dolore sfugge solo il mitico El Dorado, un paese dove l'oro, primo motore di ogni abiezione, è presente in quantità tale da vanificare ogni cupidigia; la fantastica abbondanza di cui gode il paese rende gli uomini giusti. Ma sarebbe troppo semplice se la storia di Candido si concludesse con questa conferma, se pur parziale, del suo ottimismo; spinto dalla sua inquietudine a partire, Candido si troverà di nuovo tuffato nel male quotidiano e di El Dorado conserverà un ricordo come di un sogno. Di nuovo travolto dal turbine delle sue peripezie — ma concedendosi l'agio di assistere a spettacoli, intraprendere discussioni di estetica, di critica letteraria ecc. — Candido intensifica le sue riflessioni filosofiche mano a mano che si avvicina l'epilogo; il suo secondo maestro, Martino, dà del problema del male una soluzione manichea, mentre il ritrovato Pangloss insiste nella sua tesi che il male non esiste. Ma la parola definitiva è affidata al terribile messaggio del derviscio che, dopo la sua desolante risposta, caccia di casa i nostri filosofi negando ogni spiegazione. Nella morale che Candido trae da tutto questo — lavoriamo il nostro orto — c'è la stanchezza delle dispute filosofiche, la rassegnazione all'infelicità come condizione ineluttabile, la convinzione che l'unico sollievo ai nostri mali è una ragionevole operosità, accompagnata dalla saggezza che consiste nel non porsi troppe domande e nell'occuparsi dei fatti propri.

Il valore dell'esperienza

C'e un filo conduttore, oltre al tema del destino e della provvidenza, che accomuna tutti i romanzi di Voltaire: è quello di un processo di formazione del protagonista che si compie attraverso molteplici esperienze, prima fra tutte l'esperienza della diversità. Tutti gli eroi e le eroine di Voltaire sono grandi viaggiatori, per necessità o per curiosità, e tutti, benché afflitti da gravi problemi di cuore, sono molto disponibili all'osservazione etnologica e alla discussione di filosofia morale, di politica, e di metafisica. L'esperienza, cercata o subita, suscita la riflessione: ciò di cui all'inizio si era sicuri non appare più tanto certo, cadono alcune preclusioni, gli orizzonti si allargano, il giudizio si fa più duttile e complesso, si fa strada l'idea della relatività di ogni norma e giudizio, lo scetticismo, morale e metafisico, sostituisce il dogmatismo iniziale. Perché il processo di formazione sia veramente tale occorre che si compia attraverso esperienze vissute. La filosofia fornisce argomenti alla riflessione e sorge in seguito all'esperienza che l'ha suscitata; in nessun modo può sostituirla. Lo strenuo apriorismo di Pangloss, occupato solo e sempre a dimostrare la validità del suo sistema e a coprire le falle che la realtà vi produce, è la rappresentazione esemplare dell'*esprit de système*, ossia la tenacia a negare l'evidenza in favore di una teoria pre-costituita: tutte le vicende drammatiche e dense di sollecitazioni filosofiche cui va incontro il dottore tedesco non producono in lui nessuna formazione; trincerato nei suoi pregiudizi egli continua a ripetere che *tutto è bene* e a trovare paradossali spiegazioni per dare posto all'assurdo entro il suo sistema razionale; per questo conserva per tutto il romanzo un carattere da marionetta, privo di qualunque spessore psicologico e umano.

« L'ingenuo »

Il protagonista dell'*Ingénu* è invece un personaggio esemplare nel senso opposto. La sua mente di selvaggio è occupata da pochissime idee, sgombra da pregiudizi e non abituata fin dall'infanzia « a vedere le cose come non sono », perciò è nelle condizioni ideali per apprendere. Nell'*Ingénu* si svolgono due processi di formazione opposti e paralleli: quello del selvaggio e quello della signorina di St.-Yves. Il primo parte da un punto di vista universale, quello della natura e della ragione, che tuttavia si rivela inadeguato: dal suo incontro con la civiltà nasce una serie di tragici malintesi. È noto che il tema del confronto natura-civiltà, stato selvaggio e società europea, è stato uno dei principali della riflessione morale e politica dell'illuminismo; non è possibile accennare qui alla complessità di problemi e soluzioni cui dette luogo. Voltaire ne da uno scorcio contratto ma significativo nel dialogo tra l'Ingenuo e l'abate di St.-Yves, subito dopo che l'Urone è stato sorpreso nell'atto di « sposare » la sua amata. Quello che per il selvaggio è un atto onorevole e sacro, per l'abate è invece un'enormità sconveniente; il religioso gli spiega che nel mondo civile le regole della convenienza e della morale hanno tutt'altre leggi, che tutto è regolato da contratti, preti, tribunali, insomma da tutto l'apparato di polizia che fa di una comunità sociale uno stato *policé*. L'Urone ribatte con la riflessione « che i selvaggi hanno sempre fatto » e cioè che bisogna proprio che i civilizzati siano gente disonesta se hanno bisogno di tante precauzioni. La vicenda del selvaggio è tutta nel suo scontrarsi con l'ingiustizia, la malvagità, l'incoerenza che governano le relazioni umane. Ma questa assurdità quotidiana, invisibile all'europeo ed evidente al selvaggio che è più vicino alla natura, ha la forza dalla sua parte: la violenza che la civiltà esercita sugli uomini è enormemente più grande di quella che di solito viene attribuita ai selvaggi, e l'Ingenuo lo sperimenta fino in fondo. Nessuno è colpevole in prima persona, né il corrotto funzionario, né l'intrigante cortigiana di Versailles, né l'abate di St.-Yves, né il petulante balivo tanto più temibile quanto più stupido, né lo squallido gesuita; tutti condividono la responsabilità del dramma che si compie, ma colpevole è piuttosto un sistema di relazioni sociali e umane nel quale non trova posto l'ingenuità del selvaggio, in cui è ben accetta la prostituzione ma condannato l'amore, in cui l'opportunismo e il compromesso prosperano mentre la sincerità è messa al bando, in cui i giusti marciscono in galera e i furfanti gestiscono il potere. Le contraddizioni sono tante e suscitano lo stupore sempre più indignato del selvaggio. Tuttavia l'*Ingénu* non è un ennesimo contributo al mito del buon selvaggio o un pamphlet contro la civiltà; il male esiste; l'universo non è il migliore dei mondi possibili come la civiltà europea non è la migliore delle società possibili; ma la sofferenza fa parte della condizione umana in assoluto, anzi della condizione di tutti gli esseri animati. I mali connessi alla civiltà non sono pertanto che un momento del male universale; d'altra parte è necessario uscire dallo stato selvaggio, e la sofferenza ulteriore che ciò comporta è il prezzo da pagare per un modo di vita che rappresenta, malgrado tutto, un progresso. Unica risorsa è credere, con Mandeville, che il male, i vizi e la malvagità degli uomini siano strumento del benessere generale. Ma resta il dubbio che il male morale, come il male fisico, ineliminabile come quello, sia altrettanto ingiustificato e inutile.

La violenza della civiltà...

... e l'ingenuità del selvaggio

St.-Yves

Altrettanto duro è l'apprendistato della bella St.-Yves: nata e vissuta sempre in un remoto angolo della Bassa-Bretagna è convinta che il suo paese sia il migliore possibile, le leggi e le consuetudini vigenti assolutamente razionali e giuste: eleva insomma a normatività l'accidentalità nella quale si trova, e che costituisce la sua unica esperienza. Come gli altri basso-bretoni, personaggi di contorno, è curiosa e divertita dalle stranezze dell'Ingenuo e altrettanto decisa a farne un uomo civile, cominciando dal primo atto dell'introduzione nella civiltà cristiano-borghese, ossia dal battesimo. Le obiezioni del selvaggio, altrettanto deciso a mantenere la propria identità e autonomia, cadono dietro le insistenze dei « buoni » parenti, inconsapevoli della violenza che esercitano e del dramma che scatenano inserendo questo disarmato *enfant-sauvage* nella prigione del mondo civilizzato. Ma per la St.-Yves le cose prendono subito una piega diversa: si innamora del selvaggio e proprio questo sentimento, che per la tetra morale del giansenista è un peccato di cui ci si accusa in confessione, è capace di compiere il miracolo; la fanciulla diventa donna, infrange tutte le leggi della virtù e dell'onore piccolo-borghese alle quali aveva fino allora ciecamente creduto. Una serie di vicende dolorose e terribili l'aspetta; anche di lei, come del selvaggio, si dirà alla fine che non è più la stessa; pochi giorni alla corte di Versailles le hanno fatto imparare più cose di quante ne avrebbe apprese in tutta la vita restando in Bassa-Bretagna. L'autore stesso cambia atteggiamento verso il suo personaggio: bonariamente ironico all'inizio verso la sua pruderie, diventa pieno di rispetto quando la fragile donna si inoltra in una realtà sempre più ostile, troppo dura perché la possa sopportare. Il dramma, cominciato in tono di farsa, volge al tragico verso la fine. Ma l'epilogo ritrova i toni dell'ironico più congeniali a Voltaire: il tempo, come dice altrove, è colui che consola; lentamente tutto si assesta, ogni personaggio ritrova la sua dimensione quotidiana, tutto si dimentica e ritorna come prima: i personaggi sordidi e malvagi continuano a prosperare, i buoni proseguono la loro poco brillante esistenza in mezzo alle tribolazioni; i potenti continuano ad esercitare il loro funesto potere, per nulla scossi dalla tragedia che hanno provocato; una delle tante che si compiono ogni giorno sotto gli occhi di tutti senza che nessuno se ne accorga.

« Micromega »

Con *Micròmégas* (piccolo-grande) ci troviamo in un ambito molto diverso: è una specie di divertissement paradossale, alla Swift, giocato sulle dimensioni e la sproporzione tra loro, per mostrare concretamente la relatività dei punti di vista e il ridicolo di ogni visione antropocentrica e geocentrica. L'uomo e il suo pianeta sono ridotti a dimensioni infinitamente piccole e spregevoli dal confronto con altri esseri giganteschi provenienti da altri mondi. È questo un racconto più lineare degli altri, dove i temi filosofici sono più evidenti e l'intreccio narrativo è più povero.

Il viaggio

Il tema centrale è quello del viaggio come strumento di educazione, della scoperta di mondi nuovi e delle riflessioni che ne nascono. Il viaggiatore, un extraterrestre cacciato da un'accademia scientifica del suo pianeta, comincia questo itinerario culturale attraverso mondi diversi, interrogando tutti quelli che incontra e acquistando sempre nuove nozioni di scienza, di metafisica e di morale. Da un mondo all'altro, in questo continuo alternarsi e mutarsi di prospettive, tutto ciò che è certo vacilla, ogni metro quotidiano è vanificato e anche il buon senso, tanto caro a Voltaire, è qui messo in crisi: il paradossale diventa ovvio e l'ovvio paradossale; tutto è stravolto in questo universale relativismo, in cui non c'è niente di sicuro, che frusta ogni tendenza sistematica. Qui come altrove, la conclusione non può essere che scettica: non restano altre prospettive che l'empirismo in sede teorica, e un cauto pessimismo sulla natura umana in sede morale. Queste sono più o meno le conclusioni che il gigante e il suo compagno di viaggio traggono dal loro incontro con la spedizione di filosofi e dalla discussione che ne segue; di tutte le posizioni filosofiche, più o meno assurde fino alla grottesca tracotanza dello scolastico, solo quella del seguace di Locke sembrerà ragionevole al gigante, proprio per la sua cautela critica e il suo sostanziale scetticismo. E quando il Siriano deciderà di mettere le proprie esperienze e riflessioni a profitto dei terrestri, scrivendo un libro per loro, questo, una volta aperto, risulterà costituito solo di pagine bianche.

Scetticismo

Guida bibliografica

STRUMENTI BIBLIOGRAFICI

Diamo qui soltanto alcuni accenni essenziali della moltissima bibliografia che riguarda Voltaire, rimandando per notizie più dettagliate ai repertori più utili: G. Bengesco, *Voltaire, Bibliographie de ses oeuvres*, 4 voll., Parigi 1882-90; M.M. Barr, *Quarante années d'études voltairiennes. Bibliographie analytique des livres et des articles de Voltaire*, Parigi 1968; A. Brown, *Calendar of Voltaire's manuscripts other than correspondence*, in «Studies on Voltaire and the XVIIIth century», Banbury-Oxford, The Voltaire Foundation, Thorpe Mandeville House, LXXVII, 1970; W.H. Trapnell, *Survey and analysis of Voltaire's collective editions, 1728-1789*, in «Studies on V...», LXXVII, 1970; J. Vercruysse, *Additions à la bibliographie de Voltaire, 1825-1965*, in «Revue d'histoire littéraire de la France», LXXI, marzo-aprile, n. 2, 1971; Th. Besterman, *Some eighteenth-century Voltaire editions unknown to Bengesco*, quarta edizione rivista e completata, Banbury-Oxford Foundation, Thorpe Mandeville House,

1973; *Voltaire: exposition organisée à l'occasion du bicentenaire de sa mort*. Catalogo redatto da J. Vercruysse, Bibliothèque Royale Albert I, Bruxelles 1978; J.D. Cadaux, *Voltaire, biographie, bibliographie et éditions critiques 1966-1977*, in «Revue d'histoire littéraire de la France», n. 2, marzo-giugno 1978; Ch. Becker, V. Groterferd, G. Kefer e W. Schibel, *Schriften von und über Voltaire aus dem 18 Jahrhundert*, in Mannheim, Universitätsbibliothek Lehrstuhl-Romanistik 1978.

OPERE DI VOLTAIRE

Oeuvres complètes, a cura di Cramer, Ginevra 1755; *Oeuvres complètes*, 70 voll., Kehl 1784-89; *Oeuvres complètes*, 52 voll., a cura di Moland, Parigi 1877-82; *Romans et contes*, *Oeuvres historiques*, 3 voll., Parigi 1955-61; *Romans et contes*, *Essai sur les moeurs*, 2 voll., *Dictionnaire philosophique*, *Lettres philosophiques*, *Dialogues et anecdotes philosophiques*, 6 voll., Parigi, anni vari (numerose rist.); *Mémoires pour servir à la vie de Monsieur de Voltaire écrits par lui-même, suivis de Lettres à Frédéric II*, a cura di J. Brenner, Parigi 1965. Una nuova ed. critica delle *Oeuvres complètes de Voltaire*, a cura di T. Besterman, J. Ehrard, R. Pomeau, O.R. Taylor, S.B. Taylor, J. Vercruysse comprenderà 136 voll. tra i quali sono già stati pubblicati a cura di Th. Besterman, *Voltaire's note books*, Institut et Musée Voltaire, Les Délices, Ginevra 1968 e sgg.; *Voltaire's correspondence and related documents*, edizione definitiva a cura di T. Besterman, The Voltaire Foundation at the Taylor Institution Banbury-Oxford 1964-1978; *Philosophie de l'histoire*, a cura di J.H. Brunfitt, Institut et Musée Voltaire, Les Délices e University Press of Toronto, Ginevra 1969; *Henriade*, edizione critica a cura di O.R. Taylor, Institut et Musée Voltaire, Les Délices, Ginevra 1970; *La Pucelle d' Orléans*, a cura di J. Vercruysse, Institut et Musée Voltaire, Les Délices, Ginevra 1970; *Commentaires sur Corneille*, edizione critica a cura di D. Williams, Institut et Musée Voltaire, Les Délices, Ginevra 1974-75. Nella «Collection des classiques Garnier»: *Voltaire, Dictionnaire philosophique comprenant les 118 articles parus sous ce titre du vivant de Voltaire avec leurs suppléments parus dans les «Questions sur l'Encyclopédie»*, a cura di Raymond Naves con prefazione di Julien Benda, Garnier Fréres, Parigi 1967.

STUDI SU VOLTAIRE

G. Desnoiresterres, *Voltaire, et la société française au dix-huitième siècle*, 8 voll., Parigi 1867-76; È. Faguet, *Voltaire*, Parigi 1885; G. Maugras, *Querelle de philosophes: Voltaire et J.-J. Rousseau*, Parigi 1886; E. Bouvy,

Voltaire et l'Italie, Parigi 1898; È. Faguet, *La politique comparée de Montesquieu, Rousseau et Voltaire*, Parigi 1902; G. Lanson, *Voltaire*, Parigi 1906; J.F. Nourisson, *Voltaire et le voltairianisme*, Parigi 1906; G. Pellissier, *Voltaire philosophe*, Parigi 1908; N.L. Torrey, *Voltaire and the English deists*, New Haven 1930, nuova ed. Oxford 1936; P. Chaponnière, *Voltaire chez les calvinistes*, Parigi 1936; R. Craveri, *Voltaire politico dell'illuminismo*, Torino 1937; N.L. Torrey, *The spirit of Voltaire*, New York 1938; R. Naves, *Voltaire et l'Encyclopédie*, Parigi 1938; Id., *Le goût de Voltaire*, Parigi 1938; Id., *Voltaire. L'homme et l'oeuvre*, Parigi 1942; M. Maestro, *Voltaire and Beccaria as Reformers of the Criminal Law*, New York 1942; C. Rowe, *Voltaire and the State*, New York 1955; R. Pomeau, *Voltaire par lui-même*, Parigi 1955; Id., *La religion de Voltaire*, ibid 1956; N. Addamiano, *Voltaire*, Roma 1956; J. Ceitac, *Voltaire et l'affaire des natifs*, Ginevra 1956; F. Diaz, *Voltaire storico*, Torino 1958; J.H. Brunfitt, *Voltaire historian*, Oxford 1958; P. Gay, *Voltaire's politics*, Princeton 1959; R. Mauzi, *L'idée du bonheur au XVIII siècle*, Parigi 1960; C. Rihs, *Voltaire, Recherches sur les origines du matérialisme historique*, Ginevra 1962; F. Diaz, *Filosofia e politica nel Settecento francese*, Torino 1962; D. Guiragossian, *Voltaire's Facéties*, Ginevra 1963; H.T. Mason, *Pierre Bayle and Voltaire*, Oxford 1963; R.A. Brooks, *Voltaire and Leibniz*, Ginevra 1964; P. Alatri, *Voltaire, Diderot e il «Partito filosofico»*, Messina-Firenze 1965; J. Orieux, *Voltaire*, Parigi 1966; P. Gay, *The Enlightenment: An Interpretation*, New York 1967; O.R. Taylor, *Voltaire's apprenticeship as a Historian, in The Age of the Enlightenment*, a cura di T. Besterman, Edimburgo-Londra 1967 insieme a molti altri studi, tra i quali: G. De Beer, *Voltaire et les sciences naturelles*; J. Lough, *The «Encyclopédie» in Voltaire's Correspondence*; R. Mortier, *Voltaire et le peuple*; I.O. Wade, *The intellectual Development of Voltaire*, Princeton 1969; K.J. Weitraub, *Visions of Culture. Voltaire, Guizot, Burckhardt, Lamprecht, Huizinga, Ortega y Gasset*, Chicago 1969; T. Besterman, *Voltaire*, Londra 1969; S. Landucci, *Voltaire*, Milano 1969; Michèle Duchet, *Anthropologie et histoire au siècle des Lumiéres*, Maspero, Parigi 1972; trad it. Laterza, Bari 1976; C. Gusdorf, *Dieu, la nature et l'homme au siècle des Lumières*, Payot, Parigi 1972; Aram Vartanian, *Fiat Lux and the Philosophes*, in «Diderot Studies», XVI 1974; V.Van Runset, *Ironie und Philosophie bei Voltaire unter besonderer Berucksichtigung der «Dialogues et entretiens philosophiques»*, Kölner romanistische Arbeiten, Ginevra 1974; I. Fetscher, *Rousseau, Voltaire und wir*, in «Merkur», 1978, 7; Pietro Rossi, *Voltaire e la tolleranza*, in

«Rivista di Filosofia», 1979, 70; J. Vercruysse, *Présences du moi voltairien*, in «Studi filosofici», 1979, 29; H. Mason, *Voltaire and luxury* in «Studi filosofici», 1979, 29. È dedicato interamente a Voltaire nel bicentenario della morte, il n. 2-3 della «Revue d'histoire littéraire de la France» dal titolo: *Voltaire-Rousseau 1778-1798*, Librairie Armand Colin, Parigi 1979.

Gli *Studies on Voltaire and the XVIIIth century*, a cura di T. Besterman, Ginevra 1955 sgg., pubblicano moltissimi saggi, monografie, edizioni critiche, tra i quali citiamo: Carles Stricklen, *The philosophical mission: the creation of an Idea: 1750-1789*, LXXXVI, 1971; M. Rousseau-Raaphorst, *Voltaire et le féminisme; un examen du théâtre et des contes*, LXXXIX, 1972; J.L. Curtis, *La Providence: vicissitudes du Dieu voltairien*, CXVIII, 1974; R.E. Florida, *Voltaire and the Socinians*, CXXII, 1974; M.G. Badir, *Voltaire et L'Islam*, CXXV, 1974; D. Isaacs Dalnekoff, *The meaning of Eldorado: utopia and satire in Candide*, CXXVII, 1974; D. Levy, *Voltaire et son exégèse du Pentateuque: critique et polémique*, CXXX, 1975; R. Galliani, *Les notes marginales au Dictionnaire philosophique*, CLXI, 1976; H. Meyer, *Voltaire on war and peace*, CXLIV, 1976; D.A. Bonneville, *Voltaire and the form of the novel*, CLVIII, 1976; I numeri LXXXVII-LXXXVIII-LXXXIX-XC, 1972, contengono gli Atti del III congresso internazionale sul Secolo dei Lumi. Gli Atti del IV congresso internazionale occupano i nn. CLI, CLII, CLIII, CLIV, CLV, 1976; A.M. Rousseau, *L'Angleterre et Voltaire*, CXLV, CXLVI, CXLVII, 1976; R. Galliani, *Le débat en France sur le luxe: Voltaire et Rousseau*, CLXI, 1976; R. Galliani, *Voltaire et les autres philosophes dans la révolution: les brochures de 1791, 1792, 1793*, CLXXIV, 1978; W.H. Barber, *Voltaire et Newton*, in VIIIth century, CLXXIX, 1979; W.H. Barber, *Voltaire and Samuel Clark*, CLXXIX, 1979; B.E. Scharzbach, *Coincé entre Pluche et Lucrèce - Voltaire et la théologie naturelle*, CLXXXXII, 1980; M. Lussu, *Critica della religione e autonomia della morale in alcune figure dell'Illuminismo francese*, CLXXXXII, 1980; G. Gorget, *Voltaire and Protestantism*, CLXXXVIII, 1980; R. Galliani, *A propos de Voltaire, de Leibniz et de la Théodicée*, CLXXXIX, 1980; AA.VV. *Voltaire, Rousseau et la tolérance*, in *Actes du Colloque franco-néerlandais du 16-17 nov. 1978 à la Maison de Descartes de Amsterdam*; Amsterdam-Lille, 1980; G. Lanaro, *Voltaire e Lucrezio*, in «Rivista critica di Storia della Filosofia», 1980, 35; J.A. Ferrer Benimelli, *Voltaire, Servet y la tolerancia*, Villanueva de Sijena, Istituto Estudios Sijenenses, 1980; G.M. Pozzo, *Voltaire e l'idea di progresso*, Roma 1980; E.D. James, *Voltaire and Malebranche - From sensationalism to «Tout en Dieu»*, in «The Modern Language Review», London 1980, 2; P. Rétat, *Le «Dictionnaire philosophique» de Voltaire - Concept et discours du dictionnaire*, in «Revue d'histoire littéraire de la France» 1981, 81; G. Tamagnini, *Voltaire e i libertini - Diritto, politica e libero pensiero nell'opera di Voltaire*, Modena, 1981; E. Emrich, *Macht und Geist im Werk H. Manns: eine Ueberwindung Nietzsches aus dem Geist Voltaires*, Berlino-New York 1981; S.E. Jones, *Voltaire's use of contemporary French writing on England in his «Lettres philosophiques»*, in «Revue de littérature comparée», 1982, 56, 2; M. Clive, *La vingt-cinquième lettre des «Lettres philosophiques» de Voltaire sur les «Pensées de M. Pascal»*, in «Revue de Métaphysique et de Morale», 1983; J. D'Hondt, *Die Weihe Voltaires durch Hegel*, in «vom Mute des Erkennens, Beitraege zur Philosophie G.W.F. Hegels», Frankfurt/M, 1981; H. Gouhier, *Rousseau et Voltaire - Portraits dans deux miroirs*, Paris, Librairie Vrin, 1983; G. Holmsten, *Voltaire in Selbstzeugnisse und Bildokumente*, Hrsg. K. Kusenberg, Amburgo 1983; G. Benelli, *Voltaire «metafisico»*, Milano, 1983; M.G. Nascimento, *Imageus do materialismo nos contos de Voltaire*, in «Trans/form/açao», 1984, 63; A. Ginzo Fernandes, *La ilustracion francesa - Entre Voltaire y Rousseau*, Madrid, 1985; G. Giurovich, *La figura e l'opera di Voltaire nella «correspondance littéraire, philosophique et critique de F.M. Grimm»*, I, «Filos. oggi», 1985, 89; K. Dirscherl, *Der Roman der Philosophen: Diderot - Rousseau - Voltaire*, Tübingen, 1985; S.A. Roe, *Voltaire versus Needham - Atheism, materialism and the generation of life*, in «Journal of History of Ideas», 1985, 46; R. Shoaf, *Science, sect, and certainty in Voltaire's «Dictionnaire philosophique»*, in «Journal of History of Ideas», 1985, 46.

M.M.

CANDIDO

I · COME CANDIDO VENNE EDUCATO IN UN BEL CASTELLO, E IN CHE MODO NE FU DISCACCIATO

C'era in Vestfalia, nel castello del signor barone di Thunder-ten-Tronckh, un ragazzo cui la natura aveva fornito un temperamento assai mite. Gli si leggeva in fronte l'indole sua. Aveva l'intelletto abbastanza solido, e il più ingenuo cuore del mondo: credo fosse chiamato Candido appunto per questo. I servitori vecchi di casa sospettavano ch'egli fosse figlio della sorella del signor barone e di un buono e rispettabil cavaliere del vicinato, non mai voluto sposare dalla damigella perché non gli era riuscito di provare che settantadue quarti soli, essendosi perduto il rimanente del suo albero genealogico per oltraggio del tempo.

Il signor Barone era uno dei grandi signori della Vestfalia; il suo castello era fornito infatti di porta e di finestre, e nella maggior sala si ammirava perfino un parato; coi cani dei suoi cortili egli al bisogno poteva mettere insieme una muta; i mozzi di stalla gli facevan da bracchieri, e il curato del paese era il suo Grande Elemosiniere. Tutti gli dicevano Vostra Grazia, e crepavan dalle risa quando raccontava una delle sue barzellette.

La signora Baronessa pesava intorno alle trecencinquanta libbre, e godeva perciò di una grande considerazione; le cresceva poi il rispetto. la dignità con cui soleva fare gli onori di casa. Sua figlia Cunegonda aveva diciassett'anni, ed era di bel colorito, grassottella, fresca e appetitosa. Il figlio del Barone si mostrava per ogni rispetto degno del proprio genitore. Il precettore Pangloss era l'oracolo di casa, e il piccolo Candido ascoltava i suoi insegnamenti con la fiducia propria dell'età e del suo temperamento.

Pangloss insegnava la metafisico-teologo-cosmologo-scempiologia. Egli dimostrava mirabilmente che non c'è effetto senza causa, e che in questo migliore dei mondi possibili, il castello di Sua Grazia il Barone era il più bello di tutti i castelli, e la di lui consorte la migliore delle possibili baronesse.

È provato, diceva, che le cose non potrebbero stare altrimenti: essendo tutto quanto creato in vista di un fine, tutto è necessariamente inteso al fine migliore. I nasi, notate, son fatti per regger gli occhiali: e noi infatti abbiamo gli occhiali. Le gambe non è chi non veda come siano istituite per essere calzate: e noi abbiamo appunto le calzature. Lo scopo delle pietre è di esser tagliate e murate in castelli: e Sua Grazia possiede precisamente un castello bellissimo. Il maggior barone della provincia ha da essere il meglio alloggiato; e i porci essendo creati perché si mangino, noi mangiam porco tutto l'anno. Ne consegue che coloro i quali hanno affermato che tutto va bene, han detto una castroneria. Bisognava dire che meglio di così non potrebbe andare.

Candido ascoltava con attenzione, e con innocenza credeva. Madamigella Cunegonda gli pareva infatti bellissima, quantunque non trovasse mai il coraggio di dirglielo. Secondo le sue conclusioni, il primo grado della felicità era quello d'esser nato Barone di Thunder-ten-Tronckh; il secondo, d'esserci la damigella Cunegonda; il terzo, di vederla tutti i giorni; il quarto, d'ascoltare Mastro Pangloss, il più gran filosofo di tutta la provincia, e perciò del mondo intero.

Cunegonda, passeggiando un giorno nei pressi del castello, capitò nel boschetto che aveva nome di parco, e vide tra le frasche il dottor Pangloss nell'atto d'impartire una lezione di fisica sperimentale alla cameriera della Baronessa, brunetta graziosa e docile molto. D'ingegno ottimamente aperto alle scienze, madamigella osservò senza fiatare le replicate sperimentazioni che si compivano dinanzi ai suoi occhi; notò chiaramente la ragion sufficiente del dottore, gli effetti e le cause; e se ne venne via tutta commossa, tutta pensierosa, tutta occupata dalla brama di addottrinarsi, parendole di poter essere lei molto bene la ragion sufficiente del giovane Candido, ed egli la sua.

Incontrò Candido mentre tornava al castello, e arrossì. Candido si fece rosso a sua volta. Ella gli diede il buon giorno con voce rotta, egli rispose senza saper quello che dicesse. Il giorno seguente, all'uscir di tavola dopo il pranzo, Candido e Cunegonda si ritrovarono dietro un paravento. A Cunegonda cadde il fazzoletto, Candido lo raccattò; ella gli prese innocentemente la mano, e innocentemente il giovane depose un bacio sulla mano della damigella, dando mostra d'una particolarissima animazione, grazia e sensibilità. Le bocche s'incontrarono, gli sguardi s'infocarono, le ginocchia tremarono, le mani si fuorviarono. Il signor Barone di Thunder-ten-Tronckh venne a passare accanto al paravento, e accortosi di quella causa e di quell'effetto, scacciò Candido dal castello a gran calci nel sedere. Cunegonda perse i sensi; appena li ebbe ritrovati fu presa a ceffoni dalla signora Baronessa. Il più bello e ameno di tutti i castelli fu in preda a una generale costernazione.

II · AVVENTURE DI CANDIDO FRA I BULGARI

Cacciato dal Paradiso Terrestre, Candido camminò per un pezzo senza saper dove lo portavano i piedi, piangendo, alzando gli occhi al cielo, e sovente rivolgendoli indietro al più bello di tutti i castelli, abitato dalla più bella delle baronessine. Senz'aver cenato, si buttò a dormire in un campo, dentro un solco; nevicava a palate. La mattina dopo si trascinò tutto intirizzito fino alla prossima città, chiamata *Valdberghoff-trarbk-dikdorff*; non aveva il becco d'un quattrino, e si sentiva venir meno di fame e di stanchezza. Si fermò tristemente davanti alla porta di una locanda. Fu notato da due individui vestiti di turchino. « Compagno, » fece l'un dei due, « ecco un bel pezzo di giovanotto, e della misura giusta. » Gli si accostano e lo invitano a pranzo con modi assai civili.

« Signori, » rispose modestamente e con bel garbo Candido, « io sono onoratissimo, ma non ho di che pagar la mia parte. »

« Ohibò, signor mio, » fece l'un dei turchini, « quando s'hanno il personale e le qualità di Vossignoria, non s'ha mai da metter mano alla borsa; non misura ella forse cinque piedi e sei pollici? »

« Sissignori, per l'appunto, » rispose Candido facendo la sua brava riverenza.

« Allora favorite senz'altro; non soltanto vi vogliamo nostro ospite, ma neanche possiam permettere che un pari vostro si trovi sprovvisto di denaro: siamo nati per soccorrerci gli uni cogli altri. »

« Giusto; così mi diceva sempre anche il signor Pangloss, e vedo bene che tutto va per il meglio. »

Lo pregano di prendere qualche scudo; egli accetta, e vuol far il biglietto ma glielo impediscono. Eccoli a tavola.

« Non volete voi un gran bene...? »

« Altroché, io voglio un grandissimo bene a madamigella Cunegonda. »

« No, si domandava se non volete un gran bene al re dei Bulgari. »

« Io? Ma se non so neppure com'è fatto. »

« Diamine! È il più grazioso dei sovrani; dobbiamo bere alla sua salute. »

« Ben volentieri. »

E beve. « Basta così, » dicon gli altri due, « eccovi diventato il puntello, il difensore, il campione, l'eroe dei Bulgari; la vostra fortuna è bell'e fatta, avete la gloria assicurata. » È messo subito alla catena e condotto al reggimento. Lo fanno voltare a destra e a sinistra, gli fanno levar la bacchetta, rimetter la bacchetta, mirare, far fuoco, accelerare il passo, e gli danno trenta bastonate; il secondo giorno fa gli esercizi un po' meglio, e non ne tocca che venti; il terzo gliene danno dieci sole, e i commilitoni lo guardano come una bestia rara.

Ma Candido stupefatto non raccapezzava ancor bene come fosse diventato un eroe. Una bella giornata di primavera gli venne in mente d'andarsene a spasso, camminando sempre diritto; credeva che l'adoperar le gambe a proprio talento fosse un privilegio della specie umana, non meno che delle specie animali. In capo a nemmeno due leghe, ecco quattro altri eroi che lo raggiungono, lo legano e lo portano in prigione. Gli fu chiesto in buona forma di legge quale delle due preferisse: essere fustigato trentasei volte da tutto il reggimento, o aver dodici palle nella testa in una volta sola. Ebbe un bel dire che le volontà sono libere, e che non voleva nessuna delle due; dovette scegliere per forza. Per operazione di quel dono di Dio che è detto libertà, scelse di passar trentasei volte per le verghe. Di tali passeggiate ne sopportò due, e poiché il reggimento contava duemila uomini, furono dunque quattromila vergate che gli misero a nudo muscoli e nervi dalla nuca giù fino al culo. Al momento di cominciare la terza passata, egli, non potendone più, pregò che per carità gli facessero la grazia di bruciargli le cervella. Questo favore gli fu accordato; gli bendano gli occhi, e lo fanno metter in ginocchio. In quel mentre passò per caso di lì il re dei Bulgari, e s'informò quale fosse il suo delitto. Era questi un re d'ingegno altissimo; da quel che Candido gli riferì, egli intese subito d'aver davanti un giovane metafisico affatto ignorante degli affari del mondo. Con una clemenza che sarà celebrata per tutte le gazzette e per tutti i secoli, gli fece grazia. Un valente chirurgo guarì Candido in quattro settimane con gli emollienti prescritti da Dioscoride. Aveva già cominciato a far pelle nuova e a camminare un pochino, quando il re dei Bulgari dichiarò guerra al re degli Abari.[1]

III · COME CANDIDO FUGGÌ DAI BULGARI, E SEGUITO DELLE SUE VICENDE

La magnificenza, l'eleganza, lo sfarzo, l'ordine dei due eserciti non avevano confronti. Trombe, pifferi, clarinetti, tamburi e artiglierie facevano una musica che l'inferno non ne aveva mai sentita una uguale. Cominciarono le artiglierie con lo stendere a terra un seimila uomini per parte; la moschetteria tolse poscia dal migliore dei mondi da nove a diecimila bricconi che ne infettavano la crosta; e la baionetta fu a sua volta ragion sufficiente per la morte di qualche altro migliaio. Tutto sommato furono intorno a trentamila anime. Fin tanto che durò l'eroico macello, Candido, che tremava come un vero filosofo, si nascose meglio che poté.

1 I Bulgari stanno per i Prussiani, e il loro re sta per Federico II. Per Abari l'autore intende i Francesi, e la guerra cui si allude è quella dei Sette Anni.

Mentre i due sovrani facevano ciascuno intonare il *Te Deum* nel proprio accampamento, egli decise di andar a ragionar degli effetti e delle cause in qualche altra parte. Scavalcando mucchi di morti e di moribondi, pervenne dapprima a un villaggio poco lontano. Era una terra abara, che i Bulgari avevano messa a fuoco secondo il diritto delle genti. Vecchi crivellati di ferite guardavano morire le loro donne scannate, le quali porgevano tuttavia ai propri nati il seno imbrattato di sangue; più in là, fanciulle che avevano soddisfatto ai bisogni naturali di qualche eroe, esalavano l'ultimo respiro mostrando i ventri squarciati; altre, arse a metà, urlavano che per pietà le finissero. Per tutto il terreno erano sparsi brani di cervella, braccia e gambe tagliate.

Candido scappò a gambe levate fino a un'altra terra: questa era bulgara, e gli Abari l'avevano trattata allo stesso modo. Sempre passando su membra ancor tiepide, o frammezzo a rovine, si trovò finalmente fuori del teatro delle operazioni, con qualche magra provvista nel tascapane, e l'indimenticabile Cunegonda nel cuore. Quando raggiunse l'Olanda, le provviste erano consumate; ma ricordando di aver sentito dire che in quella nazione eran tutti ricchi e cristiani, non dubitò d'incontrare un trattamento uguale a quello goduto nel castello di Sua Grazia il Barone, prima d'esserne scacciato per i begli occhi di madamigella.

Domandò la carità ad alquanti personaggi dal portamento grave: tutti risposero che s'egli continuava a far quel mestiere, sarebbe stato cacciato in una casa di correzione per insegnargli a vivere. Si rivolse allora a un individuo che davanti a una numerosa adunanza aveva parlato un'ora sana sopra la carità. L'oratore, guardandolo storto, domandò: « Che cosa siete venuto a fare qui voi? Siete qui per la buona causa? »

« Non c'è effetto senza causa, » rispose Candido modestamente; « ogni cosa è per necessità legata a un'altra, e tutte sono ordinate per il meglio. Era necessario ch'io fossi cacciato dalla presenza di madamigella Cunegonda, che fossi passato per le verghe, e ridotto ora ad elemosinare il pane, in attesa di potermelo guadagnare: non sarebbe potuto andare altrimenti. »

« Amico, » fece l'oratore, « credete voi che il Papa sia l'Anticristo? »

« Non l'ho mai sentito dire, ma sia o non sia, a me manca il pane. »

« Non ne meriti, » gridò l'altro; « vattene sciagurato, vattene furfante, e non mi tornar mai più dinanzi agli occhi. »

La moglie dell'oratore, affacciatasi alla finestra e scorto un uomo il quale dubitava che il Papa fosse l'Anticristo, gli versò in capo un pieno vaso... Giusto cielo! a quali esagerazioni giunge nelle signore lo zelo per la religione!

Un uomo che non era mai stato battezzato, un anabattista da bene a nome Giacomo, era stato testimonio della inumana e vituperosa maniera usata col fratel suo, bipede, implume e fornito d'anima. Se lo portò a casa, lo ripulì, gli mise innanzi pane e birra, gli regalò due fiorini, e volle lui stesso insegnargli a lavorar nella sua manifattura di stoffe persiane fabbricate in Olanda. Candido, quasi prosternato ai suoi piedi, esclamò:

« Mastro Pangloss me l'aveva pur detto che in questo mondo ogni cosa è per il meglio; e difatti io sono assai più penetrato dalla vostra splendida generosità, che non avvilito dal cuor duro di quel signore dal gabbano nero, e della signora sua consorte. »

Il giorno dopo, mentre andava a spasso, s'imbatté in un pezzente che aveva il corpo coperto di pustole, gli occhi spenti, la punta del naso mangiata, la bocca di traverso, i denti anneriti, e la voce roca. Tossiva da squarciarsi il petto, e con ogni colpo di tosse sputava un dente.

IV · IN CHE CIRCOSTANZE CANDIDO RITROVÒ IL DOTTOR PANGLOSS, GIÀ SUO MAESTRO DI FILOSOFIA, E LE COSE CHE NE SEGUONO

Preso dalla compassione più ancora che dal ribrezzo, Candido donò all'orribile pezzente i due fiorini avuti da Giacomo, il degno anabattista. Quello spettro, dopo averlo guardato fisso, scoppiò a piangere, e gli buttò le braccia al collo. Candido spaventato diè indietro.

« Me meschino, » disse l'un disgraziato all'altro, « non riconoscete dunque l'amato Pangloss? »

« Che sento? voi, caro maestro mio? e in codesto orribile stato? ma che disgrazia v'è mai toccata? e perché avete lasciato il più bello di tutti i castelli? e che ne è della perla delle fanciulle, del capolavoro della natura, di madamigella Cunegonda? »

« Non ne posso più, » fece Pangloss.

Candido lo condusse subito nella stalla dell'anabattista, e gli dette da mangiare un tozzo di pane. Quando lo vide un poco rimesso:

« Dunque, » riprese, « e Cunegonda? »

« Morta, » rispose Pangloss.

Candido svenne. L'amico lo fece tornare in sé con un poco di pessimo aceto che per caso si trovava lì nella stalla. Quando riaprì gli occhi, disse:

« Morta Cunegonda! O migliore dei mondi, dove sei? Ma morta di che male? forse per aver visto il signor padre scacciarmi a gran calci dal più bello di tutti i castelli? »

« No, » rispose Pangloss, « le squarciarono il ventre certi soldati bulgari, dopo averla violata quanto è possibile che donna lo sia. Al signor Barone che voleva difenderla sfracellarono il capo; la signora Baronessa fu tagliata a pezzi; il mio povero alunno fu trattato tale e quale sua sorella; e del castello non è rimasta pietra su pietra, non un fienile, non una pecora, non un'anatra, e nemmeno una pianta. Però siamo stati vendicati a dovere, perché gli Abari hanno fatto altrettanto in una baronia vicina, che apparteneva a un cavaliere bulgaro. »

A sentir queste nuove Candido tornò a svenire; ma riprese nuovamente i sensi, e dopo aver detto tutto quello che la circostanza dettava, s'informò della causa e dell'effetto, oltreché della ragion sufficiente, che avevano ridotto Pangloss in uno stato così miserando.

« Ahimè, » disse questi, « è stato l'amore, consolatore dell'uman genere, conservatore dell'universo, anima di tutte le creature senzienti, il dolce amore. »

« Ahimè, » osservò Candido, « l'ho conosciuto anch'io questo amore, sovrano dei cuori, anima dell'anima nostra: non mi ha valso mai altro che un bacio e venti calci nel culo. Ma come mai una causa tanto bella ha prodotto in voi un effetto così abominevole? »

Pangloss così rispose:

« Caro il mio Candido, voi avete conosciuto Pasquina, la graziosa cameriera della nostra augusta padrona. Io godetti nelle sue braccia le dolcezze del paradiso, le quali m'han causato poi queste pene d'inferno che ora mi stanno struggendo, come vedete: ella n'era guasta, e a quest'ora forse ne è morta. Gliene aveva fatto regalo un minorita dottissimo, che era risalito alla fonte. L'aveva presa da una vecchia contessa, che a sua volta l'aveva buscata da un capitano di cavalleria, che ne andava debitore a una marchesa, cui l'aveva data un paggio, che la teneva da un gesuita, il quale ancor da novizio l'aveva avuta per linea diretta da uno dei compagni di Cristoforo Colombo. Quanto a me, non la darò a nessuno, perché sto per morire. »

« O singolare genealogia! » esclamò Candido; « alla radice di tutto ciò non ci sarà per caso il diavolo? »

« Nient'affatto, » rispose il grand'uomo; « era un ingrediente indispensabile nel migliore dei mondi. Se Colombo non fosse andato a pescare in un'isola dell'America questo morbo che avvelena le fonti della generazione, e spesso le inaridisce, il che è in opposizione flagrante col fine massimo della natura, noi non avremmo né il cioccolatte né la cocciniglia. È da notare inoltre che nel continente in cui siamo, tale malattia, come la controversia, non l'abbiamo che noi. Ai Turchi, Indiani, Persiani, Cinesi, Siamesi e Giapponesi è tuttora sconosciuta; ma v'è una ragion sufficiente perché tra qualche secolo imparino a conoscerla anch'essi. Frattanto ha compiuto presso di noi progressi stupendi, soprattutto in quei grandi eserciti di ben educati mercenari per cui si decidono le sorti degli stati: è un fatto certo che in una qualunque battaglia campale dove trenta mila uomini combattono contro un numero uguale di avversari, vi sono per lo meno ventimila sifilitici per parte. »

« Cosa mirabile in verità, » disse Candido, « ma voi dovete curarvi. »

« E come faccio? Non ho il becco d'un quattrino, amico caro, e in tutto il globo terracqueo non c'è verso di farsi cavar sangue, né di prendere un clistere se non pagando, o trovando qualcuno che paghi per voi. »

Queste ultime parole decisero Candido: egli corse a gettarsi ai piedi del caritatevole anabattista, e dipinse lo stato in cui era ridotto l'amico suo con colori talmente pietosi, che il brav'uomo accolse subito il dottor Pangloss, e lo fece curare di tasca sua. La cura non costò a Pangloss che un occhio e un orecchio. Egli aveva una bella scrittura, e conosceva perfettamente l'aritmetica: l'anabattista lo prese per contabile. Passati due mesi, Giacomo dovette recarsi a Lisbona per i suoi negozi, e si portò dietro sulla sua nave anche i due filosofi. Pangloss gli spiegò come tutto fosse ordinato nel miglior modo possibile. A Giacomo non pareva.

« Bisogna pure, » soleva dire, « che gli uomini abbiano un tantino guastata la natura, poiché non erano nati lupi e lupi son diventati. Iddio non aveva dato loro pezzi da ventiquattro e neanche baionette, ed essi si son fabbricati le baionette e i cannoni per distruggersi a vicenda; potrei anche aggiungere i bancarottieri, e la giustizia che dei bancarottieri incamera i beni per spogliarne i creditori. »

« Tutte cose indispensabili, » ribatteva il guercio dottore; « i mali dei singoli fanno il bene dell'insieme, sicché più sono i malanni individuali, e meglio sta il tutto. »

Mentr'egli così ragionava, l'aria diventò nera, i venti spirarono dai quattro canti della terra, e la nave, già in vista del porto di Lisbona, si trovò sorpresa da uno spaventoso fortunale.

V · TEMPESTA, NAUFRAGIO, TERREMOTO, E COME ANDÒ AL DOTTOR PANGLOSS, A CANDIDO, E A GIACOMO L'ANABATTISTA

Stremati, e più di là che di qua per via di quell'indescrivibile affanno che il ballar d'una nave induce nei nervi e in tutti gli umori del corpo diversamente agitati, la metà dei passeggeri non avevano neanche la forza di inquietarsi per il pericolo; gli altri gridavano e pregavano. Le vele erano in brandelli, gli alberi schiantati, rotto lo scafo. Chi era in grado, dava mano, ma nessuno udiva l'altro, e ogni comando era cessato. L'anabattista stava sulla tolda, aiutando un poco la manovra; un marinaio infuriato lo percuote con violenza tale da mandarlo a battere sul tavolato, e tanta fu la forza del colpo che menò, che egli stesso ne perdette l'equilibrio, e cadde fuor dalla nave a capofitto. Lo trattenne un pezzo d'albero rotto in cui s'impigliò nel cadere. Il buon Giacomo accorre, lo aiuta a risalire, e nello sforzo precipita in mare a sua volta, sotto gli occhi del marinaio che lo lascia affogare senza neanche degnarlo di un'occhiata. Sopraggiunge Candido, e scorge il suo benefattore che ricompare per un attimo, ed è inghiottito per sempre; fa per buttarsi, ma il filosofo Pangloss lo trattiene, e gli prova che la rada di Lisbona era stata creata apposta perché quell'anabattista vi restasse affogato. Prima che egli avesse finito la sua dimostrazione *a priori*, la nave s'apre nel mezzo, e ogni cosa va al fondo, tranne Pangloss, Candido e il bestiale marinaio per colpa del quale era annegato il virtuoso anabattista. Il briccone toccò felicemente la riva a forza di braccia; Pangloss e Candido la raggiunsero sopra una tavola.

Appena si furono un poco riavuti, presero la via di Lisbona. Avevan salvato qualche soldo, grazie a cui speravano di scampar la fame dopo essere sfuggiti alla tempesta.

Sono appena entrati in città, piangendo ancora la morte del loro benefattore, quando la terra trema loro sotto ai piedi,[1] il mare s'innalza ribollendo nel porto, e schianta le navi che vi stanno ancorate; turbini di fuoco e di cenere empiono le pubbliche piazze e le vie; le case rovinano, i tetti precipitano sulle fondamenta, le fondamenta son disperse. Trentamila abitanti d'ogni sesso ed età restano schiacciati sotto le rovine.

Il marinaio fischiettava, bestemmiava e diceva:

« Qua c'è da rimediare qualcosa. »

« Quale sarà mai la ragion sufficiente d'un tale fenomeno? » chiedeva Pangloss.

« È la fine del mondo! » esclamava Candido.

Il marinaio corre subito tra le macerie, rischia la vita per cercar danari, ne trova, li intasca, s'ubriaca; digerita la sbornia, compra le grazie della prima femmina compiacente che incontra fra le rovine delle case distrutte, fra cadaveri e

1 Il terremoto di Lisbona accade il 1° di novembre del 1755.

X

moribondi. Pangloss intanto lo tirava per la falda, e diceva:

« Amico, non è bene ciò che fate, voi mancate alla ragione universale, non è questo il momento. »

« Sangue del diavolo, » rispondeva l'altro, « son uomo di mare, nato a Batavia, sono stato in Giappone quattro volte, e quattro volte mi son messo il crocifisso sotto i piedi;[1] hai trovato l'uomo giusto cui predicare la tua ragione universale! »

Candido era rimasto ferito da alcune schegge di pietra, e giaceva in mezzo alla via coperto di macerie. Egli diceva a Pangloss:

« Ahimè, trovami un goccio di vino, un poco d'olio; mi sento morire. »

« Questo terremoto non è una novità, » rispose Pangloss; « la città di Lima, in America, patì le medesime scosse l'anno passato; cause uguali, uguali effetti; un filone di zolfo corre senza dubbio sotterra da Lima fino a Lisbona. »

« Sarà; ma dammi un goccio di vino, un goccio d'olio per amor di Dio. »

« Come, sarà? Io dico che è provato. »

Candido perdette i sensi, e Pangloss gli portò un pochino d'acqua da una fontana che era lì accosto.

La mattina dopo, rovistando tra le macerie trovarono qualche cibo, e poterono ristorarsi alla peggio. Lavorarono poi insieme con l'altra gente per recare aiuto agli abitanti scampati alla morte. Alcuni cittadini che essi avevano soccorso offrirono loro da pranzo il meno male che si poteva in quei frangenti. Fu un pranzo per verità malinconico; i commensali condivano il pane con le lacrime. Ma Pangloss li consolò, assicurando che le cose non sarebbero potute stare altrimenti.

« Infatti, » diss'egli, « non poteva accadere di meglio: poiché, se c'è un vulcano a Lisbona, non può essere altrove; poiché è impossibile che le cose non siano dove sono; poiché tutto è perfetto. »

Egli aveva per vicino un omettino nero, che era ministro dell'Inquisizione. Questi prese la parola a sua volta, e disse

1 Gli Olandesi, pur di ottenere il permesso di commerciare in Giappone, accettavano di camminare sul crocifisso, rinnegando simbolicamente il cristianesimo.

con fare cerimonioso:

« Il signore par che non creda al peccato originale: ché se tutto è perfetto, non può esserci stato né fallo, né castigo. »

« Chiedo umilmente scusa all'Eccellenza Vostra, » replicò Pangloss più cerimonioso ancora; « nel migliore dei mondi possibili il peccato d'Adamo e la maledizione dovevano aver luogo per necessità. »

« Vossignoria non crede dunque al libero arbitrio? »

« Vostra Eccellenza perdoni, ma la libertà e la necessità assoluta possono conciliarsi benissimo; era necessario infatti che fossimo liberi; poiché insomma la volontà determinata...»

Egli era a mezzo della frase, allorché il ministro dell'Inquisizione accennò col capo al proprio staffiere, che gli stava mescendo del vino di Porto, o d'Oporto che sia.

VI · ESECUZIONE DI UN BELL'AUTO-DA-FÉ COL FINE DI SCONGIURARE I TERREMOTI, E FUSTIGAZIONE DI CANDIDO

Dopo che il terremoto ebbe distrutto Lisbona per tre quarti, nessun provvedimento parve ai savi uomini del paese più efficace a impedire la rovina assoluta, d'un bell'auto-da-fé dato al popolo. L'Università di Coimbra sentenziò che la cerimonia di ardere alcune persone a fuoco lento e con gran solennità, era un rimedio infallibile contro gli scotimenti della terra. Erano stati messi in prigione con questo fine un biscaglino, reo d'aver sposato la propria comare, e due portoghesi i quali avevano tolto il lardo da un pollo che stavano mangiando. Dopo il pranzo furono legati il dottor Pangloss e il suo discepolo Candido, il primo per aver parlato, il secondo per averlo ascoltato con aria di consentire. Furon condotti tutt'e due, ma separatamente, in certe stanze freschissime, dove il sole non dava mai noia. In capo a una settimana furono entrambi vestiti d'un *sambenito* e furono loro messe in capo mitre di carta. La mitra e il *sambenito* di Candido eran dipinti a fiamme capovolte e a diavoli senza artigli e senza code; i diavoli di Pangloss invece erano forniti di code e di artigli, e le sue fiamme eran diritte. Così vestiti, marciarono in processione, e ascoltarono una predica assai commovente, seguita da un bel concerto in falso bordone. Candido fu frustato nel sedere a tempo di battuta mentre cantavano; il biscaglino e i due uomini che non avevan mangiato il lardo del pollo furono bruciati, e Pangloss impiccato per la gola, benché non sia questa l'usanza. Lo stesso giorno la terra tremò nuovamente con un rombo spaventoso.[1]

Spaventato, smarrito, impaurito, tutto imbrattato di sangue e tremante da capo a piedi, Candido diceva tra sé medesimo: « Se questo è il migliore dei mondi possibili, figuriamoci gli altri. Pazienza le frustate; questa m'era già capitata coi Bulgari. Ma caro Pangloss mio! che voi, cima dei filosofi, siate dovuto morire impiccato dinanzi ai miei occhi senza ch'io sappia nemmen perché! Oh caro il mio anabattista, ottimo fra gli uomini, che siate dovuto affogare in porto! Oh cara la mia Cunegonda, perla delle damigelle, che abbiate proprio dovuto essere sventrata! »

Ammonito, frustato, assolto e benedetto, egli se ne veniva via a questo modo, reggendosi in piedi per miracolo, allorché gli s'accostò una vecchia che gli disse:

« Coraggio figliuolo, venite con me. »

VII · COME UNA VECCHIA SI PRESE CURA DI CANDIDO, E COME EGLI RITROVÒ L'AMOR SUO

Coraggio Candido non se ne poté fare, tuttavia seguì la vecchia dentro un tugurio. Ella gli diede un barattolo d'unguento perché se ne medicasse le piaghe, e gli mostrò un lettuccio abbastanza pulito. Accanto al letto era un vestiario fornito di tutto punto.

« Mangiate, bevete e dormite, » disse la vecchia, « e che Nostra Signora d'Atocha, monsignor Sant'Antonio di Padova e monsignor San Giacomo di Compostella v'abbiano in custodia. Domani torno. »

Candido, ancora sbalordito di quello che aveva visto e sofferto, e più della carità che gli dimostrava la vecchia, volle baciarle la mano.

1 Un auto-da-fé ebbe veramente luogo il 20 di giugno del 1756.

« Non è questa la mano che dovete baciare, » fece costei. « Tornerò domani; intanto strofinatevi con l'unguento, mangiate e dormite. »

A dispetto di tutte le sue disgrazie, Candido mangiò e dormì. La mattina dopo, la vecchia gli portò la colazione, gli esaminò la schiena, gliela unse lei stessa con un altro unguento; poi tornò col pranzo; e verso sera ricomparve con la cena. Il giorno seguente, trattamento uguale.

« Ma voi chi siete? » seguitava a domandar Candido; « chi è che v'ispira tanta misericordia? come vi posso io ricompensare? »

La buona donna non rispondeva mai nulla; ma quella sera capitò senza la cena.

« Venite con me, » disse, « e non fiatate. »

Lo prese sotto braccio e lo portò con sé attraverso l'aperta campagna per un quarto circa di miglio; si fermarono davanti a una casa solitaria, circondata da giardini e canali. La vecchia bussò a un usciolo; aprirono, e Candido si vede condotto su per una scaletta segreta a un salottino tutto dorato. La sua guida lo fa sedere su un canapè ricoperto di broccato, richiude l'uscio e se ne va. A Candido pareva di sognare: la sua vita passata gli sembrava un brutto sogno, e il presente un sogno meraviglioso.

Di lì a poco la vecchia tornò sostenendo a fatica una donna di statura maestosa, scintillante di gemme, e velata.

« Sollevate cotesto velo, » disse la vecchia a Candido.

Il giovane s'avvicina, e solleva il velo timidamente. Che momento! Che sorpresa! Gli sembrò di veder madamigella Cunegonda, e la vedeva infatti, poiché era proprio lei. Le forze lo abbandonano; incapace di proferir parola, casca ai piedi della dama, che cade sul canapè.

La vecchia li cosparge di essenze spiritose; tornano in sé; cominciano a parlarsi, sulle prime con parole rotte, domande e risposte di cui una non aspetta l'altra, sospiri, lacrime, grida. La vecchia li scongiurò di non far tanto strepito, e li lasciò soli.

« Voi! » disse Candido; « voi siete viva! Vi ritrovo in Portogallo! Ma dunque non siete stata violata? non vi hanno squarciato il ventre, come mi aveva detto il filosofo Pangloss? »

« Sì, » rispose la bella Cunegonda, « ma questi due infortuni non sono poi sempre mortali. »

« Ma i vostri genitori non furono trucidati? »

« Purtroppo, » diss'ella piangendo.

« E vostro fratello? »

« Ucciso anche lui. »

« E come mai siete in Portogallo? e come avete saputo che io ero qui? e che strana avventura mi conduce in questa casa? »

« Vi spiegherò ogni cosa, » replicò la dama, « ma prima mi dovete raccontare tutto quello che è successo a voi, dopo il bacio innocente che mi deste, e i calci che toccaste. »

Candido obbedì con profondo rispetto; e benché fosse smarrito, benché la sua voce suonasse malferma e fievole, benché la schiena gli dolesse ancora un poco, narrò col massimo candore tutto ciò che gli era successo dal momento in cui erano stati divisi. Cunegonda alzava gli occhi al cielo; la morte del buon anabattista e di Pangloss le fece versar qualche lacrima. Poscia parlò nel seguente modo a Candido, il quale non lasciava perder sillaba, e se la mangiava con gli occhi.

VIII · STORIA DI CUNEGONDA

« Ero in letto e dormivo profondamente, allorché piacque al Cielo di condurre i Bulgari nel nostro bel castello di Thunder-ten-Tronckh. Scannarono mio padre e il fratel mio, e fecero a pezzi mia madre. Un soldataccio bulgaro alto sei piedi, accorgendosi di me che a quella vista avevo perduto i sensi, incominciò a violarmi, la quale cosa mi fece rinvenire. Tornata in me, strillai, mi divincolai, mi difesi a morsi e a unghiate cercai di cavargli gli occhi perché io non sapevo che tutto quel che stava accadendo nel castello di mio padre era conforme alle usanze. Allora il bestial soldato mi diede una coltellata qui nel fianco sinistro, e ne serbo il segno. »

« Ahimè! voglio sperare che lo vedrò, » disse Candido ingenuamente.

« Lo vedrete, sì, » rispose Cunegonda, « ma ora andiamo avanti. »

« Seguitate. »

« Un capitano bulgaro, » riprese ella, « entrò in quel punto, e mi vide lì tutta insanguinata: il soldato frattanto seguitava a fare i suoi comodi. Adirato per questa mancanza al rispetto che era dovuto al suo grado, il capitano ammazzò quell'uomo brutale sul mio corpo. Poi mi fece medicare, e mi condusse seco nel suo alloggio come prigioniera di guerra. Io gli lavavo le poche camicie che possedeva, e gli facevo da mangiare. Gli piacevo assai, bisogna dir la verità; e neanche voglio nascondere che egli era di carnagione delicata e soave; uomo di poco spirito però, di poca filosofia, si vedeva subito che non era stato a scuola dal dottor Pangloss. In capo a tre mesi ebbe dato fondo ai quattrini che aveva, e io gli ero venuta a noia; mi vendette perciò a un ebreo chiamato don Issacar, il quale commerciava in Olanda e in Portogallo, e andava matto per le donne. Cotesto ebreo s'innamorò pazzamente di me, ma non fu esaudito. Seppi tenergli testa meglio che al soldato bulgaro; a una fanciulla onorata può capitare bensì di essere violata una volta, ma la sua virtù ne esce più salda di prima. L'ebreo mi condusse in questa sua villa, sperando che vi sarei divenuta più arrendevole. Fino ad allora io avevo creduto che al mondo non vi fosse luogo più splendido del castello di Thunder-ten-Tronckh; ma qui mi son ricreduta.

« Un giorno, essendo a messa, diedi nell'occhio al Grande Inquisitore; egli mi guardò lungamente, e mi fece poi sapere che aveva da conferir con me in segreto. Fui condotta al suo palazzo e gli palesai la mia nascita; egli mi mostrò quanto fosse indegno dei miei natali l'appartenere a un israelita, e fece far delle proposte a don Issacar perché questi mi cedesse a lui. Don Issacar, che è banchiere di corte e personaggio di grande prestigio, fece orecchie da mercante. L'Inquisitore lo minacciò dell'auto-da-fé; allora il mio ebreo impaurito acconsentì finalmente a un compromesso, secondo il quale questa casa e la mia persona sarebbero appartenute in comune a tutt'e due, riserbandosi egli il lunedì, il mercoledì e il giorno del sabato; gli altri giorni della settimana sarebbero spettati all'Inquisitore. Sono sei mesi che è stato stipulato questo patto. La cosa non è sempre andata liscia, perché è insorta più d'una volta la questione se la notte dal sabato alla domenica cada sotto il Vecchio Testamento o sotto quello Nuovo. Quanto a me, finora li ho tenuti a bada tutt'e due, e credo sia per questo che seguitano a essere innamorati di me.

« Infine monsignor Inquisitore deliberò di celebrare un auto-da-fé a scongiuro dei terremoti, e per far paura a don Issacar. Fui onorata d'un suo invito, ed ebbi un posto assai distinto; tra la messa e l'esecuzione a noi dame venne offerto anche un rinfresco. Ero già inorridita, a dir il vero, a veder bruciare quei due ebrei e il dabben biscaglino che aveva sposato la comare; ma che sorpresa, che spavento, che agitazione quando vidi dentro un *sambenito*, e sotto una mitra, uno che assomigliava a Pangloss! Mi stropicciai gli occhi, tornai a guardare: lo vidi impiccato, e mi tradiron le forze. Ero appena tornata in me, allorché vidi voi spogliato nudo: dentro di me tutto fu costernazione, strazio ed orrore. Debbo dirvi, per esser sincera, che la carnagione vostra è ancor più delicata, e di un incarnato più fine ancora di quella del capitano bulgaro. Quella vista rinfiammò i sentimenti da cui ero oppressa e straziata. Gridai; avrei voluto dire: crudeli, fermatevi,; ma mi mancò il respiro, e del resto le mie grida non sarebbero servite a nulla. ‹ Com'è mai possibile, › dissi tra me dopo che v'ebbero ben fustigato, ‹ che il gentil Candido e il saggio Pangloss siano capitati a Lisbona, l'uno per farsi dare cento nerbate, e l'altro perché monsignor Inquisitore, di cui io sono l'amata, lo faccia impiccare? Pangloss mi ha dunque ingannata malamente, quando m'insegnò che il mondo meglio di così non potrebbe andare! ›

« Io ero smarrita, sconvolta; a tratti davo in frenesie, per poi ritrovarmi affranta da morirne. Dentro il capo mi turbinavano il macello dei miei genitori e di mio fratello, l'insolenza del soldataccio bulgaro e la coltellata che mi aveva dato, il mio servizio, i fornelli, il capitano, il brutto don Issacar, l'aborrito Inquisitore, il dottor Pangloss sulla forca, quel gran *miserere* in falso bordone mentre che vi davan le nerbate sul sedere, e sopra ogni altra cosa il bacio che mi deste dietro al paravento quel giorno che ci eravamo veduti per l'ultima volta. Ringraziai il Signore di avervi ricondotto a me per la via di tante prove, e raccomandai alla mia vecchia di provvedere a voi, e di condurvi a me appena avesse potuto. Ha soddisfatto benissimo all'incarico; io ho potuto gustar la dolcezza indicibile di rivedervi, di riudir la vostra voce, di parlar con voi. Dovete aver una fame da lupo; io per me sento molto appetito; a cena dunque, prima di tutto. »

Siedono a tavola; e dopo cenato, si rimettono sopra quel bel canapè di cui s'è già fatta menzione. Stavano ancora sopra di esso, allorché si presentò il signor don Issacar, uno dei due padroni di casa. Era il giorno del sabato: egli veniva a usar del suo diritto, e a parlare del suo fervido amore.

IX · QUEL CHE NE FU DI CUNEGONDA, DI CANDIDO, DEL GRANDE INQUISITORE, E D'UN EBREO

Questo Issacar era il più collerico giudeo che si fosse veduto in Israele dai giorni della cattività di Babilonia.

« Come! » esclamò, « cagna d'una galilea, non ti basta dunque monsignor Inquisitore? Ho io da spartire anche con cotesto furfante? » Nel dir così trasse un lungo pugnale di cui sempre andava armato, e credendo che Candido fosse disarmato, gli s'avventò. Ma la vecchia insieme con l'abito aveva dato al nostro buon Vestfaliano un'ottima spada. Benché egli fosse di temperamento dolce, sfoderò, e stese l'Israelita morto stecchito ai piedi della vezzosa Cunegonda.

« Vergine Santissima, » esclamò costei, « che sarà di voi? Un uomo ucciso in casa mia! Se capita la giustizia, siam perduti. »

« Se Pangloss non fosse stato impiccato, » osservò Candido, « egli ci darebbe qualche buon consiglio in questo frangente; era veramente una cima di filosofo. Mancandoci lui, sentiamo la vecchia. »

Costei, che era donna prudente, si accingeva a dire il suo parere, allorché s'aperse un altro usciolino. Era un'ora dopo la mezzanotte; era incominciata la domenica, e con essa il turno del Grande Inquisitore. Costui entra, e vede il fustigato Candido con la spada in pugno, un morto in terra, Cunegonda allibita, e la vecchia occupata in dar consigli.

Ecco le considerazioni che balenarono nella mente di Candido, e il ragionamento che fece in un istante: « Se questo sant'uomo chiama gente, egli mi farà poi bruciar senza fallo, e potrebbe fare il medesimo a Cunegonda; m'ha fatto frustare senza misericordia; è mio rivale: visto che ho già ucciso non vale la pena di esitare. » La decisione fu risoluta e fulminea: senza dar tempo all'Inquisitore di riaversi dalla sorpresa, Candido lo passò da banda a banda, e buttò il corpo accanto a quello dell'ebreo.

« Non ci mancava che questa, » disse Cunegonda; « per noi non c'è più remissione: siamo scomunicati, ed è giunta la nostra ultima ora. Ma come avete fatto, voi così mansueto, a spacciare in due minuti un prelato e un ebero? »

« Mia bella damigella, » rispose Candido, « un uomo innamorato, geloso e frustato non sa più chi si sia. »

A questo punto intervenne la vecchia.

« Nella stalla, » disse, « vi son tre cavalli d'Andalusia con tutti i finimenti; il prode Candido vada subito a prepararli. Madama raccolga le doppie e i brillanti che ha; benché io non possa reggermi che sopra una natica sola, mettiamoci a cavallo e andiamo a Cadice. La stagione è bellissima, e di notte, col fresco, è piacevole viaggiare. »

Candido s'affretta a sellare i tre cavalli; egli, Cunegonda e la vecchia corrono trenta miglia in un tratto solo. Mentre si allontanano, entra nella casa la Santa Hermandada: a monsignore è data sepoltura in una bella chiesa, e Issacar lo buttano sul letamaio.

Candido, Cunegonda e la vecchia erano pervenuti frattanto alla cittadina chiamata Avacena, tra le montagne della Sierra Morena, e seduti dentro un'osteria ragionavano come ora si dirà.

X · COME CANDIDO, CUNEGONDA E LA VECCHIA ARRIVARONO A CADICE IN MISERIA, E IL LORO IMBARCO

« Chi sarà che mi ha rubato le doppie e i brillanti? » diceva Cunegonda piangendo. « E adesso come camperemo? che cosa faremo? dove troveremo degl'Inquisitori e degli ebrei che ce ne diano degli altri? »

« Ahimè, » fece la vecchia, « ho gran sospetto d'un reverendo padre minorita, che la notte scorsa alloggiava nella nostra locanda a Badajoz. Iddio mi perdoni se gli faccio torto, ma egli entrò due volte in camera nostra, e partì un bel tratto prima di noi. »

« Ahimè, » soggiunse Candido, « l'ottimo Pangloss mi ha dimostrato sovente che i beni di questo mondo sono comuni a tutti, e che ciascuno ha sopra di essi lo stesso diritto. Secondo questi principi, quel frate avrebbe dovuto lasciarci l'occorrente per finire il nostro viaggio. Non vi resta proprio nulla, Cunegonda mia bella? »

« Neanche un maravedi, » rispose costei.

« Che facciamo? » domandò Candido.

« Vendiamo uno dei nostri cavalli, » disse la vecchia. « Io monterò in groppa dietro a madamigella, benché non mi possa reggere che sopra una natica sola; e così arriveremo fino a Cadice. »

Nella medesima locanda stava un Priore dei Benedettini, che acquistò il cavallo a vil prezzo. Candido, Cunegonda e la vecchia passaron Lucena, Chillas e Lebrixa, e giunsero finalmente a Cadice. Qui si stava allestendo un'armata di mare, e si radunavano truppe per mettere la testa a partito ai Reverendi Padri del Paraguay, rei d'aver fatto insorgere una delle loro schiere contro i Sovrani di Spagna e del Portogallo, presso alla città del Ss. Sacramento.[1] Candido, il quale aveva servito presso i Bulgari, eseguì dinanzi al generale del piccolo esercito gli esercizi alla bulgara con garbo, sveltezza, destrezza e portamento tali, che gli fu dato il comando d'una compagnia di fanti. Eccolo diventato capitano, e imbarcato con madamigella Cunegonda, la vecchia, due servitori e i due cavalli d'Andalusia, già appartenuti a monsignor Grande Inquisitore del Portogallo.

Durante il viaggio discutevano spesso sulla filosofia del povero Pangloss.

« Noi facciam vela per un altro universo, » diceva Candido, « ed è senza dubbio in quello là che tutto va a meraviglia; perché bisogna pur convenire che del modo come va nel nostro dal punto di vista fisico e morale c'è motivo

1 Questo fatto è del 1662.

di lamentarsi. »

« Io vi voglio un bene dell'anima, » disse Cunegonda, « ma sono ancora tutta sgomenta per quel che ho veduto e passato. »

« Tutto andrà benone, » replicava Candido; « il mare di questo nuovo mondo si presenta già migliore dei nostri mari d'Europa; è più tranquillo, e i venti vi spirano più costanti. Non c'è ombra di dubbio che il Mondo Nuovo è appunto il migliore degli universi possibili. »

« Voglia il cielo! » esclamava allora Cunegonda, « ma sono stata tanto disgraziata nel mio, che il cuore mi si è chiuso quasi del tutto alla speranza. »

« Se voi vi lagnate, » disse un giorno la vecchia, « che cosa dovrei dir io, dopo quelle che son toccate a me? »

Nel sentir la pretesa di quella buona donna di voler essere più sventurata di lei, a Cunegonda venne quasi da ridere. Ella disse:

« Cara mia, io non vedo purtroppo come vi possa essere andata peggio che a me; salvo che siate stata stuprata da due Bulgari, che v'abbian dato due coltellate nella pancia, che v'abbian distrutto due castelli, che v'abbiano sgozzato sotto gli occhi due madri e due padri, e che abbiate visto frustare in un auto-da-fé due vostri amanti. Aggiungete che son nata baronessa con settantadue quarti, e che ho fatto la cuoca. »

« Madamigella, » rispose la vecchia, « voi non conoscete le mie origini; se io vi mostrassi il sedere, non parlereste mai più a questo modo, e sospendereste ogni sentenza in proposito. »

Tali parole destarono nell'animo di Cunegonda e di Candido una curiosità vivissima. La vecchia parlò come segue.

XI · STORIA DELLA VECCHIA

« Io non ho sempre avuto gli occhi vizzi e imprescIuttiti, il mento non mi ha sempre baciato la punta del naso, e non ho sempre fatto la serva. Io son figlia di Papa Urbano X [1] e della Principessa di Palestrina. Fino all'età di quat-

1 Nessun papa di questo nome è mai esistito.

tordici anni crebbi in un palazzo dove tutti i castelli dei vostri baroni tedeschi non avrebbero potuto nemmeno far figura di stalle; e una sola delle mie vesti valeva più di tutte le magnificenze della Vestfalia. Io crescevo bella, piena di vezzi e di doni, in mezzo ai piaceri, all'ossequio e alle speranze; già suscitavo l'amore; il mio seno ormai si maturava, e che seno! abbagliante, sodo, formato come quello della Venere dei Medici; e che occhi! che palpebre! che ciglia! quali fuochi mi splendevano dalle pupille ad offuscare lo scintillio delle stelle, come solevano dirmi i poeti del vicinato! Le mie donne cadevano in estasi quando nel vestirmi e nello spogliarmi miravano la mia persona davanti e di dietro; e non c'era uomo che non avrebbe dato l'anima al diavolo per essere al posto loro.

« Fui promessa in isposa a un Principe sovrano di Massa Carrara: e che principe! bello quanto me, la bontà e l'attrattiva fatte persona, tutto brio, tutto fuoco, tutto amore. L'amavo come si ama per la prima volta, con tutti i trasporti dell'adorazione. Le nozze furono preparate con magnificenza e splendidezza mai viste, con festini, caroselli, opere buffe da non finire; tutta Italia mi celebrò con sonetti tra i quali non ce ne fu neanche uno passabile. Stavo per varcare la soglia della felicità, allorché una vecchia marchesa, che era stata l'amante del mio bel principe, lo invitò a prendere una cioccolata in casa sua. In men di due ore egli era già morto tra convulsioni spaventose. Ma questa è una bazzecola. Mia madre, afflitta e sconsolata (ma non quanto me), volle togliersi per un poco di tempo a una così funesta dimora, e decise di soggiornare in una terra bellissima che possedeva nei pressi di Gaeta. C'imbarcammo sopra una galea del paese, dorata come l'altar di San Pietro a Roma. Fummo a un tratto aggredite da un corsaro di Salé. I soldati che ci scortavano si comportarono da veri soldati del Papa: gettarono tutte le armi, caddero in ginocchio, e domandarono al corsaro l'assoluzione *in articulo mortis*.

« Furono subito spogliati nudi come le scimmie, e così mia madre, e così le mie damigelle d'onore, e così anch'io. Mirabile è la diligenza che quei signori mettono a spogliar le persone; ma la cosa che mi sorprese maggiormente fu che a tutte ci misero il dito colà dove noialtre donne di solito non lasciamo entrare che cannucce. Tale cerimonia mi parve stranissima; a chi non è mai uscito di casa sua, pare strana ogni cosa. Seppi ben presto che lo facevano per vedere se alle volte non avessimo nascosto lì qualche brillante, ed è usanza che vige da tempo immemorabile fra tutte le nazioni civili che corseggiano il mare. Ho appreso in seguito che i signori Cavalieri del Sovrano Ordine di Malta non vi mancano mai quando prendono dei Turchi o delle Turche; è una norma del diritto delle genti dalla quale non hanno derogato neppure una volta.

« Non starò a dirvi quanto sia duro per una giovane principessa d'esser menata schiava in Marocco con la propria madre: immaginerete senza sforzo tutto quel che ci toccò sopportare sulla nave corsara. Mia madre s'era conservata assai avvenente; le nostre damigelle d'onore, e perfino le nostre cameriere, vantavano più bellezze di quante se ne trovino in tutta l'Africa; quanto a me, ero un incanto, la venustà e la grazia incarnate, ed ero vergine. Rimasi tale per poco. Quel fiore che era stato riserbato al bel Principe di Massa Carrara, mi fu tolto dal capitano dei corsari. Questi era un abominevole negro, che si credette anche di farmi un grandissimo onore. La signora Principessa di Palestrina mia madre ed io dovemmo esser robuste davvero per reggere a tutto quello che ci toccò finché non si giunse al Marocco. Ma tiriamo avanti; son cose tanto comuni che non vale la pena di trattenervisi.

« Il Marocco era un lago di sangue quando noi vi giungemmo. Cinquanta figli dell'Imperatore Mulai Ismail avevano ciascuno il proprio partito, dimodoché nel paese erano in atto cinquanta guerre civili: neri contro neri, neri contro marroni, marroni contro marroni, mulatti contro mulatti: un macello incessante per tutto il territorio dell'Impero.

« Eravamo appena sbarcate, che dei mori appartenenti a una fazione avversa al nostro corsaro gli si pararono innanzi per togliergli la preda. Dopo l'oro e i brillanti, la merce più pregiata eravamo noi. Voi, nei vostri climi d'Europa, non vedete mai combattimenti simili a quello che vidi io quella volta. I popoli del settentrione non hanno il sangue caldo abbastanza, e non conoscono quel furore per la donna che è proprio degli africani. Voialtri par che abbiate latte nelle vene; quel che scorre nelle vene degli abitatori dell'Atlante e delle regioni vicine, è fuoco, è vetriolo. Per decidere a chi dovessimo toccare, combatterono con la ferocia dei leoni, delle tigri, dei serpenti che stanno di casa in quelle contrade. Un moro afferrò mia madre per il braccio destro, il luogotenente del corsaro la tratteneva per quello mancino; un altro soldato moro la prese per una gamba, l'altra era tenuta stretta da uno dei nostri pirati. Le nostre donne si trovarono in un baleno quasi tutte afferrate e tirate a quel modo da quattro soldati. Il capitano mi faceva scudo della sua persona, e con la scimitarra in pugno spacciava chiunque ardiva affrontarlo. Vidi infine tutte le nostre compagne italiane e mia madre lacerate, smembrate, squartate da quelle fiere che se le contendevano. I prigionieri della nostra scorta, coloro che li avevano catturati, marinai, neri, marroni, bianchi, mulatti, e finalmente il capitano, tutti perirono, e io mi ritrovai semiviva sopra una catasta di morti. Fatti uguali accadevano, come sa ognuno, in un territorio di trecento leghe, senza che nessuno mancasse perciò alle cinque operazioni quotidiane di Maometto.

« Con grande sforzo riuscii a districarmi dal viluppo di quei cadaveri ammonticchiati, e a trascinarmi fin sotto una pianta d'arancio, in riva a un ruscello vicino; mi lasciai cadere in quel luogo, vinta dallo spavento, dalla stanchezza, dall'orrore, dalla disperazione e dalla fame. Affranta com'ero, piombai di lì a poco in un sonno che aveva più dello svenimento che del riposo. Giacevo a quel modo, esausta e senza conoscenza, tra la morte e la vita, allorché sentii qualcosa che mi premeva addosso agitandosi sopra il mio corpo. Aprii gli occhi, e vidi un uomo bianco, di bell'aspetto, il quale sospirando e smozzicando le parole tra i denti, diceva: *O che sciagura d'essere senza c....!* [1]

XII · SEGUITANO LE SVENTURE DELLA VECCHIA

« Udii con sorpresa e allegrezza la mia lingua natia, e sorpresa non minore destarono in me le parole proferite da

1 In italiano nel testo di Voltaire.

quell'uomo. Gli risposi che vi erano sciagure peggiori di quella ch'egli lamentava; lo informai brevemente delle atrocità che avevo sofferto, poi le forze tornarono ad abbandonarmi. Egli mi trasportò in una casa lì presso, mi fece mettere a letto e rifocillare, e mi confortò con molte carezze, assicurandomi che non aveva mai veduto una bellezza uguale alla mia, e che mai aveva tanto rimpianto la perdita di quel che nessuno al mondo gli poteva restituire.

« ‹ Io sono nato a Napoli, › mi diss'egli, ‹ dove ogni anno si castrano da due a tremila fanciulli; parte soccombono, parte acquistano voci più belle delle voci di donna, parte diventano governatori di stati. Nel caso mio l'operazione sortì effetti mirabili, e io diventai cantore nella cappella della signora Principessa di Palestrina. ›

« ‹ Di mia madre! › esclamai.

« ‹ Di vostra madre? › gridò egli piangendo; ‹ come! sareste voi quella principessina che io ho educato fino a sei anni, e che dava già promessa di una bellezza quale si ammira in voi? ›

« ‹ Io proprio; e mia madre giace sotto un mucchio di cadaveri, tagliata in quarti, a quattrocento passi da qui. ›

« Gli feci il racconto delle mie avventure; egli mi narrò le sue, e mi disse d'essere stato inviato al Re del Marocco da una Potenza cristiana, per trattare con quel sovrano certe forniture di polvere, di cannoni e di navi che l'aiutassero a distruggere i commerci degli altri cristiani.[1] ‹ La mia missione è compiuta, concluse quell'eunuco dabbene; sto per imbarcarmi a Ceuta, e vi ricondurrò in Italia. *Ma che sciagura d'essere senza c...!* ›

« Lo ringraziai con le lacrime agli occhi. Invece di condurmi in Italia, mi portò ad Algeri e mi vendette al Dey di quella provincia. Ero appena stata venduta, allorché quella pestilenza che girò Africa, Asia ed Europa scoppiò violentissima in Algeri. Voi siete stata presente al terremoto; ma la peste, signorina, l'avete mai avuta? »

« Mai, » rispose la baronessa.

« Se l'aveste avuta, » disse la vecchia, « riconoscereste che è ben peggiore del terremoto. In Africa è frequentissima;

1 Una missione simile fu inviata in Marocco dal re del Portogallo, durante la guerra per la successione di Spagna.

io la presi. Considerate di grazia la situazione d'una figlia di Papa, di quindici anni appena, che nello spazio di tre mesi aveva sperimentato la schiavitù e la miseria, che era stata violata quasi ogni giorno, aveva visto squartare la propria madre, e dopo assaggiate guerra e fame, moriva appestata in Algeri! Veramente io non ne morii; ma l'eunuco che m'aveva venduta, il Dey, e poco meno che l'intero serraglio ci rimasero.

« Sfogata la prima furia di quella pestilenza, le schiave del Dey andarono all'asta. Fui comprata da un mercante che mi portò a Tunisi, e lì mi vendette a un altro mercante, il quale mi rivendette a Tripoli; da Tripoli fui rivenduta ad Alessandria, da Alessandria a Smirne, e da Smirne a Costantinopoli. Finalmente venni in mano a un agà dei giannizzeri, di lì a poco destinato ad Azof per difendere la città contro i Russi che l'assediavano.

« L'agà, che era di complessione amorosa, si portò dietro tutto il proprio serraglio, e ci alloggiò in un fortino sulle paludi Meotidi, sotto la guardia di due eunuchi e di venti soldati. I nostri fecero strage dei Russi, e questi fecero altrettanto con noi: misero Azof a ferro e a fuoco, e non perdonarono né al sesso né all'età. Continuava a resistere il nostro fortino solo, e il nemico decise di prenderci per fame. I venti giannizzeri avevano giurato di non arrendersi, e si ridussero a tal penuria di viveri che per non mancare al giuramento dovettero mangiarsi i nostri due eunuchi. In capo a qualche giorno deliberarono di mettere mano alle donne.

« Era con noi un imano assai caritatevole e devoto: costui fece loro una bella predica, e li indusse a non ammazzarci del tutto. ‹ Tagliate, › diss'egli, ‹ una natica sola a ciascuna di queste signore, e mangerete da papi; così, se tra qualche giorno ve ne fosse ancor bisogno, vi avanzerà altrettanta grazia di Dio. Il cielo vi ricompenserà d'essere stati così umani, e vi manderà il soccorso. ›

« Tanta eloquenza li persuase. Fummo dunque sottoposte all'atroce operazione, e l'imano ci spalmò sulle ferite il balsamo con cui si ungono i fanciulli dopo che son circoncisi. Ci sentivamo tutte in punto di morte.

« I giannizzeri avevano a mala pena consumato il pasto

fornito da noi, che i Russi montati su certe chiatte arrivarono loro addosso, e non ne risparmiarono uno. I vincitori non si diedero alcun pensiero dello stato in cui eravamo. Cerusici francesi non mancano mai in nessun luogo; uno di questi, assai valente, volle prendersi cura di noi, e ci guarì; e finché avrò vita ricorderò che quando le mie ferite furon chiuse del tutto, egli mi fece delle profferte galanti. Del resto si adoperò a consolarci col dire che in parecchi assedi era successo il medesimo, e che le leggi della guerra volevano così.

« Tosto che le mie compagne furono capaci di reggersi in piedi, le avviarono a Mosca; io invece toccai a un bojardo che mi mise a far la giardiniera, e mi dava venti nerbate al giorno. Dopo due anni, questo cavaliere, per non so che intrigo di Corte, fu arrotato insieme con una trentina d'altri bojardi; io approfittai dell'occasione per fuggire. Passai tutta la Russia; per lungo tempo feci la serva d'osteria a Riga, poi a Rostock, a Vismar, a Lipsia, a Cassel, a Utrecht, a Leida, all'Aja, ad Amsterdam. Sono invecchiata nell'obbrobrio e nella miseria, con mezzo sedere soltanto, e ricordando sempre ch'ero figlia d'un Papa. Sono stata cento volte sul punto di finirla, ma sempre mi vinse l'amor della vita: debolezza risibile, e forse tra le più funeste. Che vi può esser mai di più sciocco del nostro eterno faticare sotto un fardello che desideriamo di scaricare ad ogni istante? dell'aver in odio il nostro essere e farne un così gran conto? del vezzeggiare la serpe che ci rode, finché non ci abbia mangiato il cuore?

« Nei paesi dove la sorte mia m'ha condotto, nelle osterie dove ho servito, ho visto un numero incredibile di individui che aborrivano la loro vita; dodici soli ne ho incontrato che volontariamente abbiano posto fine alla propria infelicità: tre negri, quattro inglesi, quattro ginevrini e un professore tedesco chiamato Robeck.[1] Da ultimo diventai serva di don Issacar; egli mi mise al servizio vostro, signorina mia bella; mi son legata alla vostra sorte, e ho posto più mente ai casi vostri che ai miei. Non avrei neppur fatto parola delle mie sventure, se non mi aveste stuzzicata un pochino, e se non fosse uso, viaggiando per mare, d'ingannare il tem-

1 Nato a Calmar nella Svezia, annegatosi nel 1739.

po con qualche racconto. Madamigella, io ho finalmente una certa esperienza, e il mondo lo conosco: prendetevi una soddisfazione, fate che ogni passeggero vi narri la storia sua. Se ne trovate uno, uno solo che non abbia spesso maledetto la propria vita, che non si sia spesso stimato il più sciagurato degli uomini, pigliatemi e buttatemi in mare. »

XIII · COME CANDIDO FU COSTRETTO A SEPARARSI DALLA BELLA CUNEGONDA E DALLA VECCHIA

Udito il racconto della vecchia, la bella Cunegonda le fece tutte quelle dimostrazioni che una tal nascita e tali qualità domandavano. Accettò quindi la proposta di lei, e indusse tutti i passeggeri, uno dopo l'altro, a narrare le proprie vicende. Ella e Candido dovettero convenire che la vecchia aveva ragione.

« Peccato davvero, » diceva Candido, « che il saggio Pangloss sia stato impiccato, contrariamente del resto a quel che usa negli auto-dà-fé; egli ci farebbe dei ragionamenti mirabili sul male fisico e sul male morale, presenti in ogni luogo della terra e del mare; e io mi sento così ferrato sull'argomento, che ardirei fargli alcune rispettose obiezioni. »

Mentre si facevano quei racconti, la nave seguitava ad avanzare, e un bel giorno approdò a Buenos-Aires. Cunegonda, capitan Candido e la vecchia si recarono insieme dal governatore, don Fernando d'Ibaraa y Figueroa y Mascarenes y Lampourdos y Souza. Questo personaggio mostrava l'alterigia che si addiceva a un possessore di tanti nomi: agli uomini parlava con uno sprezzo nobilissimo, col naso tanto in aria, un così alto e spietato tono di voce, e un portamento così superbo, che nel salutarlo ognuno l'avrebbe volentieri caricato di bastonate; per le donne andava pazzo. Cunegonda gli parve passare in bellezza tutte quelle che aveva visto in vita sua; le sue prime parole furono per chiedere se era moglie del capitano. L'aria con cui fu fatta la domanda destò in Candido una certa inquietudine. Egli non ebbe l'audacia di pretendere che Cunegonda fosse sua moglie, poiché non era tale; non osò dirla sorella, poiché non era neanche questo; sebbene tale bugia ufficiosa sia stata molto in voga presso gli antichi, e potesse qui tornare utile ai moderni, egli era troppo puro di cuore per adottarla. Egli rispose perciò:

« Madamigella Cunegonda sta per farmi l'onore di concedermi la sua mano, e noi supplichiamo l'Eccellenza Vostra che ella si degni di sposarci. »

Don Fernando d'Ibaraa y Figueora y Mascarenes y Lampourdos y Souza si ravviò i mustacchi, ebbe un sorriso amaro, e ordinò al capitano Candido d'andarsene a passare in rivista la sua compagnia. Questi obbedì; e il governatore rimasto solo con madamigella Cunegonda le dichiarò la propria passione, assicurandole che il giorno seguente l'avrebbe sposata al cospetto della Chiesa o in qualunque altro modo la beltà sua si fosse compiaciuta di scegliere. Cunegonda lo pregò di lasciarle un quarto d'ora di respiro per raccogliersi, consultar la vecchia e decidere il da farsi.

Disse la vecchia a Cunegonda:

« Madamigella, voi possedete settantadue quarti, e neanche il becco d'un quattrino; sta in voi sola diventar moglie del più potente signore dell'America Meridionale, fornito d'un bellissimo paio di baffi. Spetta proprio a voi d'ostentare una fedeltà a tutta prova? Siete stata violata dai Bulgari, un ebreo e un Inquisitore si son goduti i vostri favori: dalle sventure ci vengono pur dei diritti. Vi confesso che io nei panni vostri non mi farei punto scrupolo di sposare il signor governatore, e d'assicurare promozione e favore al capitano Candido. »

Mentre che una prudenza figlia dell'esperienza e dell'età dettava alla vecchia questi consigli, fu visto entrar nel porto un piccolo legno, sopra il quale stavano un alcade e degli alguazili. Ecco quel che era successo. La vecchia aveva indovinato a puntino: era stato un minorita [1] dalla manica lunga a rubare i denari e le gioie di Cunegonda nella città di Badajoz, mentre ella fuggiva con Candido. Il frate tentò di vender qualche gioiello a un orafo, e questi li riconobbe come appartenenti al Grande Inquisitore. Il frate prima di finir sulla forca, confessò d'averli rubati a delle persone che descrisse, e indicò anche la via che avevano preso. Si aveva

1 Dell'ordine cioè dei Minori Conventuali.

già notizia della fuga di Cunegonda e di Candido; le loro tracce furono seguite fino a Cadice; di lì, senza por tempo in mezzo fu loro spedito dietro un legno, e questo era ormai giunto nel porto di Buenos Aires. Si sparse la voce che stava per scendere a terra un alcade, e che si ricercavano gli uccisori di monsignor Grande Inquisitore. L'avveduta vecchia giudicò su due piedi il da farsi.

« Voi non avete modo di fuggire, » diss'ella a Cunegonda, « ma neanche avete da temer nulla. Non siete mica stata voi ad ammazzar monsignore; del resto il governatore, che è innamorato di voi, non vi lascerà molestare. Non vi muovete. » Poi corre da Candido, e gli fa: « Scappate, o fra un'ora vi bruciano. » Non c'era un momento da perdere; ma come risolversi a lasciar Cunegonda? dove trovare un rifugio?

XIV · ACCOGLIENZA FATTA A CANDIDO E A CACAMBO DAI GESUITI DEL PARAGUAY

Candido s'era portato dietro da Cadice un domestico di quelli che si trovano in gran numero sulle coste spagnole e nelle colonie. Quarto di spagnolo, nato a Tucuman di padre meticcio, era stato chierico, sagrestano, marinaio, frate, fattorino e lacchè. Si chiamava Cacambo, e trovando che il suo padrone era un buonissimo uomo, gli si era affezionato straordinariamente. Egli sellò in un batter d'occhio i due cavalli d'Andalusia.

« Su, padrone, facciamo come consiglia la vecchia; via di galoppo e senza voltarci indietro. »

Candido piangeva.

« Cara la mia Cunegonda, » diceva, « mi tocca dunque separarmi da voi proprio ora che il signor governatore sta per celebrare le nostre nozze!... O Cunegonda condotta qui da tanto lontano, che sarà di voi? »

« Sarà quel che sarà, » rispondeva Cacambo, « le donne se la cavan sempre; Iddio la proteggerà... Andiamo. »

« Ma dove mi porti? dove andiamo? e che faremo senza Cunegonda? »

« Per San Giacomo di Compostella! Voi stavate per far

la guerra contro i Gesuiti: andiamo a farla con loro. Sono abbastanza pratico delle strade, e vi guiderò fino al loro Stato: non gli parrà vero d'aver un capitano che sa manovrare alla bulgara. Farete fortuna, e grande; a chi va male in un mondo, va bene in quell'altro. Vedere e far cose nuove è la cosa più divertente. »

« Tu nel Paraguay ci sei dunque già stato? »

« Altroché! Sono stato istitutore nel collegio dell'Assunzione, e conosco lo Stato di Los Padres come le vie di Cadice. È una meraviglia codesto Stato. Il regno misura a quest'ora più di trecento leghe per traverso, ed è diviso in trenta provincie. Los Padres son padroni di tutto, le popolazioni di nulla; un capolavoro di ragione e di giustizia. Per conto mio Los Padres son gente divina: da queste parti guerreggiano col Re di Spagna e col Re di Portogallo, e in Europa fan da confessori a questi medesimi re; e ammazzano qui quegli stessi spagnoli che a Madrid spediscono in Paradiso. Cose stupende... Affrettiamoci. Voi sarete l'uomo più felice del mondo. Come saranno contenti Los Padres quando vedranno arrivare un capitano che sa la manovra alla bulgara! »

Non appena ebbero toccato la barriera di confine, Cacambo disse al posto avanzato che un capitano chiedeva di monsignor comandante. Fu avvertita la gran guardia, e un ufficiale paraguaiano corse a prosternarsi al comandante per annunciargli la novità. A Candido e a Cacambo furono per prima cosa tolte le armi, e presi i due cavalli d'Andalusia; poi furono introdotti tra due file di soldati. In fondo a queste stava il Comandante, il tricòrno in capo, la tonaca rimboccata, la spada al fianco e lo spuntone in mano. Ad un suo cenno, ventiquattro soldati si strinsero subito intorno ai nuovi venuti. Un sergente spiegò loro che bisognava aspettare: il comandante non poteva parlar con loro, non permettendo il reverendissimo padre provinciale ad alcuno spagnolo d'aprir bocca se non al suo cospetto, né di trattenersi nel paese più di tre ore.

« E il reverendissimo padre provinciale dov'è? » domandò Cacambo.

« Ha detto messa, e ora sta passando la rassegna; non sarete ammessi a baciargli gli sproni prima di tre ore. »

« Ma il signor capitano, » obiettò Cacambo, « il quale muore di fame con me, non è affatto spagnolo, è tedesco; in attesa di Sua Reverenza, non potremmo noi intanto far colazione? »

Il sergente tornò dal comandante per riferire.

« Lodato sia il Signore! » disse quel personaggio; « se è tedesco posso dunque intrattenermi con lui; si conduca nella mia pergola. »

Candido fu condotto immediatamente a una volta di verzura, adorna d'un bellissimo colonnato di marmo verde a vene dorate, e di voliere dietro alle quali si vedevano pappagalli, colibrì, uccelli mosca, faraone e ogni sorta di volatili rari. Una colazione squisita era già apparecchiata in vasellame d'oro; e mentre i paraguaiani si mangiavano il loro granturco in ciotole di legno, all'aperto e sotto la sferza del sole, il reverendo padre comandante entrò sotto il suo pergolato.

Era costui un bellissimo giovane, bianco e rosso, pienotto di viso; le ciglia aveva arcuate, lo sguardo vivace, orecchi coloriti e labbra vermiglie. Il portamento era altero, ma non dell'alterigia spagnola, e neanche di quella gesuita. Furono restituiti ai due viaggiatori le armi e i cavalli; Cacambo fece dar dell'avena a questi ultimi, che volle accanto alla pergola e sott'occhio, per timore di qualche sorpresa.

Candido si portò alle labbra un lembo della tonaca del comandante, quindi sedettero a tavola.

« Voi siete dunque tedesco? » domandò il Gesuita in quell'idioma.

« Sì, padre reverendo. »

Nel dir così l'uno guardava l'altro con altissima sorpresa, e con un'alterazione che non riuscivano a nascondere.

« E di qual parte della Germania siete? »

« Della sudicia provincia di Vestfalia, » rispose Candido; « son nato nel castello di Thunder-ten-Tronckh. »

« Gran Dio! È mai possibile? »

« Miracolo! »

« Siete proprio voi? »

« Non può essere! »

Tutt'e due strabiliano, si buttano le braccia al collo, spargono rivi di lacrime.

« Come! » disse Candido, « sareste dunque proprio voi, padre mio reverendo? voi, il fratello della bella Cunegonda! voi, che foste trucidato dai Bulgari! voi, il figlio di Sua Grazia il Barone! voi, Gesuita nel Paraguay! Bisogna pur convenire che è un mondo curioso. O Pangloss, Pangloss! che soddisfazione per voi se non vi avessero impiccato! »

Il comandante mandò via gli schiavi negri e i paraguaiani che avevano loro versato da bere dentro tazze di cristallo di rocca. Egli rendeva mille volte grazie a Dio e a Sant'Ignazio, e stringeva sempre di nuovo Candido al seno; i loro volti erano irrorati di pianto.

« Voi sareste ben altrimenti sbalordito, commosso, e fuor di voi stesso, » disse Candido, « se io vi dicessi che madamigella Cunegonda, invece d'essere morta sventrata, sta benone. »

« Dov'è? »

« Qui vicino, presso il signor governatore di Buenos Aires; e io ero venuto qui per combattere contro di voi. »

Ogni parola di quella lunga conversazione aggiungeva portento a portento. Tutta l'anima aleggiava lor sulla lingua, stava intenta negli orecchi, sfavillava dagli sguardi. Come tedeschi, stettero a tavola un gran pezzo, aspettando il reverendo padre provinciale; e il comandante fece al suo diletto Candido la narrazione seguente.

XV · COME CANDIDO AMMAZZÒ IL FRATELLO DELLA SUA AMATA CUNEGONDA

« Per tutta la vita mi starà dinanzi quel giorno tremendo in cui vidi trucidare mio padre e mia madre, e violar mia sorella. Dopo che i Bulgari si furono ritirati, quell'adorata sorella non si rinvenne, e mio padre, mia madre ed io, insieme con due fantesche e tre bambinelli sgozzati, fummo messi sopra una carretta per darci sepoltura in una cappella dei Gesuiti, a tre leghe dal castello dei miei avi. Un Gesuita ci asperse con dell'acqua benedetta che era fortemente salata. Me ne penetrò qualche stilla negli occhi; il padre notò che una delle mie palpebre s'era mossa un pochino, e postami una mano sul cuore, sentì che batteva; fui soccorso, e in capo a tre settimane stavo meglio di prima. Voi sapete, caro Candido, che io ero un bel ragazzo; diventai anche meglio, e il reverendo padre Croust,[1] superiore della casa, concepì per me un'affettuosa amicizia. Mi fece vestir l'abito di novizio, e dopo qualche tempo fui inviato a Roma. Il padre generale stava appunto reclutando dei giovani Gesuiti tedeschi, poiché i reggitori del Paraguay accolgono meno spagnoli che possono, e preferiscono gli stranieri, sui quali stimano d'aver maggiore autorità. Il reverendo padre generale mi giudicò adatto al lavoro di questa vigna, e io partii in compagnia d'un polacco e di un tirolese. Appena giunto, ebbi l'onore d'esser fatto suddiacono e luogotenente; oggi sono prete e colonnello. Noi accoglieremo le truppe del Re di Spagna come si conviene: vi garantisco che saranno scomunicate e sconfitte. È la Provvidenza che ci manda il vostro aiuto. Ma è proprio vero che Cunegonda si trova da queste parti, presso il governatore di Buenos Aires? »

Candido gli giurò che era verissimo; e le lacrime presero a scorrer di nuovo. Il Barone non si saziava d'abbracciar Candido, lo chiamava fratello e salvatore.

« Chissà, » diss'egli, « che noi, carissimo Candido, non si possa entrar tutt'e due da vincitori nella città, e riprender mia sorella Cunegonda. »

« Io non bramo appunto altro che questo, » rispose Candido, « poiché speravo di sposarla, e lo spero tuttavia. »

« Voi, insolente! » esclamò il Barone; « voi avreste la faccia tosta di voler sposare mia sorella che ha settantadue quarti! Siete un bello sfrontato, in fede mia, a osar di parlarmi d'una così temeraria intenzione! »

Candido, rimasto di sale a un tal discorso, rispose:

« Padre mio reverendo, tutti i quarti del mondo non ci posson far nulla; ho tratto vostra sorella dalle braccia d'un Inquisitore e d'un ebreo; ella ha più d'un obbligo verso di me; intende avermi per marito. Mastro Pangloss mi ha sempre insegnato che tutti gli uomini sono uguali, e io la sposerò senza fallo. »

« La vedremo, mascalzone che non sei altro! » gridò il

1 Nelle prime edizioni al luogo di Croust si leggeva Didrie. Voltaire accusava il padre Croust d'essere il più brutale dei Gesuiti.

Gesuita barone di Thunder-ten-Tronckh, e nel dire gli mena una gran piattonata traverso la faccia.

Immantinente Candido sfodera a sua volta, e pianta la spada fino all'elsa nella pancia del Baron gesuita. Nel ritrarla fumante scoppiò a piangere, e disse:

« Gran Dio, ho ucciso il mio vecchio padrone, l'amico, il cognato; io che sono la miglior pasta del mondo, ohimè, ho già ammazzato tre persone; e due eran preti. »

Cacambo, il quale aveva fatto la guardia dinanzi alla pergola, accorse subito.

« Qua non ci resta che vender cara la pelle, » gli disse il padrone; « starà poco a venir qualcuno in questa pergola; moriremo con le armi in pugno. »

Cacambo, che ne aveva viste ben altre, non perdette la testa. Diè di piglio alla tonaca da Gesuita del barone, e la mise indosso a Candido, gli pose in capo il tricorno del morto, e lo fece montar a cavallo, tutto in un battibaleno.

« Di galoppo, padrone; sarete preso da tutti per un Gesuita che va in giro a dar degli ordini, e prima che c'inseguano avremo passato il confine. » Mentre egli diceva queste parole, andavano già di carriera. « Largo, » gridava Cacambo, « largo al reverendissimo padre colonnello! »

XVI · COME ANDÒ AI DUE VIAGGIATORI CON DUE RAGAZZE, DUE SCIMMIE, E COI SELVAGGI CHIAMATI ORECCHIONI

Candido e il suo servitore avevano già passata la barriera di confine, e nell'accampamento nessuno si era ancora accorto della morte del Gesuita tedesco. Il previdente Cacambo aveva pensato a riempir la valigia con pane, cioccolata, prosciutto, frutta e qualche fiaschetta di vino. S'addentrarono coi loro cavalli andalusi in un paese sconosciuto, dove non incontravano strade di nessuna sorta. Finalmente si mostrò ai loro sguardi una bella prateria irrigata da alcuni ruscelli. Lasciarono pascolare le loro cavalcature; Cacambo propose di mangiare un boccone, e diede l'esempio.

« Come vuoi tu, » diceva Candido, « che io mi metta a

mangiar prosciutto dopo che ho ucciso il figlio del signor Barone, e mi trovo condannato a non veder più in vita mia la bella Cunegonda? A che pro continuare questa vita sciagurata, se devo trascinarla lontano da lei nel rimorso e nella disperazione? E il ‹ Giornale di Trévoux ›[1] che cosa dirà? »

Così parlando, seguitava intanto a mangiare. Il sole era al tramonto. A un tratto i due sperduti udirono dei piccoli gridi che parevan di donne. Non capivano se fossero voci di dolore o di piacere, ma pieni di quell'inquietudine e del sospetto che in paese sconosciuto nascono da ogni cosa, balzarono in piedi a precipizio. Chi mandava quelle voci eran due ragazze nude come Iddio le aveva fatte, le quali correvano leggere al margine della prateria, incalzate da due scimmioni che mordevano loro le natiche. Candido fu preso da compassione. I Bulgari gli avevano insegnato anche a tirare, e avrebbe còlto una nocciola sul ramo senza toccar le foglie. Diè di piglio al suo schioppo spagnolo a due canne, tirò, e freddò i due scimmioni.

« Sia lodato Iddio, caro Cacambo! Io ho salvato quelle due povere creature da un gran pericolo. Se ho fatto peccato uccidendo un Inquisitore e un Gesuita, ho anche fatto buona ammenda salvando la vita a due ragazze. Chissà che non siano damigelle di qualità; quest'avventura potrebbe esserci di gran tornaconto presso gli abitanti del paese. »

Avrebbe seguitato ancora, senonché la parola gli si gelò sulle labbra quando vide le due ragazze abbracciare con tenerezza i due scimmioni, piangere sui loro corpi, ed empir l'aria di dolorosissime strida.

« Non m'aspettavo cuori così pietosi, » diss'egli infine a Cacambo, il quale rispose:

« Avete fatto un bel lavoro, padrone; avete ammazzato gli amanti di quelle due signorine. »

« Gli amanti? ma come può essere? Voi vi burlate di me, caro Cacambo; io non crederò mai una cosa simile. »

« Caro padrone, voi fate gran meraviglie d'ogni inezia. Che c'è poi di strano se in qualche paese gli scimmioni conquistano le signore? Sono pure dei quarti d'uomini, come io sono un quarto di spagnolo. »

1 Era la più celebre gazzetta letteraria del XVIII secolo, redatta dai Gesuiti.

« Ohimè, ora ricordo d'aver sentito da Mastro Pangloss che casi di questo genere si verificarono nei tempi andati, e che da quei connubi eran nati gli Egipani, i Satiri e i Fauni, i quali furono visti da parecchi personaggi dell'antichità; ma io le credevo favole. »

« Ora siete persuaso, e avete veduto come procede la gente senza educazione. Temo soltanto che quelle signore ci procurino qualche fastidio. »

Tali assennate considerazioni indussero Candido a lasciar la prateria, e a inoltrarsi nel folto d'una boscaglia. Qui cenò insieme con Cacambo; poi tutt'e due si coricarono sopra un letto di muschio, e dopo aver mandato ogni sorta di maledizioni all'Inquisitore del Portogallo, al governatore di Buenos Aires e al Barone, si addormentarono. Al mattino, ridestandosi, s'accorsero che non potevano muoversi. Gli Orecchioni, abitanti del paese, cui erano stati denunciati dalle due signore, nel cuor della notte li avevano legati mani e piedi con dei lacci di corteccia d'albero. Si videro intorno una cinquantina d'Orecchioni ignudi, armati di frecce, di clave e d'asce di selce, alcuni occupati a far bollire un gran paiolo, altri ad allestire spiedi, e tutti gridavano: « È un Gesuita! È un Gesuita! Ci vendicheremo e faremo anche una scorpacciata; mangiamo il Gesuita! mangiamo il Gesuita! »

« Ve l'avevo detto io padrone, che quelle ragazze ci avrebbero fatto un brutto tiro, » disse Cacambo con voce mesta.

« Finiremo o lessi, o arrosto, è sicuro, » esclamò Candido scorgendo il paiolo e gli spiedi. « Ah, che direbbe Mastro Pangloss, se vedesse com'è fatta la natura incorrotta! Ogni cosa va bene, sia pure; ma devo dire che è ben triste d'aver perduto madamigella Cunegonda, e di finire allo spiedo presso gli Orecchioni. »

Cacambo al solito non aveva perso la bussola. Egli disse allo sconsolato Candido:

« Niente paura; conosco un pochino il dialetto di queste popolazioni; voglio provare a parlar con costoro. »

« Non trascurate, » raccomandò Candido, « di mostrar loro quanto il cucinare degli uomini sia atto inumano, nient'affatto da buoni cristiani. »

« Signori, » prese a dire Cacambo, « voi fate dunque

conto di mangiarvi un Gesuita quest'oggi? Benissimo; così appunto ci si comporta coi propri nemici. Il diritto naturale c'insegna precisamente a sterminare il nostro prossimo, e questo si pratica nel mondo intero. Se noi non approfittiamo del nostro diritto di mangiarcelo, è che abbiamo in abbondanza altri alimenti con cui banchettare. Ma voi non siete così ben provvisti; ed è certo preferibile mangiarsi i nemici anziché abbandonare il frutto della propria vittoria a corvi e cornacchie. Ma gli amici vostri, signori, voi non li vorreste mangiar di sicuro. Ora voi credete di mettere allo spiedo un Gesuita, e state invece per arrostire uno dei vostri difensori, nemico anch'egli dei nemici vostri. Quanto a me, io son nato da queste parti; questo signore è il mio padrone, e non che esser Gesuita, ha ucciso un Gesuita or ora, e ne indossa le spoglie: sono esse che vi hanno indotto in errore. A conferma di quanto vi dico, prendete la sua veste e portatela alla prima barriera del confine di Los Padres, e domandate colà se il mio padrone non ha ucciso un ufficiale Gesuita. Per questo non ci vuol poi molto; se ho detto una bugia, sarete sempre in tempo a mangiarci. Ma se troverete invece che ho detto il vero, voi conoscete troppo bene il diritto delle genti, le leggi e le usanze per non lasciarci andar liberi. »

Piacque agli Orecchioni il discorso, ed essi spedirono due notabili perché accertassero il vero con ogni diligenza. I deputati assolsero il loro incarico da persone di senno, e tornarono in breve con notizie favorevoli. Gli Orecchioni allora sciolsero i prigionieri, e usarono loro un mucchio di cortesie: offrirono loro delle donne, li fecero rinfrescare, e li scortarono fino al limite dei propri stati, gridando a festa:

« Non è Gesuita! Non è Gesuita! »

Candido non finiva di trasecolare per il modo della loro liberazione.

« Che popolo! » diceva; « che costumi! Se non avessi avuto la fortuna d'infilzare con la mia spada il fratello di madamigella Cunegonda, non ci sarebbe stato verso, finivo mangiato. Ma la natura incorrotta in fin dei conti ha del buono, poiché quella gente appena ha saputo che non ero Gesuita, invece di mangiarmi mi ha colmato di cortesie. »

XVII · COSE VEDUTE DA CANDIDO E DAL SUO SERVITORE NEL PAESE DI EL DORADO DOPO CHE VI FURONO PERVENUTI

Giunti che furono sul confine degli Orecchioni, Cacambo disse a Candido:

« Vedete bene che questo emisfero non val meglio dell'altro: badate a me, torniamocene in Europa per la più corta. »

« In che modo tornarci? » ribatté Candido; « e poi dove si dovrebbe andare? Se vado nella mia patria i Bulgari e gli Abari sgozzano tutti; se torno in Portogallo, mi bruciano; anche a rimaner qui, del resto, siamo in continuo pericolo di finir sullo spiedo. Ma come potrei risolvermi a lasciar la la parte del mondo dove abita madamigella Cunegonda? »

« Dirigiamoci dalla parte della Cajenna, » rispose Cacambo. « V'incontreremo dei Francesi, che è gente la quale va dappertutto, e ci potranno aiutare. Chissà che Iddio non abbia compassione di noi. »

Andare alla Cajenna non era punto facile. Essi sapevano più o meno la direzione da tenere; ma in ogni luogo, c'erano ostacoli spaventosi di montagne, di fiumi, di precipizi, di predoni, di selvaggi. I cavalli creparono di stanchezza, le provviste furono consumate; dovettero cibarsi per tutto un mese di frutti selvatici, finché non si ritrovarono presso un fiumicello, sulle rive del quale crescevano delle palme di cocco. Con quelle noci sopravvissero e sostennero le loro speranze. Cacambo, il quale nel dar consigli valeva la vecchia, disse a Candido:

« Non ne possiamo più tutt'e due; abbiamo fatto tutta la strada che si poteva. Vedo lì sulla riva un canotto vuoto. Lo riempiremo di noci di cocco, saliremo su quel guscio anche noi, e ci affideremo alla corrente. Ogni fiume conduce prima o poi a luoghi abitati: se non incontreremo niente di buono, troveremo almeno qualcosa di nuovo. »

« Andiamo pure, » rispose Candido, « e raccomandiamoci alla Divina Provvidenza. »

Navigarono per alcune leghe in mezzo a rive alternativamente fiorite e brulle, piane e scoscese. Il fiume andava sempre allargandosi, e si perdette finalmente sotto una volta di rocce paurose, che pareva toccassero il cielo. I nostri due viaggiatori furono temerari abbastanza da lasciarsi andare sotto di essa a fil d'acqua. Ritrovarono la luce del giorno in capo a ventiquattr'ore. Il canotto andò a sfasciarsi contro gli scogli, e dovettero procedere per una lega intera strisciando da rupe a rupe, finché non s'aprì dinanzi a loro uno sterminato orizzonte, chiuso tutt'intorno da montagne inaccessibili. Il paese appariva coltivato per diletto non meno che per frutto; in ogni parte l'utile era insieme all'ameno. Le strade erano popolate, o meglio adorne, di veicoli splendidi sia per la foggia sia per la materia, sui quali uomini e donne di singolare bellezza erano trainati da grandi montoni rossi, più veloci dei migliori corsieri di Andalusia, di Tetuan e di Mequinez.

« Ecco ad ogni buon conto un paese migliore della Vestfalia, » osservò Candido, e al primo villaggio che videro salì sulla riva insieme con Cacambo. All'entrata del paese, alcuni ragazzi vestiti con cenci di broccato d'oro giocavano alle piastrelle, e i due arrivati dall'altro mondo si divertirono ad osservarli. Le piastrelle erano rotonde e alquanto larghe, di color giallo, rosso e verde, e mandavano strani bagliori. Ai due viaggiatori venne curiosità di raccattarne qualcuna: erano pezzi d'oro, smeraldi, rubini, dei quali il più piccolo avrebbe fatto la maggior comparsa sul trono del Gran Mogol.

« Sono senza dubbio i figli del re questi ragazzi, » disse Cacambo; « e giocano qui alle piastrelle. » In quella sopraggiunse il maestro per chiamarli a scuola.

« Ecco il precettore della famiglia reale, » disse Candido.

Gli straccioncelli smisero subito di giocare, e lasciarono lì in terra le piastrelle e le altre cose con cui s'erano balocati. Candido s'affretta a raccattar tutto quanto, corre dal precettore, e umilmente glielo porge, spiegandogli per cenni che le Loro Altezze s'erano scordati quei balocchi preziosi. Il maestro di scuola li buttò via sorridendo, squadrò Candido un istante con gran meraviglia, e seguitò la sua strada.

I viaggiatori si precipitarono a raccogliere l'oro, gli smeraldi e i rubini. « Ma dove siam capitati? » esclamò Candido; « bisogna dire che i figli di re in questo paese siano educati con molta severità, se insegnan loro a disprezzare così l'oro e le pietre preziose. »

Cacambo mostrava una ugual meraviglia. Giunsero infine alla prima casa della borgata, e videro che era costruita come lo sono in Europa i palazzi. La gente si pigiava sull'uscio, e più ancora nell'interno; s'udivano le note d'una musica soavissima, e un profumo di vivande squisite si spandeva intorno. Avvicinandosi all'uscio, Cacambo sentì parlar peruviano. Era la sua lingua materna, ché tutti sanno come egli fosse nato nel Tucuman, in un paese dove non si conosce altro linguaggio che quello.

« Questa è un'osteria, » diss'egli a Candido; « io vi farò da interprete; entriamo. »

Due giovani e due fanciulle in vesti d'oro e con nastri intrecciati ai capelli, addetti all'osteria, li invitarono a prender posto alla tavola comune. Il servizio fu di quattro minestre, guarnite ciascuna di due pappagalli; un contorno di lesso del peso di duecento libbre; due scimmie arrosto, di sapore squisito; una portata di duecento colibrì, e un'altra composta di seicento uccelli mosca. Seguirono poi dei ragù prelibati, e finissime pasticcerie. Ogni cosa era servita in piatti d'una materia simile al cristallo di rocca. Garzoni e ragazze mescevano agli ospiti diversi liquori tratti dalla canna da zucchero.

I commensali, per lo più mercanti e vetturali, erano tutti cortesi oltre ogni dire. Fecero alcune domande a Cacambo, ma discrete e con ogni riguardo; e risposero alle sue in maniera soddisfacente.

Mangiato che ebbero, Cacambo e Candido credettero di pagar lautamente lo scotto gettando sulla tavola due di quei gran pezzi d'oro raccattati dianzi. Oste ed ostessa scoppiarono a ridere, e si tennero la pancia per un bel po'. Alla fine si chetarono, e l'oste disse:

« Signori, noi vediamo bene che siete forestieri, e qui ne capitano rare volte. Vogliate dunque perdonare se ci è venuto da ridere vedendo che volevate pagarci coi ciottoli delle nostre strade. Voi non siete certamente provvisti della nostra moneta; ma per mangiar qui dentro non ce n'è bisogno. Tutte le locande aperte per comodità del commercio sono pagate dallo Stato. Il nostro è un paese da poco, e avete mangiato poveramente; ma altrove vi faranno accoglienza più degna di voi. »

Man mano che l'oste diceva, Cacambo traduceva le sue parole a Candido, e questi stava a sentire non meno ammirato e sbalordito del suo interprete.

« Che razza di paese è mai questo, » si chiedevano entrambi, « sconosciuto a ogni altro, e dove la natura si mostra tanto diversa da quella che è nei nostri? Sarà questo il paese dove tutto va bene; poiché un paese cosiffatto bisogna assolutamente che ci sia. E checché ne dicesse Mastro Pangloss, avevo notato sovente che in Vestfalia andava maluccio. »

XVIII · ANCORA DELLE COSE CHE VIDERO NEL PAESE DI EL DORADO

Cacambo dichiarò all'oste tutta la sua curiosità, e quegli rispose: « Io sono un ignorante, e me ne trovo bene; ma vive tra noi un vegliardo che è vissuto a Corte, ed è l'uomo più dotto e discorsivo del regno. » E condusse Cacambo senz'altro da questo vecchio; Candido ormai s'era ridotto a far la seconda parte, e accompagnò il proprio servitore. Entrarono in una casa di assai modesta apparenza; la porta infatti non era che d'argento, e i soffitti di semplice oro, ma lavorati con tanta arte che non la cedevano al più ricco ornato. Anche l'anticamera non era per verità tempestata d'altro che di smeraldi e rubini, ma ogni cosa era disposta con tanto garbo da compensare quell'eccesso di semplicità.

Il vegliardo ricevette i due forestieri seduto sopra un sofà imbottito di piuma di colibrì, e fece mescer loro dei liquori in tazze di diamante. Poi appagò la loro curiosità col seguente discorso:

« Io ho cento e settantadue anni, e ho udito narrare da mio padre buonanima, che era stato scudiere del Re, gli straordinari rivolgimenti accaduti nel Perù, dei quali egli fu testimone. Il regno in cui ora vi trovate è l'antica patria degli Incas; essi molto avventatamente l'abbandonarono per rendersi soggetta un'altra parte del mondo, e furon infine sterminati dagli Spagnoli. I sovrani di questa famiglia che preferirono restar fedeli alla loro terra natia, scelsero il partito migliore. Disposero col consenso del popolo che nessun abitante uscisse mai più dai confini del nostro piccolo regno; grazie a questo provvedimento ci siamo conservati innocenti e felici. Gli Spagnoli hanno avuto qualche lontano sentore del nostro paese, e l'hanno chiamato El Dorado; un Inglese, il cavaliere Raleigh,[1] intorno a cent'anni fa riuscì perfino ad avvicinarglisi. Ma le rupi inaccessibili e i precipizi da cui siamo circondati, ci hanno difesi finora dalla rapacità delle nazioni d'Europa, che hanno una passione inconcepibile per i ciottoli e la mota del nostro suolo, e ci ammazzerebbero fino all'ultimo per procurarsene. »

La conversazione durò a lungo, e toccò la forma del governo, i costumi, gli spettacoli, le arti. Candido, sempre appassionato di metafisica, fece infine domandar da Cacambo se il paese avesse una qualche religione. Il vegliardo arrossì.

« Diamine! » rispose. « Che dubbi son mai codesti? Ci prendete forse per una nazione d'ingrati? »

Cacambo domandò umilmente quale fosse la religione di Eldorado; il vecchio tornò ad arrossire, e rispose:

« Ce ne può forse esser più d'una? La nostra religione credo sia quella che hanno tutti: adoriamo Iddio sera e mattina. »

« Adorate voi un Dio solo? » domandò ancora Cacambo, il quale seguitava a interpretare i dubbi di Candido.

« Per quanto si vede, non ce n'è né due, né tre, né quattro. Francamente, le persone del vostro mondo fanno delle domande abbastanza curiose. »

Candido non si sarebbe mai saziato d'interrogare il buon vecchio: volle anche sapere in che modo pregassero Iddio nell'El Dorado.

« Non lo preghiamo affatto, » spiegò quel buono e venerando sapiente, « poiché non abbiamo nulla da chiedergli: egli ci ha largito tutto quello che ci bisogna, e noi incessantemente lo ringraziamo. »

Candido era curioso di vedere i sacerdoti, e fece chiedere dove fossero.

« Amici, » rispose il buon vegliardo con un sorriso, « noi tutti siamo sacerdoti: il Re, e con lui ogni capo di famiglia, levano ogni mattina un cantico solenne per rendimento di

1 Celebre capitano e colonizzatore del tempo di Elisabetta.

grazie, accompagnati da cinque o sei mila musici. »

« Che! Non vi sono dunque tra voi religiosi che insegnano, fanno disputazioni, governano, intrigano, e fan bruciare le persone che sono di parer contrario? »

« Non siamo mica pazzi, » disse il vecchio; « qui la pensiamo tutti a un modo, e non intendo quel che vogliate dire con cotesti religiosi. »

Candido al sentir tali cose andava in estasi, e diceva tra sé: « C'è una bella differenza con la Vestfalia e il castello di Sua Grazia il Barone. Se l'amico Pangloss avesse visto Eldorado, non avrebbe detto che in tutto il mondo non ci poteva esser niente di meglio del castello di Thunder-ten-Tronckh. È proprio vero che bisogna viaggiare. »

Dopo questa lunga conversazione, il buon vegliardo fece attaccare una carrozza a sei pecore, e diede ai viaggiatori dodici dei suoi domestici perché li accompagnassero a Corte. « Vogliate scusarmi, » diss'egli, « se non v'accompagno di persona, ma l'età me lo vieta. Il Re vi accoglierà in maniera da contentarvi, e se tra le usanze del paese ve ne fosse qualcuna che non vi garba, siate indulgenti. »

Candido e Cacambo salgono in vettura, le sei pecore partono di gran carriera, e li portano in men di quattr'ore al palazzo del Re, situato a un'estremità della capitale. Le porte della reggia misuravano duecentoventi piedi in altezza, e cento per largo; non è possibile dire la materia di cui erano fatte, ma s'intenderà facilmente di quanto dovesse superare quei ciottoli e quella sabbia che noi chiamiamo oro e pietre preziose.

Venti belle ragazze appartenenti alla guardia reale ossequiarono Candido e Cacambo al loro smontar di vettura, li condussero al bagno e li vestirono di abiti tessuti di piuma di colibrì; dopo di che i grandi dignitari della Corona, maschi e femmine, li condussero alle stanze di Sua Maestà, facendoli passare tra due file di mille suonatori ciascuna, secondo il cerimoniale ordinario. Quando furono vicini alla sala del trono, Candido s'informò presso uno dei grandi dignitari quale fosse il saluto prescritto per Sua Maestà; se bisognava mettersi in ginocchio, o pancia a terra; se occorreva portare le mani al capo, o al sedere; se si doveva spazzare il pavimento con la lingua; quale insomma fosse il protocollo.

« L'usanza, » rispose il cortigiano, « è d'abbracciare il Re e di baciarlo sulle due gote. »

Candido e Cacambo buttarono dunque le braccia al collo di Sua Maestà, che li accolse con la maggior benevolenza, e li invitò assai cortesemente a cena.

Per ingannar l'attesa furono condotti in giro per la capitale. Videro edifizi pubblici di tale altezza che parevano toccare il cielo, mercati adorni di colonne a migliaia, fontane che buttavano senza interruzione acqua di rose e liquori di canna da zucchero, e sorgevano nel mezzo di vaste piazze lastricate d'una sorta di gemme, da cui emanavano odori di chiodo di garofano e di cannella. Candido volle visitare il palazzo di giustizia e il parlamento, ma gli fu detto che non c'erano, essendo sconosciute le liti. Domandò anche se vi fossero delle prigioni, e gli fu risposto di no. Ammirazione e compiacimento destò in lui soprattutto il palazzo delle scienze, dove vide una galleria lunga duemila passi, tutta piena di strumenti di fisica e di matematica.

Dopo che ebbero speso il dopopranzo a visitare la città, non vedendone peraltro che una millesima parte, furono ricondotti dal Re. A tavola, Candido si trovò seduto vicino a Sua Maestà, al suo servitore Cacambo e ad alcune dame. Mai furono visti cena più lauta, né più ameno commensale di Sua Maestà. Cacambo spiegava a Candido i motti di spirito del sovrano: anche tradotti restavano spiritosi, né, fra tante meraviglie, fu questo per Candido il fatto meno meraviglioso.

In quel rifugio passarono un mese. Candido non si stancava di ripetere a Cacambo:

« Amico, io l'ho già detto e lo ripeto: il castello dove son nato non vale certo il paese in cui siamo; ma la madamigella Cunegonda insomma qui non c'è, e anche voi avete lasciato senza dubbio in Europa una qualche amica. Finché restiamo qui, siamo uguali a tutti costoro; se invece ce ne torniamo al mondo nostro, anche con una sola dozzina di pecore cariche dei ciottoli di El Dorado, saremo più ricchi di tutti i re sommati insieme, non avremo più nulla da temere da parte dell'Inquisizione, e potremo riprendere senza difficoltà la damigella Cunegonda. »

Piaceva questo discorso a Cacambo. Tanta è la smania d'andare in giro, e di fare sfoggio a casa propria delle cose vedute viaggando, che i nostri due fortunati si fissarono di non voler più essere tali, e supplicarono Sua Maestà che desse loro licenza di partire. Il Re disse:

« Fate una sciocchezza. So bene che il mio regno non è un gran che; ma chi ha trovato un luogo dove non se la passa manco male, gli conviene restarci. Io non ho sicuramente il diritto di trattenere qui i forestieri per forza; le leggi e usanze nostre non consentono la tirannia. Tutti gli uomini sono liberi; andate dunque a piacer vostro. Ma uscire di qui non è tanto facile; risalire, sotto la volta di rocce, quel fiume impetuoso che vi ha portati, è fuori questione. Le montagne che chiudono tutto all'intorno il mio regno hanno diecimila piedi d'altezza, e cadono a strapiombo; ognuna passa le dieci leghe in larghezza, e non v'è altra discesa che i precipizi. Ma se proprio v'è venuto a noia il benestare, darò ordine ai sopraintendenti le macchine di fabbricarne una che vi trasporti a vostro agio. Pervenuti che siate dall'altra parte dei monti, non vi potrà più accompagnar nessuno, poiché i miei sudditi hanno fatto voto di non uscir mai da questa cerchia, e sono troppo saggi per mancarvi. Chiedetemi del resto tutto quel che volete. »

« Noi non chiediamo altro alla Maestà Vostra, » rispose Cacambo, « che qualche pecora carica di provviste, e di qualche poco di ciottoli e di mota del paese. »

Il Re si mise a ridere.

« Non capisco, » disse, « che passione abbiate voialtri Europei per la nostra mota gialla; ma pigliatene pure quanta ne volete, e buon pro. »

Egli ordinò subito ai suoi ingegneri di costruire una macchina atta ad issare quei due straordinari individui fuori dal regno. Tremila valenti fisici si misero all'opera, e in capo a quindici giorni la macchina era pronta; non aveva costato che ventimila sterline sole, nella valuta locale. Candido e Cacambo vi furono messi sopra, e con loro due grandi pecore rosse, fornite di selle e di briglie per servire da cavalcature quando avessero passate le montagne; venti pecore da soma cariche di viveri; trenta altre che portavano regali scelti fra le maggiori curiosità del paese, e infine altre cinquanta con some d'oro, di diamanti e d'altre gemme. Il Re abbracciò i due vagabondi con molto affetto.

La partenza, e il modo con cui furono issati insieme con le loro pecore sulla vetta delle montagne, fu una gran cosa da vedere. Dopo averli messi al sicuro, i fisici si accomiatarono. Candido non ebbe in mente più altro che d'offrire quelle pecore a madamigella Cunegonda.

« Abbiamo l'occorrente, » disse, « per pagare il governatore di Buenos Aires, se a madamigella Cunegonda può darsi un prezzo. Andiamocene alla Cajenna, e imbarchiamoci. Vedremo poi che regno ci convenga comprare. »

XIX · QUEL CHE ACCADDE A SURINAM, E IN CHE MODO CANDIDO FECE CONOSCENZA CON MARTINO

La prima giornata di viaggio fu abbastanza piacevole. Dava lena ai nostri due viaggiatori il pensiero di posseder più tesori di quanti ne potessero mettere insieme Asia, Africa ed Europa. Candido incideva rapito il nome di Cunegonda nella scorza degli alberi. Nella seconda giornata, due pecore si cacciarono in certe paludi e vi sprofondarono coi loro carichi; altre due perirono di stenti alcuni giorni dopo; sette od otto morirono di fame nel traversare un deserto; più in là altre ancora si perdettero nei precipizi. Dopo cento giornate di viaggio si trovarono con due pecore sole.

« Guardate, amico, » disse Candido a Cacambo, « quanto sono incerti i beni di questo mondo; di sicuro non c'è che la virtù, e la felicità di rivedere madamigella Cunegonda. »

« Voi dite il vero, » rispose Cacambo, « ma ci restano ancora due pecore con più tesori di quanto ne possiederà mai la corona di Spagna; e io scorgo laggiù una città che dovrebbe essere Surinam,[1] colonia degli Olandesi. Siamo alla fine dei nostri guai, e al principio della felicità. »

Nell'avvicinarsi alla città, videro giacere in terra un negro il quale non aveva più che una metà del suo vestito, d'un paio cioè di mutande turchine; il pover'uomo era privo inoltre della mano destra e del piede mancino.

1 Vuole indicare la città di Paramaribo, capitale della Guiana Olandese.

« Buon Dio, » fece Candido in olandese, « che fai tu qui, amico, in questo orribile stato? »

« Aspetto il mio padrone, l'illustre mercante signor Vanderdendur, » rispose il negro.

« Ed è forse stato il signor Vanderdendur a conciarti a cotesta maniera? »

« Sissignore, da noi usa così. Due volte all'anno ci passano un paio di mutande, nostro unico vestito. Quando lavoriamo nei mulini da zucchero, e la macina ci strappa un dito, ci taglian la mano; quando tentiamo di fuggire, ci tagliano la gamba: a me sono capitati tutt'e due questi casi. Questo è il costo dello zucchero che mangiate in Europa. Eppure quando mia madre, sulle coste della Guinea, mi vendette per dieci scudi di Patagonia, mi disse: ‹ Caro figlio mio, benedici i nostri feticci, non cessar mai di venerarli, essi ti daranno una vita felice; tu hai l'onore di andare schiavo presso i nostri padroni, i signori bianchi, e in questo modo porti la fortuna a tuo padre e a tua madre. › Ohimè, io non so se ho portato loro fortuna; essi a me non l'hanno data di sicuro. I cani, le scimmie, i pappagalli sono mille volte più felici di noi. I feticci olandesi che m'hanno convertito mi dicono ogni domenica che tutti, bianchi e neri, siamo figli d'Adamo. Io non sono genealogista, ma se quei predicatori dicono il vero, siamo tutti figli di cugini: ora io vi domando se sia possibile trattar più atrocemente i propri parenti. »

« O Pangloss! » esclamò Candido, « questa abominazione tu non l'avevi prevista! Non c'è rimedio, bisognerà per forza ch'io rinneghi il tuo ottimismo. »

« Ottimismo che vuol dire? » domandò Cacambo.

« Ahimè! È la smania di pretendere che tutto va bene quando stiamo male. »

Guardando quel negro, gli vennero le lacrime agli occhi; e fece il suo ingresso in Surinam piangendo.

La prima cosa di cui s'informarono fu se in porto non vi fosse qualche legno da spedire a Buenos Aires. La persona cui si rivolsero era appunto un capitano spagnolo, il quale s'offerse di far patti onesti. Diede loro un appuntamento all'osteria, e Candido e il fedel Cacambo vi andarono ad aspettarlo con le loro due pecore.

Candido, che aveva il cuore sulle labbra, raccontò allo spagnolo tutte le loro avventure, e gli confidò di voler rapire madamigella Cunegonda.

« Mi guarderò bene dal portarvi a Buenos Aires, » disse il capitano; « finirei sulla forca, e voi pure; la bella Cunegonda è l'amante prediletta di Sua Grazia. »

Questa fu una mazzata sulla testa per Candido. Egli pianse un gran pezzo, e finalmente s'appartò con Cacambo.

« Amico caro, » gli disse, « ecco quel che devi fare: noi abbiamo in saccoccia da cinque a sei milioni di diamanti ciascuno; tu sei più destro di me; vattene a Buenos Aires a prender madamigella Cunegonda. Se il governatore ti mette degli ostacoli, dagli un milione; se tien duro, dagliene due. Tu non hai ucciso nessun Inquisitore, nessuno ti sospetterà. Io frattanto armerò un'altra nave, e andrò a Venezia ad aspettarti: quello è un paese libero, e non vi son da temere né Bulgari, né Abari, né Ebrei, né Inquisitori. »

Cacambo approvò questo savio consiglio. Egli si disperava di dover lasciare un così buon padrone, divenuto suo intimo amico, ma la gioia di potergli render servizio prevalse sul dolore della separazione. S'abbracciarono piangendo, e Candido gli raccomandò di non dimenticarsi della buona vecchia. Cacambo partì quel giorno stesso; era un gran brav'uomo costui.

Candido rimase ancora qualche tempo a Surinam, aspettando un altro capitano che fosse disposto a portarlo in Italia, insieme con le due pecore che gli restavano. Assunse dei domestici, e si fornì di tutto quello che occorre per una gran traversata. Un giorno si presentò finalmente a lui il signor Vanderdendur, padrone d'un grosso legno.

« Quanto volete, » gli domandò Candido, « per condurmi direttamente a Venezia con la mia servitù, i miei bagagli e queste due pecore? »

Il padrone chiese diecimila piastre, e Candido accettò senza batter ciglio.

« Ehilà! » fece tra sé l'astuto Vanderdendur; « questo forestiero è disposto a sborsar diecimila piastre senza fiatare; deve averne parecchi. » Torna di lì a poco, e fa sapere a Candido che non può partire per meno di ventimila.

« Sta bene, » disse Candido, « le avrete. »

« Diavolo! » pensò il mercante, « per lui dieci o ventimila è tutt'uno. » Si presenta una terza volta, a dire che per meno di trentamila piastre il viaggio di Venezia non lo poteva fare.

« Ne avrete dunque trentamila, » rispose Candido.

« Perdiana, » tornò a dirsi l'Olandese, « trentamila piastre non son niente per quest'uomo; quelle due pecore portano sicuramente tesori favolosi; ma non è il caso d'insistere; per intanto facciamoci pagar le trentamila piastre, poi si vedrà. » Candido vendette due diamantucci, di cui il più piccolo valeva più di quanto chiedesse il padrone della nave, e lo pagò in anticipo. Le due pecore furono portate a bordo, e Candido seguiva in un'altra barca per salire a sua volta sulla nave che era ancorata in rada. Il padrone colse il momento: sciolse le vele e levò l'ancora. Il vento lo favoriva, e Candido allibito in breve tempo lo perdette di vista.

« Povero me, » esclamava egli, « ecco un tiro degno del vecchio mondo. »

Tornò a riva istupidito dal dolore: non bisogna dimenticare che quel che aveva perso sarebbe bastato ad arricchire venti sovrani.

Corse subito dal giudice Olandese, e nella sua agitazione bussò all'uscio con qualche veemenza; entrato che fu, fece il racconto della sua disgrazia a voce un tantino più alta del conveniente. Il giudice lo condannò anzitutto a diecimila piastre di ammenda per il baccano che aveva fatto; poi lo stette pazientemente ad ascoltare, gli promise d'occuparsi del caso appena il mercante fosse tornato, e si fece dare altre diecimila piastre per le spese d'udienza.

Questo trattamento condusse Candido al colmo della disperazione. Egli invero aveva sopportato sciagure cento volte peggiori; ma la faccia tosta del giudice, aggiunta a quella del mercante che lo aveva spogliato, gl'infiammò la bile e lo ridusse a una cupa malinconia. Gli stava sempre dinanzi la malvagità degli uomini in tutta la sua bruttura, e la sua mente era involta nelle più nere riflessioni. Si trovò finalmente un legno francese che salpava per Bordeaux, e Candido, non avendo più pecore cariche di diamanti da imbarcare, affittò una camera della nave a giusto prezzo. Egli fece sapere per la città che era disposto a pagare il passaggio ed il vitto, e a donar duemila piastre, a un galantuomo che avesse voluto far viaggio con lui, a patto che fosse il più malcontento del proprio stato e il più disgraziato della colonia.

La ressa dei concorrenti fu tale che una flotta intera non sarebbe bastata a trasportarli. Candido, desideroso di scegliere tra quelli di miglior presenza, designò una ventina d'individui che parevano tutti d'umor socievole, e che tutti giuravano di meritare la preferenza. Li riunì nella sua locanda, e li invitò a cena, col patto che ognuno raccontasse sinceramente la propria storia; e promise di scegliere quello che gli sarebbe parso il più degno di compassione, e più ragionevolmente malcontento del proprio stato. Agli altri avrebbe regalato qualcosa.

La seduta durò fino alle quattro del mattino. Nell'ascoltare tutti i guai dei suoi invitati, vennero in mente a Candido le parole della vecchia nel viaggio a Buenos Aires, e la scommessa di lei che non vi fosse a bordo persona cui non fossero capitate sciagure grandissime. A ogni fatto che udiva narrare, pensava a Pangloss. « Quel Pangloss, » diceva, « sarebbe veramente in difficoltà ora a provare il suo sistema. Qui lo vorrei! È certo che se c'è un luogo dove tutto va bene, esso è El Dorado, e non già il resto del mondo. » La sua scelta cadde infine sopra un povero diavolo di studioso che aveva lavorato dieci anni per i librai di Amsterdam, parendogli che non ci fosse mestiere al mondo di cui un uomo dovesse trovarsi meno contento. Il prescelto, brav'uomo del resto, era stato derubato dalla moglie, bastonato dal figlio, e abbandonato dalla figliuola che era scappata con un Portoghese. Era appena rimasto privo di un impieguccio che lo faceva campare, ed era perseguitato dai predicatori di Surinam, che lo reputavano sociniano.[1] Veramente gli altri convitati non erano meno infelici di lui; ma Candido sperava che la compagnia dello studioso lo avrebbe divagato durante la traversata. Tutti i suoi rivali stimarono che fosse stato fatto loro gran torto, ma Candido li consolò regalando cento piastre a ciascuno.

1 I sociniani erano una setta eretica che rifiutava la rivelazione.

XX · QUEL CHE SUCCESSE IN MARE A CANDIDO E A MARTINO

Il vecchio studioso, che avea nome Martino, s'imbarcò dunque per Bordeaux insieme con Candido. Tutt'e due avevano veduto e patito molto, e sarebbero stati in grado di ragionare del male morale per tutta la durata del viaggio, quand'anche la nave che li portava avesse veleggiato fino in Giappone, per il Capo di Buona Speranza. Ma Candido aveva su Martino il gran vantaggio della speranza che sempre nutriva di riveder madamigella Cunegonda, mentre Martino non aveva da sperar più nulla. Oltre a questo, possedeva dell'oro e dei diamanti: e sebbene avesse perduto cento grosse pecore cariche dei più gran tesori del mondo, sebbene gli stesse sempre sul cuore la ribalderia del padrone olandese, quando pensava a quel che gli restava in tasca, o parlava di Cunegonda, e particolarmente dopo aver mangiato e bevuto, egli inclinava al sistema panglossiano.

« Ma voi, signor Martino, » disse egli un giorno allo studioso, « come la pensate in proposito? qual è la vostra opinione sul male fisico e sul male morale? »

« Signor mio, » rispose Martino, « i preti del mio paese m'hanno accusato di essere sociniano: ma a dirvela proprio come sta, io son manicheo. »[1]

« Volete scherzare. Di manichei non ce n'è più al mondo. »

« Ci sono io. Non so che farci, non saprei pensarla diversamente. »

« Bisogna proprio che abbiate il diavolo in corpo. »

« Il diavolo si ficca tanto universalmente nelle cose di questo mondo, che potrebbe anche benissimo stare in corpo a me. Ma vi confesso che guardando a questa palla, o per meglio dire pallottolina, mi vien fatto di pensare che Iddio l'ha abbandonata a qualche spirito malefico· tolto sempre Eldorado, s'intende. Io non ho veduto nessuna città che non desiderasse la distruzione della città vicina, nessuna famiglia che non pensasse di sterminare qualche altra famiglia.

1 I manichei ponevano anche il male come principio indipendente e creatore.

In ogni luogo i deboli odiano i potenti dinanzi ai quali strisciano, e i potenti li trattano come un gregge buono da lana e da carne. Un milione di assassini irreggimentati scorre l'Europa da un capo all'altro, praticando con disciplina l'omicidio e il brigantaggio per campar la vita, questo essendo il più onorevole mestiere che ci sia. Nelle città che sembrano in pace, e dove le arti sono in fiore, invidie, cure e angoscie d'ogni genere fanno più strazio della gente che non i flagelli di un assedio. I malanni privati sono ancor più fieri delle pubbliche sciagure. Insomma io ne ho viste e provate tante che son manicheo. »

« Eppur c'è del buono, » ribatteva Candido.

« Ci sarà, » rispondeva Martino, « ma io non l'ho visto. »

Mentre stavano così discutendo, s'udì un fragore di cannonate, il quale crebbe rapidamente. Ognuno pose mano al proprio cannocchiale, e a circa tre miglia furono scorti due legni in combattimento fra loro. Il vento finì col condurli così vicino al vascello francese, che da questo si poteva godere comodamente lo spettacolo della battaglia. Infine uno dei due colpì l'altro con una bordata così bassa e così bene assestata che lo mandò a picco. Candido e Martino distinsero chiaramente un centinaio di persone sulla tolda che s'inabissava: alzavano tutti le braccia al cielo, e mandavano urla spaventose. In un attimo tutto fu scomparso.

« Ebbene, » fece Martino, « ecco come gli uomini si trattan fra loro. »

« È vero che c'era del diabolico in questa faccenda, » rispose Candido.

Nel dir così, notò un che di rosso vivo che nuotava accanto alla loro nave. Fu sciolto il canotto per vedere di che si trattasse: era una delle due pecore. Candido si rallegrò maggiormente di ritrovar quella pecora, di quanto non si fosse rammaricato per la perdita di tutte le altre cento, cariche dei diamanti di El Dorado.

Il capitano francese si rese conto di lì a poco che il comandante del legno affondatore era spagnolo, e che l'affondato era un pirata olandese; quello stesso che aveva derubato Candido. Le sterminate ricchezze di cui lo scellerato si era impadronito andarono a fondo con lui, e non fu salva che quella pecora.

« Vedete bene, » disse Candido, « che i malfattori a volte incontrano il loro castigo: quel ribaldo d'un padrone olandese ha avuto la fine che si meritava. »

« Va bene, » rispose Martino; « ma era giusto che i passeggeri imbarcati con lui perissero anch'essi? Iddio ha castigato quel furfante, gli altri li ha affogati il diavolo. »

Il legno francese e quello spagnolo frattanto avevano ripreso ciascuno la propria rotta. Candido continuava a discutere con Martino: in capo a due mesi erano al punto di prima, ma se non altro se la passavano discorrendo, si scambiavano qualche idea, si consolavano a vicenda. Candido accarezzava la sua pecora, e diceva:

« Se ho ritrovato te, posso ben ritrovare Cunegonda. »

XXI · CANDIDO E MARTINO S'AVVICINANO ALLE COSTE DI FRANCIA E SEGUITANO A DISCUTERE

Un bel giorno fu avvistata finalmente la costa francese.

« Siete mai stato in Francia, signor Martino? » domandò Candido.

« Sì, » rispose Martino, « ho girato diverse province. In alcune, la metà degli abitanti son matti; in altre la gente è troppo furba; altrove sono piuttosto bonari e melensi, e in altre ancora hanno la mania d'essere brillanti. In tutte si ha per prima occupazione il far l'amore, per seconda dir male del prossimo, e per terza raccontare sciocchezze. »

« Ma Parigi, signor Martino, la conoscete? »

« Conosco anche Parigi. Parigi è un misto di tutte queste specie: un caos, un pigia pigia dove tutti vanno a caccia del piacere e nessuno lo trova mai, almeno secondo quello che è parso a me. Ci rimasi poco; appena arrivato, dei malandrini mi rubarono tutto quello che avevo, alla Fiera di San Germano; io stesso fui preso per ladro, e stetti in prigione otto giorni. Poi feci il correttore di bozze, tanto da racimolare il necessario per tornarmene a piedi in Olanda. Ho conosciuto la canaglia scribacchiante, la canaglia intrigante e la canaglia convulsionaria...[1] Dicono che vi siano del-

1 Convulsionari furono chiamati certi giansenisti seguaci del diacono Pâris, morto nel 1727. Solevano radunarsi presso la tomba di

le persone compitissime in quella città, e può ben darsi. »

« Per conto mio, » osservò Candido, « non sono punto curioso di veder la Francia. Capirete bene che a uno il quale è stato un mese in El Dorado, non gl'importa di veder nient'altro sulla faccia della terra, eccetto madamigella Cunegonda. Me ne andrò ad aspettarla a Venezia, e passeremo la Francia viaggiando alla volta dell'Italia; volete farmi compagnia? »

« Volentierissimo. Ho sentito dire che Venezia è una città piacevole soltanto per i patrizi veneziani, ma che i forestieri ben provvisti di quattrini vi trovano ad ogni modo ottima accoglienza. Io quattrini non ne ho; voi ne avete; vi seguirò in capo al mondo. »

« A proposito, » fece ancora Candido, « credete voi che la terra in origine fosse tutta mare, come sta scritto in quel librone che appartiene al capitano della nave? » [1]

« Niente affatto, e nemmeno credo a nessun'altra di quelle fantasticherie che ci vengono spacciando da qualche tempo in qua. »

« Ma con che fine insomma è stato creato il mondo? »

« Per farci disperare. »

« Non vi sorprende, » continuò Candido, « l'amore che portavano a quelle due scimmie le due ragazze del paese degli Orecchioni, da cui ebbe origine l'avventura che vi ho raccontato? »

« Punto. Io non ci vedo proprio nulla di strano in quella passione. Quando si son viste le cose straordinarie che ho visto io, non ci può essere mai più nulla di straordinario. »

« Credete voi che gli uomini si siano sempre massacrati a vicenda, come fanno ai nostri giorni? Che siano sempre stati bugiardi, imbroglioni, perfidi, ingrati, briganti, deboli, mutabili, vili, invidiosi, ghiottoni, beoni, avari, ambiziosi, sanguinari, calunniatori, viziosi, fanatici, ipocriti e cretini? »

« Credete voi che gli sparvieri si siano sempre mangiati i piccioni quando li han potuti acchiappare? »

lui, nel cimitero di San Medardo a Parigi; e affermando d'essere visitati dallo spirito divino, cadevano in convulsioni e profetizzavano. Le donne che erano tra loro si dividevano in *abbaiatrici*, *saltatrici* e *miagolatrici*. L'autorità pose termine alla cosa chiudendo il cimitero nel 1732.

1 La Bibbia.

« Senza dubbio, » rispose Candido.

« E allora, » disse Martino, « se gli sparvieri hanno sempre avuto la stessa natura, perché volete che quella degli uomini sia mutata? »

« Eh, » fece Candido, « ci corre una bella differenza, perché il libero arbitrio... »

Così ragionando approdarono a Bordeaux.

XXII · AVVENTURE DI CANDIDO E DI MARTINO IN FRANCIA

Candido si fermò a Bordeaux soltanto il tempo occorrente a vender qualche ciottolo dell'El Dorado, e provvedersi di un buon carrozzino da viaggio a due posti. Di Martino, il suo filosofo, egli infatti non poteva più far senza; ma si crucciò assai di doversi staccare dalla sua pecora, che lasciò in regalo all'Accademia di Scienze bordolese. Questa come argomento per il premio di quell'anno propose il quesito: perché la lana di quella pecora fosse rossa. Il premio fu vinto da un dotto del settentrione, il quale dimostrò per A più B meno C diviso Z che la pecora doveva esser rossa, e che sarebbe morta di cimurro.

Frattanto tutte le persone che Candido tra viaggio incontrava per le locande, dicevano ad una voce: « Noi andiamo a Parigi. » Tanta affluenza finì per invogliare anche lui alla visita di quella capitale; non era poi un allontanarsi gran che dalla strada per Venezia.

Entrò in Parigi dal sobborgo di St. Marceau, e gli parve di vedere il più meschino borgo di Vestfalia. Era appena sceso all'albergo, quando fu colto da una lieve indisposizione, causata dagli strapazzi del viaggio. Un diamante smisurato che aveva in dito, e uno scrigno d'incredibil peso che si trovava tra i suoi bagagli, avevano dato nell'occhio; pertanto ebbe subito al suo capezzale due medici che egli non s'era sognato di disturbare, alcuni amici affezionatissimi che non si allontanavano da lui un solo istante, e due beghine che gli scaldavano il brodo. Martino diceva: « Ricordo che anch'io stetti male qui a Parigi, quando ci venni la prima volta; ma ero spiantato, non ebbi d'attorno né amici, né beghine, né dottori, e tornai subito in salute. »

Intanto a furia di medicamenti e di salassi la malattia di Candido s'aggravò. Un ecclesiastico addetto alla parrocchia venne a chiedergli dolcemente una cambiale pagabile a vista nel mondo di là,[1] ma Candido non ne volle sapere. Le beghine gli assicurarono che si trattava d'una moda nuova: Candido rispose che egli non era uomo alla moda. Martino fece atto di buttare il visitatore dalla finestra; il chierico giurò che Candido non avrebbe avuto sepoltura; Martino spergiurò che avrebbe sepolto lui il chierico, se non la smetteva di frastornarli. La bega s'inasprì; finalmente Martino afferrò l'importuno e lo mise fuor dell'uscio. Lo scandalo fu grande, e della cosa fu steso processo verbale.

Candido guarì, ed entrato in convalescenza invitava a cena distintissime persone. Giocavano forte, e Candido si meravigliava assai che gli assi non venissero mai dalla sua parte. Martino non se ne meravigliava per niente.

Tra coloro che gli facevano gli onori di Parigi v'era un abatino del Périgord, uno di quei personaggi premurosi, sempre pronti a render servizi, sfacciati, insinuanti e compiacenti, che fanno la posta agli stranieri di passaggio, li erudiscono sui pettegolezzi correnti, e offron loro divertimenti da tutti i prezzi. Costui condusse anzitutto Candido e Martino al teatro di Commedia. Davano una tragedia nuova, e Candido si trovò a sedere accanto ad alcuni intenditori, il che non gl'impedì di commuoversi per certe scene recitate a meraviglia. Uno dei criticoni che gli stavano vicini gli disse nell'intermezzo:

« Perché piangete? Avete torto. Quell'attrice non vale un quattrino; l'attore che recita con lei, ancora meno; il lavoro, peggio che peggio; l'autore non sa una parola d'arabo, eppure la scena è posta in Arabia. Per finire, è un uomo che non crede alle idee innate; domani vi porterò venti opuscoli scritti contro di lui. »

« Ditemi signore, » domandò Candido all'abate, « quante

1 Allude ai biglietti di confessione. Il clero rifiutava i sacramenti a coloro che non accettavano la bolla *Unigenitus*, lanciata dal Papa contro il giansenista Quesnel, ed esigeva la presentazione d'un biglietto di confessione, rilasciato da un prete che quella bolla avesse accettato.

sono le opere di teatro francesi? »

« Da cinque a sei mila. »

« Molte, » fece Candido; « e quelle buone quante sono? »

« Quindici o sedici. »

« Molte, » osservò Martino.

Piacque assai a Candido un'attrice che faceva la Regina Elisabetta in una tragedia piuttosto insipida che si rappresenta di tanto in tanto.[1]

« Quell'attrice, » diss'egli a Martino, « mi garba molto per una certa vaga rassomiglianza che ha con madamigella Cunegonda; la saluterei volontieri. »

L'abate perigordino si offerse di presentarlo. Candido, cresciuto in Germania, s'informò quale fosse l'etichetta osservata in Francia con le Regine d'Inghilterra.

« Secondo i casi, » rispose l'abate. « In provincia si portano all'albergo. A Parigi son rispettate finché son belle, e da morte le si buttano sul letamaio. »

« Regine sul letamaio! »

« Sicuro, il signor abate dice il vero, » soggiunse Martino. « Ero a Parigi quando la signorina Monime[2] passò, come suol dirsi, a miglior vita. Le fu ricusato quel che costoro chiamano onorata sepoltura, ossia di marcire con tutti gli straccioni della contrada in un triste cimitero, e fu sepolta sola soletta al canto della via di Borgogna. Dovette provarne un gran dispiacere, perché la poverina aveva sentimenti assai nobili. »

« Questa è gran villania, » disse Candido.

« Che ci volete fare? » continuò Martino. « Qui son fatti a questa maniera. Pensate tutti i controsensi e tutte le contraddizioni pensabili, li troverete tutti nel governo, nei tribunali, nelle chiese, negli spettacoli di questa curiosa nazione. »

« È vero che a Parigi si ride sempre? » domandò Candido.

« Sì, » disse l'abate, « ma per rabbia, poiché d'ogni cosa si dice male con le più matte risate, e vi si compiono ridendo fino alle più detestabili azioni. »

« Chi è, » s'informò Candido ancora, « quella faccia di

1 Si vuole sia la tragedia di Thomas Corneille, *Il conte di Essex*.
2 Adriana Lecouvreur.

porcone che seguitava a dir corna della tragedia che mi ha fatto piangere, e degli attori che mi son tanto piaciuti? »

« È un uomo di trista vita, » rispose l'abate, « che si guadagna il pane dicendo male di tutti gli spettacoli e di tutti i libri; ha in odio chiunque si faccia strada, come gli eunuchi odiano i gaudenti; è uno di quei serpenti letterari che si nutrono di fango e di veleno; un gazzettiere. »

« Gazzettiere che vuol dire? »

« Un compilator di gazzette, un Fréron. » [1]

Candido, Martino e il perigordino facevano questi ragionamenti per le scale del teatro, osservando l'uscita degli spettatori.

« Benché io non veda l'ora di ritrovar madamigella Cunegonda, » disse Candido, « inviterei volentieri a cena la signorina Clairon, che mi è sembrata un'attrice mirabile. »

L'abate non era persona da avvicinar la signorina Clairon, la quale non frequentava che persone distinte.

« Questa sera, » diss'egli, « è impegnata; ma mi terrò onoratissimo di presentarvi a una nobildonna presso la quale vi farete un'idea di Parigi come se vi foste vissuto quattr'anni. »

Candido, curioso di sua natura, si lasciò condur dalla dama, in fondo al faubourg St. Honoré. Vi si stava giuocando al faraone, e una dozzina di puntatori assai malinconici tenevano in mano ciascuno un mazzetto di carte, orecchiuto registro delle loro sciagure. Un silenzio profondo regnava in quel luogo; sulle fronti dei puntatori sedeva il pallore, e su quella del banchiere l'ansietà. Seduta accanto a quel banchiere spietato, la padrona di casa notava con occhi di lince tutti i pàroli immaginari e le altre giocate inesistenti che i puntatori, piegando qualche orecchia nelle proprie carte, tentavano; cortese, per timore di perdere i clienti, ma inflessibile, ella gliele faceva rispianare ogni volta. Si faceva chiamare marchesa di Parolignac; una sua figlia quindicenne sedeva tra i puntatori, e segnalava ammiccando gli imbrogli di quei poveri diavoli che si sforzavano di riparare in qualche modo alle crudeltà della sorte. Quando l'abate perigordino, Candido e Martino fecero il

1 L'abate Fréron, grande avversario degli Enciclopedisti e di Voltaire, che sul conto suo ne ha scritte di tutti i colori.

loro ingresso, nessuno s'alzò, salutò o badò a loro; tutti erano assorti nel giuoco.

« La signora baronessa di Thunder-ten-Tronckh era più gentile, » osservò Candido.

L'abate disse qualche parola all'orecchio della marchesa; costei fece l'atto di alzarsi, degnò Candido d'un amabile sorriso, e Martino d'un assai nobile cenno del capo. Poi fece dare a Candido una sedia e un mazzo di carte; in due partite questi perdette cinquantamila franchi. Tutti sedettero poi a cena molto allegramente, e ciascuno era assai sorpreso che Candido sopportasse le sue perdite con tanta indifferenza. I servitori dicevano nel loro gergo servitoresco: « Deve essere un qualche milord costui. »

La cena andò come vanno solitamente le cene a Parigi. Sulle prime, silenzio; poi uno strepito di parole indistinte, facezie per lo più senza sale, notizie false, ragionamenti sballati, un pizzico di politica, e maldicenza a iosa. Si parlò perfino di libri nuovi.

« Avete letto, » domandò l'abate perigordino, « il romanzo del ser Gauchat, dottor teologo? »

« Sì, » rispose uno dei commensali, « ma non m'è riuscito d'andarne in fondo. I libri paradossali non si contano più, ma tutti insieme non arrivano agli spropositi del dottor teologo Gauchat.[1] Io son così stufo di questo diluvio di pessimi libri nel quale stiamo affogando, che mi son messo a giocare al faraone. »

« E delle *Mescolanze* dell'arcidiacono Trublet, che ne dite? » domandò ancora l'abate.

« O che uomo noioso! » disse la signora di Parolignac. « Con quanta sottigliezza viene a raccontarci quel che sapevamo già! che pesantezza dove non metterebbe neppure il conto d'esser leggeri! con quanto poco spirito saccheggia lo spirito degli altri! come sciupa quel che ha rubato! quanto m'è venuto a noia! Ma non mi annoierà mai più; chi ha letto due pagine dell'arcidiacono, non c'è pericolo che ci ricaschi. »

Un uomo colto e di buon gusto che era tra i commensali, approvò il giudizio della marchesa. Il discorso venne poi a cadere sulla tragedia, e la dama volle sapere perché vi fos-

1 Altro ecclesiastico letterato, volentieri schernito da Voltaire.

sero delle tragedie che ogni tanto tornavano alla ribalta, e che tuttavia erano assolutamente illeggibili. L'uomo di gusto spiegò con molta eloquenza come un'opera di teatro possa riuscire abbastanza interessante, pur essendo quasi priva di valore; e dimostrò brevemente che il presentare un paio di quelle situazioni che si trovano in ogni romanzo, e che agli spettatori piacciono sempre, non basta.

« Quel che ci vuole, » diss'egli, « è di riuscir nuovo senza stramberia, sublime in parecchi luoghi, e naturale dal pricipio alla fine; essere gran poeta, senza che nessun personaggio faccia mai il poetico; saper la lingua a fondo, adoperarla pura, con armonia costante, senza che la rima soverchi mai il senso. » Aggiunse poi che chi non osserva queste regole, potrà scrivere bensì una o due tragedie che strappino gli applausi del pubblico, ma non sarà mai annoverato tra i buoni scrittori. « Le tragedie buone, » concluse, « si contan sulle dita d'una mano; alcune cosiddette tragedie sono semplicemente idilli dialogati, scritti bene e coi versi giusti; altre sono dissertazioni politiche che fanno sbadigliare, o tediose amplificazioni; altre ancora, sogni frenetici in barbaro stile; discorsi scuciti, lunghe apostrofi agli dei, non sapendo l'autore come si parla agli uomini, sentenze false, rifritture ampollose. »

Candido che era stato tutt'orecchi, concepì una grande opinione del parlatore. Si rivolse perciò alla marchesa, che l'aveva voluto accanto a sé, e le domandò in un orecchio chi fosse quell'uomo che ragionava così bene.

« È un uomo di gran dottrina, » rispose la dama, « che non giuoca mai; me lo conduce qualche volta l'abate. È un un profondo conoscitore di tragedie e di libri; è autore d'una tragedia fischiata, e d'un libro di cui l'unico esemplare uscito dalla bottega del libraio è quello che ha regalato a me. »

« O che grand'uomo! » disse Candido; « è un secondo Pangloss. »

E volgendosi a lui, gli domandò:

« Voi, signore, stimate senza dubbio che ogni cosa nel mondo fisico e in quello morale stia benissimo, e che nulla potrebbe essere altrimenti da quello che è? »

« Io? Ma niente affatto, » rispose il dotto. « Secondo me, tutto va alla rovescia da noi; nessuno conosce né il proprio rango né il compito suo, né quello che fa né quello che dovrebbe fare. Giudico che dal cenare in fuori, dove c'è abbastanza concordia e allegria, tutto il resto del tempo è speso in beghe insensate: giansenisti contro molinisti, parlamento contro clero, letterati contro letterati, cortigiani contro cortigiani, banchieri contro popolo, mogli contro mariti, parenti contro parenti. Una guerra sempiterna. »

« Ho visto di peggio, » replicò Candido; « ma un savio uomo, cui in seguito toccò la disgrazia di finire impiccato, m'insegnò che va appunto benone in questo modo: sono le ombre in una bella pittura. »

« Il vostro impiccato si burlava del prossimo, » disse Martino; « quelle che voi chiamate ombre sono macchie orribili. »

« Le macchie le fanno gli uomini, » disse Candido, « perché non possono fare altrimenti. »

« E allora non ci hanno colpa, » ribatté Martino.

La maggior parte dei giocatori non intendeva un'acca di questi discorsi, e beveva. Martino seguitò a ragionar col dotto, e Candido narrò parte delle sue avventure alla padrona di casa.

Dopo cena la marchesa si appartò con lui in un salottino, e lo fece sedere sopra un canapè.

« Ebbene, » fece ella, « voi seguitate dunque a essere perdutamente innamorato di madamigella Cunegonda di Thunder-ten-Tronckh? »

« Sì, o signora. »

« Ecco una risposta da giovane Vestfaliano, » osservò la marchesa con un sorriso dolce dolce; « un francese mi avrebbe detto: ‹ È vero che amavo madamigella Cunegonda, ma dacché vi ho veduta, temo di non amarla più. › »

« Ahimè, signora, risponderò come vi piace. »

« La vostra passione per colei, » seguitò la marchesa, « nacque quando le raccoglieste il fazzoletto; io voglio che raccogliate la mia giarrettiera. »

« Ben volentieri, » rispose Candido, e la raccolse.

« Ma io voglio anche che me la rimettiate a posto. »

Candido gliela rimise a posto. La dama allora disse:

« Voi, vedete, siete forestiero; i miei amanti parigini io li faccio sospirare talvolta anche quindici giorni, ma esaudísco voi fin dalla prima notte, perché bisogna pure ch'io faccia gli onori del mio paese a un giovane che viene dalla Vestfalia. »

Due brillanti grossissimi che adornavano le dita del giovane forestiero attrassero l'attenzione della dama; essa si mise a lodarli con tanta convinzione che finirono col passare dalle mani di Candido a quelle di lei.

Rincasando in compagnia dell'abate perigordino, Candido provò qualche rimorso d'essere stato infedele a madamigella Cunegonda. L'abate prese viva parte al suo rammarico; dei cinquantamila franchi persi al faraone, e dei brillanti mezzo donati e mezzo carpiti, a lui era venuto in tasca ben poco, ed egli meditava di sfruttare quanto più avesse potuto i vantaggi offertigli dall'amicizia di Candido. S'interessò molto di Cunegonda, e Candido gli confidò che rivedendo la sua beneamata a Venezia, le avrebbe chiesto perdono della sua infedeltà.

Il perigordino moltiplicava attenzioni e cortesie, e mostrava un affettuoso interessamento per tutto quello che Candido aveva fatto, stava facendo, e aveva in animo di fare. A un certo punto domandò:

« Voi signore, siete dunque atteso a Venezia? »

« Sì, signor abate; bisogna in tutti i modi che io ci vada per ritrovar madamigella Cunegonda. »

E infervorandosi secondo il suo solito nel discorrere del suo bene, narrò all'abate qualcuna delle sue avventure con quella figlia illustre della Vestfalia.

« Madamigella Cunegonda, » fece colui, « dev'essere una donna di molto spirito, e una corrispondente adorabile. »

« Non ebbi mai lettere sue, » rispose Candido; « figuratevi che dopo essere stato scacciato dal castello per amor suo, non potei scriverle; che di lì a poco seppi che era morta; che in seguito la ritrovai e tornai a perderla, e che ora le ho spedito a duemila e cinquecento leghe da qui un corriere espresso, dal quale attendo notizie. »

L'abate stava a sentirlo con molta attenzione, e pareva soprapensiero. Di lì a poco s'accomiatò dai due forestieri, abbracciandoli con affetto. La mattina dopo, al destarsi, Candido ricevette una lettera che diceva:

« Signor amante mio carissimo, mi trovo malata in questa città da otto giorni; ho appreso or ora che ci siete anche voi. Se potessi muovermi, mi rifugerei di corsa tra le vostre braccia. Ebbi notizia del vostro passaggio da Bordeaux. Ho lasciato là il fedele Cacambo insieme con la vecchia; essi mi seguiranno tra poco. Il governatore di Buenos Aires s'è preso ogni cosa, ma mi rimane il cuor vostro. Venite: al vedervi, se non morrò di gioia, guarirò. »

Leggendo questo insperato ed incantevole scritto, Candido fu rapito in un'estasi di felicità indicibile, e insieme precipitato in un dolore profondissimo per la malattia della sua diletta Cunegonda. Combattuto da questi due sentimenti, si munì del suo oro e dei suoi diamanti, e accompagnato da Martino si fece condurre all'albergo che ella indicava per sua dimora. Si fa innanzi tutto tremante, col cuore in subbuglio, e la voce rotta dai singhiozzi; fa per aprir le cortine del letto, chiede un lume.

« Fermo, per carità, » fece l'infermiera; « il chiaro le sarebbe mortale. » E torna a chiuder le cortine.

« Come state, mia cara Cunegonda? » disse Candido tra le lacrime. « Se non vi è concesso di farvi vedere, fatemi almeno sentire la vostra voce. »

« Non può parlare, » avvertì la donna.

La dama allora tirò fuori dal letto una mano rotondetta, che Candido bagnò lungamente con le proprie lacrime, e poscia riempì di diamanti; depose anche un sacchetto di doppie sulla poltrona.

Nel mezzo di queste scene, ecco a un tratto comparire un ufficiale di polizia, seguito dall'abate perigordino e da una squadra di sbirri.

« Questi dunque sarebbero i due forestieri sospetti? » disse costui, e li fece arrestare senz'altro, ordinando agli sbirri di trascinarli in prigione.

« Non è così che si trattano i forestieri in El Dorado, » disse Candido.

« Io mi sento più manicheo che mai, » disse Martino.

« Ma signore, » fece ancora Candido, « dove mi portate? »

« In fondo a una segreta, » rispose l'ufficiale di polizia.

Martino, riavutosi un poco, opinò che la pretesa Cunegonda fosse un'imbrogliona; imbroglione l'abate perigordino che aveva messo a profitto l'ingenuità di Candido; e imbroglione anche l'ufficiale di polizia, dal quale non sarebbe stato difficile liberarsi.

Piuttosto che sottoporsi alla procedura giudiziaria, Candido, seguendo il consiglio di Martino, e del resto sempre impaziente di riveder la Cunegonda autentica, offrì all'ufficiale tre diamantucci da tremila doppie l'uno.

« Ah, signor mio, » gli disse l'uomo dalla mazza d'avorio, « foste anche reo di tutti i delitti immaginabili, siete il maggior galantuomo del mondo. Tre diamanti! e da tremila doppie l'uno! Invece di portarvi in carcere, io per voi darei la vita. In questo momento si arrestano tutti i forestieri, ma lasciate fare a me; ho un fratello che sta a Dieppe in Normandia; io vi condurrò da lui, e se avete qualche altro diamante da regalargli, egli si prenderà cura di voi come di me stesso. »

« E perché si arrestano tutti i forestieri? » domandò Candido.

L'abate perigordino, entrando anche lui nel discorso, disse:

« Perché uno straccione del paese di Atrebatie [1] ha udito delle scempiaggini; per questo solo egli s'è indotto a commettere un parricidio, non già sul genere di quello del maggio dell'anno 1610, ma come quello del dicembre 1594, e come parecchi altri, commessi in altri mesi d'altri anni da altri straccioni, che avevano udito anch'essi delle scempiaggini. »

L'ufficiale spiegò di che si trattava, e Candido esclamò:

« O che mostri! Ma come? Atrocità simili in una nazione che canta e balla tutto il giorno? Come posso fare per andarmene al più presto da questo paese, dove le scimmie si divertono a stuzzicare le tigri? A casa mia ho veduto degli orsi: uomini in nessun luogo fuori d'El Dorado. Signor ufficiale, per l'amor di Dio portatemi a Venezia dove debbo aspettare madamigella Cunegonda. »

« Io non posso condurvi che nella bassa Normandia, » rispose colui.

1 Cioè dell'Artois. Si allude successivamente: a Damiens, che il 5 gennaio del 1757 ferì Luigi XV con un coltello; all'assassinio di Enrico IV; e all'attentato commesso da Châtel, alunno dei Gesuiti, contro il medesimo re.

Lo fa sciogliere immediatamente dai ceppi, annuncia che s'è sbagliato, licenzia gli sbirri, e conduce Candido e Martino a Dieppe, dove li affida a suo fratello. Un piccolo legno olandese era ancorato nel porto. Il normanno, che grazie ad altri tre diamanti si mostrò servizievolissimo, fece salir Candido col suo seguito a bordo di quella nave, che era in procinto di far vela per Portsmouth in Inghilterra. Non era la via per Venezia; ma a Candido pareva di essere scampato all'inferno, ed egli si ripromise in ogni modo di riprender la via di Venezia alla prima occasione.

XXIII · CANDIDO E MARTINO TOCCANO LE COSTE D'INGHILTERRA; OSSERVAZIONI CHE VI FANNO

« Ah, Pangloss, Pangloss! Martino, Martino mio! O cara Cunegonda! Che razza di mondo è mai questo? »

Queste erano le esclamazioni di Candido a bordo della nave olandese.

« È una pazza e abominevole cosa in verità, » rispondeva Martino.

« Voi conoscete l'Inghilterra; ditemi se i suoi abitanti son matti come i francesi. »

« È una pazzia d'altra natura. Sapete bene che le due nazioni sono in guerra tra loro per qualche campo di neve dalle parti del Canada, e che questa bella guerra costa loro assai più di quel che valga il Canada tutto intero. Se i pazzi da catena siano più nell'una o nell'altra nazione, non è cosa che possa dirvi io coi miei pochi lumi. So questo solo, che la gente che vedremo tra poco dà alquanto nell'atrabiliare. »

Seguitando in questi discorsi giunsero a Portsmouth. Una folla innumerevole si pigiava sulla riva, e guardava intenta a un uomo corpulento,[1] il quale stava inginocchiato sulla tolda d'un legno appartenente alla flotta, e aveva gli occhi bendati. Quattro soldati posti di fronte a lui gli tiraron ciascuno, con la maggior flemma del mondo, tre palle nella testa, e la folla se ne tornò a casa assai soddisfatta.

« Ma che vuol dir codesto? Quale demonio governa dap-

1 L'ammiraglio Byng, passato per le armi il 14 marzo del 1757, per la sconfitta subita nelle acque di Minorca.

pertutto? » domandò Candido. S'informò chi fosse quel grosso uomo che era stato ucciso con tanto apparato; gli risposero che era un ammiraglio.

« E perché è stato fatto morire quest'ammiraglio? »

« Per non aver fatto morire gente abbastanza. Ha dato battaglia a un ammiraglio francese, e s'è giudicato che non gli si era avvicinato quanto occorreva. »

« Ma l'ammiraglio francese non era mica più distante dall'inglese di quanto questi fosse da lui. »

« Questo è indubitabile. Ma qui abbiamo per buona regola d'ammazzare un ammiraglio di tanto in tanto, per dar coraggio agli altri. »

Tanto restò scosso e scandalizzato Candido da ciò che aveva visto ed inteso, che non volle neppure metter piede a terra. A costo d'esser derubato dal capitano olandese come dal suo collega di Surinam, fece subito patto con lui per essere condotto direttamente a Venezia.

In capo a due giorni il capitano fu pronto, e salparono. Costeggiarono la Francia, e passarono in vista di Lisbona: Candido fremette. Imboccarono lo stretto, attraversarono il Mediterraneo, ed eccoli finalmente a Venezia.

« Sia ringraziato Iddio! » esclamò Candido abbracciando Martino; « è qui che rivedrò la bella Cunegonda. Faccio assegnamento su Cacambo come su me stesso. Ogni cosa è buona, tutto va benissimo, meglio di così non potrebbe andare. »

XXIV · DI PASQUINA E DI FRA GAROFOLONE

Appena sbarcato a Venezia, fece cercar subito Cacambo per tutte le osterie, per tutti i caffè, e presso tutte le donne di malaffare, ma senza successo. Mandava giornalmente a incontrare ogni nave e ogni barca: niente Cacambo.

« Che! » diceva egli a Martino, « ho fatto in tempo a passar da Surinam a Bordeaux, da Bordeaux andare a Parigi, da Parigi a Dieppe, da Dieppe a Portsmouth, ho costeggiato il Portogallo, attraversato il Mediterraneo quant'è largo, son qui da mesi, e la bella Cunegonda non è venuta ancora? In vece sua non ho incontrato che una mala femmina e un abate perigordino. Cunegonda è morta di sicuro; non mi resta che morire anch'io. Ah, era meglio restare nel paradiso dell'El Dorado, e non tornare in quest'Europa maledetta. Avete proprio ragione, caro Martino: tutto è illusione e calamità! »

Cadde in una cupa malinconia, si tenne lontano dall'opera buffa e da tutti gli altri spassi del carnevale; non ebbe una tentazione neppur minima per nessuna dama. Martino gli diceva:

« In fede mia, siete un po' ingenuo anche voi a immaginare che un servo meticcio, con cinque o sei milioni per le tasche, vada a cercar la vostra amante in capo al mondo per condurvela a Venezia. Se la trova, se la prenderà lui; se non la trova, se ne piglierà un'altra. Vi consiglio di togliervi dal capo Cacambo vostro servitore, e la vostra amante Cunegonda. »

Martino non era punto incoraggiante; la malinconia di Candido peggiorò, e Martino seguitava infaticabile a provargli che poca virtù e poca felicità si trovano in terra, tranne forse che nell'El Dorado, dove tanto non ci poteva andar nessuno.

Un giorno che, sempre in attesa di Cunegonda, stavano disputando al solito su questo gravissimo argomento, Candido vide in piazza San Marco un giovane teatino, a braccetto con una ragazza. Il teatino era bianco e rosso e ben piantato; aveva gli occhi lustri, aspetto altiero, fiero portamento, e l'aria d'un uomo sicuro del fatto suo. La ragazza, che era vezzosissima, cantava, rimirando amorosa il suo teatino, e pigliandolo per il ganascino di tanto in tanto.

« Vorrete concedermi, » disse Candido a Martino, « che per lo meno quei due là sono felici. Tranne che in El Dorado, io finora per tutto il mondo abitato non ho incontrato che degli sventurati; ma scommetto che quella ragazza e quel teatino sono creature felicissime. »

« E io scommetto di no, » rispose Martino.

« Non c'è che da invitarli a pranzo, e vedremo subito chi ha ragione. »

Accostò senz'altro quei due, presentò i propri omaggi, e li invitò nella sua locanda per un piatto di maccheroni, pernici di Lombardia, e uova di storione, innaffiati di Montepulciano, Lachryma Christi e vin di Cipro e di Samos. La ragazza arrossì; il teatino accettò per sé e per la sua compagna, la quale guardava Candido con occhi sorpresi e confusi, offuscati da qualche lacrima. Non appena furono entrati, ella esclamò:

« Ma come! il signor Candido non riconosce più la Pasquina? »

Udendo queste parole, Candido, il quale avendo la testa piena di Cunegonda, non le aveva posto molta attenzione, le disse:

« Ohimè, mia povera figliuola, siete dunque voi che avete messo il dottor Pangloss nel bello stato in cui lo ritrovai? »

« Ohimè, signore, son proprio io, » rispose Pasquina; « vedo che sapete tutto Ho sentito delle sciagure terribili che sono capitate a tutta la casa della signora Baronessa e alla bella Cunegonda. Ma la sorte mia non è stata migliore, ve lo assicuro. Quando mi vedeste, io ero affatto innocente. Un frate che era mio confessore, mi sedusse con poca fatica. Le conseguenze furono orribili; dovetti lasciare il castello qualche tempo dopo che il Barone vi scacciò a gran calci nel sedére. Se un celebre medico non avesse avuto compassione di me, io ero bell'e morta. Per riconoscenza divenni sua amante. La moglie di lui, pazza di gelosia, mi picchiava ogni giorno senza misericordia; era una furia costei. Il medico era un uomo bruttissimo, e io mi sentivo la più disgraziata di tutte le donne, malmenata com'ero tutti i giorni per un uomo che non amavo punto. Voi sapete bene, signore, quanto sia pericoloso per una donna bisbetica d'avere per marito un medico. Questi, non potendone più, un bel giorno per guarire la moglie d'un leggero raffreddore le propinò un medicamento tanto efficace, che nello spazio di due ore ella se n'era andata all'altro mondo, tra convulsioni atroci. La famiglia di lei intentò al medico un processo criminale; egli prese il largo, e io fui messa in prigione. Poco mi sarebbe valso d'essere innocente, se non avessi avuto qualche bellezza; il giudice mi fece scarcerare col patto di subentrare lui al medico. Soppiantata ben presto da una rivale, e cacciata senza ricompensa, dovetti per forza buttarmi a questo sciagurato mestiere, che a voi uomini par tanto allegro, e per noialtre che lo facciamo non è che dolori. Venni a far la vita qui a Venezia. Ah, signore, se poteste figurarvi che cosa voglia dire trovarsi costretta a vezzeggiare ugualmente un vecchio mercante, un avvocato, un frate, un gondoliere, un abate, esposta a tutti gli oltraggi e a tutte le sopraffazioni, costretta sovente a prendere in prestito una gonnella per adescare un avventore ripugnante; spogliata qui di quel che s'è guadagnato là, ricattata dagli sbirri, con davanti, per tutta prospettiva, una vecchiaia atroce, l'ospizio, e un letamaio: voi direste che io sono una delle creature più disgraziate che siano al mondo.» Così si confessava Pasquina al buon Candido in un salottino appartato, presente Martino.

«Vedete bene,» diceva questi, «che ho già guadagnato metà della scommessa.»

Fra Garofolone era rimasto nella sala da pranzo a bere un goccetto, aspettando che fosse in tavola.

«Eppure,» disse Candido a Pasquina, «quando vi ho incontrata dianzi sembravate così allegra e così soddisfatta! Cantavate, e facevate le vostre carezze al teatino con un'aria di contentezza così naturale, che mi siete parsa altrettanto felice di quanto dite ora d'essere disgraziata.»

«Questa è un'altra delle miserie del nostro mestiere, signore,» rispose Pasquina. «Ieri sono stata derubata e picchiata da un ufficiale: oggi devo comparire allegra per piacere a un frate.»

Candido non volle sentir altro, e la diede vinta a Martino. Sedettero a tavola con Pasquina e il teatino; il pranzo fu abbastanza allegro, e sul finire di esso era nata una certa confidenza tra i commensali.

«Padre,» disse a un certo punto Candido al frate, «la vostra mi pare una condizione da far invidia al mondo intero. Io vi vedo sano come una lasca, con una faccia da cuor contento; avete una bella ragazza per divertirvi, e mi sembrate soddisfattissimo del vostro stato.»

«Caro signore,» rispose il teatino, «io vorrei, in parola d'onore, che tutti i frati fossero in fondo al mare. Cento volte sono stato a un pelo dal dar fuoco al convento, e farmi turco. Avevo appena quindici anni quando i miei mi fecero indossare per forza questa tonaca aborrita, perché restasse più roba a un mio fratello maggiore, che Iddio lo maledica! Il convento è governato dalla gelosia, dalla rabbia e dalla discordia. Ho fatto, è vero, qualche trista predica che mi ha valso un po' di quattrini; mezzi me li ruba il priore, con gli altri mantengo qualche ragazza. Ma la sera, quando torno in monastero, mi spaccherei la testa contro i muri, e i miei confratelli si trovano nella stessa mia condizione. »

Martino volgendosi a Candido con la sua solita flemma, gli disse:

« Ebbene, non direte che non ho vinto la scommessa. »

Candido regalò due mila piastre a Pasquina, e mille a Fra Garofolone.

« Vi garantisco, » disse a Martino, « che con queste saranno felici. »

« Non lo credo affatto; anzi, con quei denari li condurrete forse a un'infelicità anche peggiore. »

« Andrà come vorrà. Io intanto mi consolo col pensiero che spesso incontriamo persone le quali mai più credevamo di rivedere. Se ho ritrovato la pecora rossa e Pasquina, può benissimo darsi che ritrovi anche Cunegonda. »

« Io ve l'auguro, e spero che ella un giorno vi dia la felicità; ma ne dubito assai. »

« Siete proprio sconfortante, » osservò Candido.

« È che son vissuto, » rispose Martino.

« Ma osservate di grazia quei gondolieri: non sentite come cantano sempre? »

« Bisognerebbe vederli in casa, con le mogli e i marmocchi. Il Doge ha i suoi pensieri, i gondolieri hanno i loro. È vero che, tutto sommato, sta meglio il Doge del gondoliere; ma la differenza è di così poco che non val la pena d'occuparsene. »

« Ho sentito parlare del senatore Pococurante, » disse ancora Candido, « il quale abita in quel bel palazzo sul Brenta, e fa buona accoglienza ai forestieri. Vogliono che non abbia avuto un cruccio in vita sua. »

« Sarei curioso di veder questa bestia rara, » rispose Martino.

E Candido fece tosto chieder licenza al senatore Pococurante di visitarlo il giorno seguente.

XXV · VISITA AL NOBILE POCOCURANTE, GENTILUOMO VENEZIANO

Candido e Martino risalirono il Brenta in gondola, e arrivarono al palazzo del nobile Pococurante. I giardini erano vasti e ornati di belle statue di marmo, il palazzo di bel disegno. Il padron di casa, uomo sui sessant'anni, ricchissimo, ricevette i due curiosi con molta civiltà, ma con poche premure, il che mise in imbarazzo Candido, ma non dispiacque a Martino.

Dapprima due belle giovani, vestite con molta proprietà, servirono il cioccolatte dopo averlo benissimo frullato. Candido non poté trattenersi dal lodare la loro avvenenza, la grazia e il garbo che mostravano.

« Sono due ragazze abbastanza a modo, » disse il senatore Pococurante; « me le porto a letto qualche volta, ché mi sono proprio venute a noia le dame di città, con tutte le loro civetterie, gelosie, bizze, fantasie, meschinità, superbie e scempiaggini; e coi sonetti che bisogna comporre o far comporre in loro onore. Anche queste due ragazze però incominciano a stufarmi maledettamente. »

Dopo colazione passeggiarono un poco in una lunga galleria e Candido restò ammirato della bellezza dei quadri che vi erano appesi. S'informò di che autore fossero i due primi.

« Di Raffaello, » rispose il senatore; « li ho comprati qualche anno fa per vanagloria, pagandoli un occhio... Dicono che siano i più bei quadri d'Italia, ma a me non piacciono affatto; il colorito è troppo scuro, le figure sono secche e mancano di rilievo, e i panneggi non danno per nulla il senso della stoffa. In una parola, e checché pretendano, io non ci trovo una imitazione fedele della natura. Mi piacerà un quadro quando mi parrà di vederci la natura stessa, ma di fatti a quel modo non ce n'è. Ho molti quadri, ma non li guardo mai. »

Aspettando il pranzo, Pococurante fece dare un concerto. A Candido la musica sembrò deliziosa.

« È un rumore, » osservò Pococurante, « che per mezz'oretta può divertire, ma se dura di più, stanca chiunque, benché nessuno s'arrischi a confessarlo. Oggi la musica non è altro che l'arte d'eseguire cose difficili, e quel che è difficile e nulla più, alla lunga dispiace. Forse mi andrebbe più a genio l'opera, se non avessero escogitato il modo di farne una mostruosità che mi ripugna. Vada chi vuole a sentir pessime tragedie messe in musica, dove le scene non hanno altro scopo che d'introdurre a sproposito due o tre canzonette ridicole, buone a far valere l'ugola di una cantante; vada in estasi chi vuole e chi ci riesce alla vista d'un castrato che canterella nella parte di Cesare o di Catone, e passeggia in modo ridicolo sulle tavole del palcoscenico. Per me, ho chiuso da un pezzo con queste stupidaggini che fanno oggi la gloria dell'Italia, e che i sovrani pagano tanto salate. »

Candido fece qualche obiezione, ma discreta; Martino approvò senza riserve.

Dopo un pranzo squisito, furono introdotti nella biblioteca. Candido, scorgendo un *Omero* rilegato stupendamente, lodò il buon gusto dell'illustrissimo padron di casa.

« Questo è un libro, » diss'egli, « che incantava il gran Pangloss, il maggior filosofo della Germania. »

« Non incanta me di sicuro, » rispose freddo Pococurante. « Un tempo riuscirono a farmi credere che a leggerlo ci provassi gusto; ma quel continuo ripetersi di combattimenti uno uguale all'altro, quegli Dei che intervengono sempre per non concluder mai nulla, quell'Elena che è causa della guerra eppur rimane un personaggio affatto secondario, quella Troia assediata e mai presa, tutto mi riusciva di una noia mortale. Ho domandato talvolta a qualche erudito se cotesta lettura annoiasse tanto anche loro, e tutte le persone sincere m'hanno risposto che il volume cascava loro di mano, ma che bisognava averlo in biblioteca come un monumento dell'antichità e come una di quelle monete rugginose che non hanno più corso. »

« Vostra Eccellenza non la penserà certo così riguardo a Virgilio? » domandò Candido.

« Concedo, » rispose Pococurante, « che il secondo, il quarto e il sesto libro della sua *Eneide* sono eccellenti; ma per quanto riguarda il suo pio Enea, il valoroso Cloante, il fido Acate, il piccolo Ascanio, e quell'imbecille del re Latino, e quella borghesuccia di Amata, e quell'insulsa di Lavinia, a gusto mio non potrebbero essere né più freddi, né più inameni. Meglio il Tasso allora, e le storie da morir di sonno dell'Ariosto. »

« Perdonate la libertà, » disse Candido, « ma Orazio, non lo leggete voi con grandissimo diletto? »

« Orazio ha delle massime che a un uomo di mondo possono giovare, e ristrette come sono in versi pieni di forza, la memoria le ritiene più facilmente. Ma non m'importa proprio nulla di quel suo viaggio a Brindisi, con la descrizione d'un tristo desinare, e di quelle sue liti da facchini tra non so che Rupilio, le cui parole, dice, *erano piene di marcio*, e un altro, le parole del quale *erano aceto*. Non ho potuto leggere senza una grandissima ripugnanza i suoi versi triviali contro certe vecchie e streghe, e non riesco a vedere che bravura ci sia nel dire all'amico Mecenate che se questi lo metterà tra i poeti lirici, egli toccherà gli astri con la sua fronte sublime. Gli sciocchi ammirano ogni parola d'un autore famoso; io leggo per me solo, e mi piace soltanto quello che fa per me. »

Candido, educato a non giudicar mai nulla di testa sua, strabiliava a sentir questi discorsi; Martino trovava che nel modo di ragionare del senatore c'era parecchio buon senso.

« Oh, ecco un Cicerone! » disse poi Candido; « questo grand'uomo almeno sono certo che non vi saziate di leggerlo. »

« Non lo leggo mai, » rispose il veneziano. « Che interessa a me che abbia difeso Rabirio o Cluenzio? Ne ho già abbastanza delle cause che devo sentir io. Piuttosto mi avrebbero attirato le sue opere di filosofia; ma quando mi sono accorto che dubitava d'ogni cosa, ho concluso che ne sapevo quanto lui, e che per essere ignorante non avevo bisogno di nessuno. »

« Ecco ottanta volumi di relazioni di un'Accademia scientifica! » esclamò Martino; « qui forse ci potrebbe esser del buono. »

« Ce ne sarebbe, se uno solo tra gli autori di questo ciarpame avesse inventato non foss'altro l'arte di far gli spilli; ma tutti questi libracci sono pieni unicamente di sistemi vani, e non contengono una sola cosa che sia veramente utile. »

« Quante opere di teatro vedo costà, » disse Candido;

« italiane, francesi, spagnole... »

« Sì, ce n'è tremila, » fece il senatore, « e neppure tre dozzine che valgan qualcosa. Quanto a coteste raccolte di prediche, che tutte insieme non fanno una pagina di Seneca, e tutti quei volumi di teologia, non occorre dire che non sono mai toccati né da me, né da nessuno. »

Martino notò certi palchetti stipati di libri inglesi.

« Crederei, » disse, « che a un repubblicano dovessero andare a genio la maggior parte di quelle opere, scritte con così libero animo. »

« Sì, scrivere come si pensa è una bella cosa, » rispose Pococurante; « è il privilegio dell'uomo. In tutta la nostra Italia si scrive unicamente quel che non si pensa; gli abitatori della patria dei Cesari e degli Antonini non ardiscono avere un'idea se prima non gliene dà licenza un domenicano. La libertà che ispira gl'inglesi mi piacerebbe, se passione e spirito di parte non guastassero tutto ciò che quella libertà ha di migliore. »

Vedendo un Milton, Candido domandò se quell'autore non gli paresse un grand'uomo.

« Chi? Quel barbaro che ha fatto un commento interminabile al primo capitolo della *Genesi*, in dieci libri di versi durissimi? quel rozzo imitatore dei Greci, che deturpa la Creazione, e dove Mosè pone l'Eterno a suscitare il mondo col Verbo, rappresenta il Messia che per tracciar l'opera sua toglie un compasso da un armadio celeste? Volete ch'io abbia stima d'uno il quale ha sciupato l'inferno e il demonio del Tasso, che traveste Lucifero da rospo e da pigmeo, che gli fa rimasticar cento volte le stesse tirate e lo introduce a dispute di teologia; che ripigliando sul serio dall'Ariosto l'invenzione comica delle armi da fuoco, mette i diavoli a tirar le cannonate in cielo? Né io né alcun altro in Italia è riuscito a gustare tutte quelle sue malinconiche stravaganze. Il *Matrimonio del Peccato con la Morte*, e le vipere partorite dal Peccato, son cose da far vomitare chiunque abbia un po' di delicatezza nel gusto; e la sua prolissa descrizione d'uno spedale potrà tutt'al più piacere a un becchino. Questo oscuro, stravagante, spiacevolissimo poema fu condannato appena uscì, e io oggi lo giudico come fu giudicato nella sua stessa nazione dai suoi propri contemporanei. Del resto, io dico quel che penso, e m'importa assai poco che gli altri pensino o no a modo mio. »

Candido rimase male: stimava Omero, e faceva un certo conto di Milton.

« Ahimè, » diss'egli piano a Martino, « temo assai che quest'uomo abbia in gran disprezzo i nostri poeti tedeschi. »

« Sarebbe un mal di poco, » rispose Martino.

« Oh che uomo superiore, » diceva ancora Candido; « che gran genio è questo Pococurante! Non gli va bene niente. »

Passata in rassegna a questo modo la biblioteca, scesero nel giardino. Candido ne lodò tutti i pregi.

« Un giardino di pessimo gusto, » disse il padrone, « tutto fronzoli; ma domani voglio farne piantare uno disegnato più sobriamente. »

Dopo che i due curiosi si furono accomiatati da Sua Eccellenza, Candido disse a Martino:

« Insomma, dovrete pur riconoscere che costui è il più felice degli uomini: egli si sente superiore a tutti i suoi beni. »

« Non vedete, » rispose Martino, « che tutti i suoi beni lo hanno disgustato? Platone ha detto da un bel pezzo che i migliori stomaci non sono quelli che rifiutano tutti gli alimenti. »

« Ma non c'è una certa soddisfazione nel biasimare ogni cosa, nello scoprir dei difetti dove gli altri non vedono che pregi? »

« Sarebbe come dire che c'è una soddisfazione nell'essere insoddisfatti. »

« Ebbene, » disse Candido, « di felice non ci sarò dunque che io, quando rivedrò madamigella Cunegonda. »

« Conviene sempre sperare, » rispose Martino.

Frattanto i giorni e le settimane passavano e Cacambo non si vedeva. Candido se ne affliggeva al punto da non accorgersi che Pasquina e Fra Garofolone non erano neanche venuti a ringraziarlo.

XXVI · D'UNA CENA DI CANDIDO E DI MARTINO IN COMPAGNIA DI SEI FORESTIERI, E CHI FOSSERO COSTORO

Una sera, mentre Candido accompagnato da Martino stava per mettersi a tavola con degli altri forestieri che alloggiavano alla medesima locanda, fu avvicinato alle spalle da un uomo che aveva la faccia color del carbone. Costui lo prese per un braccio, e gli disse:

« Tenetevi pronto a partir con noi senza fallo. »

Candido si volge, e vede Cacambo. Soltanto la vista di Cunegonda avrebbe potuto sorprenderlo e rallegrarlo maggiormente. Gli parve d'ammattire dalla gioia, e buttò le braccia al collo di quel caro amico.

« Certo Cunegonda è qui anch'essa? Dov'è? Conducimi da lei, la gioia ci farà morire insieme! »

« Cunegonda non è qui, » rispose Cacambo; « è a Costantinopoli. »

« A Costantinopoli! O cielo! Ma fosse anche nella Cina... Corriamo! Partiamo! »

« Partiremo dopo cena. Per ora non posso dirvi altro; il mio padrone mi aspetta, devo servirlo in tavola... State zitto, cenate, e tenetevi pronto. »

Candido, combattuto fra la gioia e il dolore, felice di rivedere il suo ministro fedele, attonito di ritrovarlo schiavo, tutto preso dal pensiero che tra poco avrebbe ritrovato l'amante, col cuore in tumulto e la mente in subbuglio, sedette a tavola, insieme con Martino che assisteva a questi successi senza scomporsi, e con sei altri forestieri venuti a Venezia per il carnevale.

Cacambo, il quale mesceva da bere a uno di questi stranieri, sul finir della cena gli s'accostò e gli disse all'orecchio:

« Sire, Vostra Maestà può partir quando vuole: la nave è pronta. »

I commensali stupiti si guardarono in viso senza far motto, allorché un altro servitore s'avvicina al suo padrone, e gli fa:

« Sire, la carrozza di Vostra Maestà attende a Padova, e la barca è pronta. »

Gli altri tornano a guardarsi, e cresce la meraviglia. Un terzo servo avvicinandosi a un terzo forestiero gli disse:

« Sire, credete a me, Vostra Maestà non deve più restar qui, vado a preparare ogni cosa » e sparì.

Candido e Martino non dubitarono più che si trattasse d'una qualche mascherata di carnevale. Un quarto domestico disse a un quarto padrone:

« Vostra Maestà può partire quando crede, » e uscì come gli altri. Un quinto servo parlò nello stesso modo a un quinto padrone. Ma il sesto servitore parlò in altra maniera al sesto straniero, il quale sedeva accanto a Candido.

« In fede mia, Sire, » diss'egli, « non vogliono più far credito né alla Maestà Vostra né a me; non è difficile che stanotte ci mettano sotto chiave tutt'e due. Io vado ad attendere ai fatti miei: addio. »

Dopo che i sei servitori furono usciti, i sei forestieri, Candido e Martino serbarono un profondo silenzio. Candido finalmente lo ruppe col dire:

« Signori, questa è una burla singolare. Perché siete tutti re voialtri? Vi confesserò che noi due non siamo tali. »

Allora prese la parola il padrone di Cacambo, e parlando in italiano disse gravemente:

« Io non ho inteso scherzare. Mi chiamo Achmet III;[1] fui gran sultano per più anni; cacciai dal trono mio fratello, e ne fui cacciato da mio nipote; ai miei visir fu tagliata la testa, e io sto terminando la vita nel Serraglio Vecchio. Mio nipote, il gran sultano Mahmud, mi permette qualche volta di viaggiare per la mia salute, e sono venuto a passare il carnevale a Venezia. »

Un giovanotto che sedeva vicino ad Achmet, prese la parola dopo che questi ebbe taciuto, e disse:

« Io mi chiamo Ivan,[2] e sono stato imperatore di tutte le Russie; il trono mi fu tolto quand'ero in fasce; i miei genitori furono messi in prigione, ed io fui allevato in carcere. Mi vien data qualche volta licenza di viaggiare, accompagnato dai miei guardiani, e sono venuto a passare il carne-

1 Achmet III, salito al trono nel 1703, spodestato dai giannizzeri nel 1730, morto nel 1736.

2 Ivan, nato nel 1730, messo in prigione lo stesso anno, e pugnalato nel 1762.

vale a Venezia. »

Il terzo disse:

« Io son Carlo Edoardo, re d'Inghilterra,[1] mio padre ha rinunciato ai suoi diritti alla corona, io ho combattuto per difenderli. A ottocento dei miei partigiani fu strappato il cuore, e percosse loro le guance con esso; io fui imprigionato. Vado a Roma a far visita al re mio padre, cacciato dal trono come me, e come il mio avo; e sono venuto a passare il carnevale a Venezia. »

Poi prese a parlare il quarto e disse:

« Io sono il re dei Polacchi;[2] la sorte delle armi mi ha spogliato dei miei Stati ereditari; mio padre subì gli stessi rovesci. Io mi rassegno ai voleri della Provvidenza come il sultano Achmet, l'imperatore Ivan e il re Carlo Edoardo, che Iddio conservi, e sono venuto a passare il carnevale a Venezia. »

Il quinto disse:

« Anch'io sono re dei Polacchi; ho perso il mio regno due volte,[3] ma la Provvidenza mi ha dato un altro Stato dove ho fatto del bene, e più di quanto ne abbian potuto fare sulle rive della Vistola tutti i re dei Sarmati. Anch'io mi rassegno ai decreti della Provvidenza, e sono venuto a passare il carnevale a Venezia. »

Restava il sesto sovrano.

« Signori, » disse questi, « io non sono un personaggio importante quanto voi, ma dopo tutto sono stato anch'io un re come un altro. Io sono Teodoro, e fui eletto re della Corsica. Mi sono sentito dire Vostra Maestà,[4] e adesso è

1 Carlo Edoardo, figlio di Giacomo Stuart e nipote di Giacomo II, nato nel 1720, sbarcato in Iscozia nel 1745 per riconquistare il trono; battuto a Culloden nel 1746, e morto povero a Firenze nel 1788.

2 Augusto, Elettore di Sassonia e re di Polonia, privato dei suoi stati nella guerra del 1756.

3 Stanislao Leczinski, suocero di Luigi XV, che dopo aver perduto il trono di Polonia, ebbe i ducati di Bar e della Lorena.

4 Il barone Teodoro Neuhof, nato a Metz nel 1690, avventuriero al seguito di Carlo XII, re di Svezia, poi inviato dall'imperatore Carlo VI alla corte di Toscana; aiutò i Corsi che si erano ribellati al dominio genovese, e fu da loro proclamato re. Dopo otto mesi dovette lasciare la Corsica, e fu continuamente perseguitato dai suoi creditori, finché non morì a Londra nel 1756.

molto se mi danno del *signore*; ho fatto batter moneta, e non ho più un soldo; ho avuto due segretari di Stato, e mi resta a malapena un servo; mi son trovato sopra un trono, e a Londra ho dormito sulla paglia d'una prigione. Ho paura che andrà a finire nello stesso modo anche qui, benché sia venuto, come le Maestà Vostre, a passare il carnevale a Venezia. »

Gli altri cinque re ascoltarono questo discorso con nobile compassione. Ognuno di essi donò venti zecchini al re Teodoro perché si comprasse abiti e camicie; e Candido gli regalò un diamante da duemila zecchini. « Chi sarà mai costui, » dicevano tra loro i cinque re, « che è in grado di donar cento volte più di noi, e lo dona? »

Mentre lasciavano la mensa, arrivarono alla locanda quattro Altezze Serenissime che per le vicende della guerra avevano perduto anch'esse i loro Stati, e venivano a passare il carnevale a Venezia; ma Candido non badò neppure ai nuovi arrivati. Egli non aveva altro in mente che d'andar a trovare la sua cara Cunegonda a Costantinopoli.

XXVII · VIAGGIO A COSTANTINOPOLI

Il fedel Cacambo s'era già accordato col capitano della nave turca, che doveva ricondurre a Costantinopoli il sultano Achmet, perché prendesse a bordo Candido e Martino. Tutt'e due vi s'imbarcarono, dopo avere presentato il loro ossequio ai piedi di Sua Altezza miserabilissima. Nell'imbarcarsi, Candido disse a Martino:

« Pensate, abbiamo cenato con sei re spodestati! E tra questi sei ce n'era uno cui ho fatto l'elemosina! e forse vi sono molti altri principi che sono più disgraziati ancora. Io invece, non ho perso che cento pecore e sto volando tra le braccia di Cunegonda; torno a dirvi, caro Martino, che Pangloss aveva ragione, e che tutto va bene. »

« Speriamo, » disse Martino.

« Peraltro, è un'avventura proprio inverosimile quella che ci è capitata a Venezia. Sei re spodestati che cenano insieme all'osteria! È una cosa mai vista né sentita. »

« Non più straordinaria di tante altre che ci sono capitate. Che dei re perdano il trono, è un evento dei più comuni; e quanto poi all'onore che ci è toccato di cenar con loro, è un'inezia cui non mette conto di badare. »

Appena furono a bordo della nave, Candido buttò le braccia al collo di Cacambo, un tempo servitore, ed ora amico suo.

« Ebbene, » gli domandò, « e Cunegonda che fa? è sempre quel portento di bellezza? mi ama sempre? come sta in salute? Tu a Costantinopoli le avrai certamente comprato un palazzo. »

« Padron caro, » rispose Cacambo, « Cunegonda lava i piatti sulle rive della Propontide,[1] in casa d'un personaggio che di piatti ne ha pochi. È schiava di un principe già regnante, che ha nome Ragotzky,[2] sussidiato in questo suo rifugio dal gran Turco, con tre scudi al giorno. Ma quel che è peggio assai, la sua bellezza se n'è andata, ed ella è bruttissima. »

« O bella o brutta, io sono un galantuomo, » rispose Candido, « e il mio dovere è d'amarla sempre. Ma come può ella trovarsi ridotta in tanta miseria, coi cinque o sei milioni che le avevi portato? »

« Un momento, » rispose Cacambo, « ho dovuto darne due al señor don Fernando d'Ibaraa y Figueroa y Mascarenes y Lampourdos y Souza, governatore di Buenos Aires, perché mi permettesse di portarla via. Poi un pirata ci ha bravamente spogliati di quello che ci restava. Questo pirata ci ha condotti al Capo Matapan, a Milo, a Nicaria, a Samo, a Petra, ai Dardanelli, a Marmara, a Scutari. Cunegonda e la vecchia servono il principe che v'ho detto, e io sono schiavo del sultano spodestato. »

« O che orribile catena di sciagure! Ma mi resta ancora qualche diamante, e potrò facilmente riscattar Cunegonda. È un gran peccato che sia tanto imbruttita. »

Poi volgendosi a Martino, Candido gli domandò:

« Chi stimate voi sia più da compiangere, il sultano Achmet, l'imperatore Ivan, il re Carlo Edoardo, o io? »

1 Il mar di Marmara.

2 Ragotzky, principe di Transilvania, dopo aver lottato a lungo contro l'Impero, aiutato dal re di Francia, morì in esilio a Rodosto nel 1735.

« Non lo so, » rispose Martino; « per saperlo bisognerebbe che io fossi nei vostri cuori. »

« Ah, se Pangloss fosse qui lo saprebbe, e ce lo potrebbe dire. »

« Io non so con che bilance il vostro Pangloss avrebbe potuto pesar le sventure degli uomini, e computarne i dolori. Tutto quel che posso argomentare io, è che vi sono al mondo molti milioni d'uomini che son cento volte più da compiangere del re Carlo Edoardo, dell'imperatore Ivan, e del sultano Achmet. »

« Anche questo può darsi, » rispose Candido.

In pochi giorni pervennero al Bosforo, e Candido cominciò col riscattare a caro prezzo Cacambo. Senza indugiare un attimo si buttò poi in una galea insieme coi suoi compagni, per andare sulle rive della Propontide in cerca di Cunegonda.

Facevano parte della ciurma due forzati che remavano malissimo, e il padrone levantino di tanto in tanto dava loro col nerbo di bue sulle spalle ignude. Per un impulso naturale, Candido li guardò più attentamente degli altri galeotti, e mosso da pietà venne loro vicino. Nei due volti sfigurati gli parve di ravvisare qualche somiglianza con Pangloss e con quello sventurato Gesuita, il barone fratello di Cunegonda. Questa impressione lo commosse e lo rattristò. Tornò a considerare i due galeotti, e poi disse a Cacambo:

« Dico il vero, se io non avessi veduto impiccar Mastro Pangloss con questi miei occhi, e non avessi avuto la sventura d'uccidere il Barone con queste mani, direi che son proprio loro che remano qui in questa galera. »

A sentir nominati il Barone e Pangloss, i due galeotti mandarono un grido altissimo, e restarono immobili sul loro banco, abbandonando i remi. I padron levantino corse loro addosso, e le nerbate grandinavano.

« Fermo, signore, fermo! » gridò Candido; « io vi darò per questi due la somma che vorrete. »

« Ma come! È Candido! » diceva uno dei galeotti.

« Ma come! È Candido! » diceva l'altro.

« Sogno? » domandava questi; « son proprio sveglio? mi trovo io veramente su questa galea? Quegli è proprio il signor Barone che io ho ammazzato? E questi Mastro Pangloss che ho veduto impiccare? »

« Siamo noi, siam proprio noi, » rispondevano quelli.

« Che! Costui sarebbe dunque quel gran filosofo? » domandava Martino.

« Ehi, signor padron levantino, » disse Candido, « quanto volete di riscatto per il signor Barone di Thunder-ten-Tronckh, uno dei più gran baroni dell'Impero, e per il signor Pangloss, il più profondo metafisico della Germania? »

« Cane d'un cristiano, » rispose il padron levantino, « poiché questi due cani di galeotti cristiani sono baroni e metafisici, che nel loro paese han certo da essere di gran titoli d'importanza, me ne darai cinquanta mila zecchini. »

« Li avrete signore; conducetemi a Costantinopoli come una saetta, e sarete pagato immediatamente... No, aspettate, portatemi prima da madamigella Cunegonda. »

Alla prima offerta di Candido il padrone aveva di già rivolto la prua alla città, e stava dietro ai rematori in tal modo che la nave andava di volo.

Candido abbracciò cento volte il Barone e Pangloss.

« E come ho fatto a non uccidervi, caro Barone? E voi diletto Pangloss, come mai siete ancora vivo, dopo essere stato impiccato? E come mai vi trovate tutt'e due qui in Turchia, nelle galere? »

« È proprio vero che la mia amata sorella si trova in questo paese? » chiedeva il Barone.

« Sì, è vero, » rispondeva Cacambo.

« Io rivedo dunque il mio amatissimo Candido! » esclamava Pangloss.

Candido fece loro conoscere Martino e Cacambo. Tutti s'abbracciavano, tutti discorrevano senza attender risposta. La nave vola, ed eccoli in porto. Mandarono a chiamare un giudeo, cui Candido vendette per cinquanta mila zecchini un diamante che ne valeva cento mila, e l'altro giurò per Abramo che non poteva darne di più. Il riscatto del Barone e di Pangloss fu pagato immediatamente. Questi cadde ai piedi del suo liberatore, e glieli bagnò di lacrime; quello ringraziò con un cenno del capo, promettendo il rimborso alla prima occasione.

« Ma è possibile che mia sorella sia proprio in Turchia? » domandava egli ancora.

« Possibilissimo, » rispondeva Cacambo, « tanto è vero che lava i piatti presso un principe di Transilvania. »

Furono subito mandati a chiamare altri due ebrei, Candido vendette degli altri diamanti, e tutti insieme ripartirono in un'altra galea per andare a liberar Cunegonda.

XXVIII · QUEL CHE AVVENNE A CANDIDO, A CUNEGONDA, A PANGLOSS, A MARTINO, ECC.

« Ancora una volta, perdono, » disse Candido al Barone; « perdonatemi, padre reverendo, d'avervi con la mia spada trapassato il corpo. »

« Non se ne parli più, » rispose il Barone; « io fui un po' troppo vivace, lo riconosco. Ma poiché volete sapere per quale caso mi avete trovato in galera, vi dirò che dopo essere guarito dalla mia ferita grazie all'intervento del fratello farmacista, fui assalito e fatto prigioniero da una fazione spagnola. Fui messo in prigione a Buenos Aires, proprio quando mia sorella era appena partita. Feci domanda di tornare a Roma presso il padre generale, ed ebbi da lui la nomina a elemosiniere presso il signor inviato di Francia a Costantinopoli. Ero entrato da appena otto giorni nelle mie funzioni, allorché una sera m'imbattei in un giovane paggio del sultano, d'assai bella presenza. Faceva un gran caldo; al giovinetto venne idea di fare un bagno, e colsi l'occasione per fare un bagno anch'io. Ignoravo che per un cristiano l'esser trovato ignudo in compagnia d'un giovane musulmano è delitto capitale. Il cadì mi fece dar cento bastonate sulle piante dei piedi, e mi spedì al remo. Non credo sia mai stata commessa un'ingiustizia più atroce. Ma sarei veramente desideroso di sapere perché mia sorella si trovi nella cucina d'un principe di Transilvania rifugiato in Turchia. »

« Ma voi, caro Pangloss, » disse Candido, « com'è possibile che io vi riveda? »

« È vero che voi m'avete visto impiccare, » replicò Pangloss. « Io dovevo naturalmente esser bruciato; ma ricorderete che mentre stavano per cuocermi, incominciò a piovere dirottamente. Il temporale era così violento che disperarono di dar fuoco al rogo. In mancanza di meglio, m'impiccarono. Un chirurgo fece acquisto del mio cadavere, mi portò in casa sua e si mise a dissezionarmi. Cominciò col farmi un'incisione in croce dalla clavicola fino all'ombelico. Non si poteva esser impiccati peggio di quel che fossi stato impiccato io. Il carnefice della Santa Inquisizione, che era suddiacono, bruciava le persone a meraviglia, ma non aveva pratica della forca; la corda era bagnata e scivolò male, anche il nodo era fatto alla peggio; insomma, io respiravo ancora. L'incisione cruciale mi fece dare un urlo così forte che il chirurgo cadde riverso. Persuaso d'esser intento a far l'anatomia del demonio, scappò via più morto che vivo dallo spavento, tanto che nel fuggire ruzzolò giù per le scale. Sua moglie che era in una stanza vicina, accorse richiamata da quello strepito, e mi vide lungo e disteso sul tavolo, con la mia brava incisione in croce. Ebbe ancor più paura di suo marito, e scappando gli cascò addosso. Quando ebbero ripreso fiato, sentii che la cerusica diceva al cerusico: ‹ Caro te, che ti salta in mente d'anatomizzare un eretico? Non sai che costoro hanno sempre il diavolo in corpo? Corro subito a cercare un prete che gli faccia l'esorcismo. › Io fremetti a queste parole, e raccogliendo le poche forze che mi restavano, gridai: ‹ Pietà di me! › Finalmente il barbiere portoghese si fece animo e mi ricucì; e la moglie arrivò anch'essa al punto di curarmi. In capo a quindici giorni ero ristabilito. Il barbiere mi trovò un posto da lacché presso un cavaliere di Malta che andava a Venezia. Ma il mio padrone non aveva denari da pagarmi; passai perciò al servizio d'un mercante veneziano, e lo accompagnai a Costantinopoli.

« Un giorno mi venne voglia di entrare in una moschea. Là dentro non v'erano che un vecchio imano, e una giovane devota assai graziosa, intenta a recitare i suoi paternostri. Aveva il seno scoperto, e portava tra le poppine un bel mazzetto di tulipani, rose, anemoni, ranuncoli, giacinti e orecchie d'orso. Questo mazzetto le cadde; io lo raccolsi e glielo rimisi a posto con rispettosissima premura. Senonché nel rimetterglielo andai tanto adagio che l'imano si sdegnò, e accortosi d'avere davanti un cristiano, si mise a gridare aiuto. Fui condotto dinanzi al cadì, il quale mi fece applicar cento stangate sulle piante, e mi spedì al remo. Fui assegnato appunto alla galera dov'era il signor Barone, e incatenato sul medesimo banco. V'erano con noi quattro giovani marsigliesi, cinque preti napoletani, e due frati di Corfù, i quali ci dissero che ogni giorno accadevano casi simili. Il signor Barone pretendeva d'aver subito un torto peggiore del mio; io sostenevo che era assai più lecito rimettere un mazzo di fiori in seno a una dama, che non farsi coglier nudo in compagnia d'un paggio del sultano. Dibattevamo incessantemente questo punto, e toccavamo cento nerbate al giorno, allorché la concatenazione degli eventi nell'universo vi ha condotto sulla nostra galea, e ci avete riscattati. »

« Ebbene, caro il mio Pangloss, quando foste impiccato, anatomizzato, riempito di botte, e quando remavate in galera, avete voi sempre pensato che meglio di così non poteva andare? »

« Io sono sempre della mia prima opinione, » replicò Pangloss; « sono pur filosofo, né mi conviene disdirmi, non potendo Leibnitz sbagliare, ed essendo del resto l'armonia prestabilita la più bella cosa del mondo, insieme col pieno e con la materia sottile. »

XXIX · COME CANDIDO RITROVÒ CUNEGONDA E LA VECCHIA

Mentre Candido, il Barone, Pangloss, Martino e Cacambo si raccontavano le proprie avventure, ragionavano sui fatti contingenti e non contingenti di questo universo, disputavano degli effetti e delle cause, del male fisico e del male morale, della libertà e della necessità, e delle consolazioni che si possono provare nelle galere di Turchia, la loro nave raggiunse le rive della Propontide, e la casa del principe di Transilvania. La prima cosa su cui caddero gli sguardi dei viaggiatori fu Cunegonda, in atto di stendere insieme con la vecchia alcuni tovaglioli sulle corde per farli asciugare.

A quella vista il Barone impallidì; e Candido, l'appassionato amante, inorridito al vedere la sua bella Cunegonda abbronzata, con gli occhi sciupati, il seno rinsecchito, le guance grinzose, le braccia rosse e sgranate, fece tre passi indietro; poi, da onest'uomo, tornò ad avanzare. Ella abbracciò Candido e il fratello; anche la vecchia fu abbracciata, e Candido le riscattò entrambe.

V'era in quei pressi una piccola fattoria; la vecchia propose a Candido di contentarsene, in attesa che tutta la compagnia incontrasse miglior fortuna. Cunegonda non sapeva di essere imbruttita, poiché nessuno glielo aveva detto, ed ella rammentò a Candido le sue promesse con un tono così risoluto, che il buon Candido non trovò il coraggio di sottrarvisi. Egli informò quindi il Barone che intendeva sposar sua sorella.

« Io non potrò mai sopportare, » rispose il Barone, « che ella scenda così in basso e che voi diate prova di una sfrontatezza simile. Nessuno potrà mai rinfacciarmi quest'infamia. I figli di mia sorella non potrebbero entrare nei capitoli di Germania! No, mia sorella non andrà mai sposa ad altri che a un barone dell'Impero! »

Cunegonda gli cadde ai piedi, glieli bagnò con le sue lacrime: il Barone restò inflessibile.

« Pazzo da catena, » disse Candido, « io t'ho salvato dalla galera, ho pagato il riscatto tuo e di tua sorella, che se ne stava qui a lavare i piatti, ed è anche imbruttita; sono tanto buono da sposarla, e tu hai la faccia tosta di volerlo impedire! Se non ascoltassi che la mia collera, ti ammazzerei un'altra volta. »

« Puoi tornare ad ammazzarmi, » rispose il Barone, « ma mia sorella, me vivo, tu non la sposerai. »

XXX · CONCLUSIONE

A guardargli in fondo al cuore, Candido non aveva nessuna voglia di sposar Cunegonda. Ma l'insopportabile tracotanza del Barone lo spingeva al matrimonio per dispetto; e d'altra parte Cunegonda sollecitava con tanta urgenza, che ad ogni modo egli non avrebbe saputo come fare a cavarsela. Si consigliò con Pangloss, con Martino e col fedel Cacambo. Pangloss compose un bellissimo memoriale nel quale era provato che nessun diritto poteva il Barone vantare sopra la propria sorella, e che questa, secondo tutte le leggi dell'Impero, era libera di sposare Candido morganaticamente. La conclusione di Martino invece era di prendere il Barone e d'affogarlo in mare; e Cacambo opinò che il meglio era di restituirlo al padron levantino e di rimetterlo al remo, dopo di che lo si sarebbe potuto rispedire al padre generale con la prima occasione. Questa proposta piacque moltissimo a tutti, e anche la vecchia diede ad essa la sua piena approvazione; alla sorella non fu detto niente; grazie a un po' di denaro la cosa fu sistemata in quattro e quattr'otto, con la doppia soddisfazione di averla fatta a un Gesuita, e d'avere insieme punito la superbia d'un Barone tedesco.

Verrebbe fatto di pensare che trovandosi ora Candido dopo tanti disastri sposato con la sua beneamata, riunito a vita comune col filosofo Pangloss, col filosofo Martino, col prudente Cacambo e con la vecchia, e fornito poi anche di tutti quei diamanti portati dal paese degli Incas, egli avesse dovuto condurre la più gioconda esistenza del mondo. Ma gli ebrei gli fecero tanti imbrogli, che in fine si trovò ridotto all'unico possesso di quella fattoria; la moglie, ogni giorno più brutta, diventò così bisbetica da non poterla sopportare; la vecchia, che era malandata, si fece ancor più bisbetica di Cunegonda. Candido, che lavorava l'orto, si recava tutti i giorni a Costantinopoli per venderne i prodotti, era sfinito dal lavoro e malediceva la propria sorte. Pangloss si disperava di non essere il luminare di qualche università tedesca. Quanto a Martino, egli teneva per fermo che in ogni luogo si sta male ugualmente, e portava pazienza.

Candido, Martino e Pangloss disputavano talvolta di metafisica e di morale. Vedevano spesso passar sotto le finestre della fattoria delle navi cariche di effendi, di pascià, di cadì, spediti in esilio a Lemnos, a Mitilene, a Erzerum: vedevano altri cadì, altri pascià, altri effendi che venivano a sostituire i deposti, per essere deposti a lor volta; anche vedevano delle teste benissimo impagliate, in viaggio per essere presentate alla Sublime Porta. Tali spettacoli davano esca alle discussioni; e quando non disputavano, la noia era così tremenda che un giorno la vecchia ebbe il coraggio di dire:

« Vorrei sapere quel che sia peggio: esser violata cento volte dai pirati negri, aver tagliata una natica, esser passato per le verghe dai Bulgari, fustigato e impiccato in un auto-da-fé, remare in galera, e provare insomma tutti i mali che abbiam provato noi, oppure restar qui senza far nulla. »

« Questo è un gran problema, » rispose Candido.

Le parole della vecchia diedero la stura a nuovi ragionamenti, e specialmente Martino concluse che l'uomo era nato per vivere unicamente o nelle ambasce dell'incertezza, o nel letargo della noia. Candido non era di questo parere, ma non si sentiva tuttavia di affermare nulla. Pangloss ammetteva d'aver sempre sofferto atrocemente; ma avendo sostenuto in principio che tutto andava a meraviglia, seguitava a sostenere la stessa opinione, pur non credendoci affatto.

Accadde poi un fatto che finì di radicar Martino nelle sue deprecabili idee, rese Candido più dubitoso che mai, e mise Pangloss nell'imbarazzo. Essi videro un giorno approdare dinanzi alla fattoria Pasquina e Fra Garofolone, ridotti nella miseria più abbietta. S'eran mangiate in un baleno le loro tre mila piastre, avevano leticato, avevan rifatto pace, erano stati in prigione, erano scappati; finalmente Fra Garofolone si era fatto turco. Pasquina seguitava a esercitare dappertutto il suo mestiere e non buscava più un soldo.

« L'avevo ben detto io, » disse Martino a Candido, « che le vostre elargizioni sarebbero state scialacquate ben presto, riducendoli poi a una miseria peggiore. Voi e Cacambo avete sguazzato nei milioni, e ora non state meglio di Fra Garofolone e di Pasquina. »

« Oh, oh, » fece Pangloss alla ragazza, « il cielo vi ha dunque ricondotto fra noi, povera la mia figliuola! Lo sapete che mi siete costata la punta del naso, un occhio e un orecchio? In che stato vi vedo ridotta! Ecco che cos'è il mondo! »

Questo evento li sprofondò più che mai nelle discussioni filosofiche.

Viveva in quei pressi un derviscio famosissimo, che aveva fama d'essere il maggior filosofo di Turchia. Andarono a consultarlo. Pangloss prese la parola, e disse:

« Maestro, siam venuti a pregarvi che ci spieghiate perché sia stato creato un animale così bizzarro com'è l'uomo. »

« Ma di che ti vai a impicciare? » disse il derviscio; « che te ne importa? »

« Ma, padre mio reverendo, » osservò Candido, « v'è pur nel mondo una quantità spaventosa di mali. »

« E che diavolo importano, » rispose il derviscio, « i mali ed i beni? Quando Sua Altezza spedisce una nave in Egitto, si dà ella forse pensiero se i topi che sono nella stiva stanno comodi o no? »

« E allora, che dobbiamo fare? » domandò Pangloss.

« Tacere, » rispose il derviscio.

« Io m'ero illuso, » riprese Pangloss, « di poter ragionare un pochino con voi delle cause e degli effetti, del migliore dei mondi possibili, dell'origine del male, della natura dell'anima e dell'armonia prestabilita. »

A questo il derviscio sbatté loro l'uscio in faccia.

Mentre era in corso quel colloquio, s'era sparsa la voce che a Costantinopoli erano stati strangolati due visir della Corte di Giustizia ed il muftì, e che parecchi amici dei predetti erano stati impalati. Di tale rivolgimento si fece per qualche ora un gran discorrere dappertutto. Pangloss, Candido e Martino nel tornare alla fattoria videro un buon vecchio seduto dinanzi all'uscio di casa sua, all'ombra d'un boschetto d'aranci. Non meno curioso che discorsivo, Pangloss gli domandò come si chiamasse il muftì che era stato strangolato.

« Non lo so, » rispose il brav'uomo, « e non ho mai saputo il nome di nessun muftì né di nessun visir. Non so proprio nulla di questa novità che dite; credo in generale che coloro i quali si mettono nelle faccende pubbliche, a volte finiscano assai male, come si meritano. Ma io non m'informo mai di quel che succede a Costantinopoli; mi basta mandarci a vendere i prodotti dell'orto che coltivo. »

Dopo aver parlato, invitò gli stranieri a favorire in casa. Le due figlie e i due figliuoli del vecchio offrirono diverse qualità di sorbetti fatti da loro stessi, del caimacco insaporato di scorze di cedro candite, aranci, limoni, cedri, ananassi, datteri, pistacchi, e del caffè di Moca schietto, non già mescolato con quello cattivo di Batavia e delle isole; dopo di che le figlie del buon musulmano profumarono le barbe degli ospiti.

« Voi dovete esser padrone d'un podere magnifico, e anche molto vasto, » disse Candido al turco.

« Non ho che venti jugeri, e li coltivo io stesso con questi miei figliuoli. Il lavoro ci salva da tre mali grandissimi: noia, vizio e bisogno. »

Nel tornare alla fattoria, Candido rivolgeva dentro di sé le parole udite dal turco, e vi faceva sopra grandi riflessioni.

« Mi pare che quel buon vecchio, » diss'egli a Pangloss e a Martino, « abbia organizzato la sua vita meglio di quei sei re con i quali abbiamo avuto l'onor di cenare. »

« A detta di tutti i filosofi, la sorte dei grandi è molto incerta, » replicò Pangloss. « Vediamo infatti che Eglon re dei Moabiti perì per mano di Aod; Assalonne restò appeso per i capelli, e fu trafitto da tre dardi; il re Nadab, figlio di Geroboamo, fu ucciso da Baasa; il re Ela da Zimbri; Achazia da Jehu; Atalia da Gioiada; i re Gioiachim, Geconia e Sedechia furono schiavi. Sapete come finirono Creso, Astiage, Dario, Dionigi Siracusano, Pirro, Perseo, Annibale, Giugurta, Ariovisto, Cesare, Pompeo, Nerone, Ottone, Vitellio, Domiziano, Riccardo II d'Inghilterra, Edoardo II, Enrico VI, Riccardo III, Maria Stuarda, Carlo I, i tre Enrichi di Francia, l'imperatore Enrico IV? Sapete... »

« So anche, » disse Candido, « che bisogna lavorare il nostro orto. »

« Avete ragione, » rispose Pangloss; « infatti, quando l'uomo fu messo nel Paradiso Terrestre, ci fu messo *ut operaretur eum*, perché lo lavorasse, la qual cosa prova che l'uomo non è nato per stare in ozio. »

« Lavoriamo senza discutere, » fece Martino, « non c'è altro modo per sopportare la vita. »

Tutta la piccola compagnia mise in opera questo lodevole proposito, ciascuno mettendo a profitto le proprie attitudini. Il poderetto fruttò assai. Cunegonda a dire il vero era brutta dimolto; ma diventò una pasticcera valente. Pasquina ricamava, e la vecchia accudì alla biancheria. Lo stesso Fra Garofolone si rese utile lavorando egregiamente da falegname, e giunse perfino a diventar galantuomo. Pangloss talvolta diceva a Candido:

« In questo migliore dei mondi possibili, tutti i fatti son connessi tra loro. Tanto è vero che se voi non foste stato scacciato a gran calci nel sedere da un bel castello, per amore di madamigella Cunegonda, se non foste capitato sotto l'Inquisizione, se non aveste corso l'America a piedi, se non aveste infilzato il Barone, se non aveste perso tutte le pecore del bel paese El Dorado, voi ora non sareste qui a mangiar cedri canditi e pistacchi. »

« Voi dite bene, » rispondeva Candido; « ma noi bisogna che lavoriamo il nostro orto. »

ZADIG O DEL DESTINO
Storia orientale

Epistola di Sadi alla sultana Sheraa[1] per la dedica di *Zadig*.

Giorno 18 del mese di schewal
anno 837 dell'egira.

Gioia delle pupille, tormento dei cuori, luce dello spirito, non bacio la polvere dei vostri piedi, perché camminate poco, o camminate su tappeti persiani e sulle rose. Vi offro la traduzione del libro di un antico saggio che, avendo la fortuna di non avere nulla da fare, ebbe anche quella di divertirsi a scrivere la storia di Zadig: opera che dice più di quanto non sembri dire. Vi prego di leggerla e di darne un giudizio: poiché, sebbene voi siate nella primavera della vita, sebbene siate inseguita dai piaceri, sebbene siate bella e provvista di talenti che vi rendono ancora più affascinante; sebbene siate giorno e notte oggetto di lodi e abbiate dunque il diritto, per tutte queste ragioni, di non possedere il senso comune, tuttavia avete uno spirito molto saggio e un gusto assai raffinato, e vi ho inteso ragionare meglio di certi vecchi dervisci dalla barba lunga e dal cappello a punta. Siete discreta e per nulla diffidente; siete dolce senza essere debole; fate del bene, ma con discernimento; amate i vostri amici e non vi fate nemici. Il vostro spirito non cerca mai di rendersi piacevole servendosi della maldicenza; non dite mai male degli altri, né lo fate, nonostante la prodigiosa facilità che avreste di farlo. Insomma, la vostra anima mi è sempre parsa pura come la vostra bellezza. Avete anche un fondo di natura filosofica che mi ha fatto credere che apprezzerete più di un'altra quest'opera di un saggio.

Essa fu scritta dapprima in antico caldeo, lingua che né

1 Secondo i contemporanei di Voltaire la sultana Sheraa non sarebbe altri che Mme de Pompadour.

io né voi comprendiamo. Fu tradotta in arabo, perché recasse diletto al celebre sultano Ulug-beg. Era l'epoca in cui gli arabi e i persiani cominciavano a scrivere le Mille e una notte, Mille e un giorno,[1] *ecc. Ulug preferiva la lettura di* Zadig*; ma le sultane preferivano le* Mille e una.

« Come è possibile, » diceva il saggio Ulug, « che preferiate dei racconti senza senno che non significano nulla? »

« Ma è proprio per questo che ci piacciono, » rispondevano le sultane.

Mi auguro che voi non somigliate a loro, e che sarete un vero Ulug. Spero anche che, quando sarete stanca di conversazioni su quegli argomenti generali che somigliano abbastanza alle Mille e una, *colla sola differenza che sono meno divertenti, potrò trovare un minuto per avere l'onore di parlare con voi di cose ragionevoli. Se foste stata Salestri al tempo di Scander, figlio di Filippo; se foste stata la regina di Saba al tempo di Soleiman,[2] sarebbero stati questi re che si sarebbero messi in viaggio per voi.*

Prego le virtù celesti che i vostri piaceri siano senza ombra, la vostra bellezza durevole, la vostra felicità senza fine.

SADI

1 *Mille e una notte*: raccolta di racconti arabi, noti per la prima volta in Europa per la traduzione francese di A. Galland, agli inizi del XVIII sec.; *Mille e un giorno*, racconti persiani tradotti in francese da Petis de la Croix, alla stessa epoca.

2 Scander: nome persiano per Alessandro; Soleiman sta per Salomone.

L'ORBO

Al tempo del re Moabdar c'era a Babilonia un giovane di nome Zadig, che la natura aveva fornito di un bel fisico, fortificato dall'educazione. Benché ricco e giovane sapeva moderare le sue passioni; non aveva nulla di affettato; non cercava di avere sempre ragione, e sapeva rispettare la debolezza degli uomini. La gente si stupiva del fatto che, essendo provvisto di molto spirito, non si divertisse a mettere in ridicolo i discorsi così vaghi, sconnessi, deliranti, le maldicenze così temerarie, le decisioni ignoranti, le scurrilità grossolane, il vano rumor di parole che a Babilonia si fregiava del titolo di *conversazione*. Aveva appreso nel primo libro di Zoroastro che l'amor proprio è un pallone gonfio di vento, che, bucato, emette tempeste. Ma soprattutto Zadig non si vantava di disprezzare le donne e di soggiogarle. Era generoso; non aveva paura di fare del bene agli ingrati, secondo questo grande precetto di Zoroastro: *Quando mangi, dai da mangiare ai cani, anche se dovessero morderti.* Era saggio tanto quanto si può esserlo, perché cercava di vivere con i saggi. Istruito nelle scienze degli antichi Caldei, non ignorava i principi fisici della natura così come erano noti a quel tempo, e sapeva di metafisica ciò che se ne è saputo in tutti i tempi, cioè molto poco. Era fortemente persuaso che l'anno consistesse di trecentosessantacinque giorni e un quarto, nonostante la nuova filosofia del suo tempo, e che il sole fosse al centro del mondo; e quando i maghi più quotati gli dicevano, con un'alterigia insultante, che aveva dei cattivi sentimenti e che credere che il sole girava su se stesso e che l'anno aveva dodici mesi voleva dire essere nemici dello Stato, egli taceva senza collera e senza disprezzo.

Zadig, provvisto di grandi ricchezze, e per conseguenza di molti amici, avendo un corpo sano e un aspetto piacevole, uno spirito giusto e moderato, un cuore sincero e nobile, credette di poter essere felice. Doveva sposarsi con Semira che la bellezza, la nascita e la fortuna rendevano il miglior partito di Babilonia. Aveva per lei un attaccamento solido e virtuoso, e Semira l'amava con passione. Erano prossimi al momento fortunato che li avrebbe uniti, allorquando, passeggiando insieme verso una porta di Babilonia, sotto le palme che ornavano le sponde dell'Eufrate, videro venire verso di loro degli uomini armati di sciabole e di frecce. Erano scherani del giovane Orcan, nipote di un ministro, al quale i cortigiani dello zio avevano dato ad intendere che tutto gli era permesso. Egli non possedeva alcuna delle grazie e delle virtù di Zadig; ma, credendo di valere molto di più, non si dava pace del fatto di non essere il preferito. Questa gelosia, che nasceva solo dalla sua vanità, gli fece credere di amare perdutamente Semira. Perciò decise di rapirla. I rapitori la presero e, nella foga della loro violenza, la ferirono, facendo sanguinare una persona la cui vista avrebbe intenerito le tigri del monte Imaus. Ella piangeva disperatamente e gridava: « Sposo mio! Ohimè, mi strappano a colui che adoro! » Non pensava affatto al pericolo che correva, pensava soltanto al suo amato Zadig. Nel frattempo questi la difendeva con tutta la forza che solo il coraggio unito all'amore può dare. Aiutato soltanto da due schiavi mise in fuga i rapitori e riportò a casa Semira, svenuta e sanguinante; quando ella riaprì gli occhi, vedendo il suo liberatore gli disse: « O Zadig! vi amavo come mio sposo; vi amo ora come colui al quale debbo l'onore e la vita. » Mai ci fu un cuore più colmo d'amore di quello di Semira. Mai una bocca tanto incantevole espresse sentimenti così commoventi, con quelle parole di fuoco che solo il sentimento del più grande dei benefici e il trasporto più tenero di un legittimo amore possono infondere. La sua ferita era leggera; guarì presto. Zadig, invece, era ferito più gravemente; una freccia l'aveva colpito vicino all'occhio procurandogli una piaga profonda. Semira non domandava agli dei che la guarigione del suo amante. I suoi occhi erano giorno e notte bagnati di lacrime: attendeva con ansia il momento in cui quelli di Zadig avrebbero di nuovo potuto gioire della sua vista; ma un ascesso sopraggiunto all'occhio ferito fece temere il peggio. Si mandò a cercare a Menfi il gran dottore Hermes, che giunse con un seguito numeroso. Costui visitò il malato e dichiarò che avrebbe perduto l'occhio; predisse anche il giorno e l'ora in cui questo funesto accidente sarebbe dovuto accadere. « Se fosse stato l'occhio destro, » disse, « l'avrei guarito; ma le piaghe all'occhio sinistro sono inguaribili. » Tutta Babilonia deprecava il triste destino di Zadig, mentre ammirava la profondità della scienza di Hermes. Due giorni dopo l'ascesso scoppiò da solo e Zadig guarì perfettamente. Hermes scrisse un libro nel quale provò che non sarebbe dovuto guarire. Zadig non lo lesse; ma non appena poté uscire si preparò a far visita a colei che costituiva la speranza di felicità della sua vita e per la quale, soltanto, voleva avere occhi. Semira era in campagna da tre giorni. Durante il tragitto egli apprese che la bella signora, avendo dichiarato con alterigia che aveva un'avversione insormontabile per gli orbi, si era sposata con Orcan la notte stessa. A questa notizia cadde a terra senza più conoscenza; il suo dolore lo portò sull'orlo della tomba; restò a lungo malato; ma alla fine la ragione ebbe la meglio sulla disperazione, e l'atrocità di ciò che provava servì addirittura a consolarlo.

« Perché ho dovuto sopportare, » disse, « un così crudele capriccio da una giovane allevata alla corte, ho deciso di sposare una borghese. » Scelse Azora, la più saggia e di buona famiglia della città; la sposò e visse un mese con lei nelle dolcezze dell'unione più tenera. Solo, notava in lei un po' di leggerezza e una notevole inclinazione a trovare che i giovani più piacenti erano anche i più dotati di spirito e di virtù.

IL NASO[1]

Un giorno Azora tornò da una passeggiata piena di collera, dando in grandi esclamazioni. « Che avete mia cara sposa? » le chiese Zadig; « chi può avervi messo in questo

1 Episodio ispirato a un racconto cinese, tradotto in francese in quegli anni. Ma un episodio simile (« La matrona di Efeso ») è anche nel *Satyricon* di Petronio.

stato? » « Ohimè, » diss'ella, « sareste nello stesso stato di animo se aveste visto lo spettacolo di cui sono appena stata testimone. Sono stata a consolare la vedova di Cosrou, che due giorni fa ha fatto costruire una tomba al suo giovane sposo vicino al ruscello che costeggia questo prato. Al colmo del dolore ha promesso agli dei di restare presso la tomba finché l'acqua di quel ruscello non fosse venuta a scorrervi accanto. » « Ebbene, » disse Zadig, « ecco una donna degna di stima, che amava davvero suo marito! » « Ah! » riprese Azora, « se sapeste di che cosa si stava occupando quando sono andata a farle visita! » « Di che cosa, mia bella Azora? » « Stava facendo deviare il ruscello. » Azora si diffuse in invettive così ampie, sbottò in rimproveri così violenti contro la giovane vedova, che questa ostentazione di virtù non piacque affatto a Zadig.

Questi aveva un amico, di nome Cador, che era uno di quei giovani ai quali sua moglie attribuiva più probità e meriti che agli altri: entrò in confidenza con lui e, per quanto era possibile, si assicurò la sua fedeltà per mezzo di doni considerevoli. Intanto Azora andò a passare due giorni presso una sua amica in campagna, e il terzo giorno tornò a casa. Alcuni domestici in lacrime le annunciarono che suo marito era morto improvvisamente quella notte, che non avevano avuto il coraggio di portarle questa funesta notizia, e che avevano seppellito Zadig nella tomba di famiglia, in fondo al giardino. Ella pianse, si strappò i capelli e giurò di voler morire. La sera Cador le domandò il permesso di parlarle, e piansero tutti e due. Il giorno dopo piansero un po' meno e pranzarono assieme. Cador le confidò che il suo amico gli aveva lasciato la maggior parte dei suoi beni, e le fece intendere che sarebbe stata per lui la più grande felicità dividere la sua fortuna con lei. La signora pianse, si adirò, poi si addolcì; la cena fu più lunga del pranzo; la conversazione fu più confidenziale: Azora fece l'elogio del defunto; ma confessò che aveva dei difetti dai quali Cador era esente.

A metà della cena, Cador si mise a lamentarsi di un violento dolore alla milza; la signora, inquieta e premurosa, fece portare tutte le essenze colle quali si profumava, per vedere se non ce ne fosse stata una buona per il dolore alla milza; si rammaricò molto che il grande Hermes non fosse ancora a Babilonia; si degnò persino di toccare il punto in cui Cador sentiva quei così forti dolori. « Siete soggetto a questo tipo di malattia? » gli domandò con compassione. « Talvolta mi porta quasi fin sull'orlo della tomba, » le rispose Cador, « e c'è un solo rimedio che può farmi riavere; applicarmi sul punto che mi duole il naso di un uomo che sia morto il giorno prima. » « Che rimedio singolare! » disse Azora; « Non più singolare dei sacchetti del signor Arnou [1] contro l'apoplessia, » replicò l'altro. Questa ragione, unita ai grandissimi meriti del giovane, indusse la signora alla decisione. « Dopo tutto, » disse, « quando mio marito passerà dal mondo di ieri a quello di domani sul ponte Cinavar, l'angelo Asrael non gli negherà certo il passaggio perché il suo naso è un po' meno lungo nella seconda vita che nella prima. » Prese dunque un rasoio; andò alla tomba del suo sposo, la bagnò di lacrime e poi si avvicinò per tagliare il naso a Zadig, che trovò tutto disteso nella sua bara. Ma subito Zadig si alza tenendosi il naso con una mano e fermando il rasoio coll'altra. « Signora, » disse, « non inveite più tanto contro la giovane vedova di Cosrou; il progetto di tagliarmi il naso non è certo da meno di quello di deviare un ruscello. »

IL CANE E IL CAVALLO

Zadig provò che il primo mese di matrimonio, come è scritto nel libro dello *Zend*,[2] è la luna di miele, e che il secondo è la luna di assenzio. Qualche tempo dopo fu costretto a ripudiare Azora che era diventata insopportabile, e cercò la felicità nello studio della natura. « Nessuno è più felice, » diceva, « di un filosofo che legge questo gran libro che Dio ci ha messo sotto gli occhi. Le verità che scopre sono sue; alimenta ed eleva la sua anima; vive tranquillo;

1 *C'era a quel tempo un Babilonese di nome Arnou, che guariva e preveniva tutte le apoplessie — beninteso, sulle gazzette — con un sacchetto appeso al collo.* (Nota di Voltaire.) Allusione allo speziale Arnoult.

2 *Zend-Avesta*: il libro di Zoroastro.

non teme niente dagli uomini, e non corre il rischio che la sua tenera sposa venga a tagliargli il naso. »

Pieno di simili idee, si ritirò in una casa di campagna sulle sponde dell'Eufrate. Là egli non si occupava,[1] di calcolare quanti pollici d'acqua scorrono in un secondo sotto le arcate di un ponte, o se cadeva un metro cubo di pioggia in più nel mese del sorcio che in quello della pecora. Non immaginava di fare seta dalla tela dei ragni, né porcellana dalle bottiglie rotte; ma studiò soprattutto le proprietà degli animali e delle piante e acquistò ben presto una sagacia che gli faceva scoprire mille differenze là dove gli altri uomini vedevano solo uniformità.

Un giorno,[2] mentre passeggiava vicino ad un boschetto, vide correre verso di lui un eunuco della regina, seguito da molti ufficiali che sembravano in preda alla più viva inquietudine, e che correvano qua e là come uomini smarriti che cercano ciò che hanno perduto di più prezioso. « Quel giovane, » lo abbordò il primo eunuco, « avete visto per caso il cane della regina? » Zadig rispose con modestia: « Era una cagna, non un cane. » « Avete ragione, » rispose il primo eunuco. « E una spagnola molto piccola, » aggiunse Zadig, « e ha avuto da poco i canini; zoppica dal piede sinistro anteriore e ha le orecchie molto lunghe. » « L'avete dunque vista? » disse il primo eunuco tutto trafelato. « No, » rispose Zadig, « non l'ho mai vista, e non ho mai saputo se la regina avesse o no una cagna. »

Proprio in quel momento, per una delle frequenti stranezze della sorte, il più bel cavallo della scuderia del re era scappato dalle mani di un palafreniere nelle pianure di Babilonia. Il capocaccia e tutti gli altri ufficiali gli correvano dietro con altrettanta inquietudine del primo eunuco alla ricerca della cagna. Il capocaccia si rivolse a Zadig e gli domandò se per caso avesse visto passare il cavallo del re. « È il cavallo che galoppa meglio, » rispose Zadig, « è alto cinque piedi, ha lo zoccolo molto piccolo; ha una coda

1 Allusione rispettivamente a Pitot e Lahier, per la prima parte; a Réaumur, per la seconda.

2 Episodio tratto quasi alla lettera da un racconto orientale « Viaggio e avventure dei tre principi di Serendip », tradotto dal persiano in italiano da Armeno Cristoforo, nel 1548, e poi in francese da de Mailly, nel 1719.

di tre piedi e mezzo; le borchie del suo morso sono d'oro a ventitré carati; i suoi ferri sono d'argento a undici denari. »
« Che cammino ha preso? dov'è? » domandò il capocaccia. « Ma io non l'ho visto, » rispose Zadig, « e non ne ho mai sentito parlare prima d'ora. »

Il capocaccia e il primo eunuco non ebbero alcun dubbio che Zadig avesse rubato il cavallo del re e la cagna della regina; lo fecero condurre davanti all'assemblea del gran desterham, che lo condannò al knut e a passare il resto dei suoi giorni in Siberia. Era appena stata pronunciata la sentenza che furono ritrovati il cavallo e la cagna. I giudici si trovarono nella dolorosa necessità di correggere la loro sentenza; ma condannarono Zadig a pagare quattrocento once d'oro per aver detto che non aveva visto ciò che invece aveva visto. Fu giocoforza pagare questa multa; dopodiché fu permesso a Zadig di difendere la propria causa davanti al consiglio del gran desterham; egli parlò in questi termini:

« Stelle di giustizia, abissi di scienza, specchi di virtù, che avete la pesantezza del piombo, la durezza del ferro, lo splendore del diamante e molte affinità con l'oro! Poiché mi è permesso parlare davanti a quest'augusta assemblea, vi giuro per Orosmad che non ho mai visto la rispettabile cagna della regina, né il sacro cavallo del re dei re. Ecco quanto mi è accaduto. Passeggiavo nei pressi di un boschetto dove ho poi incontrato il venerabile eunuco e l'illustrissimo capocaccia. Ho visto sulla sabbia le tracce di un animale, e ho giudicato facilmente che si trattava delle tracce di un piccolo cane. Dei solchi leggeri e lunghi, impressi sopra piccoli mucchi di sabbia, tra le tracce delle zampe, mi hanno fatto capire che si trattava di una cagna le cui mammelle erano pendule e che pertanto aveva avuto dei piccoli pochi giorni prima. Altre tracce, in un senso differente, che sembravano ugualmente aver rasentato la superficie della sabbia vicino alle zampe anteriori, mi hanno fatto comprendere che aveva le orecchie molto lunghe; e, poiché ho notato che la sabbia era sempre meno scavata da una zampa che dalle altre tre, ho capito che la cagna della nostra augusta regina era un po' zoppicante, se mi è lecito osare esprimermi in questo modo.

« Quanto al cavallo del re dei re, sappiate che, passeggiando per i sentieri di questo bosco, ho scorto le tracce dei ferri di un cavallo; esse erano tutte ad eguale distanza. ‹ Ecco, › mi son detto, ‹ un cavallo dal galoppo perfetto. › In una strada stretta, che non misura più di sette piedi di larghezza, la polvere era un po' spazzata via dagli alberi a sinistra e a destra, a tre piedi e mezzo dal centro della strada. ‹ Questo cavallo, › mi son detto, ‹ ha una coda di tre piedi e mezzo, che con i suoi movimenti a sinistra a destra ha spazzato via la polvere. › Ho visto sotto gli alberi, che formavano un pergolato dell'altezza di cinque piedi, le foglie da poco staccate dai rami, e ho capito che quel cavallo era arrivato fin lì, e che dunque doveva avere un'altezza di cinque piedi. Quanto al suo morso, deve essere d'oro a ventitré carati: infatti ha strofinato le borchie contro una pietra, che ho riconosciuto essere una pietra di paragone e che ho voluto provare. Ho giudicato infine dai segni che i suoi ferri hanno lasciato su alcuni sassi di un'altra specie, che era ferrato in argento della purezza di undici denari. »

Tutti i giudici ammirarono il profondo e sottile discernimento di Zadig; la notizia giunse fino al re e alla regina. Nelle anticamere del palazzo si parlava soltanto di Zadig, e così nella camera e nello studio; e benché molti maghi fossero dell'opinione che lo si dovesse bruciare come stregone, il re ordinò che gli fosse resa l'ammenda di quattrocento once d'oro alla quale era stato condannato. Il cancelliere, gli uscieri, i procuratori, vennero da lui in gran pompa per riportargli le quattrocento once; ne trattennero per sé soltanto trecentonovantotto per spese giudiziarie, e i loro valletti domandarono un onorario.

Zadig vide quanto fosse pericoloso talvolta l'essere troppo sapiente, e promise a se stesso, alla prossima occasione, di non dire affatto ciò che aveva visto.

Questa occasione si presentò ben presto. Un prigioniero di Stato scappò; passò sotto le finestre della sua casa. Zadig fu interrogato, non rispose nulla; ma fu provato contro di lui che aveva effettivamente guardato dalla finestra. Per questo crimine fu condannato a cinquecento once d'oro, e ringraziò i giudici della loro indulgenza, secondo il costume di Babilonia. « Gran Dio! » disse dentro di sé, « che disgrazia passeggiare in un boschetto per il quale sono passati la cagna della regina e il cavallo del re! come è pericoloso stare affacciati alla finestra! e quanto è difficile essere felici in questa vita! »

L'INVIDIOSO

Zadig decise di consolarsi dei mali che la sorte gli aveva mandato con la filosofia e con l'amicizia. Possedeva, in un sobborgo di Babilonia, una casa arredata con gusto, dove riuniva tutte le arti e tutti i piaceri degni di un gentiluomo. La mattina, la sua biblioteca era aperta a tutti i dotti; la sera la sua tavola lo era alla buona compagnia; ma imparò presto a sue spese quanto fossero pericolosi i dotti. Sorse una grande disputa intorno a una legge di Zoroastro che proibiva di mangiare carne di grifone. « Che senso ha, » dicevano alcuni, « proibire il grifone se quest'animale non esiste? » « Deve esistere per forza, » dicevano gli altri, « dal momento che Zoroastro non vuole che ne mangiamo. » Zadig tentò di metterli d'accordo dicendo loro: « Se i grifoni esistono, non mangiamoli; se non esistono, non li mangeremo di sicuro, e in questo modo obbediremo tutti a Zoroastro. »

Un dotto, che aveva composto tredici volumi sulle proprietà del grifone, e che inoltre era un grande teurgita, si affrettò ad andare ad accusare Zadig davanti a un arcimago chiamato Yebor,[1] il più stupido dei Caldei, e pertanto il più fanatico. Quest'uomo avrebbe volentieri fatto impalare Zadig per la maggior gloria del sole, e poi avrebbe recitato il breviario di Zoroastro con un tono molto più soddisfatto. L'amico Cador (un amico vale più di cento preti) andò a trovare il vecchio Yebor e gli disse: « Viva il sole e i grifoni! Guardatevi dal punire Zadig: è un santo; ha dei grifoni nel suo cortile e non ne mangia; e il suo accusatore è un eretico che osa sostenere che i conigli hanno il piede fesso e non sono affatto impuri. » « Ebbene, » disse Yebor scuotendo la testa calva, « bisogna impalare Zadig per aver pensato male dei grifoni, e l'altro per aver parlato male dei

1 Anagramma di Boyer, vescovo di Mirepoix.

conigli. » Cador riuscì tuttavia ad arrangiare le cose coll'aiuto di un'onorata fanciulla alla quale aveva fatto un figlio e che godeva di molto credito nel collegio dei maghi. Nessuno fu impalato, sulla qual cosa molti dottori ebbero a ridire e ne presagirono la decadenza di Babilonia. Zadig esclamò: « Che cosa è mai la felicità! tutto mi perseguita in questo mondo, perfino gli esseri che non esistono. » Maledisse i dotti e non volle più vivere che in compagnia di gaudenti.

Radunava a casa sua la gente più bennata di Babilonia, e le signore più amabili; offriva cene delicate, spesso precedute da concerti, e animate da conversazioni affascinanti dalle quali aveva saputo bandire lo sforzo di essere spiritosi che è la maniera più sicura di non esserlo mai e di rovinare la compagnia più brillante. Né la scelta degli amici, né quella dei piatti era dettata dalla vanità: infatti preferiva in tutto la sostanza all'apparenza; e così si attirava la considerazione e la stima che non aveva cercato.

Di fronte a casa sua abitava Arimaz, personaggio la cui anima malvagia era dipinta sulla fisionomia grossolana. Era roso dal fiele e gonfio d'orgoglio; e per colmare la misura, era uno che si pretendeva spiritoso e che riusciva noiosissimo. Poiché non gli era mai riuscito di aver successo nel mondo, si vendicava parlandone male. Benché fosse ricco, faticava a riunire a casa sua degli adulatori. Il rumore delle carrozze che entravano la sera da Zadig lo importunava, ma le lodi che sentiva fare di lui lo importunavano ancora di più. Qualche volta andava da Zadig e si metteva a tavola senza esserne pregato: allora sciupava tutta la gioia della compagnia, come si dice che le arpie infettino le carni che toccano. Gli avvenne un giorno di voler dare una festa per una signora la quale, invece di accettare l'invito, andò a cena da Zadig. Un altro giorno, mentre chiacchierava con lui a palazzo, incontrarono un ministro che invitò Zadig a cena e non invitò Arimaz. Gli odii più implacabili hanno sovente fondamenti ancora minori. Quest'uomo, che veniva chiamato l'Invidioso da tutti i Babilonesi, decise di rovinare Zadig perché era chiamato il Felice. L'occasione di far del male si trova cento volte al giorno, quella di far del bene una volta all'anno, come dice Zoroastro.

L'invidioso andò da Zadig che passeggiava nei suoi giardini in compagnia di alcuni amici e di una signora, alla quale diceva spesso frasi galanti, senz'altra intenzione che quella di dirle. La conversazione verteva su di una guerra che il re aveva da poco condotto a termine felicemente contro il principe di Ircania, suo vassallo. Zadig, che si era segnalato per il suo coraggio nel corso di questa breve guerra, lodava molto il re e ancora di più la signora. Prese una tavoletta e vi scrisse quattro versi improvvisati che fece leggere alla bella dama. I suoi amici lo pregarono di esserne messi a parte, ma la modestia, o piuttosto un beninteso amor proprio, glielo impedì. Sapeva che dei versi improvvisati non sono buoni se non per colei in onore della quale sono stati fatti: perciò spezzò in due la tavoletta sulla quale aveva scritto e gettò le due metà in un cespuglio dove furono cercate invano. Intanto cominciò a piovere e tutti rientrarono in casa. L'invidioso, che restò nel giardino, cercò tanto che alla fine trovò un pezzo della tavoletta. Essa era stata rotta in maniera tale che ogni emistichio che riempiva la linea aveva un senso compiuto, e costituiva un verso di misura più piccola; ma, per un caso ancora più bizzarro, questi versi dimezzati venivano a formare tra loro un senso che conteneva le più orribili ingiurie contro il re. Infatti vi si leggeva:

Pei più grandi misfatti
forte e saldo al potere
nella pubblica pace
è il solo da temere.

L'invidioso fu felice per la prima volta in vita sua. Aveva in mano il mezzo di rovinare un uomo virtuoso e amabile. Pieno di gioia crudele, fece pervenire al re questa satira scritta di pugno da Zadig: questi fu messo in prigione insieme ai suoi due amici e alla signora. Il processo fu fatto presto, senza che il tribunale si degnasse di ascoltarlo. Allorché Zadig andò a sentire la sentenza, incontrò per la strada l'invidioso che gli disse a gran voce che i suoi versi non valevano nulla. Zadig non pretendeva di essere un buon poeta; ma era disperato di essere condannato come criminale per lesa maestà e di vedere che erano trattenuti in prigione anche una bella donna e i suoi due amici per un crimine che non avevano commesso. Non gli fu permesso di parlare, perché la sua tavoletta parlava da sola. Questa era la legge a Babilonia. Fu dunque portato al supplizio attraverso una folla di curiosi, nessuno dei quali osava compiangerlo, e che si precipitavano là per esaminare il suo volto e per vedere se sarebbe morto con grazia. Soltanto i suoi parenti erano afflitti, perché non ereditavano niente. Infatti i tre quarti dei suoi beni erano stati confiscati dal re, e l'altro quarto assegnato all'invidioso.

Mentre egli si preparava a morire, il pappagallo del re volò via dal balcone, e si gettò a capofitto nel giardino di Zadig, dentro un cespuglio di rose. Il vento vi aveva portato una pesca staccata da un albero vicino: essa era caduta su di una tavoletta da scrivere alla quale era rimasta attaccata. L'uccello portò via la pesca e la tavoletta, e depositò ambedue sulle ginocchia del monarca. Il principe, curioso, la lesse e vi trovò delle parole prive di senso, che parevano frammenti di versi. Egli amava la poesia, e quando un principe ama la poesia si hanno sempre molte risorse: la scoperta del suo pappagallo lo indusse a pensare. La regina, che si ricordava di ciò che era scritto su di un pezzo della tavoletta di Zadig, se lo fece portare. Furono confrontati i due pezzi che combaciavano perfettamente l'uno coll'altro; si potevano così leggere per intero i versi come erano stati scritti da Zadig:[1]

> Pei più grandi misfatti vidi tremar la terra;
> il re tutto domava, forte e saldo al potere.
> Nella pubblica pace solo l'amor fa guerra;
> egli è il solo nemico, il solo da temere.

Il re ordinò immediatamente che si facesse venire Zadig al suo cospetto e che fossero lasciati liberi i suoi due amici e la bella signora. Zadig si gettò, faccia a terra, ai piedi del re e della regina: domandò loro umilmente perdono per aver fatto dei cattivi versi; parlò con tanta grazia, tanto spirito e tanto senno che il re e la regina vollero rivederlo. Egli tornò da loro, e poi vi tornò ancora. Gli furono assegnati tutti i beni dell'invidioso che l'aveva accusato ingiustamente; ma Zadig glieli rese tutti, e l'invidioso fu com-

1 Si è dovuto invertire, nella traduzione, l'ordine degli emistichi del secondo verso, per esigenza di metro e di rima.

mosso soltanto dal piacere di riavere la sua roba. La stima del re per Zadig cresceva di giorno in giorno. Lo rendeva partecipe di tutti i suoi piaceri e lo consultava in tutti i suoi affari. La regina lo guardò da allora con un compiacimento che poteva diventare pericoloso per lei, per il re suo augusto sposo, per Zadig e per il regno intero. Zadig cominciava a credere che non fosse poi così difficile essere felici.

I GENEROSI

Arrivò il giorno in cui si celebrava una grande festa, che ricorreva ogni cinque anni. Era costume a Babilonia dichiarare solennemente, in capo a cinque anni, quale fosse il cittadino che aveva commesso l'azione più generosa. Erano giudici i grandi e i maghi. Il primo satrapo, incaricato della cura della città, esponeva le più belle azioni che erano state compiute sotto il suo governo. Poi si passava ai voti; il re pronunciava il giudizio. Questa solennità attirava gente da ogni parte del mondo. Il vincitore riceveva dalle mani del monarca una coppa d'oro adorna di pietre preziose e il re gli diceva queste parole: *Ricevete questo premio della generosità, e possano gli dei donarmi molti sudditi che vi somiglino!*

Giunse questo memorabile giorno; il re apparve sul suo trono, circondato dai grandi, dai maghi, e dagli inviati di tutte le nazioni che venivano a questi giochi, dove si acquistava gloria non per l'agilità dei cavalli, né per la forza del corpo, ma per la virtù. Il primo satrapo riferì ad alta voce le azioni che potevano meritare ai loro autori questo inestimabile premio. Ma non parlò affatto della magnanimità con la quale Zadig aveva reso all'invidioso tutta la sua fortuna: non era un'azione che meritasse di essere proposta per il premio.

Per cominciare presentò un giudice che, avendo fatto perdere un processo considerevole a un cittadino per un errore di cui non era neppure responsabile, gli aveva regalato in riparazione tutti i suoi averi, che ammontavano a un valore pari a quello che il cittadino aveva perduto.

Poi fece conoscere un giovane che, essendo perdutamente innamorato di una fanciulla che stava per sposare, l'aveva ceduta a un amico che era sul punto di morire d'amore per lei, e al dono della fanciulla aveva inoltre unito la dote.

Quindi parlò di un soldato che, nella guerra di Ircania, aveva dato un esempio ancor più grande di generosità. Dei soldati nemici gli rapivano l'amante, ed egli la difese contro di loro; in quel mentre vengono a dirgli che altri soldati ircaniani stavano portando via sua madre, poco distante da lì: egli abbandonò piangendo l'amante e corse a liberare la madre; subito dopo tornò da colei che amava, ma la trovò morente. Pensò di uccidersi, ma la madre gli fece notare che aveva solo lui a soccorrerla ed egli ebbe allora il coraggio di sopportare ancora la vita.

I giudici pendevano per questo soldato. Ma il re prese la parola e disse: « Questa azione, come quella degli altri, è molto bella; ma tutte quante non mi stupiscono; ieri Zadig ne ha compiuta una che mi ha stupito davvero. Avevo fatto cadere in disgrazia da qualche giorno il mio ministro e favorito Coreb. Mi lamentavo di lui con veemenza e tutti i miei cortigiani mi assicuravano che ero troppo buono; facevano a chi mi diceva più male di Coreb. Ho domandato a Zadig che cosa ne pensasse, ed egli ha osato dirne bene. Confesso che ho visto, nelle storie appena udite, degli esempi di gente che ha pagato con tutto il suo avere per un errore commesso, che ha ceduto la propria innamorata, che ha preferito la madre alla persona amata; ma non ho mai sentito dire che un cortigiano abbia difeso un ministro caduto in disgrazia, contro il quale il sovrano era in collera. Perciò assegno ventimila pezzi d'oro a ciascuno di coloro di cui sono state raccontate le azioni generose; ma assegno la coppa a Zadig.

« Sire, » disse questi, « solo la Vostra Maestà merita la coppa, poiché ha compiuto l'azione più inaudita: essendo re, non siete andato in collera con il vostro schiavo che contraddiceva la vostra passione. »

Furono ammirati tanto il re che Zadig. Il giudice che aveva donato i suoi averi, l'innamorato che aveva dato in sposa la sua amata all'amico, il soldato che aveva anteposto la salvezza della madre a quella dell'amante, ricevettero i doni del monarca; i loro nomi furono scritti nel libro dei generosi. Zadig ebbe la coppa. Il re acquistò la reputazione di buon principe, reputazione che non seppe mantenere a lungo. Quel giorno fu consacrato con feste più lunghe di quanto le leggi non comportassero. Se ne conserva ancora il ricordo nell'Asia. Zadig diceva a se stesso: « Finalmente sono felice! » Ma si sbagliava.

IL MINISTRO

Il re aveva perduto il suo primo ministro. Scelse dunque Zadig per coprire questa carica. Tutte le belle signore di Babilonia applaudirono a questa scelta; giacché dalla fondazione dell'impero non c'era mai stato un ministro così giovane. Tutti i cortigiani ne furono assai irritati; l'invidioso ebbe uno sbocco di sangue e il naso gli gonfiò prodigiosamente. Zadig, dopo aver ringraziato il re e la regina, andò anche a ringraziare il pappagallo: « Grazioso uccello, » gli disse, « voi mi avete salvato la vita e mi avete fatto diventare primo ministro; la cagna e il cavallo delle Loro Maestà mi avevano fatto molto del male, ma voi mi avete fatto del bene. Ecco da che cosa dipendono i destini degli uomini! Ma, » aggiunse, « una felicità così inconsueta sarà forse ben presto svanita. » « Sì, » rispose il pappagallo. Questa parola colpì Zadig; tuttavia, poiché era un buon fisico e non credeva che i pappagalli fossero profeti, si rassicurò presto e si mise a esercitare il suo ministero come meglio sapeva.

Fece sentire a tutti il sacro potere delle leggi, a nessuno fece sentire il peso della sua dignità. Non ostacolò in nulla i voti del Divano, e ogni visir poteva manifestare la sua opinione senza che a lui dispiacesse. Quando dava un giudizio su di una causa, non era lui che giudicava, ma la legge; però, se la legge era troppo severa la temperava, e là dove mancavano leggi era la sua equità a crearle, così giuste che si sarebbero prese per leggi di Zoroastro.

È a lui che le nazioni debbono il grande principio che è meglio rischiare di salvare un colpevole che condannare un innocente. Era convinto che le leggi erano istituite per soccorrere i cittadini almeno quanto per intimorirli. Il suo talento principale era quello di rendere palese la verità, che gli uomini cercano di occultare.

Fin dai primi giorni della sua amministrazione mise in atto questo grande talento. Un famoso negoziante di Babilonia era morto nelle Indie; aveva dichiarato suoi eredi in parti uguali i due figli, dopo aver maritato la loro sorella, e lasciava in più un dono di trentamila pezzi d'oro a quello dei due figli che avesse dimostrato di amarlo di più. Il maggiore gli fece costruire una tomba, il secondo invece aumentò la dote della sorella con una parte della sua eredità; ognuno diceva: « Certamente è il maggiore quello che ama di più suo padre; il cadetto ama più la sorella; dunque è al maggiore che spettano i trentamila pezzi d'oro. »

Zadig li fece venire tutti e due, uno dopo l'altro. Disse al primo: « Vostro padre non è morto, è guarito dalla sua recente malattia ed è di ritorno a Babilonia. » « Dio sia lodato, » rispose costui, « però, peccato per la tomba che mi è costata tanto! » Zadig disse poi la stessa cosa al secondo. « Dio sia lodato! » rispose questi, « renderò a mio padre tutto quello che ho ereditato; vorrei però che lasciasse a mia sorella ciò che le ho donato. » « No, non renderete nulla, » disse Zadig, « e avrete in più i trentamila pezzi d'oro: voi siete quello che ama di più suo padre. »

Una fanciulla ricchissima si era promessa in matrimonio a due maghi e, dopo aver ricevuto per qualche mese le istruzioni dell'uno e dell'altro, si ritrovò gravida. Tutti e due volevano sposarla. « Prenderò per marito, » disse costei, « quello che mi ha messo in grado di dare un cittadino all'impero. » « Sono stato io a fare quest'opera buona, » disse l'uno. « Sono io che ho avuto questo onore, » disse l'altro. « E va bene, » rispose la donna, « riconosco per padre del bambino quello che potrà dargli l'educazione migliore. » Ella partorì un maschio. Ognuno dei due maghi lo voleva allevare e la causa fu portata davanti a Zadig. Questi fece venire i due maghi. « Che cosa insegnerai al tuo pupillo? » domandò al primo. « Gli insegnerò, » disse quel dotto, « le otto parti dell'orazione, la dialettica, l'astrologia, la demonomania, che cosa è la sostanza e che cosa è l'accidente, l'astratto e il concreto, le monadi e l'armonia prestabilita. »

Il secondo disse: « Cercherò di renderlo giusto e degno di avere amici. » Zadig pronunciò il giudizio: *Che tu sia o no il padre, sposerai la madre.*

LE DISPUTE E LE UDIENZE

In questo modo ogni giorno mostrava l'acume del suo ingegno e la bontà del suo animo; era ammirato e, insieme, amato. Passava per essere il più fortunato di tutti gli uomini; tutto l'impero echeggiava del suo nome; tutte le donne lo guardavano con interesse; tutti i cittadini celebravano la sua giustizia; i dotti guardavano a lui come al loro oracolo; perfino i preti confessavano che la sapeva più lunga dell'arcimago Yebor. Si era oramai ben lontani dall'intentargli processi per i grifoni; tutti credevano soltanto ciò che a lui sembrava credibile.

C'era una grande disputa in Babilonia, che durava da più di mille e cinquecento anni, e che divideva l'impero in due fazioni avverse e ostinate: una pretendeva che non si dovesse mai entrare nel tempio di Mitra se non col piede sinistro; l'altra teneva per abominevole un tal costume, e non entrava mai se non col piede destro. Si aspettava il giorno della festa solenne del fuoco sacro per vedere quale delle due fazioni sarebbe stata favorita da Zadig. L'universo intero teneva gli occhi fissi sui suoi piedi e tutta la città era in agitazione e col fiato sospeso. Zadig entrò nel tempio saltando a piè pari, e provò poi, con un discorso eloquente, che il dio del cielo e della terra che non fa parzialità per nessuno, non tiene in maggior conto la gamba destra della sinistra.

L'invidioso e sua moglie pretesero che nel discorso di Zadig non ci fossero abbastanza figure retoriche, che non avesse fatto danzare abbastanza le montagne e le colline. « È scabro e senza genio; » dicevano, « nei suoi discorsi non si vede il mare ritirarsi, né le stelle cadere, né il sole fondersi come cera; non ha affatto il bello stile orientale. »[1] Zadig si contentava di avere lo stile della ragione. Tutti fu-

1 Si allude alla *Bibbia*, ricca di questo genere barocco di immagini.

rono dalla sua parte, non perché era sulla strada giusta, non perché era ragionevole, non perché era amabile, ma perché era il primo visir.

Altrettanto felicemente pose fine alla grande disputa tra i maghi bianchi e i maghi neri. I bianchi sostenevano che era un'empietà voltarsi, nel pregare dio, verso l'oriente d'inverno; i neri assicuravano che dio aveva orrore delle preghiere degli uomini che si voltano verso occidente d'estate. Zadig ordinò che ognuno si voltasse dove volesse.

Trovò così il mezzo di sbrigare la mattina le cause di ordine privato e pubblico; il resto del giorno si occupava dell'abbellimento di Babilonia; faceva rappresentare tragedie in cui si piangeva, e commedie in cui si rideva;[1] cosa che era passata di moda da molto tempo e che egli ripristinò perché aveva buon gusto. Non pretendeva affatto di intendersene più degli artisti; li ricompensava con benefici e onorificenze, e non era affatto segretamente geloso dei loro talenti. La sera divertiva molto il re, e soprattutto la regina. Il re diceva: « Che gran ministro! » e la regina diceva: « Che simpatico ministro! » e tutti e due aggiungevano: « Sarebbe stato un gran peccato se fosse stato impiccato. »

Non ci fu mai uomo in una carica ufficiale che dovesse concedere tante udienze alle signore. La maggior parte veniva a parlargli di affari che non aveva, nella speranza di averne uno con lui. La moglie dell'invidioso si presentò tra le prime; giurò per Mitra, per lo Zend-Avesta, per il fuoco sacro che aveva detestato la condotta di suo marito. Gli confidò poi che suo marito era un uomo geloso, brutale; gli fece poi intendere che gli dei lo punivano rifiutandogli i preziosi effetti di quel fuoco sacro che, solo, rende l'uomo simile agli dei immortali: finì col lasciar cadere la sua giarrettiera; Zadig la raccolse colla sua solita compitezza, ma non la riattaccò alla gamba della signora; e questo piccolo errore, se si può considerare tale, fu causa delle più terribili disgrazie. Zadig non ci pensò affatto, ma la moglie dell'invidioso ci pensò parecchio.

Altre signore si presentavano tutti i giorni. Gli annali segreti di Babilonia sostengono che soccombette una volta,

1 Allusione alla commedia lacrimosa messa in uso da Nivelle de la Chaussée.

ma che fu molto stupito di godere senza voluttà, e di baciare la sua amante distrattamente. Colei alla quale dette, quasi senza accorgersene, dei segni della sua protezione, era una cameriera della regina Astarte. Questa dolce babilonese diceva a se stessa, per consolarsi: « Bisogna proprio che quell'uomo abbia mille affari importanti per la testa, se continua a pensarci anche mentre fa all'amore. » Sfuggì a Zadig, proprio in quegli istanti in cui molte persone non dicono niente e altre pronunciano soltanto parole indicibili, il grido improvviso: « La regina! » La babilonese credette che finalmente fosse ritornato in sé al momento buono e che le dicesse: « Mia regina! » Ma Zadig, sempre distratto, pronunciò il nome di Astarte. La donna, che in quelle circostanze felici interpretava tutto a suo favore, si immaginò che volesse dire: « Siete più bella della regina Astarte! » Uscì dall'alcova di Zadig con dei bellissimi doni e andò a raccontare la sua avventura all'invidiosa, che era sua amica intima; costei fu crudelmente ferita dalla preferenza. « Non si è neanche degnato di raccattarmi questa giarrettiera! » disse. « Non la voglio più vedere. » « Oh guarda! » disse la fortunata all'invidiosa, « portate le stesse giarrettiere che porta la regina! Le prendete dunque dallo stesso merciaio? » L'invidiosa si mise a riflettere profondamente, non rispose e andò a consultare suo marito, l'invidioso.

Frattanto Zadig si stava accorgendo che era sempre distratto, quando dava udienza e quando giudicava; non sapeva a che cosa attribuire questo fatto: questa era la sua sola pena.

Una notte fece un sogno: gli sembrava dapprima di essere sdraiato su erbe secche, tra le quali ve ne erano alcune che lo pungevano e gli davano fastidio; poi di riposare sopra un letto di rose, dal quale usciva un serpente che lo feriva al cuore, colla sua lingua tagliente e avvelenata. « Ohimè! » disse, « sono stato a lungo coricato su quelle erbe secche che pungevano, ora sono su di un letto di rose; ma chi sarà il serpente? »

La disgrazia di Zadig nacque dalla sua stessa fortuna, e soprattutto dai suoi meriti. Ogni giorno si intratteneva con il re e con Astarte, la sua augusta sposa. Il fascino della sua conversazione raddoppiava, per quel desiderio di piacere che è per lo spirito ciò che è l'acconciatura per la bellezza; la sua giovinezza e la sua grazia fecero insensibilmente su Astarte un'impressione della quale ella dapprima non si accorse. La sua passione cresceva nell'ignoranza. Astarte si abbandonava senza scrupoli e senza paura al piacere di vedere e di ascoltare un uomo caro al suo sposo e allo Stato; non si stancava di farne le lodi al re; ne parlava alle sue cameriere che aggiungevano ancora apprezzamenti positivi; tutto cospirava ad affondare nel suo cuore il dardo di cui non s'accorgeva. Faceva a Zadig dei regali nei quali entrava più galanteria di quanto ella si rendesse conto; credeva di parlargli da regina contenta dei suoi servigi, e talora invece le sue espressioni erano quelle di una donna sensibile.

Astarte era molto più bella di quella Semira che odiava tanto gli orbi e di quell'altra donna che voleva tagliare il naso al suo sposo. La familiarità di Astarte, i suoi discorsi teneri dei quali cominciava ad arrossire, gli sguardi che avrebbe voluto volgere altrove e che si fissavano sempre nei suoi, accesero il cuore di Zadig di un fuoco che lo lasciò sbigottito. Combatté, chiamò in suo soccorso la filosofia che gli era sempre stata d'aiuto; ne trasse soltanto dei lumi, ma nessun sollievo. Il dovere, la riconoscenza, la maestà sovrana violata, si presentavano ai suo occhi come Dei vendicatori; egli combatteva, trionfava; ma questa vittoria, che bisognava rinnovare ogni momento, gli costava gemiti e lacrime. Non osava più parlare alla regina con quella dolce libertà che aveva avuto tanto fascino per ambedue; i suoi occhi si offuscavano; i suoi discorsi erano stentati e smozzicati; abbassava gli occhi; e quando, senza volerlo, dirigeva il suo sguardo verso Astarte incontrava quello della regina bagnato di lacrime, dalle quali si dipartivano dardi infuocati; sembravano dirsi l'un l'altra: « Ci adoriamo, ma abbiamo paura di amarci; bruciamo ambedue di un fuoco che condanniamo. »

Zadig usciva da questi incontri smarrito, stordito, il cuore carico di un fardello che non poteva più portare: nella violenza del suo turbamento lasciò intuire il suo segreto all'amico Cador, come un uomo che abbia sopportato a lungo gli assalti di un dolore vivo e faccia alla fine conoscere il suo male da un grido strappatogli da un nuovo acuto attacco e dal sudore freddo che cola dalla sua fronte.

Cador gli disse: « Ho già decifrato il sentimento che volevate nascondere a voi stesso; le passioni hanno dei sintomi sui quali è impossibile sbagliarsi. Giudicate voi, mio caro Zadig, dal momento che io ho potuto leggere nel vostro cuore, se il re non vi scoprirà un sentimento che l'offende. Egli non ha altro difetto che quello di essere il più geloso degli uomini. Voi resistete alla vostra passione con maggior forza di quanto la regina non resista alla sua; perché siete filosofo e perché siete Zadig. Astarte è donna; ella lascia parlare il suo sguardo con tanta imprudenza perché non si crede ancora colpevole. Sfortunatamente, essendo sicura della propria innocenza, trascura certe apparenze che sono invece necessarie. Trepiderò per lei fintanto che non avrà nulla da rimproverarsi. Se foste d'accordo l'uno coll'altra, sapreste ingannare le apparenze: una passione sul nascere, e ancora contrastata, è manifesta; un amore soddisfatto si sa nascondere. »

Zadig fremette alla proposta di tradire il suo re, il suo benefattore; e mai fu più fedele al suo principe che allorquando fu colpevole verso di lui di un delitto involontario. Intanto la regina pronunciava così spesso il nome di Zadig, la sua fronte arrossiva a tal punto tutte le volte che lo pronunciava; ella era ora così animata, ora interdetta, quando gli parlava in presenza del re; cadeva in preda a fantasticherie così profonde quando Zadig era uscito, che il re ne fu turbato. Credette a tutto ciò che vedeva e immaginò ciò che non vedeva. Notò, in particolare, che le babbucce di sua moglie erano azzurre e che le babbucce di Zadig erano azzurre, che i nastri della moglie erano gialli e che il berretto di Zadig era giallo: erano, questi, indizi terribili per un principe suscettibile. I sospetti divennero certezza nel suo spirito inasprito.

Tutti gli schiavi dei re e delle regine sono altrettante spie dei loro cuori. Ben presto si scoprì che Astarte era tenera e che Moabdar era geloso. L'invidioso spinse l'invidiosa a inviare al re la sua giarrettiera che somigliava a quella della regina. E per colmo di disavventura la giarrettiera era azzurra. Il monarca non pensò più ad altro che al modo di vendicarsi. Una notte decise di avvelenare la regina e di fare strangolare Zadig sul fare del giorno. Fu dato l'ordine ad un eunuco spietato, esecutore delle sue vendette. C'era in quel momento, nella stanza del re, un nanetto che era muto ma non era affatto sordo. La sua presenza era sempre tollerata. Era testimone di ciò che avveniva di più segreto, alla stregua di un animale domestico. Questo nano muto era molto affezionato alla regina e a Zadig. Ascoltò dunque con sorpresa e orrore l'ordine di farli uccidere. Ma come fare per prevenire quest'ordine spaventoso che doveva essere eseguito poche ore dopo? Non sapeva scrivere; ma aveva imparato a dipingere e soprattutto sapeva fare disegni somiglianti al reale. Passò una parte della notte a disegnare un abbozzo di ciò che voleva far capire alla regina. Il suo disegno rappresentava il re in preda al furore, in un angolo del quadro, nell'atto di dare ordini al suo eunuco; una cordicella azzurra e un vaso sulla tavola, con delle giarrettiere azzurre e dei nastri gialli; la regina in mezzo al quadro, morente tra le braccia delle sue dame di compagnia, e Zadig strangolato ai suoi piedi. L'orizzonte rappresentava un sole che sorgeva, per far capire che questa orribile esecuzione doveva farsi ai primi raggi dell'aurora. Appena ebbe finito quest'opera, corse da una dama di compagnia di Astarte, la svegliò e le fece intendere che doveva portare immediatamente questo quadro alla regina.

Così, nel bel mezzo della notte, qualcuno bussa alla porta di Zadig; lo svegliano; gli danno un biglietto della regina; questi non riesce a capire se sta ancora sognando o se è sveglio; apre la lettera con mani tremanti. Quale fu la sua sorpresa e chi potrebbe descrivere la costernazione e la disperazione che lo invasero quando lesse queste parole: *Fuggite Zadig, ve lo ordino nel nome del nostro amore e dei miei nastri gialli. Non ero colpevole; ma sento che morirò criminale.*

Zadig ebbe appena la forza di parlare. Ordinò che facessero venire Cador e, senza dirgli nulla, gli dette il biglietto. Cador lo esortò ad obbedire e a prendere subito la via di Menfi. « Se osate andare a trovare la regina, » gli disse, « non fate che affrettarne la morte; se parlate al re, anche questo la porterà alla rovina. Mi incaricherò io del suo destino; voi seguite il vostro. Spargerò la voce che avete preso la via delle Indie. Verrò presto a trovarvi e vi farò sapere che cosa è successo a Babilonia. »

Cador fece portare immediatamente due dromedari, tra i più agili nella corsa, verso una porta segreta del palazzo; fece salire Zadig che bisognò portare a braccia e che era sul punto di render l'anima a dio. Un solo domestico l'accompagnò; e ben presto Cador, in preda allo sbigottimento e al dolore, perse di vista il suo amico.

L'illustre fuggitivo, giunto sul dorso di una collina dalla quale si vedeva Babilonia, volse lo sguardo verso il palazzo della regina e svenne; quando riprese i sensi non poté far altro che piangere e augurarsi la morte. Alla fine, dopo essere rimasto assorto nello sciagurato destino della donna più amabile e prima regina del mondo, tornò per un momento a considerare se stesso ed esclamò: « Che cosa è dunque la vita umana? O virtù a che cosa mi sei servita? Due donne mi hanno indegnamente tradito, la terza, che non è colpevole di nulla, che è più bella delle altre, sta per morire! Tutto il bene che ho fatto è stato per me fonte di maledizione, e sono stato elevato al culmine della grandezza solo per precipitare nel più orribile precipizio della sfortuna. Se fossi stato malvagio come tanti altri, sarei fortunato come loro. » Prostrato da queste riflessioni funeste, gli occhi velati dal dolore, il pallore della morte sul volto e l'animo oppresso da una nera disperazione, continuava il suo viaggio verso l'Egitto.

LA DONNA PERCOSSA

Zadig dirigeva il suo cammino secondo le stelle. La costellazione di Orione e il brillante astro di Sirio lo guidavano verso il polo di Canopo. Ammirava questi grandi globi luminosi che appaiono ai nostri occhi solo come deboli scintille, mentre la terra, che in effetti non è che un punto impercettibile nella vastità della natura, appare alla nostra cupidigia una cosa tanto grande e tanto nobile. Si figurava allora gli uomini tali quali sono effettivamente, insetti che si divorano gli uni cogli altri sopra un piccolo atomo di fango. Questa immagine sembrava annientare le sue disgrazie mostrandogli il niente del suo essere e di Babilonia. La sua anima si perdeva nell'infinito e contemplava, svincolata dai sensi, l'ordine immutabile dell'universo. Ma allorquando poi, rientrando in se stesso e ritrovando i suoi sentimenti, pensava che Astarte era forse morta per lui, l'universo scompariva ai suoi occhi e non vedeva più nella natura intera che Astarte morente e Zadig sventurato.

Mentre si abbandonava a questo flusso e riflusso di filosofia sublime e di dolore prostrante, procedeva verso il confine coll'Egitto; già il suo domestico fedele era nella prima borgata e gli cercava un alloggio. Zadig frattanto passeggiava verso i giardini che costeggiavano quel villaggio quando, non lontano dalla grande strada, vide una donna in lacrime che invocava il cielo e la terra in suo soccorso, e un uomo in preda all'ira che la inseguiva. Ormai raggiunta, ella si gettava ad abbracciargli le ginocchia. Quell'uomo la copriva di percosse e di rimproveri. Zadig giudicò dalla violenza dell'Egiziano e dalle reiterate domande di perdono della donna, che l'uno era geloso e l'altra infedele; ma quando ebbe considerato meglio quella donna, che era di una bellezza commovente, e che somigliava un poco alla sventurata Astarte, si sentì preso da compassione per lei e orrore per l'Egiziano. « Soccorretemi, » gridò costei a Zadig in mezzo ai singhiozzi; « liberatemi dalle mani del più barbaro degli uomini, salvatemi la vita. »

A queste grida Zadig corse a frapporsi tra lei e quel barbaro. Siccome aveva qualche nozione della lingua, gli disse in egiziano: « Se avete qualche umanità, vi scongiuro di rispettare la fragilità e la bellezza. Come potete oltraggiare così un capolavoro della natura, che è ai vostri piedi e non ha altra arma di difesa se non le sue lacrime? » « Ah ah! » rispose quel violento, « dunque anche tu l'ami; è di te che devo vendicarmi. » Dicendo queste parole lascia la donna che teneva per i capelli con una mano, e prendendo la lancia, cerca di passare lo straniero da parte a parte. Ma questi, che manteneva il suo sangue freddo, evitò facilmente il colpo vibratogli da quel forsennato. Bloccò la lancia vicino al ferro di cui è armata. L'uno cerca di riprendersela, mentre l'altro gliela vuole strappare, finché essa si spezza tra le loro mani. L'Egiziano tira fuori la spada; Zadig si arma della sua. Si attaccano; l'uno vibra cento colpi all'impazzata; l'altro li schiva tutti con agilità. La dama intanto, seduta sull'erba, si aggiusta la pettinatura e li guarda. L'Egiziano era più robusto del suo avversario; Zadig era più agile. Questi si batteva come un uomo i cui gesti sono governati dalla mente, quello come uno in preda al furore, la cui collera cieca guidava i movimenti a caso. Zadig gli si accosta e lo disarma; e mentre l'Egiziano, divenuto ancora più furioso vuol gettarsi su di lui, lo prende, lo stringe, lo fa cadere puntandogli la spada contro il petto; gli offre salva la vita ma l'Egiziano, fuori di sé, tira fuori il pugnale; ferisce con quello Zadig proprio nel momento in cui il vincitore era disposto a perdonarlo. Zadig, indignato, gli conficca la spada nel petto. L'Egiziano getta un grido orribile e muore dibattendosi.

Zadig allora si avvicina alla signora e le dice con voce umile: « Mi ha costretto ad ucciderlo: vi ho vendicato; siete liberata dall'uomo più violento che io abbia mai visto. Che volete ora da me, signora? » « Che tu crepi, scellerato, » rispose costei, « che tu crepi; hai ucciso il mio amante; vorrei tanto fare a brani il tuo cuore. » « In verità, signora mia, avevate scelto uno strano tipo come amante! » le rispose Zadig, « vi batteva con tutte le sue forze e voleva mandarmi a morte solo perché voi mi avete scongiurato di soccorrervi. » « Oh come vorrei che mi picchiasse ancora! » riprese la signora tra i singhiozzi, « lo meritavo, gli avevo dato motivo di essere geloso. Piacesse al cielo che mi picchiasse e che tu fossi al suo posto! » Zadig, più sorpreso e incollerito di quanto non lo fosse stato mai in vita sua, le disse: « Signora, per quanto bella voi siate, meritereste che vi picchiassi a mia volta, tanto siete stravagante; ma non voglio prendermi questo disturbo. » Detto questo rimontò sul cammello e procedette in direzione della borgata. Aveva fatto appena qualche passo che si voltò indietro al rumore che facevano quattro corrieri di Babilonia. Venivano avanti a briglia sciolta. Uno di essi, vedendo quella donna, gridò: « È proprio lei, somiglia al ritratto che ce ne è stato fatto. » Non si curarono affatto del morto e afferrarono immantinente la signora. Costei non smetteva un attimo di gridare a Zadig: « Aiutatemi ancora una volta, straniero generoso! vi domando scusa per essermi lamentata di voi. Aiutatemi e sarò vostra fino alla tomba. » Ma a Zadig era ormai passata la voglia di battersi per lei. « Chiamate un altro, » rispose, « perché a me non mi ci prendete più! »

Del resto era ferito, perdeva sangue, aveva bisogno di aiuto; e la vista dei quattro Babilonesi, probabilmente inviati dal re Moabdar, lo riempiva di inquietudine. Avanzava in fretta verso il villaggio, senza immaginare perché quattro corrieri di Babilonia venissero a prendere quell'Egiziana, ma ancor più stupito del carattere di quella signora.

LA SCHIAVITÙ

Mentre entrava nella borgata egiziana si vide circondato dal popolo. Tutti gridavano: « Ecco chi ha rapito la bella Missuf e ha assassinato Cletofi! » « Signori, » disse, « Dio mi guardi dal rapire la vostra bella Missuf! È troppo capricciosa e, per quanto riguarda Cletofi, non l'ho affatto assassinato, ma mi sono soltanto difeso contro di lui. Voleva uccidermi perché molto umilmente gli avevo chiesto grazia per la bella Missuf, che egli picchiava spietatamente. Sono uno straniero, venuto a cercare asilo in Egitto; e non è plausibile che venendo a chiedere la vostra protezione abbia cominciato col rapire una donna e assassinare un uomo. »

Gli Egiziani allora erano giusti e umani. Il popolo condusse Zadig al municipio. Prima di tutto gli fecero medicare la ferita e poi interrogarono lui e il domestico separatamente per sapere la verità. Riconobbero che Zadig non era affatto un assassino; ma era colpevole del sangue di un uomo; la legge lo condannava a essere schiavo. I suoi due cammelli furono venduti e il ricavato andò al villaggio; tutto l'oro che aveva con sé fu distribuito agli abitanti; la sua persona fu esposta sulla piazza pubblica insieme a quella del suo compagno di viaggio. Un mercante indiano di nome Setoc lo acquistò alla prima offerta; ma il servitore, più adatto alle fatiche, fu venduto a un prezzo molto più alto del padrone. Tra i due uomini non c'era da fare neppure confronto. Zadig fu così schiavo, subordinato al suo servitore: misero loro una catena ai piedi e, così legati insieme, dovevano servire il mercante arabo nella sua casa. Cammin facendo Zadig consolava il suo domestico e lo esortava alla pazienza; ma, secondo il suo costume, faceva delle riflessioni sulla vita umana. « Mi accorgo, » diceva, « che le disgrazie che il destino ha mandato sulla mia vita ricadono sulla tua. Finora le cose mi sono andate in una maniera molto strana. Sono stato condannato a una multa per aver visto passare una cagna. Per poco non sono stato impalato per un grifone; sono stato condannato a morte perché avevo composto dei versi in lode del re; sono stato sul punto di essere strangolato perché la regina aveva dei nastri gialli; ed ecco che sono schiavo con te perché un bruto picchiava la sua amante. Via, non perdiamoci d'animo; tutto questo finirà forse; è necessario che i mercanti arabi abbiano degli schiavi; e perché non dovrei esserlo io come un altro, dal momento che sono uomo come gli altri. Questo mercante non sarà spietato; bisogna che tratti bene i suoi schiavi se vuole trarne profitto. » Parlava così e nel fondo del suo cuore era occupato dalla sorte della regina di Babilonia.

Setoc, il mercante, partì due giorni dopo per l'Arabia deserta, con i suoi schiavi e i suoi cammelli. La sua tribù abitava nel deserto di Horeb. Il viaggio fu lungo e faticoso. Strada facendo Setoc aveva molto maggior cura del domestico che del padrone, perché il primo era molto più bravo a caricare i cammelli; tutte le piccole attenzioni erano per lui.

A due giornate da Horeb morì un cammello; il suo carico fu diviso sulla schiena di ciascuno dei servitori; a Zadig toccò la sua parte. Setoc si mise a ridere nel vedere i suoi schiavi camminare curvi. Zadig si prese la libertà di spiegargliene il motivo e gli mostrò le leggi dell'equilibrio. Il mercante stupito cominciò a guardarlo con occhio diverso. Zadig, accortosi di aver destato la sua curiosità, la eccitò molto di più insegnandogli molte cose che avevano a che fare col suo commercio; il peso specifico dei metalli e delle merci a parità di volume; le proprietà di diversi animali utili; il modo di rendere tali quelli che non lo sono; insomma, gli mostrò la sua sapienza. Setoc allora lo preferì al suo compagno che pure aveva tanto stimato. Lo trattò bene e non ebbe motivo di pentirsene.

Appena arrivato nella sua tribù chiese la restituzione di cinquecento once d'argento a un ebreo a cui le aveva prestate in presenza di due testimoni; ma questi due testimoni erano morti e l'ebreo, dal momento che nulla poteva più essere dimostrato, si era appropriato del denaro del mercante, ringraziando Iddio per avergli fornito l'occasione di truffare un arabo. Setoc confidò la sua pena a Zadig che era diventato il suo consigliere. « In che posto, » chiese Zadig, « prestate le cinquecento once a questo infedele? » « Su di una grande roccia che si trova presso il monte Horeb. » « Che carattere ha il vostro debitore? » chiese Zadig. « Da imbroglione, » rispose Setoc. « No, vi domando se è un uomo vivace o flemmatico, accorto o imprudente. » « Tra tutti i debitori insolventi, » disse Setoc, « è il più vivace che io conosca. » « Bene, » insisté Zadig, « permettetemi di difendere la vostra causa davanti al giudice. » Infatti citò l'ebreo in tribunale e parlò così al giudice: « Cuscino di equità del trono, sono qui per richiedere da quest'uomo, in nome del mio padrone, cinquecento once d'argento che non vuole restituire. » « Avete dei testimoni? » disse il giudice. « No, sono morti; ma resta una larga pietra sulla quale fu contato il denaro; e se Vostra Grazia si compiace di ordinare che si cerchi questa pietra, spero che in essa troveremo la testimonianza che cerchiamo; resteremo qui, io e l'Ebreo, ad aspettare che ci sia recata la pietra; la manderò a cercare a spese di Setoc, il mio padrone. » « Volentieri, » rispose il giudice. E si mise ad occuparsi di altre cause.

Alla fine dell'udienza disse a Zadig: « Ebbene, la vostra pietra non è ancora arrivata? » L'Ebreo ridendo rispose: « Vostra Grazia potrebbe restare qui fino a domani, e la pietra non sarebbe ancora giunta; si trova a più di sei miglia da qui e occorrerebbero almeno quindici uomini per rimuoverla. » « Benissimo, » disse Zadig, « ve l'avevo detto che la pietra ci avrebbe fornito la nostra testimonianza; poiché quest'uomo sa dove si trova confessa implicitamente che su quella fu contato il denaro. » L'Ebreo, sconcertato, fu costretto a confessare tutto. Il giudice ordinò che fosse legato alla pietra senza mangiare né bere fino a che non avesse reso le cinquecento once, che furono subito pagate.

Lo schiavo Zadig e la pietra godettero così in Arabia di grande considerazione.

IL ROGO

Setoc, felicissimo, fece del suo schiavo il suo amico intimo. Non poteva più fare a meno di lui, come il re di Babilonia; e Zadig fu contento che Setoc non fosse sposato. Scopriva nel suo padrone una natura incline al bene, molta onestà e buon senso. Gli dispiaceva che adorasse le schiere celesti, vale a dire il sole, la luna e le stelle, secondo le antiche usanze arabe. Qualche volta gliene parlava con molta discrezione. Infine gli disse che si trattava di corpi come gli altri, che non meritavano il suo omaggio più di un albero o di una roccia. Ma Setoc diceva: « Sono esseri eterni dai quali traiamo ogni nostro giovamento; animano la natura; regolano le stagioni; e poi sono così lontani da noi che non si può fare a meno di riverirli. » « Ricevete maggior giovamento dalle acque del mar Rosso, » rispose Zadig, « che portano le vostre merci nelle Indie. Perché esse dovrebbero essere meno antiche delle stelle? E, se adorate ciò che è lontano, dovreste adorare la terra dei Gangaridi, che è all'altra estremità del mondo. ». « No, » diceva Setoc, « le stelle sono troppo brillanti per non essere adorate. » Scesa la sera, Zadig accese un gran numero di fiaccole nella tenda in cui doveva cenare con Setoc; e non appena entrò il suo padrone si gettò in ginocchio davanti a quei ceri accesi e disse loro: « O luci eterne e brillanti, siatemi sempre propizie. » Dopo aver proferito queste parole, si mise a tavola senza guardare Setoc. « Ma che fate? » gli disse Setoc meravigliato. « Faccio come voi, » rispose Zadig, « adoro queste fiaccole e trascuro il loro signore e mio. » Setoc comprese il senso profondo di questo apologo. La saggezza del suo schiavo penetrò nella sua anima; non prodigò più il suo incenso alle creature e adorò l'Essere eterno che le ha create.

C'era allora in Arabia un'orribile usanza, venuta originariamente dalla Scizia, e che, essendosi stabilita nelle Indie per influenza dei bramini, minacciava di invadere tutto l'Oriente. Quando un uomo sposato era morto, se la sua amata sposa voleva santificarsi, si bruciava in pubblico sopra il corpo del marito. Era questa una festa solenne che si chiamava *il rogo della vedovanza.* La tribù nella quale c'era stato un più elevato numero di donne bruciate era tenuta in maggior considerazione. Un Arabo della tribù di Setoc era morto; la vedova, di nome Almona, che era molto devota, rese noto il giorno e l'ora in cui si sarebbe gettata nel fuoco al suono dei tamburi e delle trombe. Zadig mostrò a Setoc quanto fosse contrario al benessere del genere umano una così orribile usanza: lasciare morire bruciate ogni giorno delle giovani vedove che potevano dare figli allo Stato o almeno allevare i propri; e gli fece convenire che bisognava, se era possibile, abolire un'usanza così barbara. Setoc rispose: « Da più di mille anni le donne sono padrone di bruciarsi vive. Chi di noi oserebbe cambiare una legge consacrata dal tempo? C'è niente di più rispettato di un antico abuso? » « La ragione è più antica, » ribatté Zadig, « parlate ai capi tribù mentre io vado a trovare la giovane vedova. »

Si fece presentare a costei; e dopo essersi insinuato nel suo spirito lodando la sua bellezza, dopo averle detto che gran peccato fosse il lasciare che il fuoco distruggesse tanto fascino, la lodò tuttavia per la sua costanza e il suo coraggio. « Amate dunque fino a tal punto vostro marito? » le chiese. « Io? niente affatto, » rispose la signora araba. « Era un bruto, geloso, un uomo insopportabile; ma sono assolutamente decisa a gettarmi nel suo rogo. » « Evidentemente ci deve essere un particolare piacere nell'essere bruciati vivi, » rispose Zadig. « Oh no, » disse la signora, « è una cosa che fa inorridire la natura; ma bisogna farlo. Io sono devota; la mia reputazione sarebbe perduta e tutti mi disprezzerebbero se non mi bruciassi. » Zadig era intanto riuscito a farle ammettere che si bruciava per gli altri e per vanità; le parlò a lungo, in modo tale da farle amare un poco la vita e giunse perfino e ispirarle una qualche benevolenza per colui che le parlava. « Che fareste insomma, » le disse, « se la vanità non vi costringesse a bruciarvi? » « Ohimè, » disse la signora, « credo che vi pregherei di sposarmi. »

Zadig era troppo preso dall'idea di Astarte per non eludere questa dichiarazione; ma andò immediatamente a trovare i capi tribù, disse loro quanto era avvenuto e consigliò di promulgare una legge secondo la quale non sarebbe più stato permesso a una vedova di bruciarsi se non dopo essersi intrattenuta da sola con un giovane, per un'ora intera. Da allora nessuna signora si bruciò più in Arabia.

LA CENA

Setoc, che non poteva più separarsi da quest'uomo in cui albergava tanta saggezza, lo portò con sé alla grande fiera di Balzora, dove si dovevano riunire i più grandi mercanti della terra abitata. Per Zadig fu una grande consolazione il vedere tanti uomini di diverse contrade riuniti nel medesimo luogo. Gli sembrava che l'universo fosse come una grande famiglia che si riuniva a Balzora. Si trovò a tavola, fin dal secondo giorno, con un Egiziano, un Indiano gangaride, un abitante del Catai, un Greco, un Celta e molti altri stranieri che, nei loro frequenti viaggi nel golfo arabico, avevano imparato l'arabo abbastanza bene da farsi capire. L'Egiziano sembrava molto adirato. « Che abominevole paese è Balzora! » diceva, « mi rifiutano mille once d'oro su di una cambiale che è la migliore del mondo. » « Ma come! » disse Setoc, « su quale cambiale vi rifiutano questa somma? » « Sul corpo di mia zia, » disse l'Egiziano. « Era la migliore donna d'Egitto. Mi accompagnava sempre; è morta durante il viaggio: ne ho fatto una delle più splendide mummie che si siano viste; al mio paese potrei ottenere tutto quello che voglio dandola in pegno. È davvero strano che qui non mi vogliano dare nemmeno mille once d'oro su di una garanzia così solida. » Mentre era così corrucciato, si apprestava a mangiare un'eccellente gallina lessa, allorché l'Indiano, afferrandogli la mano, esclamò addolorato: « Ah!

Che state per fare? » « Sto per mangiare questa gallina, » rispose l'uomo della mummia. « Guardatevi dal farlo! » disse il Gangaride. « Può darsi che l'anima della defunta sia passata nel corpo di questa gallina, e voi non vorrete di certo correre il rischio di mangiare vostra zia. Cucinare galline vuol dire manifestamente oltraggiare la natura. » « Ma che diavolo andate dicendo di natura e di galline! » rispose incollerito l'Egiziano. « Noi adoriamo un bue, ma lo mangiamo, eccome! » « Adorate un bue! Ma come è possibile? » disse l'uomo del Gange. « Possibilissimo, » ribatté l'altro, « sono centrotrentacinquemila anni che lo facciamo; e nessuno, da noi, ci trova da ridire. » « Eh! centotrentacinquemila anni! » disse l'Indiano, « questo conto è un tantino esagerato; sono soltanto ottantamila anni che l'India è abitata, e certamente siamo più antichi di voi; e Brahama ci aveva proibito di mangiare carne di bue prima che a voi fosse venuto in mente di metterli sugli altari e allo spiedo. » « Che razza di animale è il vostro Brahama, da paragonarlo con Api! » disse allora l'Egiziano, « e che ha fatto il vostro Brahama di così bello? » Il bramino rispose: « Ha insegnato agli uomini a leggere e a scrivere; a lui tutta la terra è debitrice del gioco degli scacchi. » « Qui vi sbagliate, » disse un Caldeo che era vicino a lui. « È il pesce Oannes quello a cui dobbiamo questi grandi benefici, ed è giusto che solo a lui ne rendiamo omaggio. Chiunque vi dirà che era un essere divino, che aveva la coda dorata, una bella testa umana, e usciva dall'acqua per predicare agli uomini tre ore al giorno. Ebbe molti figli, che furono re, come tutti sanno. A casa mia ho una sua immagine che venero, come è mio dovere. Si può mangiare carne di bue quanto si vuole; ma sicuramente è cosa molto empia cucinare del pesce; del resto siete tutti e due di origine troppo poco nobile e troppo recente per contestarmi alcunché. La nazione egiziana conta solo centotrentacinquemila anni, e gli Indiani non possono vantarsi che di averne ottantamila, mentre noi abbiamo almanacchi di quattromila secoli. Credete a me, rinunciate alle vostre follie e regalerò a ciascuno di voi un bel ritratto di Oannes. »

L'uomo di Cambalù prese allora la parola e disse: « Io rispetto molto gli Egiziani, i Caldei, i Greci, i Celti, Brahama, il bue Api, il bel pesce Oannes; ma forse il Li o il Tien, come lo si voglia chiamare, vale più dei buoi e dei pesci. Non dirò niente del mio paese; è grande quanto l'Egitto, la Caldea e le Indie messi insieme. Non discuto sull'antichità, perché basta essere felici, ed essere antichi è poca cosa; ma, se bisogna parlare di almanacchi, vi dirò che tutta l'Asia usa i nostri e che ne avevamo di ottimi ancor prima che in Caldea si conoscesse l'aritmetica. »

« Siete dei grandi ignoranti, tutti quanti siete, » sbottò il Greco. « Ma non sapete che il caos è padre di tutto e che la forma e la materia hanno posto il mondo nello stato in cui si trova? » Questo Greco parlò a lungo; ma alla fine fu interrotto dal Celta che, avendo bevuto molto mentre gli altri discutevano, cominciò a credersi più sapiente di tutti gli altri e disse bestemmiando che c'erano soltanto Teutath e il vischio di quercia che valessero la pena di essere presi in considerazione; che, quanto a lui, aveva sempre un po' di vischio in tasca; che gli Sciti, suoi antenati, erano la sola gente per bene che fosse mai stata al mondo; che avevano, è vero, mangiato carne umana qualche volta, ma questo non impediva che si dovesse avere molto rispetto per la sua nazione; e che, insomma, se qualcuno parlava male di Teutath gli avrebbe insegnato lui a vivere. La polemica allora si scaldò, e Setoc si avvide che di questo passo sarebbe corso del sangue. Zadig, che era rimasto silenzioso durante tutta la disputa, alla fine si alzò: si rivolse dapprima al Celta, come al più furioso; gli disse che aveva ragione e gli domandò un po' di vischio; lodò il Greco per la sua eloquenza e placò gli spiriti che si erano troppo infiammati. Disse poche cose all'uomo del Catai perché era stato il più ragionevole di tutti. Poi disse loro: « Amici miei, vi litigavate per nulla, giacché siete tutti dello stesso parere. » A queste parole tutti protestarono a gran voce. « Non è forse vero, » disse egli al Celta, « che voi non adorate questo vischio, ma colui che ha creato il vischio e la quercia? » « Certamente, » rispose il Celta. « E voi, signor Egiziano, a quanto pare adorando un bue adorate colui che ha fatto i buoi. » « Sì, » disse l'Egiziano. « Il pesce Oannes, » continuò, « viene secondo a colui che ha fatto il mare e i pesci. » « D'accordo, » disse il Caldeo. « L'indiano, » aggiunse, « e l'uomo del Catai riconoscono come voi un principio primo; non ho capito molto bene le cose mirabili che ha detto il Greco, ma sono sicuro che anche lui ammette un essere superiore dal quale dipendono la materia e la forma. » Il Greco, che era oggetto di ammirazione, disse che Zadig aveva colto molto bene il suo pensiero. « Dunque siete tutti del medesimo parere, » replicò Zadig, « e non c'è motivo di litigare. » Tutti lo abbracciarono. Setoc, dopo aver venduto a buon prezzo le sue merci, ricondusse l'amico Zadig nella sua tribù. Al suo arrivo Zadig apprese che gli era stato fatto un processo durante la sua assenza e che doveva essere bruciato a fuoco lento.

GLI APPUNTAMENTI

Durante il suo viaggio a Balzora, i sacerdoti delle stelle avevano deciso di punirlo. I gioielli e gli ornamenti delle giovani vedove che mandavano al rogo, gli appartenevano di diritto; bruciare Zadig era il meno che potessero fare, dopo il cattivo servizio che gli aveva reso. Lo accusarono perciò di avere opinioni errate sulle schiere celesti; deposero contro di lui e giurarono di avergli sentito dire che le stelle non tramontavano nel mare. Questa bestemmia incredibile fece fremere i giudici; all'udire tali empie parole erano sul punto di stracciarsi le vesti, e l'avrebbero fatto senza dubbio, se Zadig avesse avuto di che ripagarle. Ma, al colmo del dolore, si accontentarono di condannarlo ad essere bruciato a fuoco lento. Setoc, disperato, usò invano la sua influenza per salvare l'amico; fu subito obbligato a tacere. La giovane vedova Almona, che cominciava ad apprezzare assai la vita e lo doveva a Zadig, decise di salvarlo dal rogo, del quale egli le aveva fatto conoscere l'abuso. Rimuginò dentro di sé il suo progetto senza farne parola ad alcuno. Zadig doveva essere giustiziato l'indomani; non c'era a disposizione che una notte per salvarlo: ecco come ella agì, da donna caritatevole e prudente.

Si profumò, valorizzò la sua bellezza mediante l'acconciatura più ricca ed elegante che avesse e andò a domandare udienza al capo dei sacerdoti delle stelle. Quando fu al cospetto di quel venerabile vegliardo gli parlò in questi termini: « Figlio maggiore della grande Orsa, fratello del Toro, cugino del Gran Cane (erano questi i titoli del pontefice), vengo per confidarvi i miei scrupoli. Ho tanta paura di aver commesso un peccato enorme nell'essermi sottratta al rogo del mio caro marito. In effetti, che avevo mai da conservare? Questa carne destinata a morire e che è già tutta avvizzita. » Nel dire queste parole, trasse fuori dalle lunghe maniche di seta le braccia nude, di ammirevole forma e di una bianchezza abbagliante. « Vedete voi stesso, » disse, « quanto poco valga tutto ciò. » Il pontefice pensò dentro di sé che valeva parecchio. I suoi occhi lo dissero e la sua bocca lo confermò: giurò che in tutta la sua vita non aveva mai visto delle braccia così belle. « Ohimè! » disse la vedova, « forse le braccia sono un po' meno sciupate del resto; ma confesserete che il petto non era certo degno delle mie attenzioni. » E così dicendo scoprì il seno più affascinante che la natura avesse mai formato. Un boccio di rosa su di un pomo d'avorio non sarebbe sembrato in confronto che garanza su un bosso, e gli agnelli appena usciti dal lavatoio sarebbero sembrati di un giallo brunastro. Quel seno, i grandi occhi che languivano brillando dolcemente come un fuoco sommesso, le gote animate dalla più bella porpora mescolata al più puro biancore del latte, il naso che non era certo la torre del monte Libano,[1] le labbra che erano come due bordi di corallo racchiudenti le più belle perle del mar d'Arabia, tutte queste cose insieme fecero credere al vegliardo di avere vent'anni. Balbettando le fece una tenera dichiarazione. Almona, vedendolo infiammato, gli chiese grazia per Zadig. « Ahimè! » disse quello. « Mia bella signora, anche se vi accordassi la grazia, la mia indulgenza non servirebbe a nulla; bisogna che la grazia sia firmata dagli altri tre miei confratelli. » « Firmate lo stesso, » disse Almona. « Volentieri, » disse il sacerdote, « a condizione che mi accordiate i vostri favori come prezzo della mia accondiscendenza. » « Mi fate troppo onore! » disse Almona. « Abbiate la compiacenza di venire nella mia camera dopo il tramonto del sole e non appena

1 Cfr. *Cantico dei cantici*, cap. VII, versetto 4: « Il vostro naso è come la torre del Libano che guarda verso Damasco. »

la brillante Sheat sarà all'orizzonte. Mi troverete su di un divano color di rosa e là userete a vostro piacimento della vostra umile servitrice. » Detto ciò uscì portando con sé la firma e lasciò il vegliardo pieno di ardore e di incertezza sulle proprie forze. Egli impiegò il resto della giornata a farsi il bagno; bevve un liquore fatto di cannella di Ceylon e di preziose spezie di Tidor e di Ternate, e attese con impazienza che la stella Sheat comparisse all'orizzonte.

Intanto la bella Almona andò a trovare il secondo pontefice. Questi le assicurò che il sole, la luna e tutti gli astri del firmamento erano solo fuochi fatui al cospetto delle sue grazie. Ella gli domandò il medesimo favore e le fu proposto di pagarne il prezzo. La donna si lasciò convincere e dette appuntamento al secondo pontefice per l'ora in cui compare all'orizzonte la stella Algenib. Quindi passò al terzo e poi al quarto sacerdote, prendendo ogni volta una firma e dando appuntamenti da stella a stella. Poi fece avvertire i giudici di venire a casa sua per un affare importante. Vi andarono: ella mostrò loro i quattro nomi e disse a quale prezzo i sacerdoti avevano venduto la grazia per Zadig. Ciascuno di loro arrivò all'ora prescritta; ciascuno fu stupefatto di trovarvi i suoi confratelli, e ancor più di trovarvi i giudici, davanti ai quali la loro vergogna fu manifesta. Zadig fu salvato. Setoc rimase così affascinato dall'abilità di Almona che ne fece la sua sposa. Zadig partì, dopo essersi gettato ai piedi della sua bella liberatrice. Setoc e lui si salutarono ambedue in lacrime, si giurarono un'amicizia eterna e si promisero che il primo dei due che avesse fatto fortuna l'avrebbe divisa coll'altro.

Zadig si incamminò verso la Siria, sempre pensando alla sfortunata Astarte, e riflettendo sempre alla sorte che si ostinava a prendersi gioco di lui e a perseguitarlo. « Ma come! » diceva, « quattrocento once d'oro per aver visto passare una cagna! condannato a essere decapitato per quattro cattivi versi in lode del re! sul punto di essere strangolato perché la regina aveva le pantofole dello stesso colore del mio berretto! ridotto in schiavitù per aver soccorso una donna che veniva maltrattata! e infine sul punto di essere bruciato per avere salvato la vita a tutte le giovani vedove arabe! »

Setoc doveva andare, per ragioni di commercio, nell'isola di Serendib; ma siccome era nel primo mese di matrimonio che, come tutti sanno, è la luna di miele, non si sentiva di lasciare sua moglie, né pensava di poterla mai lasciare; perciò pregò il suo amico Zadig di compiere questa missione al posto suo. « Ahimè! » diceva Zadig, « dovrò dunque aumentare la distanza che mi separa dalla bella Astarte? Ma non posso sottrarmi al dovere di servire chi mi ha fatto del bene. » Così disse, pianse e partì.

Non era da molto tempo nell'isola di Serendib che già era guardato come un uomo straordinario. Divenne arbitro di tutte le controversie tra negozianti, amico dei sapienti, consigliere di quel piccolo gruppo di gente che accetta consigli. Il re volle vederlo e ascoltarlo. Comprese subito quanto valesse Zadig, ebbe fiducia nella sua saggezza e ne fece il suo amico. La familiarità e la stima del re fecero paura a Zadig. Giorno e notte pensava alle disgrazie che gli aveva attirato la bontà di Moabdar. « Il re mi vuol bene, » diceva a se stesso. « Sarà questo l'inizio della mia rovina? » Tuttavia non poteva sottrarsi alle gentilezze di Sua Maestà: bisogna infatti riconoscere che Nabussan, re di Serendib, figlio

1 *I due capitoli seguenti non si trovano nelle edizioni a stampa* (nota del testo). Questi due capitoli, postumi, compaiono per la prima volta nell'edizione di Kehl, dove sono collocati come nel presente testo, non senza alcune incongruenze narrative, come si sarà notato. Per questa ragione, e per correttezza filologica, l'edizione della Pléiade preferisce collocarli fuori del testo, in appendice. Alla fine dei due capitoli si legge: *Qui finisce il manoscritto che è stato ritrovato sulla storia di Zadig. Questi due capitoli devono essere certamente collocati dopo il dodicesimo, e prima dell'arrivo di Zadig in Siria. Sappiamo che egli ha avuto molte altre avventure che sono state scritte fedelmente. Si pregano i signori interpreti di lingue orientali di comunicarle, se mai le trovassero.*

Questa nota, complicata anche dalla necessità della finzione del manoscritto ritrovato, rende le cose ancora più difficili: per gli editori della Pléiade è un'ulteriore prova che i due capitoli sono fuori testo, e che questa nota dell'autore deve comparire alla fine. Per gli editori di Kehl è invece l'indicazione dell'autore per la collocazione dei capitoli nel testo. Si noti che il cap. XII diventa, nell'edizione definitiva, cap. XIII, ossia quello intitolato « Gli appuntamenti ».

di Nussanab, figlio di Nabassun, figlio di Sambusna, era uno dei migliori principi dell'Asia e che, quando gli si parlava, era difficile non provare una grande simpatia per lui.

Questo buon principe era sempre lodato, ingannato e derubato: tutti si davano da fare a saccheggiare i suoi tesori. L'esattore generale dell'isola di Serendib dava sempre l'esempio, fedelmente seguito dagli altri. Il re lo sapeva: aveva cambiato tesoriere molte volte: ma non era riuscito a cambiare il costume stabilitosi di dividere il reddito del re in due parti disuguali, la più piccola delle quali toccava sempre a Sua Maestà, e la più grossa agli amministratori.

Il re Nabussan confidò la sua pena al saggio Zadig. « Voi che sapete tante belle cose, » gli disse, « non sapete per caso il mezzo di farmi trovare un tesoriere che non mi derubi? » « Certo, » rispose Zadig, « conosco un modo infallibile di darvi un uomo che mantenga le mani pulite. » Il re, felicissimo, lo abbracciò e gli domandò come dovesse fare. « L'unico modo, » disse Zadig, « è di far danzare tutti quelli che si presenteranno per aspirare alla carica di tesoriere, e quello che danzerà con più leggerezza sarà senza fallo l'uomo più onesto. » « Vi prendete gioco di me; » disse il re, « è veramente un modo assai buffo per scegliere l'esattore delle mie finanze. Ma come! Pensate davvero che quello che farà meglio una piroetta sarà il finanziere più integro e più abile? » « Non ho detto che sarà il più abile, » replicò Zadig, « ma vi assicuro che sarà senza dubbio il più onesto. » Zadig parlava con tanta sicurezza che il re credette che avesse qualche segreto soprannaturale per conoscere i finanzieri. « Non ho confidenza col soprannaturale, » disse Zadig, « la gente e i libri sui prodigi non mi sono mai piaciuti: se Vostra Maestà mi lascia fare la prova che ho proposto, si convincerà che il mio segreto è la cosa più semplice e più ovvia. » Nabussan, re di Serendib, fu molto più meravigliato di sentir dire che questo segreto era così semplice che se glielo avessero fatto passare per un miracolo. « Va bene, » disse, « fate come volete. » « Lasciate fare a me, » disse Zadig, « con questa prova ci guadagnerete più di quanto non pensiate. » Il giorno stesso fece rendere pubblico, in nome del re, che tutti i pretendenti all'impiego di grande esattore del denaro della Sua Graziosa

Maestà Nabussan, figlio di Nussanab, si dovevano trovare, vestiti di seta leggera, il primo giorno della luna del coccodrillo, nell'anticamera del re. Ne arrivarono sessantaquattro. Nella sala accanto erano stati fatti venire dei violini; tutto era pronto per il ballo; ma la porta di questa sala era chiusa e, per entrare, bisognava passare per un cunicolo piuttosto buio. Un usciere andò a cercare e introdurre ogni candidato, uno dopo l'altro, attraverso quel passaggio nel quale ognuno rimaneva solo, per qualche minuto. Il re, che era stato messo a parte del segreto, aveva disposto tutti i suoi tesori lungo la galleria. Allorché tutti i pretendenti furono giunti nella sala, Sua Maestà ordinò che cominciassero a danzare. Non si era mai visto nessuno danzare così goffamente e pesantemente; i pretendenti stavano tutti a testa bassa, colle reni curve, e le mani incollate ai fianchi. « Che furfanti! » diceva a bassa voce Zadig. Uno solo di loro muoveva i passi con agilità, mantenendo la testa alta, lo sguardo tranquillo, le braccia distese, il corpo eretto, la caviglia ferma. « Che onest'uomo! che brav'uomo! » diceva Zadig. Il re abbracciò il buon danzatore, lo dichiarò tesoriere, mentre tutti gli altri furono puniti e tassati con la maggior giustizia del mondo: infatti ciascuno, durante il tempo in cui era rimasto nel cunicolo, aveva a tal punto riempito le tasche che a malapena camminava. Il re s'indignò contro la natura umana, perché di quei sessantaquattro ballerini sessantatré erano ladri. Il cunicolo buio fu chiamato il *corridoio della tentazione*. In Persia quei sessantatré signori sarebbero stati impalati; in altri paesi si sarebbe istituita una commissione di giustizia che sarebbe costata di spese il triplo del danaro rubato, e che non avrebbe riportato niente nel forziere del sovrano; in un altro paese ancora essi avrebbero trovato il modo di giustificarsi e di far cadere in disgrazia il danzatore agile: a Serendib furono condannati soltanto ad aumentare il tesoro pubblico, poiché Nabussan era indulgente.

Era anche molto riconoscente; dette a Zadig una somma di denaro più ingente di quanto mai ne avesse rubato alcun tesoriere al re suo padrone. Zadig se ne servì per inviare corrieri a Babilonia perché gli riportassero notizie sulla sorte di Astarte. La sua voce tremò nel dare quest'ordine, il sangue rifluì verso il cuore, gli occhi gli si annebbiarono e fu sul punto di esalare l'anima. Il corriere partì, Zadig era presente al suo imbarco; ritornò alla reggia e, non vedendo nessuno, credendo di essere nella sua camera, pronunciava parole d'amore. « Ah, l'amore! » disse il re, « è proprio di questo che si tratta; avete proprio indovinato che cosa è che mi addolora. Che grand'uomo siete! spero che mi insegnerete a trovare una donna a tutta prova così come mi avete fatto trovare un tesoriere disinteressato. » Zadig, rientrato in sé, gli promise di servirlo in amore come in finanza sebbene la cosa sembrasse più difficile.

GLI OCCHI BLU

Il corpo e il cuore, disse il re a Zadig... A queste parole il babilonese non poté fare a meno di interrompere Sua Maestà. « Quanto vi sono grato di non aver detto *lo spirito e il cuore*! » disse, « giacché si sentono solo queste parole nelle conversazioni di Babilonia; non si vedono che libri in cui si parla di cuore e di spirito, composti da gente che non ha né l'uno né l'altro; ma, di grazia, Sire, continuate. » Nabussan continuò così: « Il corpo e il cuore sono in me destinati ad amare; la prima di queste due potenze ha tutto l'agio di essere soddisfatta. Ho cento donne al mio servizio, tutte belle, compiacenti, premurose, anche voluttuose, o fanno finta di esserlo. Ma il mio cuore è lontano dall'essere felice. So troppo bene che sono gentili con il re di Serendib, ma che si curano assai poco di Nabussan. Non che io creda che le mie mogli mi siano infedeli; ma vorrei trovare un'anima che fosse mia; per un tesoro simile darei in cambio le cento bellezze di cui possiedo i favori; guardate se, su cento sultane, ne potete trovare una dalla quale io sia sicuro di essere amato. »

Zadig gli rispose come aveva fatto per la questione del tesoriere: « Sire, lasciate fare a me; ma permettetemi per prima cosa di disporre di ciò che avevate esposto nella galleria della tentazione; ve ne renderò conto fino all'ultimo centesimo e non ci perderete nulla. » Il re lo lasciò padrone di disporre dei tesori come meglio gli sembrasse. Zadig scelse a Serendib trentatré gobbi dei più brutti che gli riuscì di trovare, trentatré paggi dei più belli, e trentatré bonzi tra i più eloquenti e robusti. Lasciò a tutti la libertà di entrare nelle stanze delle sultane; ogni gobbo era provvisto di quattromila pezzi d'oro da regalare, e fin dal primo giorno tutti i gobbi furono accontentati. I paggi, che non avevano da offrire altro che se stessi, ottennero la vittoria solo dopo due giorni. I bonzi ebbero un po' più di difficoltà; ma alla fine trovarono trentatré pie donne che si concedettero a loro. Il re, attraverso gelosie che gli permettevano di vedere in ogni stanza, seguì tutte queste prove e ne fu stupito. Delle sue cento donne novantanove cedettero sotto i suoi occhi.

Ne restava una, giovanissima e arrivata da poco, che il re non aveva avuto ancora il tempo di avvicinare. Le furono inviati uno, due, tre gobbi che le offrirono fino a ventimila pezzi d'oro; ella fu incorruttibile e non poté trattenersi dal ridere della pretesta di questi gobbi di credere che il denaro li avrebbe resi meno malfatti. Le furono poi presentati i due paggi più belli; ella disse che per lei il re era ancora più bello. Le fu inviato il bonzo più eloquente, e poi il più intrepido; ella trovò il primo un chiacchierone, e del secondo non vide neppure quali fossero i meriti. « Il cuore decide tutto, » diceva lei, « non cederò mai né all'oro di un gobbo, né alle grazie di un bel giovane, né alle seduzioni di un bonzo; amerò soltanto Nabussan, figlio di Nussanab, e aspetterò che egli si degni di amarmi. » Il re fu colmo di gioia, di stupore e di tenerezza. Si riprese tutto il denaro che era servito al successo dei gobbi e ne fece dono alla bella Falida, come si chiamava la giovane. Le dette il suo cuore; ella lo meritava. Mai il fiore della giovinezza fu così splendente; mai il fascino della bellezza fu così ricco d'incanto. Per la verità della storia dobbiamo dire che non sapeva fare bene la riverenza; ma in compenso danzava come una fata, cantava come una sirena e parlava come le Grazie: era piena di talenti e di virtù.

Nabussan, amato da lei, l'adorava a sua volta; ma ella aveva gli occhi blu e questa fu la fonte delle più grandi disgrazie. C'era un'antica legge che proibiva ai re di amare una di quelle donne che i Greci chiamarono poi *boopies*.

Il capo dei bonzi aveva istituito questa legge più di cinquemila anni prima; fu per appropriarsi dell'amante del primo re dell'isola di Serendib che questo primo bonzo aveva imposto l'anatema degli occhi blu nella costituzione fondamentale dello stato. Tutti i notabili dell'impero vennero a fare le loro rimostranze a Nabussan. Dicevano pubblicamente che erano giunti gli ultimi giorni del regno, che l'abominazione era giunta al colmo, che tutta la natura era minacciata da un evento sinistro; in poche parole, che Nabussan figlio di Nussanab amava due grandi occhi blu. I gobbi, i tesorieri, i bonzi e le brune riempirono il regno delle loro deprecazioni.

I popoli selvaggi che abitavano a nord di Serendib approfittarono di questo malcontento generale. Fecero irruzione negli stati del buon Nabussan. Il re chiese ai sudditi dei sussidi; i bonzi, che possedevano la metà dei redditi dello stato, si contentarono di alzare le mani al cielo e si rifiutarono di metterle nei loro forzieri per aiutare il re. Fecero delle belle preghiere in musica, e lasciarono lo Stato in preda ai barbari.

« O mio caro Zadig! Riuscirai ancora una volta a trarmi fuori da questa terribile situazione? » esclamò dolorosamente Nabussan. « Molto volentieri, » rispose Zadig. « Avrete dai bonzi tutto il denaro che vorrete. Lasciate indifese le terre in cui sono situati i loro castelli, e difendete soltanto le vostre. » Nabussan fece come gli era stato detto: i bonzi andarono a gettarsi ai piedi del re e a implorare la sua assistenza. Il re rispose con una bella musica le cui parole erano preghiere al cielo per la conservazione delle loro terre. I bonzi si decisero allora a dare il denaro, e il re portò felicemente a termine la guerra. Così Zadig, coi suoi consigli saggi ed efficaci, coi suoi grandi servigi, si era attirato l'inimicizia eterna degli uomini più potenti dello stato: i bonzi e le brune giurarono di rovinarlo; i tesorieri e i gobbi non furono da meno; fecero in modo di renderlo sospetto al buon Nabussan. I servigi resi restano spesso nell'anticamera, mentre i sospetti entrano nello studio privato, come dice la sentenza di Zoroastro. Ogni giorno venivano mosse nuove accuse; la prima è respinta, la seconda sfiora, la terza ferisce, la quarta uccide.

Zadig, impaurito, visto che aveva ben portato a termine gli affari dell'amico Setoc e che gli aveva fatto risparmiare denaro, non pensò più che a partire dall'isola, e decise di andare di persona a cercare notizie di Astarte. « Perché, » diceva, « se resto a Serendib, i bonzi mi faranno impalare; ma dove andare? In Egitto sarei schiavo, in Arabia quasi certamente sarei bruciato, a Babilonia strangolato. Tuttavia devo sapere quale è stata la sorte di Astarte: partiamo e vediamo che cosa mi riserba il mio triste destino. »

IL BRIGANTE

Arrivò così alla frontiera tra l'Arabia Petrea e la Siria. Mentre passava davanti a un castello, ne uscirono degli Arabi armati, che immediatamente lo circondarono gridandogli: « Tutto ciò che possedete ci appartiene, e la vostra persona appartiene al nostro padrone. » Per tutta risposta Zadig trasse fuori la spada; il suo valletto, che era uomo di coraggio, fece altrettanto. Riuscirono ad uccidere i primi Arabi che misero le mani su di loro; ma il numero raddoppiò; essi non ne furono affatto sgomenti, ma decisero di vender cara la pelle. Erano due soli a combattere contro una moltitudine: un simile combattimento non poteva durare a lungo. Il signore del castello, chiamato Arbogad, avendo ammirato dalla finestra i prodigi di valore che faceva Zadig, concepì per lui della stima. Discese in fretta e venne di persona ad allontanare i suoi uomini e liberare i due viandanti. « Tutto quello che passa sulla mia terra mi appartiene, » disse, « come quello che trovo sulla terra degli altri; ma voi mi sembrate un uomo così valente che vi esento dalla legge comune. » Lo fece entrare nel suo castello, ordinando alla sua gente di trattarlo bene, e la sera Arbogad volle cenare con Zadig.

Il signore del castello era uno di quegli Arabi che vengono chiamati *ladroni*; ma talvolta, tra le tante azioni malvage, ne faceva qualcuna buona; rubava con rapacità furiosa, e regalava con prodigalità; intrepido nell'azione, duttile nel commercio, dissoluto a tavola, allegro nella dissipazione, e soprattutto pieno di franchezza. Zadig gli piacque molto; la sua conversazione, che si andava animando, prolungò il pasto; alla fine Arbogad gli disse: « Vi dò un consiglio, arruolatevi sotto di me; non potreste fare niente di meglio; il mestiere non è cattivo e un giorno potreste diventare quello che sono io oggi. » « Posso domandarvi, » chiese Zadig, « da quanto tempo esercitate questa nobile professione? » « Fin dalla più tenera giovinezza, » rispose il signore. « Ero servitore di un Arabo piuttosto abile; ma la mia situazione mi era insopportabile. Ero disperato nel vedere che di tutta la terra, che appartiene in egual misura a tutti gli uomini, il destino non mi avesse riservato la mia parte. Confidai le mie pene a un vecchio Arabo che mi disse: ‹ Figlio mio, non disperate: c'era una volta un granello di sabbia che si lamentava di essere un atomo ignorato nel deserto; in capo a qualche anno divenne diamante, e oggi è il più bell'ornamento della corona del re delle Indie. › Questo discorso mi fece impressione; io ero quel granello di sabbia; decisi di diventare diamante. Cominciai col rubare due cavalli; presi con me due compagni come soci e fui presto in grado di depredare piccole carovane; così cancellai poco a poco la sproporzione che c'era all'inizio tra me e gli altri uomini. Ebbi anch'io la mia parte dei beni del mondo, e fui anche risarcito ad usura: godetti di molta reputazione; divenni signore brigante, mi procurai questo castello colla forza. Il satrapo di Siria pensò di togliermi questo possesso; ma ormai ero troppo ricco per avere qualcosa da temere: detti del denaro al satrapo e in cambio conservai il castello, e accrebbi il mio dominio; egli giunse persino a nominarmi esattore dei tributi che l'Arabia Petrea pagava al re dei re. Compii con scrupolo il mio dovere di riscuotere, ma non feci mai quello di pagare.

« Il gran desterham di Babilonia inviò qui, in nome del re Moabdar, un piccolo satrapo per farmi strangolare. Quest'uomo arrivò colla sua consegna; io ero al corrente di tutto; feci strangolare in sua presenza le quattro persone che aveva portato con sé per stringere il laccio, dopo di che gli chiesi quanto valeva la commissione di strangolarmi. Mi rispose che il suo onorario ammontava a trecento pezzi di oro. Gli feci vedere chiaramente che avrebbe avuto più da guadagnare a mettersi con me. Lo nominai sottobrigante;

oggi è uno dei miei migliori ufficiali, e dei più ricchi. Se date retta a me riuscirete a diventare altrettanto. Non c'è mai stato per rubare un momento buono come questo, da quando Moabdar è stato ucciso a Babilonia è tutta una gran confusione. »

« Moabdar ucciso! » esclamò Zadig. « E che ne è stato della regina Astarte? » « Non ne so nulla, » rispose Arbogad. « Tutto quello che so è che Moabdar è diventato matto, che è stato ucciso, che a Babilonia è tutto uno scannarsi a vicenda, che l'impero è in rovina, che ci sono ancora molti buoni colpi da fare, e che quanto a me ne ho fatti alcuni davvero ammirevoli. » « Ma la regina? » disse Zadig, « di grazia, non sapete nulla della sorte della regina? » « Ho sentito dire di un principe di Ircania, » rispose quello, « probabilmente è finita tra le sue concubine, a meno che non sia stata uccisa nel tumulto; ma io sono più curioso di bottino che di notizie. Ho preso molte donne nelle mie scorribande; non ne ho tenuta nessuna presso di me; le vendo a caro prezzo quando sono belle, senza informarmi di chi sono. Il rango non si compra; una regina brutta non troverebbe un acquirente: forse ho venduto la regina Astarte; forse ella è già morta; ma insomma, mi importa poco, e penso che anche voi dovreste preoccuparvene quanto me. » Mentre così parlava con tanta foga, confondeva talmente le idee che Zadig non ne poté trarre alcun chiarimento.

Era interdetto, affranto, immobile. Arbogad beveva sempre, faceva racconti, ripeteva senza posa che era il più felice degli uomini, esortando Zadig ad esserlo altrettanto. Infine, poco a poco assopito dai fumi del vino, andò a dormire di un sonno tranquillo. Zadig invece passò la notte nella più violenta agitazione. « Oh dio! » diceva, « il re è impazzito! È stato ucciso! non posso fare a meno di compiangerlo. L'impero è rovinato, e questo brigante è felice. O fortuna! o destino! un ladrone è felice e ciò che la natura ha creato di più amabile è perito nel modo più orribile o vive in uno stato che è peggiore della morte. O Astarte! che ne è di voi? »

Al primo chiarore dell'alba cominciò a interrogare tutti quelli che incontrava nel castello; ma tutti erano occupati, nessuno gli rispose: durante la notte erano state fatte nuove conquiste e si stavano dividendo le spoglie. Tuttto quello che poté ottenere in quella confusione tumultuosa, fu il permesso di partire. Ne approfittò senza indugio, più sprofondato che mai nelle sue dolorose riflessioni.

Zadig camminava inquieto, agitato, la mente presa dalla sventurata Astarte, dal re di Babilonia, dal suo fedele Cador, dal felice brigante Arbogad, da quella donna così capricciosa che i Babilonesi avevano rapito ai confini d'Egitto; insomma, da tutti i contrattempi e gli infortuni che gli erano capitati.

IL PESCATORE

A qualche lega dal castello di Arbogad si trovò sulla riva di un torrente, sempre occupato a lamentarsi del suo destino e a considerarsi un modello di sventura. Vide un pescatore sdraiato sulla riva che teneva la rete con mano stanca, come se l'abbandonasse, e intanto levava gli occhi al cielo.

« Sono certamente il più disgraziato di tutti gli uomini, » diceva il pescatore. « Sono stato, tutti lo possono dire, il più celebre mercante di formaggi alla panna di tutta Babilonia, e ora sono rovinato. Avevo la moglie più graziosa che un uomo del mio stato potesse avere, e mi ha tradito. Mi restava una casetta modesta, me l'hanno saccheggiata e distrutta. Mi sono rifugiato in una capanna, senza più alcuna risorsa se non la pesca, e non prendo neanche un pesce. Rete mia, non ti getterò più nell'acqua, ci getterò me stesso! » E così dicendo si alzò e si avvicinò al fiume nell'attitudine di chi si vuole gettare dentro e porre fine ai suoi giorni.

« Ma come! » disse fra sé Zadig, « c'è dunque qualcuno più disgraziato di me! » Lo slancio di salvare la vita al pescatore fu così immediato come questa riflessione. Corse verso di lui, lo fermò, lo interrogò con aria intenerita e consolatoria. Si dice che si è meno infelici quando si trova qualcuno che lo è altrettanto. Ma, secondo Zoroastro, non è per malignità, bensì per bisogno. Ci si sente spinti verso uno sfortunato come verso il proprio simile. La gioia di un uomo felice sarebbe un insulto; ma due infelici sono come due fragili arbusti che, appoggiandosi l'uno all'altro, si fanno forza contro la tempesta.

« Perché vi lasciate sopraffare dalle vostre disgrazie? » disse Zadig al pescatore. « Perché non ne vedo via d'uscita. Sono stato il più considerato nel villaggio di Derlback, vicino a Babilonia, e facevo, coll'aiuto di mia moglie, i migliori formaggi alla panna dell'impero. La regina Astarte e il famoso ministro Zadig ne andavano pazzi. Avevo fornito alla loro casa seicento formaggi. Un giorno andai in città per farmi pagare; entrando in Babilonia appresi che la regina e Zadig erano scomparsi. Corsi a casa del signor Zadig, che non avevo mai visto: trovai gli arcieri del gran desterham che, muniti di un documento reale, saccheggiavano la sua casa scrupolosamente e meticolosamente. Corsi alle cucine della regina: qualcuno dei vivandieri mi disse che era morta; qualche altro mi disse che era in prigione; altri dissero che si era data alla fuga; ma tutti mi assicurarono che i miei formaggi non sarebbero stati pagati. Andai con mia moglie dal signor Orcan, che era uno dei miei clienti: gli domandammo la sua protezione nella nostra disgrazia; egli l'accordò a mia moglie e la rifiutò a me. Mia moglie era più bianca dei suoi formaggi alla panna dai quali erano nate le mie disgrazie; e lo splendore della porpora di Tiro non era più brillante dell'incarnato che animava quel biancore. Perciò Orcan la tenne con sé e mi cacciò dalla sua casa. Scrissi alla mia cara moglie una lettera disperata; ma ella disse al portatore: ‹ Ah sì, conosco l'uomo che mi scrive, ne ho sentito parlare: dicono che fa dei formaggi alla panna eccellenti; fatemene avere qualcuno e pagatelo. ›

« Nella mia disperazione pensai di rivolgermi alla giustizia. Mi restavano sei once d'oro: dovetti darne due all'uomo di legge che consultai, due al procuratore che curò la causa, due al segretario del primo giudice. Quando tutto ciò fu fatto il mio processo non era ancora cominciato, e avevo già speso più denaro di quanto non valessero i miei formaggi e mia moglie messi insieme. Tornai al villaggio coll'intenzione di vendere la casa pur di riavere mia moglie.

« La mia casa valeva ben sessanta once d'oro; ma la gente sapeva che ero povero e costretto a vendere. Il primo al quale mi rivolsi mi offrì trenta once, il secondo venti, il terzo dieci. Alla fine ero deciso a concludere, tanto ero accecato, quando un principe d'Ircania venne a Babilonia e devastò tutto sul suo passaggio. La mia casa fu prima saccheggiata e poi bruciata.

« Avendo così perduto il mio denaro, mia moglie e la mia casa, mi sono ritirato in questo paese dove mi avete trovato. Ho tentato di sopravvivere col mestiere di pescatore, ma i pesci come gli uomini si prendono gioco di me. Non pesco nulla e muoio di fame; senza di voi, augusto consolatore, sarei morto nel fiume. »

Il pescatore non fece questo racconto tutto di seguito, giacché a ogni momento Zadig, commosso e turbato, gli diceva: « Ma insomma, non sapete nulla sulla sorte della regina? » « No signore; » rispondeva il pescatore, « ma so che la regina e Zadig non mi hanno pagato i miei formaggi alla panna, che mi è stata presa la moglie e che sono ridotto alla disperazione. » « Credo proprio che non perderete tutto il vostro denaro. Ho sentito parlare di questo Zadig; è un uomo onesto; se fa ritorno a Babilonia, come spera, vi darà più di quanto vi doveva; ma quanto a vostra moglie, che non è altrettanto onesta, vi consiglio di non cercare di riprenderla. Date retta a me; andate a Babilonia. Io sarò là prima di voi perché sono a cavallo, e voi a piedi. Rivolgetevi all'illustre Cador; ditegli che avete incontrato il suo amico; aspettatemi a casa sua. Andate; forse le vostre sventure stanno per terminare. »

« O potente Orosmad! » continuò, « vi servite di me per consolare quest'uomo, di chi vi servirete mai per consolare me? » Mentre così parlava dette al pescatore la metà di tutto il denaro che aveva portato dall'Arabia, e il pescatore, confuso e pieno di gioia, baciava i piedi dell'amico di Cador e diceva: « Siete un angelo salvatore. »

Ma intanto Zadig domandava sempre notizie e piangeva. « Ma come! signore, » esclamò il pescatore, « sareste dunque anche voi così infelice, voi che fate tanto del bene? » « Cento volte più infelice di te, » rispose Zadig. « Ma come può essere, » diceva il brav'uomo, « che colui che dà sia più da compatire di colui che riceve? » « Il fatto è che il tuo più grande motivo di infelicità era il bisogno, » rispose Zadig, « e che il mio invece è un dispiacere di cuore. » « Forse Orcan ha preso anche a voi la moglie? »[1] chiese il pescatore. Queste parole riportarono alla mente di Zadig tutte le sue disavventure: ripeteva la lista delle sue disgrazie, a cominciare dalla cagna della regina fino al suo arrivo dal brigante Arbogad. « Oh! » disse al pescatore, « Orcan merita di essere punito. Ma di solito sono le persone come lui a essere favorite dalla sorte. Comunque sia, va' dal signor Cador e aspettami lì. » Si separarono; il pescatore camminò ringraziando la sorte, e Zadig corse maledicendo sempre la sua.

IL BASILISCO

Giunto in un bel prato, vide molte donne che cercavano qualcosa con molta applicazione. Si prese la libertà di avvicinarsi a una di esse e di domandarle se poteva avere l'onore di aiutarle nelle loro ricerche. « Neanche per sogno! » rispose la Siriana, « ciò che cerchiamo può essere toccato soltanto da donne. » « È una cosa molto strana! » disse Zadig, « e, se è lecito, posso chiedervi di spiegarmi che cosa è mai quella cosa che è permesso solo alle donne di toccare? » « Un basilisco, » disse quella. « Un basilisco, signora? E per qual motivo, se non vi dispiace, cercate un basilisco? » « Per il nostro signore e padrone Ogul, di cui potete vedere il castello sulla riva di questo fiume, in cima al prato. Noi siamo le sue umilissime schiave; il signor Ogul è malato; il suo medico gli ha ordinato di mangiare un basilisco cotto nell'acqua di rose e poiché è un animale rarissimo che si lascia prendere soltanto da donne, il signor Ogul ha promesso di scegliere per sua amata sposa colei che gli porterà un basilisco: lasciatemi cercare, per favore, giacché vedete bene che cosa mi costerebbe l'essere preceduta dalle mie compagne. »

Zadig lasciò questa Siriana e le altre a cercare il loro basilisco e continuò a camminare attraverso il prato. Quan-

1 Si ricordi che Orcan è colui che ha rapito e sposato la bella Semira, fidanzata di Zadig (cfr. « L'orbo »).

do fu sulla riva di un ruscelletto, vi trovò un'altra signora sdraiata sull'erba che non cercava niente. La sua figura appariva maestosa, ma il suo viso era coperto da un velo. Era china sul ruscello; dalla sua bocca uscivano profondi sospiri. Aveva in mano un bastoncino con il quale tracciava dei caratteri sulla sabbia fine che si trovava tra l'erba e il ruscello. Zadig fu curioso di vedere che cosa scrivesse quella donna; si avvicinò, vide la lettera Z, poi una A; fu stupito; poi apparve una D; trasalì. Mai sorpresa fu uguale alla sua allorché vide le ultime due lettere del suo nome. Restò per qualche minuto incapace di muoversi; infine, rompendo il silenzio con voce rotta: « Oh generosa signora! Perdonate a uno straniero, a uno sventurato, di osare domandarvi per quale straordinaria combinazione vedo il nome di ZADIG tracciato dalla vostra mano divina. » A questo suono, a queste parole, la signora sollevò il velo con mano tremante, guardò Zadig, gettò un grido commosso, di sorpresa e di gioia e, soccombendo alle diverse passioni che assalivano contemporaneamente il suo animo, cadde svenuta tra le sue braccia. Era proprio Astarte, era la regina di Babilonia, colei che Zadig adorava e che si rimproverava di adorare; era colei per la cui sorte aveva tanto pianto e temuto. Per un momento rimase privo dell'uso dei sensi; e quando fissò lo sguardo negli occhi di Astarte che si riaprivano con un languore misto di confusione e dolcezza, esclamò: « O potenze immortali, che presiedete ai destini dei fragili esseri umani, mi rendete dunque Astarte? In che momento, in che luogo, in che stato la ritrovo! » Si gettò in ginocchio davanti ad Astarte e posò la fronte sulla polvere dei suoi piedi. La regina di Babilonia lo sollevò e lo fece sedere presso di sé sulla riva del ruscello; a più riprese ella si asciugava gli occhi dai quali le lacrime incessantemente ricominciavano a scendere. Riprendeva venti volte un discorso che interrompeva per piangere; lo interrogava sul caso che li aveva fatti ritrovare, e preveniva subito la risposta con nuove domande. Interrompeva il racconto delle sue disavventure per conoscere quelle di Zadig. Alla fine, avendo ambedue un po' calmato il tumulto dei loro animi, Zadig le raccontò in poche parole per quale avventura si trovasse in quel prato. « Ma, o sfortunata e rispettabile regina! Come mai vi trovo in questo luogo lontano, vestita da schiava e accompagnata da altre schiave occupate a cercare un basilisco da far cuocere in acqua di rose per ordine del medico? » « Mentre esse cercano il basilisco, » rispose la bella Astarte, « vi racconterò tutto quello che ho sofferto, e tutto quello che perdono al cielo dal momento che vi ho ritrovato. Sapete come il re, mio marito, trovasse sconveniente che voi foste il più amabile degli uomini; è per questa ragione che una notte prese la decisione di farvi strangolare e di avvelenarmi. Sapete anche che gli dei permisero che io fossi avvertita, dal mio piccolo muto, dell'ordine della Sua Sublime Maestà. Il fedele Cador vi aveva appena convintó a obbedirmi e partire, quando riuscì ad entrare in camera mia, nel bel mezzo della notte, per un passaggio segreto. Mi fece fuggire e mi condusse nel tempio di Orosmad dove il mago, suo fratello, mi rinchiuse in una statua colossale la cui base affonda nelle fondamenta del tempio e la testa tocca la volta. Restai là come sepolta, ma servita dal mago che non mi faceva mancare niente del necessario. Frattanto, sul fare del giorno, lo speziale di Sua Maestà entrò nella mia camera con una pozione che era un miscuglio di giuisquiamo, oppio, cicuta, elleboro nero e aconito; un altro ufficiale andò a casa vostra con un laccio di seta azzurra. Non trovarono nessuno. Cador, per meglio ingannare il re, finse di andare a denunciarci tutti e due. Disse che voi avevate preso la via delle Indie e io quella di Menfi: furono inviati dei messi sulle vostre e sulle mie tracce.

« I corrieri che mi cercavano non mi conoscevano. Non avevo quasi mai mostrato il mio volto se non a voi solo, in presenza e per ordine del mio sposo. Si precipitarono dunque al mio inseguimento, in base al ritratto che gli era stato fatto della mia persona: una donna della mia stessa statura, e che forse era dotata di maggior fascino, apparve al loro sguardo, al confine coll'Egitto. Era in lacrime, errabonda. Non ebbero alcun dubbio che questa donna fosse la regina di Babilonia; la portarono a Moabdar. Il loro sbaglio fece dapprima montare il re su tutte le furie; ma ben presto, avendo guardato questa donna più da vicino, la trovò molto bella e si consolò. Si chiamava Missuf; mi hanno detto poi che quel nome significa in egiziano: *bella capricciosa.*

Infatti era così; ma aveva tante arti quanti capricci e piacque a Moabdar. Lo soggiogò al punto di farsi dichiarare sua moglie. Allora il suo carattere si sviluppò appieno; si abbandonò senza alcun timore a tutte le follie della sua immaginazione. Volle obbligare il capo dei maghi, che era vecchio e gottoso, a danzare davanti a lei; e, poiché il mago si rifiutò, lo perseguitò violentemente. Ordinò al suo grande scudiero di farle una torta di marmellata. Il grande scudiero ebbe un bel ripeterle che non era pasticciere, fu costretto a fare la torta; e fu anche scacciato perché la torta era un po' bruciata. Dette la carica di grande scudiero al suo nano, e il posto di cancelliere a un paggio. Così governò Babilonia. Tutti mi rimpiangevano. Il re, che era stato un uomo abbastanza onesto fino al giorno in cui decise di avvelenarmi e di farvi strangolare, sembrava aver annegato tutte le sue virtù nell'amore sconfinato che aveva per la bella capricciosa. Venne al tempio il gran giorno del fuoco sacro. Lo vidi implorare gli dei per Missuf ai piedi della statua nella quale ero rinchiusa. Io alzai la voce e gridai: *Gli dei rifiutano i voti di un re divenuto tiranno, che ha voluto far morire una donna ragionevole per sposare una stravagante.* Moabdar restò confuso a queste parole, al punto che la sua testa ne fu sconvolta. L'oracolo che io avevo espresso e la tirannia di Missuf erano sufficienti a farlo uscire di senno. Divenne pazzo in pochi giorni.

« La sua follia, che sembrò un castigo del cielo, fu il segnale della rivolta. La popolazione si sollevò, corse alle armi. Babilonia, immersa così a lungo in una mollezza oziosa, divenne teatro di una spaventosa guerra civile. Mi trassero fuori dall'interno della statua, mi misero alla testa di un partito. Cador corse a Menfi per ricondurvi a Babilonia. Il principe di Ircania, nell'apprendere queste funeste notizie, venne col suo esercito a fondare un terzo partito in Caldea. Attaccò il re, che gli corse incontro colla sua stravagante egiziana. Moabdar morì trapassato dai colpi. Missuf cadde in mano ai vincitori. La sventura volle che anch'io fossi presa da una fazione di Ircani e portata davanti al principe proprio nel momento in cui era condotta anche Missuf. Sarete lusingato, senza dubbio, nell'apprendere che il re mi trovò più bella dell'egiziana; ma sarete addolorato di sapere che mi destinò al suo serraglio. Mi disse con molta fermezza che, non appena avesse portato a termine una spedizione militare che si apprestava a compiere, sarebbe venuto da me. Giudicate voi il mio dolore. I miei legami con Moabdar erano rotti, potevo essere di Zadig e invece cadevo in schiavitù presso un tale barbaro. Gli risposi con tutta la fierezza del mio rango e dei miei sentimenti. Avevo sempre sentito dire che il cielo attribuiva alle persone della mia condizione un temperamento altero che, con una sola parola o con uno sguardo, faceva ricadere nell'umiltà del più profondo rispetto i temerari che osavano allontanarsene. Parlai da regina; ma fui trattata da dama di compagnia. L'Ircaniano, senza neppure degnarsi di rivolgermi la parola, disse al suo eunuco negro che ero un'impertinente, ma che mi trovava graziosa. Gli ordinò di aver cura di me e di mettermi al regime delle favorite per rinfrescarmi la carnagione e rendermi più degna dei suoi favori quando a lui fosse venuta voglia di onorarmene. Gli dissi che mi sarei uccisa; replicò ridendo che non ci si uccide per queste cose, che non era nuovo a situazioni del genere e mi lasciò come un uomo che abbia appena messo un pappagallo nel suo serraglio. In che stato si trovava la prima regina dell'universo, e dirò di più, colei che aveva consacrato il suo cuore a Zadig! »

A queste parole egli si gettò ai suoi ginocchi e li bagnò di lacrime. Astarte lo sollevò dolcemente e continuò così: « Mi vedevo in potere di quel barbaro e rivale di una pazza, insieme alla quale ero prigioniera. Ella mi raccontò la sua avventura in Egitto. Compresi, dall'aspetto dell'uomo che mi descriveva, dall'epoca dell'evento, dal dromedario sul quale eravate salito, da tutte le circostanze, che era proprio Zadig quello che si era battuto per lei. Non ebbi alcun dubbio che vi trovaste a Menfi; presi dunque la decisione di andarci. ‹ Bella Missuf, › le dissi, ‹ siete molto più attraente di me e divertirete molto più di me il principe di Ircania. Aiutatemi a scappare; così regnerete da sola; mi renderete felice e allo stesso tempo vi sbarazzerete di una rivale. › Missuf concertò con me il modo della mia fuga. Partii dunque segretamente con una schiava egiziana.

« Ero già vicino all'Arabia, quando un famoso ladrone,

chiamato Arbogad, mi rapì e mi vendette a dei mercanti che mi hanno portato in questo castello, dove abita il signor Ogul. Egli mi ha comprato senza sapere chi fossi. È un uomo voluttuoso, che non si preoccupa che dei piaceri del palato e crede che dio l'abbia messo al mondo per stare a tavola. È di una pinguedine eccessiva, che sembra soffocarlo ad ogni momento. Il suo medico, che ha poco credito presso di lui quando digerisce bene, lo governa dispoticamente quando ha mangiato troppo. Lo ha convinto che sarebbe guarito con un basilisco cotto nell'acqua di rose. Il signor Ogul ha promesso la sua mano a quella delle sue schiave che sarà capace di portargli un basilisco. Vedete bene che le lascio di che darsi da fare per meritare questo onore, e mai in vita mia ho avuto meno voglia di trovare un basilisco come da quando il cielo ha voluto che vi ritrovassi. »

Allora Astarte e Zadig si dissero tutto ciò che i sentimenti troppo a lungo soffocati, le disgrazie e l'amore potevano ispirare ai cuori più nobili e più appassionati; e i geni che presiedono all'amore portarono le loro parole fino alla sfera di Venere.

Le donne ritornarono da Ogul senza aver trovato niente. Zadig si fece allora presentare a lui e gli parlò in questi termini: « Che la salute immortale discenda dal cielo per aver cura di tutti i vostri giorni! Sono un medico; sono accorso a voi avendo sentito parlare della vostra infermità, e vi ho portato un basilisco cotto nell'acqua di rose. Non è che io pretenda di sposarvi. Vi domando soltanto la libertà per una giovane schiava di Babilonia che avete da qualche giorno; consento a rimanere schiavo al suo posto se non ho la fortuna di guarire il magnifico signore Ogul. »

La proposta fu accettata. Astarte partì per Babilonia, con il domestico di Zadig, promettendogli di inviargli incessantemente un corriere per istruirlo su tutto quello che accadeva. Il loro addio fu così tenero, come lo era stato il loro ritrovamento. Il momento in cui ci si ritrova e quello in cui ci si separa sono le due epoche più importanti della vita, come dice il grande libro dello *Zend*. Zadig amava la regina tanto quanto giurava, la regina amava Zadig più di quanto non osasse dire.

Intanto Zadig parlava così a Ogul: « Signore, il mio basilisco non va mangiato, tutto il suo potere va assorbito attraverso i pori. L'ho messo in un piccolo otre gonfiato e coperto di una pelle sottile: bisogna che voi spingiate questo otre con tutta la forza, e che io ve lo rimandi a più riprese; e, dopo qualche giorno di regime, vedrete la potenza della mia arte. » Ogul il primo giorno aveva il fiato grosso e credeva di morire di fatica. Il secondo si affaticò un po' meno, e dormì meglio. In otto giorni ritrovò tutta la forza, la salute, la leggerezza e l'allegria dei suoi anni migliori. « Avete giocato al pallone e siete stato sobrio, » disse Zadig. « Sappiate che non esiste in natura nessun basilisco, ma che si sta in buona salute con la sobrietà e l'esercizio, e che l'arte di far coesistere l'intemperanza e la salute è un'arte chimerica quanto la pietra filosofale, l'astrologia giudiziaria e la teologia dei maghi. »

Il primo medico di Ogul, intuendo quanto quest'uomo fosse pericoloso per la medicina, si mise d'accordo con lo speziale di palazzo per mandare Zadig a cercare basilischi all'altro mondo. Così, dopo essere sempre stato punito per aver fatto del bene, Zadig fu sul punto di morire per aver guarito un signore goloso. Lo invitarono a un'eccellente cena. Doveva essere avvelenato alla seconda portata; ma alla prima lo raggiunse un messaggio da parte della bella Astarte. Abbandonò subito la tavola e partì. « Quando si è amati da una bella donna, » dice il grande Zoroastro, « si trova sempre il modo di trarsi d'impaccio a questo mondo. »

LE COMPETIZIONI

La regina era stata ricevuta a Babilonia con l'entusiasmo che si ha sempre per una bella principessa che ha subito molte sventure. Babilonia appariva allora più tranquilla. Il principe d'Ircania era stato ucciso in combattimento. I Babilonesi, vincitori, dichiararono che Astarte avrebbe dovuto sposare colui che avrebbero scelto come sovrano. Non vollero affatto che il primo posto del mondo, di marito di Astarte e re di Babilonia, dipendesse da cabale e intrighi. Giurarono quindi di riconoscere per sovrano il più coraggioso e il più saggio. Fu formato un grande circo, attorno al quale erano anfiteatri magnificamente ornati, a qualche lega dalla città. I combattenti dovevano trovarsi là, armati di tutto punto. Ciascuno di loro aveva dietro gli anfiteatri un appartamento separato dove non doveva essere visto né conosciuto da nessuno. Ognuno doveva sostenere quattro duelli. Quelli che avessero avuto tanta fortuna da vincere quattro cavalieri avrebbero dovuto poi combattere tra di loro; in tal modo, colui che fosse restato per ultimo padrone del campo sarebbe stato proclamato vincitore dei giochi. Doveva tornare quattro giorni dopo, colle medesime armi, e risolvere gli enigmi proposti dai maghi. Se non risolveva gli enigmi non era dichiarato re, e bisognava ricominciare i tornei finché non si trovasse un uomo che risultasse vincitore in ambedue le competizioni; poiché i Babilonesi volevano assolutamente per re il più forte e il più saggio. La regina per tutto questo temmpo doveva essere sorvegliata strettamente: le era permesso soltanto di assistere ai giochi, coperta da un velo; ma non le era permesso parlare ad alcuno dei pretendenti, perché non ci fossero né favoritismi né ingiustizie.

Questo era il contenuto del messaggio che Astarte inviava al suo amato, sperando che per lei avrebbe dimostrato più valore e saggezza di tutti. Egli partì e pregò Venere di fortificare il suo coraggio e di illuminare il suo spirito. Giunse sulle rive dell'Eufrate alla vigilia del gran giorno. Fece iscrivere la sua insegna tra quelle dei combattenti, nascondendo il suo viso e il suo nome, come ordinava la legge, e andò a riposare nell'appartamento che gli era toccato in sorte. Il suo amico Cador, che era tornato a Babilonia dopo averlo inutilmente cercato in Egitto, fece portare nel suo alloggio un'armatura completa che la regina gli inviava. Gli fece portare anche, da parte sua, il più bel cavallo di Persia. Zadig riconobbe in quei doni la mano di Astarte: il suo coraggio e il suo amore ne trassero nuova forza e nuove speranze.

L'indomani, al cospetto alla regina, che stava seduta sotto un baldacchino di pietre preziose, e degli anfiteatri pieni di tutte le dame e di tutti i notabili di Babilonia, apparvero i combattenti nel circo. Ciascuno di loro pose la sua insegna ai piedi del gran mago. Furono tirate a sorte le insegne; quella di Zadig fu l'ultima. Il primo che si fece avanti era un signore molto ricco, di nome Itobad, vanesio, poco coraggioso, molto maldestro, e senza spirito. I suoi domestici gli avevano messo in testa che un uomo come lui meritava di essere re; egli aveva risposto: « Un uomo come me deve regnare. » Così l'avevano armato da capo a piedi. Portava un'armatura d'oro smaltata di verde, un pennacchio verde, una lancia ornata di nastri verdi. Si vide subito, dal modo come Itobad conduceva il cavallo, che non era a un uomo come lui che il cielo riserbava lo scettro di Babilonia. Il primo cavaliere che combatté contro di lui lo disarcionò; il secondo lo rovesciò sulla groppa del suo cavallo, a gambe all'aria e braccia tese. Itobad si rimise a posto, ma in modo così goffo che tutto l'anfiteatro si mise a ridere. Un terzo non si degnò neppure di servirsi della lancia; ma, facendogli una passata, lo prese per la gamba destra, lo rigirò e lo fece cadere sulla sabbia; gli scudieri dei giochi accorsero ridendo e lo rimisero in sella. Il quarto combattente lo prende per la gamba sinistra e lo fa cadere dall'altra parte. Tra i lazzi di tutti fu ricondotto al suo alloggio, dove secondo la legge doveva passare la notte; camminando a malapena diceva: « Oh, che disavventura per un uomo come me! »

Gli altri cavalieri compirono meglio il loro dovere. Ce ne furono alcuni che vinsero due combattimenti di seguito; pochi arrivarono fino a tre. Solo il principe Otame ne vinse quattro. Finalmente venne la volta di Zadig: egli disarcionò quattro cavalieri di seguito, con tutta l'agilità che era possibile. Si doveva dunque decidere chi fosse il vincitore tra Otame e Zadig. Il primo portava armi azzurre e oro, con un pennacchio dello stesso colore; quelle di Zadig erano bianche. Tutti i voti erano divisi tra il cavaliere azzurro e il cavaliere bianco. La regina, col cuore in tumulto, pregava il cielo perché vincesse l'armatura bianca.

I due campioni fecero delle passate e dei volteggi con tanta agilità, si scambiarono colpi di lancia con tanta eleganza, erano così saldi sugli arcioni, che tutti gli astanti, tranne la regina, avrebbero desiderato tutti e due come re per Babilonia. Alla fine, essendo stanchi i cavalli e le lance rotte, Zadig mise in atto questa astuzia: passa dietro al principe azzurro, si lancia sulla groppa del suo cavallo, prende il principe per la vita, lo getta a terra, si mette in sella al suo posto e caracolla intorno a Otame steso sulla piazza. Tutto l'anfiteatro grida: « Vittoria per il cavaliere bianco! » Otame, indignato, si rialza, tira fuori la spada; Zadig salta giù dal cavallo, la sciabola alla mano. Eccoli tutti e due sull'arena, che cominciano un nuovo combattimento, in cui la forza e l'agilità volta a volta hanno il sopravvento. Le piume degli elmi, i chiodi dei bracciali, le maglie delle armature saltano via sotto mille colpi impetuosi. Colpiscono di punta e di taglio, a destra e a manca, sulla testa, sul petto; indietreggiano, avanzano, si misurano, si raggiungono, si afferrano, si piegano come serpenti, si attaccano come leoni; ad ogni colpo inferto si sprigionano scintille. Infine Zadig, dopo aver un momento ripreso forza, si ferma, fa una finta, passa sopra a Otame, lo fa cadere, lo disarma; allora Otame grida: « Cavaliere bianco! siete voi quello che deve regnare su Babilonia. » La regina era al colmo della gioia. Il cavaliere azzurro e il cavaliere bianco furono ricondotti ai loro alloggi, come tutti gli altri, secondo quanto era stabilito dalla legge. Alcuni muti vennero a servirli e a portar loro da mangiare. Potete giurare che a servire Zadig fu il piccolo muto della regina. Poi i combattenti furono lasciati dormire soli fino all'indomani mattina, quando il vincitore doveva portare le sue insegne al grande mago per confrontarle e farsi riconoscere.

Zadig, per quanto innamorato, per la stanchezza dormì profondamente. Itobad, che era coricato presso di lui, invece non dormì affatto. Si alzò nottetempo, penetrò nell'alloggio di Zadig, prese l'armatura bianca e la sua insegna e mise al loro posto la sua armatura verde. Al sorgere del giorno successivo andò con fierezza dal gran mago a dichiarare che il vincitore non poteva essere che un uomo come lui. Nessuno se l'aspettava; ma tuttavia fu proclamato tale, mentre Zadig ignaro dormiva ancora. Astarte, sbigottita e colla disperazione nel cuore, ritornò a Babilonia. L'anfiteatro era già quasi tutto vuoto allorché Zadig si svegliò; cercò la sua armatura e trovò invece l'armatura verde. Fu costretto a mettersi quella, non avendo nient'altro con sé. Stupito e indignato la indossa con furore e in questo assetto si avanza.

Tutti quelli che erano ancora nell'anfiteatro e nel circo lo ricevettero tra i lazzi. Gli si fecero intorno, lo insultavano apertamente. Mai un uomo sopportò mortificazioni così umilianti. Alla fine perse la pazienza; allontanò da sé a colpi di sciabola la canaglia che osava oltraggiarlo; ma non sapeva che partito prendere. Non poteva vedere la regina; non poteva reclamare l'armatura bianca che lei gli aveva mandato perché in questo modo l'avrebbe compromessa; così, mentre ella era immersa nel dolore, egli era pieno di rabbia e di inquietudine. Passeggiava sulle rive dell'Eufrate, persuaso che la sua cattiva stella lo destinava all'infelicità senza via di scampo, ripercorrendo dentro di sé tutte le sue disgrazie, a cominciare dall'avventura della donna che detestava gli orbi fino a quella dell'armatura. « Ecco che cosa mi è costato svegliarmi troppo tardi; » diceva tra sé, « se avessi dormito di meno sarei il re di Babilonia e possiederei la bella Astarte. La scienza, la costumatezza, il coraggio non mi son dunque mai serviti ad altro che a fare la mia sventura. » Gli venne fatto alla fine di mormorare contro la Provvidenza, e fu tentato di credere che tutto era governato da un destino crudele che opprimeva i buoni e faceva prosperare i cavalieri verdi. Tra i suoi motivi di dispiacere c'era anche quello di portare quell'armatura verde che gli aveva attirato tanto disprezzo. Passava di lì un mercante ed egli gliela vendette per poco e prese in cambio un abito e un berretto lungo. Così vestito costeggiava l'Eufrate, in preda alla disperazione, maledicendo dentro di sé la Provvidenza che lo perseguitava senza posa.

L'EREMITA

Mentre così camminava incontrò un eremita che aveva una barba bianca e venerabile che gli scendeva fino alla cintura. Costui aveva in mano un libro che leggeva con molta attenzione. Zadig si fermò e gli fece un profondo inchino. L'eremita lo salutò con un'aria così nobile e così affabile al tempo stesso che Zadig fu tentato di intrattenersi con lui. Gli domandò che libro leggesse. « È il libro del destino, » disse l'eremita, « volete leggerne qualche passo? »

Mise il libro in mano a Zadig che, sebbene istruito in molte lingue, non riuscì a decifrare una sola parola. Ciò raddoppiò la sua curiosità. « Mi sembrate molto triste, » gli disse quel buon padre. « Ohimè, ne ho ben motivo! » disse Zadig. « Se permettete che vi accompagni, » riprese il vecchio, « forse potrò esservi utile: mi è accaduto talvolta di infondere sentimenti di consolazione nell'animo degli sventurati. » Zadig si sentì pieno di rispetto per l'attitudine, la barba e il libro dell'eremita. Trovò che la sua conversazione aveva una saggezza profonda. L'eremita parlava del destino, della giustizia, della morale, del sommo bene, della debolezza umana, delle virtù e dei vizi, con un'eloquenza così viva e toccante che Zadig si sentì trascinato verso di lui da un fascino irresistibile. Lo pregò con insistenza di non abbandonarlo fino a che non fossero ritornati a Babilonia. « Ma sono io stesso che vi domando questo favore, » gli disse il vecchio, « giuratemi per Orosmad che non vi separerete da me per qualche giorno, qualunque cosa io faccia. » Zadig giurò e partirono insieme.

I due viaggiatori arrivarono la sera a un superbo maniero. L'eremita domandò ospitalità per sé e per il giovane che l'accompagnava. Il portiere, che aveva l'aria di un gran signore, li introdusse con una sorta di cortesia un po' sdegnosa. Furono presentati a un maggiordomo che mostrò loro i magnifici appartamenti del padrone. Furono ammessi alla mensa di questi, ma in fondo alla tavola, senza che il signore del castello li onorasse mai di uno sguardo; però, furono serviti come gli altri, con delicatezza e profusione. Fu loro offerto, per lavarsi, un bacino d'oro ornato di smeraldi e rubini. Poi furono condotti a dormire in un bell'appartamento e l'indomani mattina un domestico portò a ciascuno di loro un pezzo d'oro, dopodiché furono congedati.

« Il padrone di casa, » disse Zadig lungo il cammino, « mi sembra un uomo generoso, ma un po' troppo superbo; esercita nobilmente l'ospitalità. » Dicendo queste parole si accorse di una specie di sacca che portava l'eremita e che era gonfia e tesa: guardò dentro e vide il bacino d'oro ornato di gemme che costui aveva rubato. Era molto stupito, ma non osò farsene accorgere.

Verso mezzogiorno l'eremita si presentò alla porta di una casa molto piccola dove abitava un ricco avaro; domandò ospitalità per qualche ora. Un vecchio servitore malvestito lo ricevette con un tono rude e fece entrare l'eremita e Zadig nella stalla, dove fu dato loro da mangiare qualche oliva ammuffita, pan secco e birra guasta. L'eremita mangiò e bevve con un'aria contenta come quella del giorno prima; poi, rivolgendosi al vecchio servitore che li sorvegliava tutti e due per vedere che non rubassero niente e li sollecitava perché partissero in fretta, gli dette i due pezzi d'oro che aveva ricevuto al mattino e lo ringraziò di tutte le sue attenzioni. « Vi prego, » aggiunse « fatemi parlare col vostro padrone. » Il servitore, stupito, introdusse i due viaggiatori. « Magnifico signore, » disse l'eremita, « non posso fare a meno di rendervi molto umilmente grazie della nobile maniera con cui ci avete ricevuto: degnatevi di accettare questo bacino d'oro, come piccolo pegno della mia riconoscenza. » L'avaro fu lì lì per venir meno dallo stupore. Ma l'eremita non gli dette il tempo di riprendersi dal suo sbigottimento; partì al più presto col suo giovane compagno di viaggio. « Padre mio, » gli disse questi, « che significa quello che vedo? Mi sembra che non somigliate in nulla agli altri uomini: rubate un bacino d'oro ornato di gemme a un signore che vi riceve con magnificenza e lo regalate a un avaro che vi tratta indegnamente. » « Figlio mio, » rispose il vecchio, « quell'uomo munifico che riceve gli stranieri solo per vanità e per fare ammirare le sue ricchezze, diverrà ora più saggio; l'avaro imparerà a esercitare l'ospitalità: non stupitevi di niente e seguitemi. » Zadig non sapeva ancora se aveva a che fare col più pazzo o col più saggio di tutti gli uomini; ma l'eremita parlava con tanto ascendente che Zadig, legato d'altra parte dal suo giuramento, non poté fare a meno di seguirlo.

Arrivarono la sera a una casa ben costruita, ma semplice, in cui nulla parlava di prodigalità, ma neppure di avarizia. Il padrone era un filosofo che si era ritirato dal mondo, e coltivava in pace la saggezza e la virtù, e tuttavia non si annoiava. Si era divertito a costruirsi quel ritiro, ove riceveva gli stranieri con una nobiltà che non aveva niente dell'ostentazione. Andò lui stesso incontro ai viaggiatori che prima di tutto fece riposare in un appartamento comodo. Più tardi venne di persona a chiamarli per invitarli a un pasto dignitoso e ben composto, durante il quale parlò con discrezione delle recenti rivoluzioni di Babilonia. Sembrava sinceramente affezionato alla regina e si augurava che Zadig si fosse presentato alla contesa per disputare la corona. « Ma gli uomini, » aggiunse, « non si meritano di avere un re come Zadig. » Questi arrossiva e sentiva raddoppiare il suo dolore. Si convenne nella conversazione che le cose del mondo non andavano sempre secondo i voti dei più virtuosi. L'eremita sostenne sempre che non si conoscono le vie della Provvidenza, e che gli uomini hanno torto di giudicare la totalità in base alla piccola parte di essa che conoscono.

Si parlò delle passioni. « Ah, quanto sono funeste! » diceva Zadig. « Sono i venti che gonfiano le vele del vascello; » ribatté l'eremita, « qualche volta lo fanno affondare; ma senza di loro non potrebbe navigare. La bile rende collerici e malati; ma senza la bile l'uomo non potrebbe vivere. Tutto è pericoloso in questo mondo, e tutto è altrettanto necessario. »

Si parlò del piacere, e l'eremita provò che esso è un dono della divinità: « Infatti, » diceva, « l'uomo non può darsi né sensazioni né idee, ma riceve tutto dall'esterno; la sofferenza e il piacere gli vengono da fuori, come il suo essere. »

Zadig era stupito che un uomo che aveva compiuto azioni così stravaganti parlasse poi così assennatamente. Infine, dopo una conversazione tanto istruttiva quanto piacevole, l'ospite ricondusse i due viaggiatori al loro appartamento, benedicendo il cielo per avergli mandato due uomini così saggi e virtuosi. Offrì loro del denaro in modo dignitoso e nobile, tale che non poteva offendere. L'eremita lo rifiutò, e gli disse che prendeva congedo da lui e che contava di essere a Babilonia prima di giorno. Il saluto fu affettuoso; Zadig in particolare si sentiva pieno di stima e di simpatia per un uomo così amabile.

Quando l'eremita e lui furono nel loro appartamento fecero a lungo l'elogio del loro ospite. L'indomani il vecchio svegliò il suo compagno sul far del giorno. « Bisogna partire, » gli disse, « ma mentre tutti dormono ancora voglio lasciare a quest'uomo una testimonianza della mia stima e del mio affetto. » E così dicendo, prese una torcia e dette fuoco alla casa. Zadig, spaventato, cominciò a gridare e cercò di impedire al vecchio di commettere un'azione così orribile. Ma l'eremita lo trascinava con una forza superiore; la casa era ormai in preda alle fiamme. L'eremita, che era già abbastanza lontano col suo compagno, la guardava bruciare tranquillamente. « Grazie a Dio, » diceva, « ecco la casa del mio caro ospite distrutta da capo a piedi! Fortunato lui! » A queste parole Zadig ebbe la tentazione di scoppiare a ridere e insieme di ingiuriare il reverendo padre, di picchiarlo, di scappare; ma non fece niente di tutto questo e, sempre soggiogato dall'ascendente dell'eremita, lo seguì suo malgrado all'ultima tappa. Si fermarono presso una vedova virtuosa e caritatevole, che aveva un nipote di quattordici anni, gentile e buono, e sua unica speranza. Ella fece gli onori di casa meglio che poté. L'indomani ordinò al suo nipote di accompagnare i viaggiatori fino a un ponte che, essendosi rotto poco tempo prima, costituiva un passaggio pericoloso. Il ragazzo, premuroso, camminava davanti a loro. Quando furono sul ponte l'eremita disse al ragazzo: Venite qui, voglio darvi un segno della mia riconoscenza verso vostra zia. » Lo prese per i capelli e lo gettò nel fiume. Il ragazzo cadde, riemerse un momento dall'acqua, poi fu inghiottito dal torrente. « Mostro! Siete il più scellerato di tutti gli uomini! » gridò Zadig. « Mi avevate promesso di essere più paziente, » disse l'eremita interrompendolo. « Sappiate che sotto le rovine di quella casa alla quale la Provvidenza ha appiccato il fuoco, il padrone ha trovato un tesoro immenso; sappiate inoltre che il ragazzo cui la Provvidenza ha torto il collo avrebbe assassinato sua zia entro un anno e voi entro due. » « Chi te l'ha detto, barbaro? » gridò Zadig. « E quand'anche tu avessi letto tali eventi in quel tuo libro del destino, chi ti dà il permesso di annegare un ragazzo che non t'ha fatto niente di male? » Mentre il babilonese parlava si accorse che il vegliardo non aveva più la barba, che il suo viso si trasformava poco a poco in quello di un giovane. L'abito da eremita scomparve; quattro splendide ali coprivano ora un corpo maestoso e risplendente di luce. « O inviato dal cielo! O angelo divino! » esclamò Zadig prostrandosi ai suoi piedi, « sei dunque disceso dall'empireo per insegnare a un debole mortale a sottomettersi agli ordini eterni? » « Gli uomini, » disse l'angelo Jesrad, « giudicano tutto senza conoscere nulla: tra tutti gli uomini eri quello che più meritava di essere illuminato. » Zadig gli domandò il permesso di parlare. « Diffido di me stesso, » disse, « ma se posso osare, vorrei che mi fosse chiarito un dubbio: non sarebbe stato meglio correggere quel ragazzo, rendendolo virtuoso, invece di annegarlo? » Jesrad rispose: « Se fosse stato virtuoso e fosse vissuto il suo destino era quello di essere lui stesso assassinato insieme alla donna che avrebbe sposato e al figlio che ne sarebbe nato. » « Ma come! » disse Zadig, « è dunque necessario che ci siano delitti e disgrazie, e che le disgrazie colpiscano la gente dabbene? » « I malvagi, » rispose Jesrad, « sono sempre disgraziati: servono a mettere alla prova un piccolo numero di giusti che sono sparsi sulla terra, e non c'è mai un male dal quale non nasca un bene. » « Ma se ci fosse soltanto il bene e non ci fosse affatto il male? » chiese Zadig. « In questo caso la terra sarebbe un'altra terra; il condizionarsi degli eventi sarebbe un altro ordine di saggezza; e quest'altro ordine, che sarebbe perfetto, non può esistere che nella eterna dimora dell'Essere supremo, che non può essere avvicinato dal male. Egli ha creato milioni di mondi, nessuno dei quali somiglia a un altro. Questa immensa varietà è un attributo della sua infinita potenza. Non ci sono due foglie d'albero sulla terra, né due globi nella distesa infinita del cielo, che siano simili; e tutto quello che vedi sul piccolo atomo in cui sei nato doveva essere al suo posto in un momento preciso secondo le leggi immutabili di colui che tutto abbraccia. Gli uomini pensano che questo ragazzo or ora morto sia caduto nell'acqua per caso, che sempre per caso quella casa sia bruciata; ma il caso non esiste: tutto è prova, o punizione, o ricompensa, o previdenza. Ricordati di quel pescatore che si credeva il più infelice degli uomini. Orosmad ti ha mandato da lui perché tu cambiassi il suo destino. Debole mortale, cessa di disputare contro ciò che si deve adorare. » « Ma... » disse Zadig. Mentre diceva *Ma* l'angelo era già volato verso la seconda sfera. Zadig, in ginocchio, adorò la Provvidenza e vi si sottomise. L'angelo gli gridò dall'alto: « Prendi la strada di Babilonia. »

GLI ENIGMI

Zadig era fuori di sé e camminava a caso come un uomo cui è caduto un lampo vicino. Entrò in Babilonia proprio il giorno in cui quelli che avevano combattuto nella lizza erano già riuniti nel grande vestibolo del palazzo per spiegare gli enigmi e per rispondere alle domande del gran mago. Tutti i cavalieri erano arrivati, eccetto quello dall'armatura verde. Appena Zadig comparve nella città, il popolo si riunì intorno a lui; gli occhi non si saziavano di guardarlo, le bocche di benedirlo, i cuori di augurargli l'impero. L'invidioso lo vide passare, fremette e cambiò strada; il popolo lo condusse fino al luogo dell'assemblea.

« Ho combattuto anch'io come gli altri, » disse egli, « ma un altro veste ora la mia armatura; e nell'attesa di avere l'onore di provarlo, domando il permesso di presentarmi per la soluzione degli enigmi. » La richiesta fu messa ai voti: la sua reputazione di uomo probo era ancora così fortemente impressa negli spiriti che non si esitò ad ammetterlo.

Il primo quesito che propose il gran mago era questo:

« Qual è di tutte le cose del mondo la più lunga e la più corta, la più veloce e la più lenta, la più divisibile e la più estesa, la più negletta e la più rimpianta, senza che ci si possa fare niente, che divora tutto ciò che è piccolo e che vivifica tutto ciò che è grande? »

Toccava a Itobad rispondere. Disse che un uomo della sua fatta non sapeva un accidente di questi enigmi, e che era sufficiente aver vinto a vigorosi colpi di lancia. Alcuni dissero che la soluzione dell'enigma era la fortuna, altri la terra, altri la luce. Zadig disse che era il tempo. « Niente è più lungo, » aggiunse, « poiché è la misura dell'eternità; niente è più corto, perché è sempre troppo poco per i nostri progetti; niente è più lento per chi aspetta; niente è più rapido per chi gioisce; si estende in grandezza all'infinito; si divide all'infinito in piccolezza; gli uomini in generale non se ne curano, ma tutti ne rimpiangono la perdita; niente si fa senza di lui; fa dimenticare tutto ciò che è indegno di passare ai posteri e rende immortali le cose grandi. » L'assemblea convenne che Zadig aveva ragione.

Il secondo enigma era questo: « Qual è la cosa che si riceve senza ringraziare, di cui si gode senza saper come, che si dà agli altri mentre siamo in uno stato di stordimento, e che si perde senza accorgersene? »

Ciascuno disse la sua. Solo Zadig indovinò che era la vita. Risolse tutti gli altri enigmi colla stessa facilità. Itobad diceva ogni volta che non c'era niente di più facile, e che ci sarebbe riuscito anche lui altrettanto facilmente se solo ci si fosse messo Furono poste alcune domande sulla giustizia, sul sommo bene, sull'arte di regnare. Le risposte di Zadig furono giudicate le più solide. « Peccato, » diceva la gente, « che uno spirito così acuto sia poi un così cattivo cavaliere. »

« Illustri signori, » disse Zadig. « Sono io che ho avuto l'onore di vincere nella competizione del circo. A me appartiene l'armatura bianca di cui s'impadronì il signor Itobad approfittando del mio sonno: evidentemente giudicò che gli conveniva più di quella verde. Sono pronto a provare davanti a voi, col mio vestito e la mia spada, contro quella bella armatura bianca che egli mi ha rubato, che sono io che ho avuto l'onore di vincere il prode Otame. »

Itobad accettò la sfida colla più grande fiducia in se stesso. Non dubitava minimamente che, essendo munito di elmo, corazza, bracciali, avrebbe facilmente avuto la meglio contro un campione in berretto da notte e veste da camera. Zadig trasse fuori la spada e con quella salutò la regina che lo guardava, piena di gioia e di timore. Itobad trasse fuori la sua senza salutare nessuno. Avanzò verso Zadig come un uomo che non ha nulla da temere. Era pronto a spaccargli la testa, ma Zadig parò il colpo apponendo quello che chiamano il forte della spada al debole del suo avversario, di modo che la spada di Itobad si ruppe. Allora Zadig, afferrato il corpo del suo nemico lo rovesciò a terra e, avvicinandogli la punta della spada alla giuntura della corazza, disse: « Lasciatevi disarmare o vi ammazzo. » Itobad, sempre sorpreso delle disavventure che accadevano a un uomo della sua sorta, lasciò fare a Zadig che gli tolse tranquillamente il magnifico elmo, la superba corazza, i bei bracciali, i brillanti cosciali, se ne rivestì e corse così equipaggiato a gettarsi alle ginocchia di Astarte. Cador non fece fatica a provare che l'armatura apparteneva a Zadig. Questi fu riconosciuto re per consenso unanime e soprattutto per quello di Astarte che assaporava, dopo tante avversità, la dolcezza di vedere il suo amante degno agli occhi dell'universo di diventare suo sposo. Itobad andò a farsi chiamare eccellenza a casa sua. Zadig fu re e fu felice. Aveva sempre in mente ciò che gli aveva detto l'angelo Jesrad. Si ricordava anche del granello di sabbia diventato diamante. La regina e lui venerarono la Provvidenza. Zadig lasciò che la bella e capricciosa Missuf se ne andasse in giro per il mondo. Mandò a chiamare il brigante Arbogad al quale dette un grado onorevole nel suo esercito, con promessa di farlo avanzare fino alle più alte dignità se si fosse comportato da vero guerriero e di farlo impiccare se avesse ripreso il suo mestiere di brigante.

Setoc fu chiamato dal cuore dell'Arabia, con la bella Almona, per essere ministro del commercio di Babilonia. Cador godé della posizione sociale e dell'affetto che aveva meritato per i suoi servigi; fu amico del re e il re fu allora l'unico monarca della terra che avesse un amico. Non fu dimenticato neanche il piccolo muto; fu regalata una bella casa al pescatore. Orcan fu condannato a pagargli una grossa somma e a rendergli la moglie; ma il pescatore, divenuto più saggio, prese soltanto i soldi.

La bella Semira invece non sapeva darsi pace per aver creduto che Zadig sarebbe rimasto orbo, e Azora non la smetteva di piangere per avergli voluto tagliare il naso. Egli temperò il loro dolore con qualche regalo. L'invidioso morì di rabbia e di vergogna. L'impero godette della pace, della gloria e dell'abbondanza; fu il più bel secolo della terra che fu governata dalla giustizia e dall'amore. Tutti benedicevano Zadig e Zadig benediceva il cielo.

MICROMEGA

I · VIAGGIO DI UN ABITANTE DEL MONDO DI SIRIO AL PIANETA SATURNO

In uno dei pianeti che girano intorno alla stella che si chiama Sirio, c'era un giovane molto intelligente, che ho avuto l'onore di conoscere durante il recente viaggio che ha fatto nel nostro piccolo formicaio. Si chiamava Micromega, nome perfettamente adatto a tutte le persone grandi.[1] Era alto otto leghe, voglio dire, ventiquattromila passi geometrici di cinque piedi ciascuno.[2]

I matematici, persone sempre utili al pubblico, afferreranno subito la penna e troveranno che poiché il signor Micromega, abitante del paese di Sirio, ha dalla testa ai piedi 24.000 passi che sono 120.000 piedi reali, mentre noi cittadini della terra non siamo che 5 piedi, e dato che il nostro globo ha 9000 leghe di circonferenza, troveranno, dico, che per forza il globo che l'ha prodotto deve avere esattamente una circonferenza 21 milioni 600.000 volte più grande della nostra piccola terra. Non v'è in natura cosa più semplice e più normale. Gli Stati di alcuni sovrani tedeschi ed italiani, che si possono girare in mezz'ora, confrontati all'impero di Turchia, di Russia o di Cina, danno una debole idea delle enormi differenze che la natura ha messo fra l'uno e l'altro essere.

Poiché Sua Eccellenza ha la statura che ho detto, tutti gli scultori e i pittori ammetteranno senza fatica che egli deve avere 50.000 piedi di giro di vita: è una bella dimensione.

Quanto alla sua mente, è una delle più dotte che si conoscano. Sa molte cose. Ne ha anche inventate alcune:

1 Micromega, come il lettore sa, vuol dire piccolo-grande.

2 Si ricordi che vi sono tre diverse leghe francesi: chilometrica, comune e marina, rispettivamente di 4 chilometri, di 4444 metri e di 5555 metri. Poiché il piede francese è di 32,5 centimetri circa, Voltaire ha usato approssimativamente la lega comune. Insomma, Micromega era alto circa 36 chilometri.

quando non aveva ancora duecentocinquant'anni e studiava, com'è l'uso, nel collegio dei Gesuiti del suo pianeta, indovinò, solo per la sua intelligenza, più di cinquanta teoremi di Euclide. Son diciotto più di quelli di Biagio Pascal, il quale, dopo averne indovinati trentadue senza fatica, a quanto dice sua sorella, divenne poi un geometra abbastanza mediocre e un pessimo filosofo.[1] Verso i quattrocentocinquant'anni, al finir dell'infanzia, studiò l'anatomia di molti di quei piccoli insetti che non hanno nemmeno cento piedi di diametro e quindi sfuggono ai microscopi ordinari: su di ciò, scrisse un libro molto interessante ma che gli recò alcune noie. Il muftì del suo paese, persona molto sofistica e molto ignorante, trovò nel suo libro affermazioni sospette, pericolose, temerarie, eretiche, infette d'eresia, e lo perseguitò accanitamente: si trattava di stabilire se la forma sostanziale delle pulci di Sirio fosse della stessa natura di quella delle lumache. Micromega si difese con abilità, riuscì ad avere l'appoggio delle signore. Il processo durò duecentovent'anni; finalmente, il muftì fece condannare il libro da giureconsulti che non l'avevano letto, e l'autore ebbe l'ordine di non farsi vedere alla Corte per ottocento anni.

Non fu molto afflitto di venir bandito da una corte che era piena soltanto di seccature e di piccinerie. Fece una canzonetta molto divertente contro il muftì, che non se ne curò affatto; e si mise a viaggiare da pianeta a pianeta, per finir di educarsi « lo spirito e il cuore », come si dice. Quelli che non viaggiano che in diligenza o in berlina si meraviglieranno dei mezzi di trasporto che usano lassù, perché noi, su questo piccolo mucchio di fango, non riusciamo a immaginare nulla che sia diverso dai nostri costumi. Ma il nostro viaggiatore conosceva a fondo le leggi della gravitazione e tutte le forze attrattive e repulsive; e se ne serviva così abilmente che ora per mezzo d'un raggio di sole, ora col mezzo comodo d'una cometa, andava da globo a globo, lui e tutto il suo seguito, come un uccello svolazza di ramo

1 Pascal avrebbe riscoperta tutta la geometria di Euclide, appena gliene vennero insegnati i primi elementi, verso i 12 anni. Qui Voltaire se la prende soprattutto con la sua famosa opera incompiuta di apologia del cristianesimo, i *Saggi*, contro la quale scrisse anche un commentario piuttosto esteso.

in ramo. Percorse in poco tempo la Via Lattea: e sono obbligato a confessare che non riuscì mai a vedere, attraverso le stelle di cui essa è disseminata, quel bel cielo empireo che l'illustre vicario Derham si vanta di aver visto col suo cannocchiale.[1] Non che io pretenda che il signor Derham abbia visto male, me ne guardo bene! Ma Micromega era sul posto, è buon osservatore; e non voglio contraddire nessuno.

Micromega, dopo aver ben girato, arrivò sul globo di Saturno. Per quanto fosse abituato a veder cose strane, alla prima non poté far a meno, vedendo la piccolezza di quel globo e dei suoi abitanti, di abbozzare quel sorriso di superiorità che sfugge talvolta anche ai più saggi. Perché in fondo Saturno è solo novecento volte più grande della Terra, e i cittadini di quel paese sono nanerottoli i quali non hanno che circa mille tese di statura.[2] Da principio, se ne burlò un poco col suo seguito, quasi come si burla della musica di Lulli un musicista italiano quando viene in Francia. Ma siccome questo Siriano aveva buon senso, capì ben presto che un essere pensante può benissimo non essere ridicolo solo per il fatto che non ha che seimila piedi d'altezza. Divenne familiare coi Saturniani, dopo averli riempiti di meraviglia. Si legò di stretta amicizia col segretario dell'Accademia di Saturno, uomo molto intelligente, che veramente non aveva inventato nulla, ma riferiva molto bene le invenzioni degli altri ed era abbastanza capace di fare piccoli versi e grandi calcoli.

Riporterò qui, per soddisfazione dei lettori, una singolare conversazione che Micromega ebbe un giorno col signor segretario.

II · CONVERSAZIONE DELL'ABITANTE DI SIRIO CON QUELLO DI SATURNO

Sua Eccellenza si coricò e il segretario gli si avvicinò al viso. « Bisogna confessare, » disse Micromega, « che la na-

1 Qui Voltaire allude a Guglielmo Derham (1657-1735), autore di opere in cui sostiene il cristianesimo con ragioni tratte dalla fisica: fra esse, l'*Astro-teologia* pubblicata nel 1714 e tradotta in francese nel 1726.

2 La tesa era circa 1 metro e 95 centimetri.

tura è molto varia. » « Sì, » disse il Saturniano, « la natura è come un giardino i cui fiori... » « Oh, » disse l'altro, « lasciate stare il giardino. » « È come una mescolanza, » riprese il segretario, « di bionde e di brune, le cui acconciature... » « Ehi, ma che sono queste storie di bionde e di brune, » disse l'altro. « È dunque come una galleria di quadri, i cui tratti... » « Ah no! » disse il viaggiatore, « una volta per tutte: la natura è come la natura. Perché cercarle dei paragoni? » « Per farvi piacere, » rispose il segretario. « Non voglio che mi si faccia piacere, » rispose il viaggiatore, « voglio essere istruito; cominciate prima di tutto col dirmi quanti sensi possiedono gli uomini del vostro globo. » « Ne abbiamo settantadue, » disse l'accademico, « e ci lamentiamo ogni giorno perché ci sembrano pochi. La nostra immaginazione va al di là dei nostri bisogni; troviamo che con i nostri settantadue sensi, il nostro anello, le nostre cinque lune, siamo troppo limitati; e nonostante tutta la nostra curiosità e il numero abbastanza grande di passioni che ci derivano dai nostri settantadue sensi, ci annoiamo di continuo. » « Lo credo bene, » disse Micromega, « perché nel nostro globo abbiamo quasi mille sensi, e tuttavia ci resta non so che vago desiderio, che inquietudine, che ci avverte senza posa che siamo cosa da poco, che ci sono esseri molto più perfetti. Ho viaggiato un poco; ho visto mortali molto inferiori a noi; ne ho visti alcuni che ci sovrastano molto; ma non ne ho visti mai che non abbiano più desideri che veri bisogni, e più bisogni che soddisfazioni. Forse un giorno arriverò nel paese dove non manca nulla; ma fino ad oggi nessuno mi ha dato notizie positive di un tal paese. » L'abitante di Saturno e quello di Sirio si sprofondarono allora in congetture; ma dopo molti ragionamenti, assai ingegnosi ma molto incerti, bisognò ritornare ai fatti. « Quanto tempo vivete? » chiese l'abitante di Sirio. « Ah! molto poco, » replicò l'omino di Saturno. « È proprio come da noi, » disse l'abitante di Sirio, « ci lamentiamo sempre che è troppo poco. Deve essere una legge universale di natura. » « Ohimè! » disse il Saturniano, « noi viviamo appena cinquecento grandi rivoluzioni del Sole (all'incirca quindicimila anni, contando alla nostra maniera). Vedete bene che è quasi come morire nel momento stesso in cui si nasce; la nostra esistenza è un punto, la nostra durata è un istante, il nostro globo un atomo. Facciamo appena in tempo ad istruirci un poco che arriva la morte prima che abbiamo avuto il tempo di farci un po' d'esperienza. Quanto a me non oso fare alcun progetto; mi sento come una goccia d'acqua in un oceano immenso. Mi vergogno, soprattutto davanti a voi, della figura ridicola che faccio in questo mondo. »

Micromega gli rispose: « Se non foste filosofo avrei paura di farvi soffrire dicendovi che la nostra vita è settecento volte più lunga della vostra; ma voi sapete bene che quando bisogna rendere il proprio corpo agli elementi, e rianimare la natura sotto altra forma, cioè morire; quando questo momento di metamorfosi è venuto, avere vissuto un'eternità o avere vissuto un giorno solo è precisamente la stessa cosa. Sono stato in certi paesi in cui si vive mille volte più a lungo che nel mio, e ho trovato che anche lì la gente si lamentava. Ma ci sono dappertutto persone di buon senso che sanno accettare la propria sorte e ringraziano l'autore della natura. Egli ha sparso su questo universo una profusione di varietà con una sorta di uniformità ammirevole. Per esempio, tutti gli esseri pensanti sono differenti, eppure tutti si somigliano in fondo per il dono del pensiero e dei desideri. La materia è dappertutto estesa; ma ha in ogni luogo proprietà diverse. Quante differenti proprietà contate voi nella vostra materia? » « Se parlate di quelle proprietà, » disse il Saturiano, « senza le quali crediamo che questo globo non potrebbe sussistere così come è, ne contiamo trecento, come l'estensione, l'impenetrabilità, la mobilità, la gravitazione, la divisibilità, e il resto. » « È evidente, » replicò il viaggiatore, « che questo piccolo numero è sufficiente per le disposizioni che il Creatore ha dato per la vostra piccola abitazione. Ammiro in tutto la sua saggezza; vedo dovunque differenze, ma anche proporzioni. Il vostro globo è piccolo, ma lo sono anche i vostri abitanti; avete poche sensazioni; la vostra materia ha poche proprietà: tutto questo è opera della Provvidenza. Di che colore è il vostro sole, se lo esaminate bene? » « Di un bianco piuttosto giallastro, » disse il Saturniano, « e quando dividiamo uno dei suoi raggi troviamo che esso contiene sette colori. »

« Il nostro sole dà sul rosso, » disse il Siriano, « e abbiamo trentanove colori fondamentali. Non c'è un sole, tra tutti quelli in cui mi sono imbattuto, che somigli a un altro, così come da voi non c'è un viso che non sia differente da tutti gli altri. »

Dopo molte domande di questa natura si informò su quante sostanze essenzialmente differenti si contassero su Saturno. Apprese che se ne contavano solo una trentina, come Dio, lo spazio, la materia, gli esseri estesi che sentono, gli esseri estesi che sentono e pensano, gli esseri pensanti che non hanno estensione, quelli che si penetrano, quelli che non si penetrano, e il resto. Il Siriano, nel cui mondo se ne contavano trecento e che ne aveva scoperte altre tremila nel corso dei suoi viaggi, sbalordì prodigiosamente l'uomo di Saturno. Alla fine, dopo essersi comunicati l'un l'altro un po' di quello che sapevano e molto di quello che non sapevano, dopo aver ragionato durante una rivoluzione del sole, risolsero di fare insieme un piccolo viaggio filosofico.

III · VIAGGIO DEI DUE ABITANTI DI SIRIO E DI SATURNO

I nostri due filosofi erano pronti per imbarcarsi nell'atmosfera di Saturno, con un notevole bagaglio di strumenti matematici, allorché l'amante del Saturniano, che lo venne a sapere, arrivò tutta in lacrime a fare le sue rimostranze. Era una graziosa brunetta che non misurava più di seicentosessanta tese, ma che compensava con molta grazia la piccolezza della sua statura. « Ah, crudele! » cominciò a gridare, « ti ho resistito millecinquecento anni, e quando alla fine cominciavo ad arrendermi, dopo aver passato appena cento anni tra le tue braccia, mi lasci sola per andare a viaggiare con un gigante di un altro mondo; sei solo un curioso, non hai mai saputo che significhi amare; se tu fossi un vero Saturniano, saresti fedele. Dove corri? che cerchi? Le nostre cinque lune sono meno erranti di te, il nostro anello è meno cangiante. Va bene, non amerò più nessuno. » Il filosofo la baciò, pianse con lei ancorché fosse filosofo, e la signora, dopo essere svenuta, andò a consolarsi con un bellimbusto del paese.

Intanto i nostri due curiosi partirono; saltarono dapprima sull'anello di Saturno, che trovarono assai piatto, come molto acutamente ha indovinato un abitante del nostro globo;[1] da lì andarono di luna in luna. Una cometa transitava proprio accanto all'ultima di esse; i nostri vi si lanciarono insieme ai loro domestici e ai loro strumenti. Quando ebbero fatto circa centocinquanta milioni di leghe, incontrarono i satelliti di Giove. Scesero su Giove e vi passarono un anno, durante il quale appresero alcuni bei segreti che sarebbero attualmente già passati alle stampe se non ci fossero i signori inquisitori, che hanno trovato qualche proposizione un po' indigesta. Ma io ho letto il manoscritto nella biblioteca dell'illustre arcivescovo di..., che mi ha lasciato vedere i suoi libri con quella generosità e con quella bontà che non sarà mai lodata abbastanza.

Ma torniamo ai nostri viaggiatori. Partiti da Giove attraversarono uno spazio di circa cento milioni di leghe, costeggiarono il pianeta Marte che, come tutti sanno, è cinque volte più piccolo del nostro piccolo globo; videro due lune che fanno da satelliti a questo pianeta e che sono sfuggite agli sguardi degli astronomi. So bene che il reverendo padre Castel scriverà, e anche in modo assai elegante, contro l'esistenza di queste due lune; ma io mi rivolgo a quelli che ragionano per analogia. Questi buoni filosofi sanno quanto sarebbe difficile che Marte, che è così lontano dal sole, potesse fare a meno di due lune. Comunque sia, i nostri trovarono il posto così piccolo che temettero di non trovarvi da dormire, e andarono oltre come due viaggiatori che disdegnano una cattiva locanda di villaggio e si spingono fino alla città più vicina. Ma il Siriano e il suo compagno se ne pentirono presto. Camminarono a lungo senza trovare nulla. Alla fine scorsero un lumicino; era la terra: roba da far pena a gente che veniva da Giove. Tuttavia, per paura di doversi pentire per la seconda volta, risolsero di sbarcare. Passarono sulla coda della cometa e, trovando un'aurora boreale pronta ci entrarono dentro, e arrivarono sulla terra dal bordo settentrionale del mar Baltico, il cinque luglio millesettecentotrentasette, nuovo stile.

1 Huyghens.

Dopo essersi riposati un poco, mangiarono per colazione due montagne, cucinate abbastanza bene dai loro servitori. Poi vollero esplorare il piccolo paese dove si trovavano. Prima andarono verso sud. La lunghezza del passo solito dell'abitante di Sirio e del suo seguito era di circa 30.000 piedi. Il nano di Saturno lo seguiva ansimando, ma di lontano perché doveva fare circa dodici passi per ogni sgambata dell'altro: immaginatevi (se è permesso fare un simile confronto) un cagnolino piccolissimo che vada dietro a un capitano delle guardie del re di Prussia.

Siccome quei forestieri camminano abbastanza presto, fecero il giro del mondo in 36 ore: il sole, veramente, o meglio la terra, fa lo stesso viaggio in un giorno solo, ma bisogna pensare che si cammina molto più comodamente girando sul proprio asse che quando si marcia a piedi. Eccoli così tornati al punto da cui erano partiti, dopo aver visto quella pozza, quasi impercettibile per loro che chiamiamo *Mediterraneo*, e quell'altro piccolo stagno che col nome di *Grande Oceano* circonda questa tana. Al nano l'acqua non era mai arrivata più che a mezza gamba e l'altro si era appena bagnato i calcagni. Fecero il possibile, andando avanti e indietro, da una parte e dall'altra, per vedere se questa palla era abitata o no. Si chinarono, si sdraiarono per terra, tastarono dappertutto, ma siccome avevano occhi e mani sproporzionati a quegli esserucci che formicolano quaggiù, non riuscirono a sentir nulla che potesse farli sospettare che noi e i nostri confratelli, gli altri abitanti di questa palla, abbiamo l'onore di esistere.

Il nano, che a volte correva troppo nel giudicare, concluse a bella prima che sulla Terra non c'era nessuno, anzitutto perché non aveva visto nessuno. Micromega gli fece capire, educatamente, che non era un bel modo di giudicare, perché, diceva, « voi non vedete, voi vostri piccoli occhi, certe stelle di cinquantesima grandezza che io vedo molto chiaramente: concludete perciò che quelle stelle non esistono? »

« Ma, » disse il nano, « ho tastato dappertutto. »

« Ma, » rispose l'altro, « non avete sentito bene. »

« Ma, » disse il nano, « questo globo è così malcostrutto,

è così irregolare e di una forma che mi sembra ridicola! Tutto qui sembra essere in un caos: non vedete quei piccoli ruscelli, di cui nessuno va diritto; quegli stagni che non sono rotondi né quadrati né ovali né di un'altra forma regolare; tutti quei granellini appuntiti di cui è irta questa palla e che mi hanno scorticato i piedi? (Voleva parlare delle montagne.) Notate anche la forma di tutto il globo, come è piatto ai poli, come gira intorno al sole in un modo maldestro, così che le zone dei poli restano per forza senza vegetazione. Proprio, quello che mi fa pensare che qui non ci sia nessuno, è che mi sembra che gente di buon senso non ci vorrebbe stare. »

« Ebbene, » disse Micromega, « forse non è nemmeno gente di buon senso che l'abita. Ma infine, è probabile che tutto questo non sia stato fatto inutilmente. Tutto qui vi sembra irregolare, dite, perché su Saturno e su Giove tutto quanto è tracciato con la riga. Bene, forse è proprio per questo che qui c'è un po' di confusione. Non vi ho già detto che nei miei viaggi ho sempre osservato che ogni cosa è diversa da tutte le altre? »

L'abitante di Saturno rispose a tutti questi argomenti, e la discussione non sarebbe mai finita se per fortuna Micromega, riscaldandosi nel discorrere, non avesse rotto il filo della sua collana di diamanti. I diamanti caddero: erano pietruzze graziose abbastanza ineguali: i più grossi pesavano quattrocento libbre e i più piccoli cinquanta. Il nanerottolo ne raccolse qualcuno, e si accorse, avvicinandoli agli occhi, che i diamanti erano tagliati in modo da formare lenti ottime. Così, prese una piccola lente di centosessanta piedi di diametro e l'avvicinò alla pupilla, e Micromega ne scelse una di duemilacinquecento piedi. Erano eccellenti: ma da principio non si vedeva nulla per mezzo di esse, fu necessario metterle a fuoco. Finalmente l'abitante di Saturno vide qualcosa che si muoveva fra due acque nel Mar del Baltico: era una balena. La prese molto abilmente col mignolo, e mettendosela sull'unghia del pollice la fece vedere al Siriano, che si mise a ridere, un'altra volta, della piccolezza estrema degli abitanti del nostro globo. Il Saturniano, convinto che il nostro mondo sia abitato, immaginò subito che non lo fosse che da balene, e siccome era un gran ragionatore, volle scoprire da che cosa un così piccolo atomo venisse mosso, se avesse idee, una volontà, la libertà d'arbitrio. Micromega rimase molto incerto: esaminò l'animale con molta pazienza, e dall'esame risultò che non era possibile credere che là dentro ci fosse un'anima. I due viaggiatori erano così disposti a credere che non esistessero anime nel nostro domicilio, quando, con l'aiuto della lente, videro galleggiare sul Mar Baltico qualcosa di più grosso d'una balena. Tutti sanno che in quell'epoca un branco di filosofi ritornava dal circolo polare, dove erano stati a fare osservazioni che nessuno prima di loro aveva mai pensato di fare. I giornali raccontarono che la loro nave era naufragata sulla coste della Botnia e che si eran salvati a stento: ma al mondo non si sa mai quello che avviene dietro le quinte. Racconterò sinceramente come andasse la cosa, senza metterci nulla di mio: per uno storico, non è uno sforzo piccolo.

V · ESPERIENZE E RAGIONAMENTI DEI DUE VIAGGIATORI

Micromega allungò adagio adagio la mano verso il posto dove si vedeva l'oggetto, e stendendo due dita, e tirandole indietro per timore di sbagliarsi, poi aprendole e serrandole, afferrò molto abilmente la nave che portava quei signori e la posò di nuovo sull'unghia senza premere, per paura di schiacciarla.

« Ecco un animale diverso da quell'altro, » disse il nano di Saturno.

Il Siriano mise il supposto animale nel cavo della mano. I passeggeri e gli uomini dell'equipaggio, che avevan creduto d'essere portati via da un uragano e che pensavano di trovarsi sopra una specie di scoglio, cominciano ad agitarsi: i marinai afferrano barili di vino, li buttano sulla mano di Micromega e ci si gettano dietro. I geometri afferrano i loro sestanti, i loro traguardi e alcune ragazze lapponi e discendono sulle dita del Siriano. Si agitarono tanto che questi sentì finalmente muoversi qualche cosa che gli faceva solletico alle dita: era un bastone ferrato che gli stavano infilando d'un piede nell'indice. Egli ritenne, per questa punzecchiatura, che fosse saltato fuori qualche cosa dall'animaletto che teneva in mano: ma da principio non sospettò altro. La lente che gli faceva appena intravvedere una balena e una nave, non poteva ingrandire un essere così impercettibile come un uomo. Non voglio qui offendere la vanità di nessuno, ma sono costretto a pregare la gente che si dà aria d'importanza, di riflettere per un momento che, calcolando la statura dell'uomo a circa cinque piedi, rispetto alla Terra non siamo più grandi di un animale alto circa un seicentomillesimo di pollice su una palla di dieci piedi di circonferenza. Immaginate un essere che possa tener in mano la terra e che abbia organi proporzionati ai nostri: e può darsi benissimo che esista un gran numero di questi esseri. Pensate un po', vi prego, che cosa penserebbero di quelle battaglie che ci han servito a conquistare due villaggi, che dopo abbiamo dovuto restituire. Sono ben certo che se qualche capitano dei granatieri leggerà mai questo libro, farà più alti di almeno due piedi i caschi della sua truppa; ma l'avverto che avrà un bel da fare: lui e i suoi resteranno sempre esseri infinitamente piccoli.

Che abilità meravigliosa ci volle dunque per il nostro filosofo di Sirio perché percepisse gli atomi di cui ho parlato! Quando Leeuwenhoek e Hartsoeker [1] videro per i primi, o credettero di vedere, i piccoli semi di cui siam fatti, fecero una scoperta davvero così meravigliosa come questa. Che piacere provò Micromega vedendo muoversi quelle piccole macchine,[2] studiando i loro gesti strani, seguendoli in tutti gli atti! Che esclamazioni! Con che gioia mise uno dei suoi microscopi nelle mani del suo compagno di viaggio! « Li vedo! » dicevano tutti e due insieme: « non vedete che portano pesi, che si chinano, che si rialzano? » E nel dir così, tremavan loro le mani, per il piacere di vedere oggetti così nuovi e per la paura di perderli. L'abitante di Saturno, passando dalla troppa diffidenza a una troppa credulità, credette di vederli lavorare alla propagazione della specie: « Ah! » diceva, « ho colto sul fatto la natura. » Ma

1 Il primo scoperse gli infusori e il secondo gli spermatozoi.
2 Maligna allusione a Cartesio per il quale gli animali non sono che esseri meccanici.

le apparenze lo ingannavano: cosa che purtroppo avviene spesso, che ci si serva o no di microscopi.

VI · QUELLO CHE CAPITÒ LORO CON GLI UOMINI

Micromega, osservatore ben più abile del nano, vide chiaramente che quegli atomi parlavan fra loro, e lo fece notare al suo compagno il quale, vergognandosi di essersi sbagliato sulla generazione, non volle credere che simili esseri potessero comunicarsi idee. Egli aveva il dono di capire tutti i linguaggi come l'aveva il Siriano; non sentiva parlare questi atomi, e quindi supponeva che non parlassero. D'altronde, come mai quegli esseri appena visibili avrebbero avuto gli organi della voce, e che cosa potevano avere da dirsi? Per poter parlare, è necessario pensare, o qualcosa del genere; ma se avessero pensato, avrebbero dovuto avere un'anima proporzionata alla loro razza, e questo gli sembrava assurdo.

« Ma voi, » disse il Siriano, « credevate poco fa che facessero all'amore: credete dunque che si possa fare all'amore senza pensare e senza pronunciar parola, o almeno senza farsi capire? E poi, credete che sia più difficile fare un ragionamento che un bambino? »

« A me, l'uno e l'altro sembrano due grandi misteri. Io non oso più né credere né negare, » disse il nano, « non ho più nessuna opinione: bisogna cercare di studiare ancora questi insetti, e poi dopo ragioneremo. »

« Molto bene! » replicò Micromega, e tirò subito fuori un paio di forbici con le quali si tagliò le unghie. E con un ritaglio dell'unghia del pollice fece subito come un grande megafono, una specie di enorme imbuto, di cui si infilò il tubo nell'orecchio. L'orlo dell'imbuto abbracciava la nave e tutto l'equipaggio. Il suono più debole entrava nelle fibre circolari dell'unghia, in modo che grazie alla sua abilità, il filosofo di lassù sentì perfettamente il ronzio di quegli insetti di quaggiù. In poco tempo riuscì a distinguer le parole e finalmente a capire il francese. Il nanerottolo riuscì anche lui a farlo, ma con maggior difficoltà. La meraviglia dei viaggiatori raddoppiava di momento in momento. Sentivano quei bacherozzoli parlare con abbastanza buon senso, e non riuscivano a spiegarsi questo scherzo di natura. Capirete bene che il Siriano e il suo nanerottolo bruciavano dalla voglia di mettersi a conversare con quegli atomi: ma il nano temeva che la sua voce di tuono, e soprattutto quella di Micromega assordasse i bacherozzoli e non venisse udita. Bisognava diminuirne la forza. Allora, si misero in bocca certi piccoli stuzzicadenti, con una punta molto affilata che finiva vicino alla nave. Il Siriano teneva il nano sulle ginocchia e la nave con l'equipaggio su un'unghia; abbassava la testa e parlava sottovoce. Finalmente, con tutte queste precauzioni e molte altre, cominciò così il suo discorso:

« Insetti invisibili che la mano del Creatore ha voluto far nascere negli abissi dell'infinitamente piccolo, Lo ringrazio perché si è degnato rivelarmi segreti che sembravano impenetrabili. Forse, alla mia corte non sareste degnati nemmeno d'uno sguardo, ma io non disprezzo nessuno e vi offro la mia protezione. »

Nessuno certo fu mai meravigliato quanto quella gente a sentire queste parole. Non potevano indovinare di dove venissero. Il cappellano della nave recitò gli esorcismi, i marinai bestemmiarono e i filosofi della nave costruirono un sistema: ma qualunque sistema facessero, non riuscivano a indovinare chi fosse a parlar loro. Il nano di Saturno, che aveva una voce più dolce di quella di Micromega, spiegò allora ad essi, in poche parole, con chi avessero da fare. Raccontò loro il viaggio su Saturno, li informò sul signor Micromega, e dopo averli compianti d'esser così piccoli, domandò se fossero sempre stati in quella condizione miserabile così vicina all'annientamento, che cosa facessero su una palla che sembrava proprietà di balene, se erano felici, se si riproducevano, se avevano un'anima, e mille altre questioni di questo genere.

Uno della truppa, buon ragionatore e più coraggioso degli altri, offeso che si dubitasse della sua anima, osservò l'interlocutore per mezzo di penne piantate su un traguardo, fece due rilievi e al terzo parlò così:

« Voi credete dunque, signore, perché siete lungo mille tese dalla testa ai piedi, di essere un... »

« Mille tese! » esclamò il nano. « Giusto cielo! Come fa

a sapere quanto sono alto? Mille tese! Non si sbaglia d'un pollice! Come mai? Questo atomo mi ha misurato! È un geometra, conosce la mia altezza: e io, che non lo vedo che attraverso una lente, non conosco ancora la sua! »

« Certo, vi ho misurato, » disse lo scienziato, « e misurerò anche il vostro grande compagno. »

La proposta venne accettata e Sua Eccellenza si sdraiò tutto per terra perché se fosse rimasto in piedi, la sua testa sarebbe andata troppo al di là delle nubi. Quegli scienziati gli piantarono un grande albero in quel posto che il dottor Swift indicherebbe per nome ma che io mi guarderò bene di chiamare col suo nome preciso, dato il mio grande rispetto per le signore. Poi, con una serie di triangoli collegati, calcolarono che quel che vedevano era in realtà un giovanotto alto centoventimila piedi.

Allora Micromega disse queste parole:

« Vedo sempre meglio che non bisogna giudicare nulla dalla sua grandezza apparente. O Dio, che hai dato intelligenza a esseri che sembrano così disprezzabili, l'infinitamente piccolo non ti costa più dell'infinitamente grande; e se potessero esistere esseri ancora più piccoli di questi, essi potrebbero anche avere una mente superiore a quella dei superbi animali che ho visto nel cielo e che con un piede solo coprirebbero il globo sul quale sono disceso. »

Uno degli scienziati gli rispose che non si sbagliava certo, credendo che esistano davvero esseri intelligenti molto più piccoli dell'uomo. Non gli riferì tutte le favole di Virgilio sulle api, ma quello che ha scoperto Swammerdamm e che ha sezionato Réaumur.[1] Finalmente, gli fece sapere che vi sono animali che sono per le api quello che le api sono per l'uomo, quello che il Siriano stesso era per gli animali così grandi di cui parlava e quello che sono questi grandi animali in confronto ad altri esseri di fronte ai quali sembrano soltanto atomi. A poco a poco la conversazione divenne interessante, e Micromega parlò così.

1 Celebre entomologo il primo; Réaumur, il grande fisico e chimico, era pure entomologo e scrisse sei volumi di *Memorie per servire alla storia degli insetti.*

« O atomi intelligenti, nei quali l'Eterno ha voluto rivelare la Sua abilità e la Sua potenza, voi godrete certamente gioie purissime sul vostro globo, perché avendo così poca materia e sembrando tutto pensiero, dovete passare la vita ad amare e a pensare: è la vera vita dello spirito. Da nessuna parte ho trovato la vera felicità: senza dubbio essa è quaggiù. »

A questo discorso tutti gli scienziati si misero a scuoter la testa, e uno di essi, più sincero degli altri, confessò in buona fede che eccettuati pochi abitanti ben poco rispettati, tutto il resto è una congrega di pazzi, di malvagi e di sventurati.

« Noi abbiamo più materia che non occorra, » disse, « per far molto male, se il male proviene dalla materia, e troppo spirito se il male viene dallo spirito. Non sapete, per esempio, che nel momento in cui vi parlo, vi sono centomila pazzi della nostra specie, con in testa un cappello, che ammazzano centomila altri animali che hanno in testa un turbante, o vengono massacrati da questi, e che su quasi tutta la terra, usa così da tempo immemorabile? »

Il Siriano fremette e domandò quale fosse la ragione di queste liti orribili fra animali così miserabili.

« Si tratta, » disse lo scienziato, « di qualche mucchio di fango grande come il vostro calcagno. Non che qualcuno di quei milioni d'uomini che si fanno sgozzare voglia aver diritto a un solo filo della paglia che cresce su uno di quei mucchi. Si tratta soltanto di sapere se ne sarà proprietario un certo uomo che si chiama *Sultano* o un altro che si chiama, non so perché, *Cesare*. Nessuno dei due ha mai visto, né vedrà mai, quel cantuccio di terra di cui si tratta, e quasi nessuno di quegli animali che si sgozzano l'un l'altro ha mai visto l'animale per il quale si fa sgozzare. »

« Disgraziati! » gridò il Siriano, « chi potrebbe immaginare una rabbia così insensata! Mi vien voglia di fare tre passi e di schiacciare con tre pestate tutto quel formicaio di assassini ridicoli. »

« Fatica inutile, » gli risposero: « faticano abbastanza loro per rovinarsi. Pensate che dopo dieci anni non resta mai nemmeno uno su cento di quei miserabili; pensate che, anche se non estraessero la spada, la fame, la fatica o l'intemperanza li portan via quasi tutti. E poi, non sono loro che devon esser puniti: sono quei barbari sedentari che dal fondo del loro studio ordinano, mentre stanno digerendo, il massacro d'un milione di uomini, e poi ne fanno ringraziare Iddio solennemente. »

Il viaggiatore si sentiva commosso di pietà per la piccola razza degli uomini, nella quale scopriva contrasti tanto stupefacenti.

« Poiché siete nel piccolo numero dei saggi, » disse a quei signori, « e a quanto sembra non ammazzate nessuno per denaro, ditemi, vi prego, di che cosa vi occupate. »

« Sezioniamo mosche, » disse lo scienziato, « misuriamo meridiani, accumuliamo cifre; e siamo d'accordo su due o tre argomenti che comprendiamo, ma discutiamo su due o tremila che non comprendiamo per nulla. »

Al Siriano e al Saturniano venne subito voglia di domandare a quegli atomi pensanti quali fossero le cose su cui erano d'accordo.

« Che distanza calcolate che vi sia, » disse il secondo, « dalla stella della Canicola alla grande stella dei Gemelli? »

Risposero ad una voce: « Trentadue gradi e mezzo. »

« Quanto calcolate che ci sia di qui alla luna? »

« Sessanta semidiametri della Terra in cifra tonda. »

« Quanto pesa la vostra atmosfera? »

Credeva di metterli in imbarazzo, ma gli risposero tutti quanti che l'aria pesa circa novecento volte meno d'un ugual volume dell'acqua più leggera e diciannovemila volte meno dell'oro a diciotto carati.

Il nano di Saturno, stupito dalle loro risposte, stava per credere che fossero stregoni quegli stessi esseri ai quali, un quarto d'ora prima, negava un'anima. Finalmente Micromega disse loro:

« Dato che conoscete così bene quello che è fuori di voi, conoscete certo ancor meglio quello che avete dentro. Ditemi dunque cos'è la vostra anima e come fate a formare le idee. »

Gli scienziati si misero a parlare tutti in una volta come prima, ma tutti avevano opinioni diverse. Il più vecchio citava Aristotile; un altro faceva il nome di Cartesio; questi, di Malebranche; quell'altro, di Leibniz; un altro ancora, di Locke. Un vecchio peripatetico disse ad alta voce, con sicurezza:

« L'anima è una entelechia, è una ragione per la quale essa ha la potenza di essere quello che è. Questo lo dice espressamente Aristotile, a pagina 633 dell'edizione del Louvre:

Ἡ ψυχή ἐστιν ἐντελέχεια...

« Non capisco molto bene il greco, » disse il gigante.

« Neanch'io, » disse il vermiciattolo filosofo.

« Ma allora, » proseguì il Siriano, « perché citate questo Aristotile in greco? »

« Perché, » replicò il sapiente, « è davvero necessario citare quello che non si capisce affatto nella lingua che si capisce meno di tutte le altre. »

Il cartesiano prese la parola, dicendo:

« L'anima è un puro spirito che ha ricevuto nel seno della madre tutte le idee metafisiche, e che uscendone deve andare a scuola per imparare da capo a fondo quello che sapeva così bene e che non sa più. »

« Allora, non metteva proprio conto, » rispose l'animale di otto leghe, « che la tua anima fosse così sapiente nel seno di tua madre per essere poi così ignorante quando avresti avuto la barba. Ma che cosa intendi per *spirito*? »

« Ma che cosa mi domandate? » disse quel ragionatore. « Non ne ho la minima idea: dicono che non sia altro che materia. »

« Ma sai almeno che cosa sia la materia? »

« Lo so benissimo, » rispose l'uomo. « Per esempio, questa pietra è grigia e ha una certa forma, ha tre dimensioni, è pesante e divisibile. »

« Benissimo! » disse il Siriano. « Questa cosa che ti sembra divisibile, pesante e grigia, sai poi dirmi precisamente che cosa sia? Tu ne vedi alcune qualità: ma il sostrato della cosa, lo conosci? »

« No, » disse l'altro.

« Allora, tu non sai che cosa sia la materia. »

Poi, il signor Micromega, rivolgendosi ad un altro sapiente che teneva sul pollice, gli domandò che cosa fosse la sua anima e che cosa faceva.

« Non fa nulla affatto, » rispose il filosofo seguace di Malebranche. « È Dio che fa tutto per me, io vedo tutto in Lui, io faccio tutto in Lui, è Lui che fa tutto senza che io me ne occupi. »

« Allora, non mette conto di esistere, » continuò il saggio di Sirio. « E tu, amico mio, » disse a un leibniziano che si trovava là, « che cosa è la tua anima? »

« È una lancetta, » rispose il leibniziano, « che segna l'ora mentre il mio corpo batte le ore; o se lo preferite, è essa che batte le ore mentre il mio corpo segna l'ora; ovvero la mia anima è lo specchio dell'universo e il mio corpo è la cornice dello specchio: è chiarissimo! »

Un piccolo seguace di Locke era là vicino, e quando finalmente gli rivolsero la parola:

« Non so, » cominciò a dire, « come faccio a pensare, ma so che non ho mai pensato se non quando i miei sensi mettevano in azione il pensiero. Che esistano sostanze immateriali e intelligenti, non ne dubito affatto: ma dubito molto che sia impossibile a Dio dotare di pensiero la materia. Venero la potenza dell'Eterno: non sta a me limitarla. Non affermo nulla: mi accontento di credere che sono possibili più cose di quante non si pensi. »

L'animale di Sirio sorrise: gli pareva che costui non fosse il meno sapiente, e il nano di Saturno, se non fosse stata l'immensa sproporzione, avrebbe abbracciato il seguace di Locke. Ma c'era là, per disgrazia, un piccolo animaletto col berretto quadrato che interruppe tutti gli animaletti filosofi, dicendo che conosceva tutto il mistero, che la spiegazione si trovava nella *Somma* di San Tommaso; e poi guardò dall'alto in basso i due abitanti del cielo e rivolgendosi ad essi, sosteneva che le loro persone, i loro mondi, i loro soli, le loro stelle, tutto era fatto soltanto a pro dell'uomo. Sentendo questo discorso, i due viaggiatori si lasciarono cadere uno addosso all'altro, soffocando di quel riso inestinguibile che secondo Omero è dote degli Dei. Le loro spalle e il loro ventre ballavano di qua e di là, e nel convulso, la nave che il Siriano aveva sull'unghia cadde in una tasca delle braghe del Saturniano. Quelle due brave persone si diedero d'attorno per ritrovarla, e finalmente ripescarono l'equipaggio e lo rimisero a posto ben in ordine. Il Siriano riprese in mano i piccoli vermiciattoli, e parlò ad essi ancora con molta gentilezza, benché, in fondo al cuore, fosse un po' irritato nel vedere che gli infinitamente piccoli avevano un orgoglio infinitamente grande. Promise di scriver per loro un bel libro di filosofia, scritto in caratteri molto minuti perché potessero leggerlo, e che nel libro avrebbero trovato la spiegazione di tutto. E davvero, prima di partire, diede a loro questo volume, che venne portato a Parigi all'Accademia delle Scienze; ma quando il segretario l'aprì, trovò le pagine tutte bianche:

« Me l'immaginavo! » disse.

L'INGENUO

Storia vera tratta dai manoscritti del padre Quesnel

I · COME IL PRIORE DELLA MADONNA DELLA MONTAGNA E LA SIGNORINA SUA SORELLA INCONTRARONO UN URONE

Un giorno S. Dunstano, irlandese di nascita e santo di professione, partì dall'Irlanda su di ua piccola montagna che fece rotta verso le coste della Francia, e arrivò con questo mezzo alla baia di St-Malo. Quando fu a terra dette la benedizione alla sua montagna che, fattagli una riverenza, se ne tornò in Irlanda per la stessa strada per cui era venuta. Dunstano fondò un piccolo priorato in quelle contrade e gli dette il nome di *priorato della Montagna*, nome che, come ciascuno sa, conserva ancora.

Nell'anno 1689, il 15 luglio di sera, l'abate di Kerkabon, priore della Madonna della Montagna, passeggiava in riva al mare con la signorina di Kerkabon, sua sorella, per prendere il fresco. Il priore, già un po' avanti cogli anni, era un ottimo ecclesiastico amato dai suoi vicini, dopo esserlo stato un tempo dalle sue vicine. Ciò che soprattutto gli aveva valso una grande considerazione, era il fatto di essere il solo beneficiario del paese che non si dovesse portare a braccia nel suo letto dopo che aveva cenato coi suoi confratelli. Si intendeva discretamente di teologia; e quando era stanco di leggere S. Agostino, si divertiva con Rabelais; perciò tutti parlavano bene di lui.

La signorina di Kerkabon, che non era mai stata sposata, per quanto avesse avuto una gran voglia di esserlo, conservava una certa freschezza all'età di quarantacinque anni; il suo carattere era buono e sensibile; amava il piacere ed era devota.

Il priore diceva alla sorella, guardando il mare: « Ahimè! È qui che si imbarcò il nostro povero fratello con la nostra cara cognata, la signora di Kerkabon, sua moglie, sulla fregata l'*Hirondelle*, nel 1669, per andare a combattere in Canada. Se non fosse stato ucciso, potremmo sperare di rivederlo ancora. »

« Credete, » diceva la signorina di Kerkabon, « che la nostra cognata sia stata mangiata dagli Irochesi, come ci hanno raccontato? Certo che se non fosse stata mangiata sarebbe ritornata al paese. La rimpiangerò per tutta la vita: era una donna deliziosa; e nostro fratello, che aveva molto ingegno, avrebbe sicuramente fatto molta fortuna. »

Mentre l'uno e l'altra si intenerivano su questo ricordo, videro entrare nella baia di Rance un piccolo bastimento che arrivava con la marea: erano degli Inglesi che venivano a vendere alcune merci del loro paese. Saltarono a terra senza guardare il signor priore né la signorina sua sorella, che fu molto scandalizzata della scarsa attenzione che le veniva dimostrata.

Non così si comportò un giovane molto ben fatto, che si slanciò con un salto al di sopra della testa dei suoi compagni, e si trovò faccia a faccia colla signorina. Le fece un cenno colla testa, non avendo l'abitudine di fare la riverenza. La sua persona e il suo abbigliamento attrassero gli sguardi del fratello e della sorella. Era a testa e gambe nude, aveva i piedi calzati di piccoli sandali, la testa ornata da lunghi capelli a trecce, un farsetto che stringeva la vita sottile e snella; il portamento marziale e dolce al tempo stesso. Teneva in mano una boccettina di acqua delle Barbados e nell'altra una specie di borsa in cui c'era una ciotola e delle ottime gallette. Parlava francese in modo assai intelligibile. Offrì un po' della sua acqua delle Barbados alla signorina di Kerkabon e al suo signor fratello; bevve con loro; gliene offrì di nuovo, e tutto questo con un'aria così semplice e così naturale che fratello e sorella ne rimasero incantati. Gli offrirono i loro servigi, domandandogli chi era e dove andava. Il giovane rispose che non ne sapeva nulla, che era curioso, che aveva voluto vedere come erano fatte le coste della Francia, che era venuto e presto se ne sarebbe tornato via.

Il signor priore, giudicando dal suo accento che non era inglese, si prese la libertà di domandargli di quale paese fosse. « Sono Urone, » gli rispose il giovane.

La signorina di Kerkabon, stupita e incantata di vedere un Urone che le aveva rivolto delle cortesie, invitò il giovane a cena. Egli non si fece pregare due volte, e tutti e tre andarono insieme al priorato della Madonna della Montagna.

Piccola e rotonda, la signorina se lo mangiava coi suoi occhietti, e diceva di tanto in tanto al priore: « Quel ragazzone ha un incarnato di giglio e di rosa! che bella pelle ha, per essere un Urone! » « Avete ragione, sorella mia, » diceva il priore. La signorina faceva cento domande una dietro l'altra, e il viaggiatore rispondeva sempre molto a tono.

Ben presto si sparse la voce che c'era un Urone al priorato. La buona società dei dintorni si affrettò a venire a cena. L'abate di St-Yves venne colla signorina sua sorella, una giovane della Bassa-Bretagna, molto graziosa e ben educata. Il balivo, l'esattore delle imposte e le loro mogli parteciparono alla cena. Si fece sedere lo straniero tra la signorina di Kerkabon e la signorina di St-Yves. Tutti lo guardavano con ammirazione; gli parlavano e lo interrogavano tutti insieme; l'Urone non si scomponeva per questo. Sembrava aver preso per motto quello di Lord Bollingbroke: *Nihil admirari*. Ma alla fine, sopraffatto da tanto rumore, disse loro con alquanta dolcezza, ma non senza fermezza: « Signori, nel mio paese si parla uno alla volta; come volete che vi risponda se mi impedite di sentirvi? » La ragione fa sempre rientrare gli uomini in se stessi per qualche momento. Si fece un gran silenzio. Il balivo, che si impadroniva sempre degli stranieri in qualunque casa si trovasse, e che era il più grande chiacchierone della provincia, gli disse aprendo la bocca di un palmo: « Signore, come vi chiamate? » « Mi hanno sempre chiamato l'*Ingenuo*, » rispose l'Urone, « e questo nome mi è stato confermato in Inghilterra, perché dico sempre ingenuamente quello che penso così come faccio quello che voglio. »

« In che modo, essendo nato Urone, siete potuto, signore, giungere in Inghilterra? » « Mi ci hanno portato; sono stato fatto progioniero in combattimento dagli Inglesi, dopo essermi difeso abbastanza bene, e gli Inglesi, cui piace il coraggio perché sono coraggiosi e onesti quanto noi, mi proposero di rendermi ai miei genitori o di portarmi in Inghilterra; io accettai l'ultima alternativa perché, per il mio temperamento, desidero ardentemente vedere nuovi paesi. »

« Ma, signore, » disse il balivo con tono imponente, « come avete potuto abbandonare così padre e madre? » « Il fatto è che non ho mai conosciuto né padre né madre, » disse lo straniero. La compagnia si intenerì, e tutti ripetevano: « *Né padre né madre!* » « Suppliremo noi, » disse la padrona di casa al fratello priore; « come è interessante questo signor Urone! » L'Ingenuo la ringraziò con una cordialità nobile e fiera, e le fece capire che non aveva bisogno di niente.

« Mi sembra, signor Ingenuo, » disse il valente balivo, « che voi parliate il francese meglio di quanto ci si aspetterebbe da un Urone. » « Un Francese, » rispose costui, « che avevamo fatto prigioniero durante la mia giovinezza in Uronia, e per il quale concepii una grande amicizia, mi insegnò la sua lingua; imparo molto in fretta ciò che voglio imparare. Ho trovato al mio arrivo a Plymouth uno di quei Francesi profughi che, non so perché, chiamate *ugonotti*; mi ha fatto fare qualche progresso nella conoscenza della vostra lingua; e, non appena ho potuto esprimermi in modo intelligibile, sono venuto a vedere il vostro paese, perché mi piacciono i Francesi quando non fanno troppe domande. »

L'abate di St-Yves, nonostante questo discreto avvertimento, domandò quale lingua preferisse tra l'urone, l'inglese e il francese. « L'urone, senza dubbio, » rispose l'Ingenuo. « Possibile? » esclamò la signorina di Kerkabon; « avevo sempre pensato che il francese fosse la più bella di tutte le lingue, dopo il bassobretone. »

Allora fu un fioccar di domande da ogni parte, come si diceva in urone tabacco, ed egli rispose *taya*, come si diceva mangiare e rispose *essenten*. La signorina di Kerkabon volle assolutamente sapere come si diceva fare all'amore; egli rispose *trovander*, e sostenne, non senza un'apparenza di ragione, che queste parole valevano le corrispondenti francesi e inglesi. *Trovander* sembrò molto grazioso a tutti i convitati. Il priore, che aveva nella sua biblioteca una grammatica urona, dono del reverendo padre Sagard-Théodat, recolletto, famoso missionario, si alzò da tavola un momento per andarla a consultare. Ritornò pieno di eccitazione e di gioia. Riconobbe l'Ingenuo per un vero Urone. Si discusse un poco sulla molteplicità delle lingue e si convenne che, senza l'avventura della torre di Babele, tutta la terra avrebbe parlato francese.

Il curioso balivo, che fino ad allora aveva un po' diffidato del personaggio, concepì per lui un profondo rispetto; gli parlò con maggiore civiltà, cosa di cui l'Ingenuo non si accorse affatto.

La signorina di St-Yves era molto curiosa di sapere come si facesse l'amore nel paese degli Uroni. « Facendo belle azioni per piacere alle persone che vi somigliano, » rispose lui. Tutti i convitati applaudirono meravigliati. La signorina di St-Yves arrossì e fu molto contenta. La signorina di Kerkabon arrossì anche lei, ma non era altrettanto contenta; fu anzi un po' irritata per il fatto che la galanteria non era rivolta a lei, ma era d'altra parte di animo così buono che il suo affetto per l'Urone non ne fu affatto alterato. Gli domandò anzi, con molta buonagrazia, quante amanti avesse avuto in Uronia. « Non ne ho avuto che una, » disse l'Ingenuo; « era la signorina Abacaba, l'amica della mia cara nutrice; i giunchi non sono più diritti, l'ermellino non è più bianco, le pecore sono meno morbide, le aquile sono meno fiere e i cervi meno agili di quanto lo fosse Abacaba. Un giorno inseguiva una lepre nei dintorni, a circa cinquanta leghe dalla nostra abitazione. Un Algonchino maleducato, che abitava cento leghe più lontano, venne a sottrarle la preda; lo seppi, corsi là, stesi l'Algonchino con un colpo di mazza e lo portai ai piedi della mia amante, legato mani e piedi. I genitori di Abacaba lo volevano mangiare, ma io non ho mai apprezzato questa sorta di festini; gli resi la libertà e ne feci un amico. Abacaba fu così toccata dalla mia condotta che mi preferì a tutti i suoi pretendenti. Mi amerebbe ancora se non fosse stata mangiata da un orso. Ho punito l'orso, ho portato a lungo la sua pelle, ma tutto ciò non mi ha consolato. »

La signorina di St-Yves a questo racconto provava un piacere segreto nell'apprendere che l'Ingenuo non aveva avuto che una sola amante, e che Abacaba non era più; ma non era in grado di chiarire a se stessa la causa del suo piacere. Tutti avevano gli occhi fissi sull'Ingenuo; lo lodavano molto per aver impedito ai suoi compagni di mangiare l'Algonchino.

L'inesorabile balivo, che non poteva reprimere la sua smania di far domande, spinse infine la sua curiosità fino ad informarsi di quale religione fosse l'Urone; se aveva scelto la religione anglicana, o la gallicana, o l'ugonotta. « Appartengo alla mia religione, » disse lui, « come voi alla vostra. » « Ohimè! » esclamò la Kerkabon, « mi accorgo che quei disgraziati di Inglesi non hanno neppure pensato a battezzarlo. » « Mio Dio! » diceva la signorina di St-Yves, « come è possibile che gli Uroni non siano cattolici? Forse i RRPP gesuiti non li hanno ancora convertiti tutti? » L'Ingenuo le assicurò che nel suo paese non si convertiva nessuno; che mai un vero Urone aveva cambiato opinione, e che addirittura non esisteva nella sua lingua un termine che significasse *incostanza*. Queste ultime parole piacquero molto alla signorina di St-Yves.

« Lo battezzeremo, lo battezzeremo, » diceva la Kerkabon al priore; « l'onore sarà vostro, mio caro fratello; voglio assolutamente essere la madrina; il signor abate di St-Yves lo presenterà al fonte: sarà una magnifica cerimonia; se ne parlerà in tutta la Bassa-Bretagna e a noi ne verrà un onore infinito. » Tutta la compagnia assecondò la padrona di casa; tutti i convitati gridavano: « Lo battezzeremo! » L'Ingenuo rispose che in Inghilterra si lasciava vivere la gente a modo suo. Precisò che la proposta non gli piaceva per nulla, e che le leggi degli Uroni valevano almeno quanto quelle della Bassa-Bretagna; e per finire disse che sarebbe ripartito l'indomani. I convitati bevvero tutta la sua bottiglia di acqua delle Barbados e poi ciascuno andò a dormire.

Dopo che l'Ingenuo fu ricondotto nella sua camera, la signorina di Kerkabon e la sua amica, la signorina di St-Yves, non poterono trattenersi dal guardare dal buco di un'ampia serratura per vedere come dormiva un Urone. Videro che aveva steso la coperta del letto sul pavimento, e che riposava nell'atteggiamento più bello che si potesse immaginare.

II · L'URONE, DETTO L'INGENUO, RICONOSCIUTO DAI SUOI PARENTI

L'Ingenuo, secondo il suo solito, si svegliò col sole al canto del gallo, che vien chiamato, in Inghilterra e in terra di Uroni *la tromba del giorno*. Non era come la gente della buona società, che languisce oziosamente nel letto fino a che il sole non abbia fatto la metà del suo cammino, che, incapace sia di dormire che di alzarsi, perde tante ore preziose in quello stato a metà tra la vita e la morte, e oltre a tutto si lamenta della brevità della vita.

L'Urone aveva già fatto due o tre leghe, aveva ucciso trenta capi di selvaggina con un fucile a un sol colpo, allorché rientrando trovò il priore della Madonna della Montagna e la sua discreta sorella che passeggiavano in berretta da notte per il giardino. Presentò loro tutta la sua cacciagione e, traendo fuori della camicia una specie di talismano, che portava sempre al collo, li pregò di accettarlo in segno di riconoscenza per la buona accoglienza fattagli. « È ciò che ho di più prezioso, » disse loro; « mi hanno assicurato che sarei stato sempre felice finché avessi portato questo gingillo addosso, e io lo do a voi affinché siate sempre felici. »

Il priore e la signorina sorrisero con tenerezza per il candore dell'Ingenuo. Il dono consisteva in due piccoli ritratti piuttosto mal riusciti, tenuti insieme da una cinghia molto unta.

La signorina di Kerkabon gli domandò se in Uronia ci fossero pittori. « No, » disse l'Ingenuo, « questa rarità mi è stata data dalla mia nutrice; suo marito l'aveva avuto come bottino di guerra, nello spogliare qualche Francese del Canada che ci aveva fatto guerra; è tutto quello che so. »

Il priore guardava attentamente i ritratti; a un tratto cambiò colore, fu preso da commozione e gli tremarono le mani. « Per la Madonna della Montagna, » esclamò, « mi sembra che questo sia il volto del mio fratello capitano e di sua moglie! » La signorina, dopo averli guardati con uguale commozione, fu dello stesso parere. Tutti e due erano in preda allo sbalordimento e a una gioia mista a dolore; tutti e due si intenerivano; tutti e due piangevano; avevano il cuore in tumulto, davano in esclamazioni, si strappavano l'un l'altro i ritratti di mano; ognuno di loro li prendeva e li rendeva cento volte al secondo; divoravano cogli occhi i ritratti e l'Urone; gli domandavano uno dopo l'altro e tutti e due insieme dove, quando e come le miniature erano finite nelle mani della sua nutrice; facevano confronti, contavano il tempo dalla partenza del capitano; si ricordavano di aver avuto notizia che si era spinto fino al paese degli Uroni, e che da allora non ne avevano più sentito parlare.

L'Ingenuo aveva detto loro di non aver conosciuto né padre né madre. Il priore, che era uomo di giudizio, notò che l'Ingenuo aveva un po' di barba; sapeva con certezza che gli Uroni non ne hanno. « Il suo mento non è glabro, dunque è figlio di un Europeo. Mio fratello e la mia cognata non dettero più notizia di sé dopo la spedizione contro gli Uroni nel 1669; mio nipote a quell'epoca doveva essere un lattante; la nutrice urona gli ha salvato la vita e gli ha fatto da madre. » Insomma, dopo cento domande e cento risposte, il priore e sua sorella vennero alla conclusione che l'Urone era loro nipote. Lo abbracciarono piangendo; e l'Ingenuo rideva, non riuscendo a concepire come un Urone fosse nipote di un priore della Bassa-Bretagna.

Tutti i vicini si precipitarono; il signor di St-Yves, che era un grande fisionomista, mise a confronto i due ritratti col viso dell'Ingenuo; fece molto abilmente notare che aveva gli occhi di sua madre, la fronte e il naso del capitano di Kerkabon, e le gote che avevano un po' dell'uno e un po' dell'altra.

La signorina di St-Yves, che non aveva mai visto il padre né la madre, assicurò che l'Ingenuo somigliava perfettamente a tutti e due. Tutti ammiravano la Provvidenza e il concatenarsi degli eventi di questo mondo. Insomma, erano tutti così persuasi, così convinti di quale fosse l'origine dell'Ingenuo, che anche lui acconsentì ad essere nipote del priore dicendo che gli era indifferente avere come zio lui o un altro. Andarono tutti a rendere grazie a Dio nella chiesa della Madonna della Montagna, mentre l'Urone, con un'aria indifferente, si divertiva a bere in casa.

Gl'Inglesi che lo avevano portato e che stavano per far vela di nuovo, vennero a dirgli che era ora di ripartire. « Evidentemente, » disse lui, « non avete ritrovato i vostri zii e le vostre zie: io resto qui; tornate a Plymouth, vi do tutta la mia roba, non ho più bisogno di nulla dacché sono il nipote di un priore. » Gl'Inglesi fecero vela, preoccupandosi assai poco del fatto che l'Ingenuo avesse o no dei parenti in Bassa-Bretagna.

Dopo che lo zio, la zia e tutti i vicini ebbero cantato il *Te Deum*; dopo che il balivo ebbe di nuovo aggredito l'Ingenuo con le sue domande; dopo che fu dato fondo a tutto ciò che la meraviglia, la gioia, la tenerezza possono far dire, il priore della Montagna e l'abate di St-Yves decisero di far battezzare l'Ingenuo il più presto possibile. Ma non è lo stesso avere a che fare con un Urone adulto di ventidue anni o con un bambino, che si rigenera senza che lui ne sappia nulla. Bisognava istruirlo, e ciò appariva difficile: poiché l'abate di St-Yves supponeva che un uomo che non era nato in Francia non avesse senso comune.

Il priore fece osservare alla compagnia che, se in effetti il signor Ingenuo, suo nipote, non aveva avuto la fortuna di nascere in Bassa-Bretagna, non era per questo meno intelligente; che lo si poteva arguire in base a tutte le sue risposte; e che certamente la natura lo aveva molto favorito, sia da parte di padre che da parte di madre.

Gli fu domandato per prima cosa se avesse mai letto un libro. Disse che aveva letto Rabelais tradotto in inglese, e qualche brano di Shakespeare che conosceva a memoria; che aveva trovato questi libri dal capitano del vascello che l'aveva portato dall'America a Plymouth, e che gli erano piaciuti molto. Il balivo non mancò di interrogarlo su questi libri. « Vi confesso, » disse l'Ingenuo, « che credo di averne indovinato qualcosa, ma che non ho potuto capire il resto. »

L'abate di St-Yves, a questo discorso, rifletté che anche lui aveva sempre letto in questo modo, e che la maggior parte degli uomini non leggeva altrimenti. « Avrete senza dubbio letto la Bibbia? » chiese all'Urone. « Niente affatto, signor abate; questo libro non figurava tra quelli del capitano; non ne ho mai sentito parlare. » « Ecco come sono questi maledetti Inglesi, » esclamò la signorina di Kerkabon; « tengono in maggior conto una tragedia di Shakespeare, un plumpudding e una bottiglia di rum che non il Pentateuco. Per questo non hanno mai convertito nessuno in America. Certamente sono maledetti da Dio; e noi prenderemo loro la Giamaica e la Virginia prima che passi molto tempo. »

Comunque fosse, fu fatto venire il più abile sarto di Saint-Malo per rivestire l'Ingenuo da capo a piedi. La compagnia si sciolse; il balivo andò a fare le sue domande altrove. La signorina di St-Yves, nell'andar via, si voltò diverse volte per guardare l'Ingenuo; ed egli le fece delle riverenze più profonde di quante ne avesse mai fatte in vita sua.

Il balivo, prima di prendere congedo, presentò alla signorina di St-Yves un gran pezzo d'imbecille che era appena uscito di collegio; ma lei lo guardò appena, tanto era rimasta colpita dalla gentilezza dell'Urone.

III · L'URONE, DETTO L'INGENUO, CONVERTITO

Il priore, vedendo che era un po' avanti negli anni, e che Dio gli mandava un nipote per sua consolazione, si mise in testa di lasciargli il suo beneficio, se fosse riuscito a battezzarlo e a fargli prendere gli ordini.

L'Ingenuo aveva una memoria eccellente. La solida costituzione di Bassa-Bretagna, fortificata dal clima canadese, aveva reso la sua testa così vigorosa che, a batterci sopra, appena se n'accorgeva; e quando vi si imprimeva qualcosa, si poteva esser certi che niente si cancellava; non aveva mai dimenticato nulla. Il suo apprendimento era tanto più vivace e netto in quanto la sua infanzia non era stata gravata delle cose inutili e delle sciocchezze che opprimono la nostra, per cui le cose entravano nel suo cervello senza ombre. Il priore decise infine di fargli leggere il Nuovo Testamento. L'Ingenuo divorò questa lettura con grande diletto; ma, non sapendo in che tempo, né in che paese fossero accadute tutte le avventure riportate in quel libro, non ebbe alcun dubbio che la scena fosse la Bassa-Bretagna e giurò di tagliare il naso e le orecchie a Caifa e Pilato, se mai avesse incontrato quei mascalzoni.

Lo zio, incantato da tali buone disposizioni, lo mise al corrente in poco tempo; lodò il suo zelo, ma gli disse che era inutile, visto che quella gente era morta circa milleseicentonovanta anni prima. Ben presto l'Ingenuo seppe tutto il libro a memoria. Ogni tanto avanzava delle difficoltà che mettevano il priore in grande imbarazzo. Spesso era costretto a consultare l'abate di St-Yves il quale, non sapendo cosa rispondere, fece venire un gesuita basso-bretone per portare a compimento la conversione dell'Urone.

Alla fine la grazia operò; l'Ingenuo promise di farsi cristiano; non ebbe alcun dubbio che la prima cosa da fare fosse di farsi circoncidere: « Infatti, » diceva, « nel libro che mi avete fatto leggere non ho visto un solo personaggio che non lo fosse; è dunque evidente che devo sacrificare il mio prepuzio: prima si fa meglio è. » Non perse tempo a deliberare. Mandò a cercare il chirurgo del villaggio e lo pregò di fargli l'operazione, pensando così di dare una grande gioia alla signorina di Kerkabon e a tutta la compagnia, una volta che la cosa fosse fatta. Il cerusico, che fino ad allora non aveva mai fatto questa operazione, avvertì la famiglia che dette in grandi esclamazioni. La buona Kerkabon ebbe paura che suo nipote, che sembrava un tipo risoluto e sbrigativo, facesse da solo l'operazione in modo maldestro, e che ne risultassero funesti effetti ai quali le signore si interessano molto, per bontà di cuore.

Il priore riordinò le idee all'Urone; gli fece capire che la circoncisione non era più di moda, che il battesimo era molto più piacevole e salutare, che la legge di grazia non era come la legge di rigore. L'Ingenuo, che aveva molto buon senso e molta rettitudine, discusse ma riconobbe il suo errore, cosa rara in Europa tra la gente che discute; alla fine decise di farsi battezzare quando avessero voluto.

Bisognava anzitutto confessarsi, e questo era il più difficile. L'Ingenuo aveva sempre in tasca il libro che suo zio gli aveva dato. Non vi aveva trovato notizia che uno solo degli apostoli si fosse confessato, e questo lo rendeva molto restio. Il priore gli chiuse la bocca mostrandogli, nell'epistola di S. Giacomo Minore, quelle parole che mettono tanto in difficoltà gli eretici: *confessate i vostri peccati gli uni agli altri.* L'Urone tacque e si confessò a un recolletto. Appena ebbe finito tirò fuori il recolletto dal confessionale e, prendendo il suo uomo vigorosamente, si mise al suo posto e lo fece inginocchiare davanti a sé: « Forza, amico mio, sta scritto: *confessatevi gli uni con gli altri*; ti ho raccontato i miei peccati; non uscirai di qui senza avermi raccontato i tuoi. » Mentre diceva così appoggiava il ginocchio sul petto del suo avversario. Il recolletto si mette a strillare da far risuonare tutta la chiesa. A quello strepito accorre gente, vedono il catecumeno che strapazza il monaco, in nome di S. Giacomo Minore. La gioia di battezzare un basso-bretone urone e inglese era così grande che si passò sopra a queste stranezze. Ci furono perfino molti teologi che pensarono che la confessione non fosse necessaria, dal momento che il battesimo sopperiva a tutto.

Fu fissato un appuntamento con il vescovo di Saint-Malo che, lusingato, come si può ben immaginare, di battezzare un Urone, arrivò in un equipaggio sontuoso, seguito dal suo clero. La signorina di St-Yves, benedicendo Iddio, indossò il suo vestito più bello e fece venire una parrucchiera da Saint-Malo, per brillare alla cerimonia. Il curioso balivo accorse con tutta la contrada. La chiesa era addobbata magnificamente; ma quando fu il momento di prendere l'Urone per condurlo al fonte, ci si accorse che non c'era.

Lo zio e la zia lo cercarono dappertutto. Si pensò che fosse andato a caccia, come era sua abitudine. Tutti gli invitati alla festa si dettero a percorrere i boschi e i villaggi vicini: nessuna notizia dell'Urone.

Si cominciò a temere che fosse ritornato in Inghilterra. Ricordavano di avergli sentito dire che amava molto quel paese. Il priore e sua sorella erano convinti che non vi si battezzasse nessuno e tremavano per l'anima del nipote. Il vescovo era imbarazzato e stava per andarsene; il priore e l'abate di St-Yves si disperavano; il balivo interrogava tutti i passanti con la sua ordinaria gravità. La signorina di Kerkabon piangeva; la signorina di St-Yves non piangeva ma sospirava profondamente, testimoniando così la sua inclinazione per i sacramenti. Ambedue passeggiavano tristemente lungo i salici e i canneti che costeggiano il torrente di Rance, allorché scorsero in mezzo all'acqua una grande figura biancheggiante, con le mani incrociate sul petto. Gettarono un grido e si voltarono dall'altra parte. Ma la curiosità ebbe ben presto la meglio su ogni altra considerazione, per cui scivolarono dolcemente tra i canneti e, quando furono proprio sicure di non esser viste, cercarono di capire di che si trattasse.

IV · L'INGENUO BATTEZZATO

Il priore e l'abate accorsero e chiesero all'Ingenuo che mai facesse là dentro. « Oh perbacco! Signori, sto aspettando il battesimo. È un'ora che sono nell'acqua fino al collo, e non è onesto lasciarmi intirizzire in questo modo. »

« Ma caro nipote mio, » gli disse teneramente il priore, « non è così che si battezza in Bassa-Bretagna; riprendete i vostri abiti e venite con noi. » La signorina di St-Yves, sentendo queste parole, diceva a bassa voce alla sua compagna: « Signorina, credete che si rivestirà subito? »

Intanto l'Urone rispondeva al priore: « Questa volta non me la date a bere come quell'altra; da allora ho studiato attentamente e sono certissimo che non si battezza in altro modo. L'eunuco della regina Candace fu battezzato in un ruscello; vi sfido a mostrarmi nel libro che mi avete dato che ci si sia mai comportati in altro modo. O sarò battezzato dentro il fiume o non lo sarò affatto. » Ebbero un bel mostrargli che gli usi erano cambiati. L'Ingenuo era testardo, essendo Urone e bretone. Ritornava sempre all'eunuco della regina Candace. E benché la signorina sua zia e la signorina di St-Yves, che lo avevano osservato da dietro i salici, fossero in grado di dirgli che non gli conveniva citare un tale esempio, tuttavia non ne fecero nulla; tanto grande era la loro discrezione. Il vescovo venne di persona a parlargli, il che non era poco; ma non ci guadagnò nulla: l'Urone discusse anche con il vescovo.

« Mostratemi un sol uomo, » gli disse, « nel libro che mi ha dato mio zio, che non sia stato battezzato nel fiume e farò tutto quello che vorrete. »

La zia, disperata, aveva tuttavia notato che la prima

volta che suo nipote aveva fatto la riverenza, alla signorina di St-Yves ne aveva fatta una più profonda che a chiunque altro della compagnia; che non aveva neppure salutato il vescovo con quel rispetto misto a cordialità che aveva testimoniato per la bella signorina. Decise dunque di rivolgersi a lei in questa situazione così imbarazzante; la pregò di interporre il proprio credito per convincere l'Urone a farsi battezzare alla maniera dei Bretoni, persuasa che il nipote non potesse diventare cristiano se insisteva a voler essere battezzato nell'acqua corrente.

La signorina di St-Yves arrossì di segreto piacere sentendosi incaricata di una missione così importante. Si avvicinò all'Ingenuo con modestia, e prendendogli la mano in modo nobilissimo: « Fareste qualcosa per me? » gli chiese; e, pronunciando queste parole abbassava gli occhi e poi li sollevava con grazia struggente. « Ah, tutto quello che vorrete, signorina, tutto quello che mi comanderete; battesimo dell'acqua, battesimo del fuoco, battesimo del sangue; non c'è niente che io possa rifiutarvi. » La signorina di St-Yves ebbe la gloria di fare in due parole ciò che né le premure del priore, né le interrogazioni reiterate del balivo, né i ragionamenti di sua eminenza il vescovo avevano potuto fare.

Il battesimo fu amministrato e ricevuto in tutta decenza, con tutta la magnificenza e la piacevolezza possibili. Lo zio e la zia cedettero all'abate di St-Yves e a sua sorella l'onore di tenere l'Ingenuo sul fonte. La signorina di St-Yves era raggiante di gioia nel vedersi madrina. Non sapeva quali fossero gli obblighi cui la costringeva questo alto titolo; accettò questo onore senza conoscerne le fatali conseguenze.

Poiché non c'è mai stata cerimonia che non fosse seguita da un gran pranzo, usciti dal battesimo ci si mise a tavola. I buontemponi della Bassa-Bretagna dissero che non c'era bisogno di battezzare anche il vino. Il priore diceva che il vino, secondo Salomone, riempie di gioia il cuore degli uomini. Sua Eminenza il vescovo aggiungeva che il patriarca Giuda doveva legare il suo asinello alla vite e immergere il suo mantello nel sangue dell'uva, e che era cosa assai triste che non si potesse fare altrettanto in Bassa-Bretagna, alla quale Dio ha negato la vite. Ognuno cercava di dire una facezia sul battesimo dell'Ingenuo, e qualche galanteria alla madrina. Il balivo, sempre in vena di far domande, chiedeva all'Urone se sarebbe stato fedele alle sue promesse. « Come volete che io manchi alle mie promesse, » rispose l'Urone, « dal momento che le ho fatte tra le mani della signorina di St-Yves? »

L'Urone si riscaldò, bevve molto alla salute della sua madrina. « Se fossi stato battezzato dalle vostre mani, » disse, « sento che l'acqua fredda che mi hanno versato sul capo mi avrebbe bruciato. » Il balivo trovò che ciò era molto poetico, non sapendo quanto l'allegoria è familiare in Canada. Ma la madrina ne fu estremamente felice.

Al battezzato era stato dato il nome di Ercole. Il vescovo di Saint-Malo domandava continuamente chi fosse questo patrono di cui non aveva mai sentito parlare. Il gesuita, che era molto dotto, gli disse che era un santo che aveva fatto dodici miracoli. Ce n'era un tredicesimo che valeva gli altri dodici messi insieme, ma del quale a un gesuita non si addiceva parlare; era quello di aver cambiato cinquanta fanciulle in cinquanta donne, in una sola notte. Un burlone che si trovava là sottolineò questo miracolo con energia. Tutte le signore abbassarono gli occhi, e giudicarono dall'aspetto dell'Ingenuo che era degno del santo di cui portava il nome.

V · L'INGENUO INNAMORATO

Bisogna confessare che dopo questo battesimo e questo pranzo, la signorina di St-Yves desiderò con passione che Sua Eminenza il vescovo la rendesse ancora partecipe di qualche bel sacramento con il signor Ercole l'Ingenuo. Tuttavia, poiché era beneducata e molto modesta, non osava confessare del tutto a se stessa i suoi teneri sentimenti; ma se le sfuggiva uno sguardo, una parola, un gesto, un pensiero, avvolgeva tutto ciò in un velo di pudore infinitamente amabile. Era tenera, vivace, virtuosa.

Non appena il vescovo fu partito, l'Ingenuo e la signorina di St-Yves si incontrarono senza essersi resi conto che si stavano cercando. Si parlarono senza aver prima pensato che cosa si sarebbero detti. Cominciò l'Ingenuo col dirle che l'amava con tutto il suo cuore, e che la bella Abacaba, di cui era stato follemente innamorato al suo paese, non si poteva neanche paragonare a lei. La signorina gli rispose, con la sua ordinaria modestia, che bisognava parlarne al più presto al priore suo zio e alla signorina sua zia, e che da parte sua avrebbe detto due parole al suo caro fratello, abate di St-Yves, e che si lusingava di ottenere un comune consenso.

L'ingenuo le rispose che non aveva bisogno del consenso di nessuno; che gli pareva estremamente ridicolo andare a domandare ad altri che cosa si dovesse fare; che, quando le due parti sono d'accordo non c'è bisogno di un terzo per accordarle. « Non consulto nessuno, » diceva, « quando mi vien voglia di mangiare, o di andare a caccia, o di dormire. So bene che in amore non è male avere il consenso della persona che si ama; ma, siccome non è di mio zio o di mia zia che sono innamorato, non è a loro che devo rivolgermi in questo affare; e, se date retta a me, farete a meno anche del signor abate di St-Yves. »

Potete immaginare che la bella bretone impiegò tutta la delicatezza del suo spirito per ricondurre il suo Urone nei termini della decenza. Si arrabbiò perfino, ma subito dopo si raddolcì. Insomma, non si sa come sarebbe potuta finire questa conversazione se, sul far della sera, l'abate non avesse ricondotto sua sorella all'abbazia. L'ingenuo aspettò che suo zio e sua zia, che erano un po' stanchi della cerimonia e del lungo pranzo, andassero a dormire. Passò una parte della notte a fare versi in lingua urona per la sua amata: bisogna infatti sapere che non c'è nessun paese della terra in cui l'amore non abbia reso gli amanti poeti.

L'indomani suo zio gli parlò in questi termini dopo colazione, in presenza della signorina di Kerkabon, che era tutta intenerita: « Sia lodato il cielo poiché avete avuto l'onore, caro nipote, di essere cristiano e basso-bretone! Ma questo non basta; io sono avanti con gli anni; mio fratello non ha lasciato che un pezzetto di terra che è davvero poca cosa; io ho un priorato: se solo volete farvi suddiacono, come spero, vi rassegnerò il mio priorato, e vivrete una vita molto agiata, dopo essere stato la consolazione della mia vecchiaia. »

L'Ingenuo rispose: « Zio, buon pro vi faccia! Possiate vivere tanto a lungo quanto vorrete. Non so che voglia dire essere suddiacono o rassegnare; ma qualunque cosa mi andrà bene purché io abbia la signorina di St-Yves a mia disposizione. » « Mio Dio! nipote caro, che dite mai? Amate dunque follemente quella signorina? » « Sì, zio. » « Ohimè, nipote, non è possibile che voi la sposiate. » « È possibilissimo, zio; infatti, non solo mi ha stretto la mano nel salutarmi, ma mi ha anche promesso di chiedermi in sposo; sicuramente la sposerò. » « Ma è impossibile, vi dico; è la vostra madrina; è un peccato spaventoso per una madrina stringere la mano del suo figlioccio; è proibito sposare la propria madrina; vi si oppongono le leggi divine e umane. » « Oh perbacco, zio, mi state prendendo in giro; perché dovrebbe essere proibito sposare la propria madrina quando è giovane e graziosa? Non ho mai visto nel libro che mi avete dato che fosse male sposare le ragazze che hanno aiutato la gente a battezzarsi. Mi rendo conto ogni giorno che qui si fanno un'infinità di cose che non sono nel vostro libro, e che non se ne fanno punte di quelle che vi sono scritte. Vi confesso che tutto ciò mi stupisce e mi fa arrabbiare. Se mi si priva della bella St-Yves col pretesto del mio battesimo, vi avverto che me lo tolgo e mi sbattezzo. »

Il priore era confuso; sua sorella piangeva. « Fratello mio, » diceva, « bisogna impedire che nostro nipote si danni; il santo padre, il papa, gli può dare la dispensa e allora potrà essere cristianamente felice con colei che ama. » L'Ingenuo abbracciò sua zia. « Chi è dunque, » disse, « quest'uomo incantevole che favorisce con tanta bontà gli amori dei giovani e delle ragazze? Voglio andare subito a parlargli. »

Gli fu spiegato che era il papa, e l'Ingenuo fu ancor più stupito di prima. « Non c'è una parola di tutto ciò nel vostro libro, caro zio; ho viaggiato, conosco il mare; qui siamo sulle coste dell'oceano, e io dovrei lasciare la signorina di St-Yves per andare a chiedere il permesso di amarla a un uomo che abita dalle parti del Mediterraneo, a quattrocento leghe da qui, di cui non capisco la lingua! Mi pare una cosa del tutto ridicola e assurda! Vado subito dal signor abate di St-Yves, che sta solo a una lega da qui, e vi assicuro che sposerò la mia amante oggi stesso. »

Mentre parlava ancora, entrò il balivo che, secondo il suo costume, gli domandò dove andasse. « A sposarmi, » disse l'Ingenuo correndo; e un quarto d'ora dopo era già a casa della bella e amata basso-bretone, che dormiva ancora. « Ah, fratello mio, » diceva la signorina di Kerkabon al priore, « non farete mai un suddiacono di vostro nipote. »

Il balivo fu molto scontento di quel viaggio: pretendeva infatti che la St-Yves sposasse suo figlio; e suo figlio era ancora più cretino e più insopportabile del padre.

VI · L'INGENUO CORRE A CASA DELLA SUA AMANTE, E DIVENTA FURIOSO

L'ingenuo era appena giunto che, domandato ad una serva dove fosse la camera della sua amante, spinse con energia la porta mal chiusa e si lanciò verso il letto. La signorina di St-Yves, svegliandosi di soprassalto, si mise a gridare: « Che c'è! Ah, siete voi, siete voi! Fermo, che fate? » L'Ingenuo rispose: « Vi sposo »; e la stava proprio sposando, se ella non si fosse dibattuta con tutta l'onestà di una persona che ha ricevuto una buona educazione.

L'Ingenuo non voleva scherzi; trovava quel comportamento del tutto fuori luogo. « Non era così che si comportava la signorina Abacaba, mia prima amante; siete del tutto sleale; mi avete promesso le nozze, e poi non le volete fare: facendo così venite meno alle più elementari leggi dell'onore; vi insegnerò io a mantenere la parola data e vi riporterò sulla strada della virtù. »

L'Ingenuo possedeva una virtù maschia e intrepida, degna del suo patrono Ercole, di cui gli era stato dato il nome al battesimo; stava appunto per metterla in atto in tutta la sua portata allorquando, alle grida laceranti della signorina più virtuosa e discreta del mondo, accorse il buon abate di St-Yves, insieme alla governante, a un vecchio domestico devoto e a un prete della parrocchia. La vista di costoro moderò il coraggio dell'assalitore. « Oh, mio Dio! caro vicino, che state facendo? » « Il mio dovere, » replicò il giovane; « io mantengo sempre le mie promesse, che sono sacre. »

La signorina di St-Yves si rimise a posto arrossendo. L'Ingeuo fu condotto in un'altra stanza. L'abate gli fece capire l'enormità di quanto aveva fatto. L'Ingenuo si difese sulla base dei privilegi della legge naturale, che conosceva alla perfezione. L'abate cercò di dimostrare che la legge positiva doveva trionfare della legge naturale e che, senza le convenzioni fatte dagli uomini, la legge di natura sarebbe quasi sempre un brigantaggio naturale. « Ci vogliono notai, » diceva, « e preti, testimoni, contratti e dispense. » L'Ingenuo gli rispose con la riflessione che i selvaggi hanno sempre fatto: « Siete dunque gente parecchio disonesta se vi ci vogliono tante precauzioni. »

L'abate fece fatica a risolvere questa difficoltà. « Ci sono, lo riconosco, » disse, « molti incostanti e molti bricconi tra di noi, e ce ne sarebbero altrettanti tra gli Uroni se fossero riuniti in una grande città; ma ci sono anche anime sagge, oneste, illuminate, e sono costoro che hanno fatto le leggi. Più si è gente per bene, più ci si deve sottomettere ad esse; si dà un esempio ai viziosi, che rispettano così un freno che la virtù ha assegnato a se stessa. »

Questa risposta colpì l'Ingenuo. Si è già fatto notare che era un uomo assennato. Cercarono di addolcirlo con parole lusinghiere; gli dettero speranze: sono queste le due trappole in cui cadono gli uomini dei due emisferi; fu ammesso anche al cospetto della signorina di St-Yves, non appena ella ebbe fatto la sua toilette. Tutto fu condotto con la più grande decenza. Ma nonostante ciò, gli occhi scintillanti dell'Ingenuo Ercole fecero sempre abbassare quelli della sua amante e tremare la compagnia.

Ci volle molto per rimandarlo dai suoi parenti. Si dovette impiegare ancora una volta il credito della bella St-Yves; più ella sentiva il suo potere su di lui, più l'amava. Lo fece partire, e ne fu molto afflitta; quando finalmente fu partito, l'abate, che non solo era il fratello maggiore molto più anziano della signorina di St-Yves, ma ne era anche il tutore, decise di sottrarre la sua pupilla alle premure di quel terribile amante. Andò a consultare il balivo che, destinando sempre suo figlio alla sorella dell'abate, gli consigliò di mettere la poverina in un convento. Fu un colpo terribile: una persona indifferente, se la si mettesse in convento, si metterebbe a strillare; ma una donna innamorata, un'innamorata tanto saggia quanto tenera, c'era di che portarla alla disperazione.

L'Ingenuo, di ritorno dal priore, raccontò tutto con la sua solita ingenuità. Gli toccò sorbirsi gli stessi rimproveri, che fecero qualche effetto sul suo spirito, ma nessuno sui suoi sensi; l'indomani, allorché gli venne voglia di tornare dalla sua bella amante per ragionare con lei sulla legge naturale e la legge convenzionale, il signor balivo gli fece sapere, con gioia insultante, che era entrata in un convento. « Bene! » disse lui, « andrò a ragionare in quel convento. » « Non si può, » disse il balivo. Gli spiegò molto dettagliatamente che cosa fosse un convento; che la parola derivava dal latino *conventus*, che significava assemblea; e l'Urone non riusciva a capire perché non potesse essere ammesso a quell'assemblea. Non appena capì che quest'assemblea era di fatto una specie di prigione dove si tenevano rinchiuse le fanciulle, cosa orribile, sconosciuta agli Uroni e agli Inglesi, diventò furibondo come lo fu il suo patrono Ercole quando Erite, re di Ecalia, non meno crudele dell'abate di St-Yves, gli rifiutò la bella Iole sua figlia, non meno bella della sorella dell'abate. Voleva subito dare fuoco al convento, rapire la sua amante o morire bruciato con lei. La signorina di Kerkabon, spaventata, rinunciava più che mai alla speranza di vedere suo nipote suddiacono, e diceva piangendo che da quando era stato battezzato aveva il diavolo in corpo.

VII · L'INGENUO RESPINGE GL'INGLESI

L'ingenuo, sprofondato in una cupa malinconia, andò a passeggiare in riva al mare, con il fucile a due colpi in spalla, il coltellaccio al fianco, sparando di tanto in tanto a qualche uccello, e spesso tentato di sparare a se stesso; ma amava ancora la vita, a causa della signorina di St-Yves. Ora malediceva suo zio, sua zia, tutta la Bassa-Bretagna e il suo battesimo; ora li benediceva tutti perché grazie a loro aveva conosciuto colei che amava. Prendeva la decisione di andare a bruciare il convento, poi si fermava all'improvviso, per paura di bruciare la sua amante. Le onde della Manica non sono più agitate dai venti dell'est e dell'ovest di quanto lo fosse il suo cuore da sentimenti opposti.

Camminava a gran passi, senza sapere dove andasse, quando intese il suono di un tamburo. Vide da lontano una folla, metà della quale correva verso la riva mentre l'altra metà scappava.

Mille grida si levavano da ogni parte; la curiosità e il coraggio lo fanno precipitare all'istante verso il luogo da dove giungono i clamori; in quattro balzi è già là. Il comandante della milizia, che aveva cenato con lui dal priore, lo riconobbe subito; corse verso di lui a braccia aperte: « Ah, c'è l'Ingenuo, combatterà per noi. » E i militi, che morivano di paura, si rassicurarono e gridarono anche loro: « È l'Ingenuo! È l'Ingenuo! »

« Signori, » disse lui, « di che si tratta? Perché siete così spaventati? Hanno messo anche a voi l'amante in convento? » Allora cento voci confuse gridarono: « Ma non vedete che gl'Inglesi ci attaccano? » « E con questo? » replicò l'Urone; « è gente per bene; non mi hanno mai proposto di farmi suddiacono; non mi hanno portato via la mia amante. »

Il comandante gli fece capire che gl'Inglesi venivano a saccheggiare l'abbazia della Montagna, a bere il vino di suo zio, e forse a rapire la signorina di St-Yves; che il vascello con il quale era sbarcato in Bretagna era venuto apposta per esplorare la costa; che facevano atti di ostilità senza aver dichiarato guerra al re di Francia, e che la provincia era esposta alle loro scorrerie. « Ah, se è così violano la legge naturale; lasciate fare a me; ho vissuto a lungo con loro, conosco la loro lingua, andrò a parlamentare; non credo che abbiano un progetto tanto malvagio. »

Durante questa conversazione, la squadra inglese si avvicinava; l'Urone si mise a correre in quella direzione, salì sul vascello ammiraglio e domandò se era vero che andavano a devastare il paese senza aver prima dichiarato guerra onestamente. L'ammiraglio e l'equipaggio scoppiarono in una gran risata; gli fecero bere del punch e lo rimandarono indietro.

L'Ingenuo, offeso, non pensò più che a battersi contro i

suoi vecchi amici in favore dei suoi compatrioti e del signor priore. I gentiluomini del vicinato accorrevano da ogni parte: si unì a loro; avevano qualche cannone; egli li caricava, prendeva la mira e sparava con tutti uno dopo l'altro. Gl'Inglesi sbarcano; egli corre verso di loro e ne uccide tre, ferisce persino l'ammiraglio che si era preso gioco di lui. Il suo valore suscita il coraggio di tutta la milizia; gl'Inglesi risalgono sulle navi e tutta la costa risuona di grida di vittoria: « Viva il re! viva l'Ingenuo! » Ognuno l'abbracciava, ognuno si dava premura di stagnare il sangue di qualche ferita leggera che aveva riportato. « Ah, » diceva, « se la signorina di St-Yves fosse qui, mi metterebbe una compressa. »

Il balivo, che si era nascosto in cantina durante il combattimento, venne a complimentarsi con lui come avevano fatto gli altri. Ma fu molto sorpreso quando sentì Ercole l'Ingenuo dire ad una dozzina di giovani di buona volontà dai quali era circondato: « Amici miei, aver salvato l'abbazia della Montagna non è niente; ora bisogna salvare una fanciulla. » Tutta quella gioventù focosa s'infiammò a quelle parole. Già lo seguiva una folla, correvano tutti al convento. Se il balivo non avesse avvertito immediatamente il comandante, se non fossero subito corsi dietro a quell'allegra compagnia, la cosa era fatta. L'Ingenuo fu riportato a casa dello zio e della zia, che lo inondarono di lacrime di tenerezza.

« Mi rendo conto che non sarete mai né suddiacono né priore, » disse lo zio; « sarete un ufficiale ancor più valoroso del mio fratello capitano, e probabilmente altrettanto pezzente. » E la signorina di Kerkabon piangeva sempre nell'abbracciarlo, e diceva: « Sarà ucciso come mio fratello; quanto sarebbe meglio se diventasse suddiacono! »

L'Ingenuo, nel combattimento, aveva raccolto una borsa piena di ghinee, che probabilmente l'ammiraglio aveva lasciato cadere. Pensò subito che con quella borsa avrebbe potuto comprare tutta la Bassa-Bretagna, e soprattutto fare della signorina di St-Yves una gran signora. Tutti lo esortavano ad andare a Versailles, per ricevere il premio dei suoi servigi. Il comandante e i principali ufficiali lo coprirono di certificati. Lo zio e la zia approvarono il viaggio del nipote. Sarebbe stato presentato al re senza che ci fossero difficoltà: e questo sarebbe bastato a dargli un grande prestigio nella provincia. Le due brave persone aggiunsero alla borsa inglese un dono considerevole tratto dai loro risparmi. L'Ingenuo diceva dentro di sé: « Quando vedrò il re gli chiederò in sposa la signorina di St-Yves, e certamente non me la rifiuterà. » Partì dunque, acclamato in tutti i cantoni, soffocato dagli abbracci, bagnato di lacrime dalla zia, benedetto dallo zio, raccomandandosi alla bella St-Yves.

VIII · L'INGENUO VA A CORTE. DURANTE IL VIAGGIO CENA CON ALCUNI UGONOTTI

L'Ingenuo prese la via di Saumur in diligenza, poiché non c'erano allora altri mezzi di trasporto. Quando fu a Saumur si stupì di trovare la città quasi deserta, e di vedere diverse famiglie che traslocavano. Gli dissero che sei anni prima Saumur contava più di quindicimila anime e che al momento non ce n'erano neppure seimila. Non mancò di parlarne a cena nella sua locanda. C'erano a tavola molti protestanti; gli uni si lamentavano amaramente, altri fremevano di collera, altri dicevano piangendo: *Nos dulcia linquimus arva, nos patriam fugimus.*[1] L'Ingenuo, che non sapeva il latino, si fece spiegare queste parole il cui significato era: Abbandoniamo le nostre dolci campagne, fuggiamo la nostra patria.

« E perché fuggite la vostra patria, signori? » « Perché vogliono farci riconoscere il papa. » « E perché non lo riconoscete? Non avete dunque una madrina da sposare? Mi hanno detto che è lui che dà il permesso. » « Signore, il papa dice di essere il padrone del dominio dei re! » « Ma, signori, che professione esercitate? » « Siamo per lo più negozianti di stoffe e fabbricanti. » « Se questo papa pretende di essere il padrone delle vostre stoffe e delle vostre fabbriche, fate bene a non riconoscerlo; ma quanto ai re, è affar loro: di che v'impicciate? »[2] Allora un omino nero prese la parola ed espose molto dottamente le lagnanze della

1 Virgilio, *Bucoliche*, prima egloga.
2 Replica di Fontenelle a un negoziante di stoffe giansenista.

compagnia. Parlò della revoca dell'editto di Nantes con tanta energia, deplorò in modo così patetico la sorte di cinquantamila famiglie fuggitive e di altre cinquantamila convertite dai dragoni, che l'Ingenuo pianse a sua volta. « Come mai, » diceva, « un così gran re, la cui gloria arriva fino agli Uroni, si priva così dell'affetto di tanta gente che lo avrebbe amato, di tante braccia che l'avrebbero servito? »

« L'hanno ingannato, come gli altri grandi re, » rispose l'uomo in nero. « Gli hanno fatto credere che, appena avesse detto una parola, tutti avrebbero pensato come lui, e che ci avrebbe fatto cambiare religione come il suo musicista Lulli fa cambiare ogni momento le scene delle sue opere. Non solo perde circa cinque o seicentomila sudditi utilissimi, ma ne fa dei nemici; e il re Guglielmo, che attualmente è signore d'Inghilterra, ha già messo insieme numerosi reggimenti composti da questi Francesi che altrimenti avrebbero combattuto per il loro monarca.

« Un tal disastro è tanto più stupefacente in quanto il papa regnante, al quale Luigi XIV sacrifica una parte del suo popolo, è suo nemico dichiarato. Da nove anni trascinano fra di loro una disputa violenta che si è spinta tanto oltre da far sperare alla Francia di vedere finalmente spezzarsi il giogo che la sottomette da tanti secoli a questo straniero, e soprattutto di non dargli più denaro, che è il primo motore degli affari di questo mondo. È dunque evidente che questo grande re è stato ingannato su questi interessi come sulla portata del suo potere e che si è attentato alla magnanimità del suo cuore. »

L'Ingenuo, sempre più commosso, domandò chi fossero i Francesi che ingannavano un monarca così caro agli Uroni. « Sono i gesuiti, » gli risposero; « soprattutto il Padre La Chaise, confessore di Sua Maestà. Speriamo che Dio li punisca un giorno, e che siano cacciati a loro volta, come ora cacciano noi. C'è forse sventura pari alla nostra? Monsignor di Louvois ci invia da ogni parte gesuiti e dragoni. »

« Ebbene, signori, » replicò l'Ingenuo che non si poteva più trattenere, « vado a Versailles a ricevere una ricompensa per i miei servigi; parlerò con questo monsignor di Louvois: mi hanno detto che è lui che dirige la guerra, dal suo ufficio. Vedrò il re, gli farò conoscere la verità; è impossibile non arrendersi a questa verità quando la si sente. Tornerò presto per sposare la signorina di St-Yves, e vi invito tutti alle mie nozze. » Quella brava gente lo prese allora per un gran signore che viaggiasse in incognito in diligenza. Qualcuno lo prese per il buffone del re.

C'era a tavola un gesuita camuffato, che faceva la spia per il reverendo Padre di La Chaise. Gli faceva rapporti su tutto, e il padre La Chaise ne rendeva edotto monsignor di Louvois. La spia scrisse. L'Ingenuo e la lettera arrivarono a Versailles più o meno nello stesso momento.

IX · ARRIVO DELL'INGENUO A VERSAILLES. SUA ACCOGLIENZA A CORTE

L'Ingenuo scende di carrozza nel cortile delle cucine. Domanda ai portatori a che ora si può vedere il re. I portatori gli ridono in faccia, come aveva fatto l'ammiraglio inglese. L'Ingenuo li trattò nello stesso modo, li picchiò; essi cercarono di rendergliele, e la scena poteva diventare sanguinosa se non fosse passata una guardia del corpo, gentiluomo bretone, che allontanò la canaglia. « Signore, » disse il viaggiatore, « mi sembrate una brava persona; sono il nipote del priore della Madonna della Montagna; ho ucciso degli Inglesi; vengo per parlare al re: vi prego di accompagnarmi nella sua stanza. » La guardia, felice di trovare un uomo valoroso della sua provincia, che non pareva molto al corrente degli usi di corte, gli fece sapere che non si poteva parlare al re in questo modo, che bisognava essere presentati da monsignor di Louvois. « Va bene! accompagnatemi dunque da questo monsignor di Louvois, che senza dubbio mi condurrà da Sua Maestà. » « Ma è ancor più difficile, » replicò la guardia, « parlare a monsignor di Louvois che a Sua Maestà. Vi condurrò invece dal signor Alexandre, primo funzionario della guerra: è come se parlaste al ministro. » Vanno dunque dal signor Alexandre, primo funzionario, ma non poterono essere ammessi; era tutto indaffarato con una dama di corte e aveva lasciato l'ordine di non far passare. « Non importa, » disse la guardia, « niente è perduto; andiamo dal primo funzionario del signor Alexandre: è come parlare al signor Alexandre in persona. »

L'Urone, stupefatto, lo segue; restano insieme mezz'ora in una piccola anticamera. « Ma che roba è? » disse l'Ingenuo, « sono tutti invisibili in questo paese? È più facile battersi in Bassa-Bretagna contro gli Inglesi che incontrare a Versailles la gente con cui si deve parlare. » Si distrasse un poco raccontando i suoi amori al compaesano. Ma il rintoccare delle ore richiamò la guardia del corpo al suo posto. Promisero di rivedersi l'indomani; e l'Ingenuo restò ancora un'altra mezz'ora nell'anticamera, pensando alla signorina di St-Yves e alla difficoltà di parlare ai re e ai primi funzionari.

Finalmente comparve il padrone. « Signore, » gli disse l'Ingenuo, « se avessi aspettato a respingere gli Inglesi tanto quanto m'avete fatto aspettare voi per questa udienza, a quest'ora devasterebbero tutta la Bassa-Bretagna a loro piacimento. » Queste parole colpirono il funzionario che disse infine al bretone: « Che cosa chiedete? » « Una ricompensa, » disse l'altro; « ecco i miei titoli »; e gli mostrò i suoi certificati. Il funzionario lesse e gli disse che probabilmente gli avrebbero accordato il permesso di comprarsi una luogotenenza. « Io? Dovrei dare del denaro per aver respinto gli Inglesi! dovrei pagarmi il diritto di farmi ammazzare per voi, mentre voi ve ne state qui a dare udienza in tutta tranquillità? Credo che vogliate scherzare. Esigo una compagnia di cavalleria, e gratis. Voglio che il re faccia uscire dal convento la signorina di St-Yves e che me la dia in sposa. Voglio parlare al re in favore di cinquantamila famiglie che gli voglio rendere. In una parola, voglio rendermi utile: mi si adoperi e mi si promuova. »

« Come vi chiamate, signore, per parlare con tanta arroganza? » « Ah, » rispose l'Ingenuo, « ma allora non avete letto i miei certificati? Dunque è questo l'uso che ne fate? Mi chiamo Ercole di Kerkabon; sono battezzato, abito al Quadrante azzurro e mi lamenterò con il re del vostro comportamento. » Il funzionario concluse, come già la gente di Saumur, che non aveva la testa a posto, e non gli prestò molta attenzione.

Il giorno stesso il reverendo padre di La Chaise, confessore di Luigi XIV, aveva ricevuto la lettera della sua spia che accusava il bretone Kerkabon di favorire in cuor suo gli Ugonotti e di condannare la condotta dei gesuiti. Il signor di Louvois, da parte sua, aveva ricevuto una lettera dell'interrogante balivo, che dipingeva l'Ingenuo come un cattivo soggetto che voleva bruciare conventi e rapire fanciulle.

L'Ingenuo, dopo aver passeggiato per i giardini di Versailles, dove si annoiò, dopo aver cenato alla moda urona e bassa-bretone, era andato a dormire cullandosi nella speranza di vedere il re l'indomani, di ottenere la signorina di St-Yves in matrimonio, di avere almeno una compagnia di cavalleria, e di far cessare le persecuzioni contro gli ugonotti. Si cullava in queste piacevoli immaginazioni, quando la polizia militare entrò nella sua camera. Per prima cosa gli presero il fucile a due colpi e la grande sciabola.

Fecero un inventario del suo denaro contante e lo portarono nel castello che fece costruire re Carlo V, figlio di Giovanni II, vicino alla via St-Antoine, alla porta di Tournelles.[1]

Quale fosse durante il tragitto lo stupore dell'Ingenuo, ve lo lascio immaginare. Dapprima credette che si trattasse di un sogno. Rimase nell'istupidimento; poi, trasportato all'improvviso da un furore che raddoppiava le sue forze, prende per la gola due dei suoi conduttori che erano con lui in carrozza, li getta fuori della portiera, si lancia dietro di loro, trascinando il terzo che cercava di trattenerlo. Per lo sforzo cade; lo legano e lo rimettono in vettura. « Ecco che si guadagna, » diceva, « a cacciare gl'Inglesi dalla Bassa-Bretagna! Che diresti, mia bella St-Yves, se mi vedessi in questo stato? »

Arrivarono finalmente a destinazione. Lo portarono in silenzio nella stanza dove doveva essere rinchiuso, come si porta un morto al camposanto. La stanza era già occupata da un vecchio solitario di Port-Royal, di nome Gordon, che vi languiva da due anni. « Guardate, » disse il capo degli sbirri, « vi porto compagnia »; e subito richiudono gli enormi catenacci della solida porta, rivestita di ampie sbarre. I due prigionieri restarono separati dal resto del mondo.

1 La Bastiglia.

X · L'INGENUO RINCHIUSO ALLA BASTIGLIA CON UN GIANSENISTA

Il signor Gordon era un vegliardo fresco e sereno, che sapeva due grandi cose: sopportare le avversità e consolare gl'infelici. Si avvicinò al suo compagno con espressione di affetto e di compassione, l'abbracciò e disse: « Chiunque siate, voi che venite a dividere con me questa tomba, sappiate che dimenticherò sempre me stesso per addolcire i vostri tormenti nell'abisso infernale nel quale siamo caduti. Adoriamo la Provvidenza che ci ha condotto qui, soffriamo in pace e speriamo. » Queste parole fecero sull'animo dell'Ingenuo l'effetto delle gocce d'Inghilterra, che richiamano in vita i morenti e gli fanno dischiudere gli occhi con stupore.

Dopo le prime cortesie, Gordon, senza fargli fretta perché dicesse la causa della sua disgrazia, gli ispirò con la dolcezza della sua conversazione, e con l'interesse che hanno l'uno per l'altro due infelici, il desiderio di aprire il suo cuore e di liberarsi del fardello che l'opprimeva; ma non poteva indovinare il motivo della sua sventura: gli pareva un effetto senza causa, e il buon Gordon era stupito quanto lui.

« Bisogna proprio, » disse il giansenista all'Urone, « che Dio abbia progetti su di voi, giacché vi ha condotto dal lago Ontario in Inghilterra e in Francia, vi ha fatto battezzare in Bassa-Bretagna, e vi ha messo qui dentro per la vostra salvezza. » « Francamente, » rispose l'Ingenuo, « credo che sia stato solo il diavolo ad occuparsi del mio destino. I miei compatrioti d'America non mi avrebbero mai trattato con la barbarie con cui mi trattano qui; non ne hanno neanche l'idea. Li chiamano *selvaggi*; sono gente grossolana, ma quelli di qui sono dei mascalzoni in guanti di velluto. Sono davvero sorpreso di essere venuto dal nuovo mondo per essere rinchiuso in questo a quattro catenacci insieme a un prete; ma se rifletto al numero enorme di uomini che partono da un emisfero per andare a farsi ammazzare nell'altro, o che naufragano in viaggio e sono mangiati dai pesci, non vedo dove siano i graziosi disegni di Dio su tutta questa gente. »

Intanto portarono loro da mangiare attraverso uno sportello. La conversazione andò a cadere sulla Provvidenza, sui mandati di arresto, e sull'arte di non soccombere alle disgrazie alle quali ogni uomo è esposto in questo mondo. « Sono due anni che mi trovo qui, » disse il vegliardo, « senza altra consolazione che me stesso e i miei libri; non ho mai avuto un momento di cattivo umore. »

« Ah! signor Gordon, » esclamò l'Ingenuo, « non siete dunque innamorato della vostra madrina? Se conosceste come me la signorina di St-Yves, sareste disperato. » A queste parole non poté trattenere le lacrime, e si sentì poi un po' meno oppresso. « Ma perché, » disse, « le lacrime danno sollievo? Mi sembra che dovrebbero fare l'effetto contrario. » « Figlio mio, tutto è fisico in noi, » disse il buon vecchio; « ogni secrezione fa bene al corpo, e tutto ciò che gli dà sollievo, dà sollievo anche all'anima: siamo le macchine della Provvidenza. »

L'Ingenuo che, come abbiamo detto più volte, aveva una mente lucida, fece delle profonde riflessioni su questa idea, della quale sembrava che avesse il seme dentro di sé. Quindi domandò al suo compagno perché la sua macchina era da due anni in catene. « Per via della grazia efficiente, » rispose Gordon; « passo per giansenista: ho conosciuto Arnaud e Nicole; i gesuiti ci hanno perseguitato. Noi crediamo che il papa non sia altro che un vescovo come tutti gli altri; è per questo che il P. La Chaise ha ottenuto dal re, suo penitente, l'ordine di rapirmi, senza alcuna formalità legale, il bene più prezioso degli uomini, la libertà. » « Questo è proprio strano, » disse l'Ingenuo; « tutti i disgraziati che ho incontrato sono tali per colpa del papa.

« Quanto alla vostra grazia efficiente, vi confesso che non ci capisco nulla; ma considero una grande grazia che Dio mi abbia fatto trovare nella sventura un uomo come voi, che mette nel mio cuore una consolazione di cui mi credevo incapace. »

Ogni giorno la conversazione diventava più interessante e più istruttiva. Gli animi dei due prigionieri si legavano l'uno all'altro. Il vecchio sapeva molte cose, e il giovane aveva molta voglia di imparare. Il primo mese studiò la geometria; la divorava. Gordon gli fece leggere la *Fisica* di

Rouhault, che era ancora di moda, ed egli con il suo buon senso vi trovò solo cose incerte.

Quindi lesse il primo volume della *Ricerca della verità*. Questa nuova luce lo illuminò. « Ma come! » disse, « i nostri sensi e la nostra immaginazione ci ingannano a tal punto! Come! gli oggetti non formano le nostre idee, e noi non possiamo darcele da soli! » Quando ebbe letto il secondo volume, non fu più così contento, e ne trasse la conclusione che è più facile distruggere che costruire.

Il suo confratello, stupito che un giovane ignorante facesse questa riflessione, propria degli animi colti, concepì una grande stima per la sua intelligenza e si legò a lui ancora di più.

« Il vostro Malebranche, » gli disse un giorno l'Ingenuo, « mi sembra un uomo che ha scritto metà del suo libro con la ragione, e l'altra metà con l'immaginazione e i pregiudizi. »

Qualche giorno dopo, Gordon gli chiese: « Che pensate dell'anima, della maniera in cui riceviamo le nostre idee, della nostra volontà, della grazia, del libero arbitrio? » « Niente, » rispose l'Ingenuo; « se pensassi qualche cosa direi che siamo sottoposti al potere dell'Essere eterno come gli astri e gli elementi; che Egli fa tutto in noi, che noi siamo piccoli ingranaggi della macchina immensa di cui Egli è l'anima; che agisce secondo leggi generali e non secondo considerazioni parziali; solo ciò mi sembra intelligibile, tutto il resto è per me un abisso di tenebre. »

« Ma, figlio mio, ciò equivale a dire che Dio è l'autore del peccato. »

« Ma, padre mio, la vostra grazia efficiente farebbe anche lei di Dio l'autore del peccato: infatti, è evidente che tutti coloro ai quali questa grazia fosse rifiutata, peccherebbero; e chi ci consegna al male, non ne è forse l'autore? »

Questa semplicità metteva in imbarazzo il buon uomo; egli si rendeva conto di fare vani sforzi per tirarsi fuori dal pantano, e ammucchiava tante parole che parevano avere un senso ma che non ne avevano alcuno (del tipo di premozione fisica) tanto che l'Ingenuo ne aveva pena. Si trattava evidentemente del problema dell'origine del bene e del male; e allora bisognava che il povero Gordon passasse in rivista il vaso di Pandora, l'uovo di Orosmad forato da Arianna, l'inimicizia tra Osiride e Tifone, e alla fine il peccato originale; e correvano l'uno e l'altro in questa notte profonda, senza incontrarsi mai. Ma almeno, questo romanzo sull'anima distraeva il loro pensiero dalla contemplazione della loro miseria; e, per uno strano incantesimo, il gran numero di calamità sparse nell'universo diminuiva la sensazione delle loro pene: non osavano lamentarsi quando tutto l'universo soffriva.

Ma, nel riposo della notte, l'immagine della bella St-Yves cancellava dallo spirito del suo amante tutte le idee di metafisica e di morale. Egli si svegliava cogli occhi bagnati di lacrime e il vecchio giansenista dimenticava la sua grazia efficiente, l'abate di St-Cyran, e Giansenio, per consolare un giovane che credeva in peccato mortale.

Dopo le letture e le discussioni, parlavano delle loro avventure; e dopo averne inutilmente parlato, leggevano insieme, o ciascuno per proprio conto. Lo spirito del giovane si fortificava sempre di più. In particolare, avrebbe fatto molta strada in matematica, senza le distrazioni che gli procurava la signorina di St-Yves.

Lesse qualcosa di storia e ne fu rattristato. Il mondo gli parve troppo malvagio e troppo miserabile. In effetti, la storia non è altro che il quadro dei crimini e delle sventure. La massa degli uomini innocenti e pacifici scompare sempre in questi vasti affreschi. I personaggi non sono che ambiziosi e perversi. Sembra che la storia piaccia soltanto quando assomiglia alla tragedia, che languisce se non è animata dalle passioni, i misfatti e le grandi sventure. Bisogna armare di pugnale Clio, come Melpomene.

Benché la storia di Francia sia piena di orrori, come tutte le altre, tuttavia gli parve così disgustosa nei suoi inizi, così arida verso la metà, così meschina alla fine, anche al tempo di Enrico IV, sempre sprovvista di grandi monumenti, così estranea a quelle grandi scoperte che hanno illustrato altre nazioni, che era costretto a lottare contro la noia per leggere tutti quei dettagli di calamità oscure relegate in un angolino del mondo.

Gordon la pensava come lui. Tutti e due sorridevano di pietà quando si parlava dei sovrani di Fezensac, di Fezansaguet e di Astrac. Un tale studio infatti non servirebbe altro che agli eredi, se ne avessero. I bei secoli della repubblica romana lo resero per un po' indifferente al resto della terra. Lo spettacolo di Roma vittoriosa e legislatrice delle nazioni occupava la sua anima interamente. Si entusiasmava nella contemplazione di questo popolo che fu governato per settecento anni dall'amore per la libertà e per la gloria.

Così passavano i giorni, le settimane, i mesi; l'Ingenuo si sarebbe creduto perfino felice nella dimora della disperazione, se non fosse stato innamorato.

Il suo animo buono si inteneriva anche al pensiero del priore della Madonna della Montagna e della sensibile Kerkabon. « Che penseranno, » si ripeteva spesso, « quando non avranno mie notizie? Mi crederanno un ingrato. » Questa idea lo tormentava; compiangeva quelli che lo amavano, più di quanto compiangesse se stesso.

XI · COME L'INGENUO SVILUPPA IL SUO INGEGNO

La lettura allarga lo spirito e un amico sincero lo consola. Il nostro prigioniero godeva di questi due vantaggi di cui non aveva mai avuto il minimo sentore prima. « Sarei tentato, » diceva, « di credere alle metamorfosi, giacché sono stato cambiato da bruto in uomo. » Si formò una biblioteca scelta, con una parte del suo denaro di cui gli era permesso disporre. L'amico lo incoraggiò a mettere per iscritto le sue riflessioni. Ecco quanto scrisse sulla storia antica:

Immagino che le nazioni siano state a lungo come me, che non si siano istruite che molto tardi, che non si siano occupate, per secoli, che del momento presente che passava, pochissimo del passato, e mai del futuro. Ho percorso cinque o seicento leghe nel Canada senza trovarvi un solo monumento; nessuno sa niente di quello che ha fatto il suo bisavolo. Non è forse questo lo stato naturale dell'uomo? La razza di questo continente mi sembra superiore a quella dell'altro. Ha infatti elevato il suo essere da molti secoli per mezzo delle scienze e delle arti. È forse perché ha la barba al mento, mentre Dio ha rifiutato la barba agli Americani? Non credo; vedo infatti che i cinesi non hanno barba quasi per nulla, e tuttavia coltivano le arti da più di cinquemila anni. In effetti, se hanno più di quattromila anni di annali, è necessario che la nazione fosse costituita e fiorente da più di cinquanta secoli.

Una cosa soprattutto mi colpisce in questa antica storia della Cina, ed è che tutto vi è verosimile e naturale. L'ammiro perché non c'è niente di meraviglioso.

Perché tutte le altre nazioni si sono date origini leggendarie? Gli antichi cronachisti della storia di Francia, che non sono poi tanto antichi, fanno derivare i Francesi da un certo Francus, figlio di Ettore. I Romani si dicevano nati da un Frigio, benché non ci fosse nella loro lingua una sola parola che avesse il minimo rapporto con la lingua frigia. Gli dei avevano abitato diecimila anni in Egitto e i diavoli in Scizia, dove avevano generato gli Unni. Prima di Tucidide non si vedono che romanzi simili agli Amadis,[1] *e molto meno divertenti. Dovunque apparizioni, oracoli, prodigi, sortilegi, metamorfosi, sogni spiegati che fanno il destino dei più grandi imperi e dei più piccoli Stati: qui bestie che parlano, là bestie oggetto di culto, dei trasformati in uomini, uomini trasformati in dei. Se abbiamo bisogno di leggende, che queste leggende abbiano almeno l'emblema della verità! Mi piacciono le favole dei filosofi, rido di quelle dei bambini, odio quelle degli impostori.*

Un giorno gli capitò sotto mano una storia dell'imperatore Giustiniano. Vi si leggeva che degli apedeuti di Costantinopoli avevano emesso, in pessimo greco, un editto contro il maggior condottiero del secolo, perché quell'eroe aveva pronunciato queste parole nel calore della conversazione: *La verità brilla di luce propria, e non si illuminano gli spiriti con le fiamme dei roghi.*[2] Gli apedeuti [3] assicurarono che questa proposizione era eretica, sapeva di eresia, e che l'assioma opposto era cattolico, universale e greco: *Non si illuminano gli spiriti che con le fiamme dei roghi, e la verità non può brillare di luce propria.* Questi linostoli [4] condan-

1 Romanzi di Vasco de Lobeira e di molti altri continuatori.

2 Frase tratta dal *Bélisaire* di Marmontel, capitolo XV, censurato dalla Sorbona nel 1767.

3 Letteralmente: « senza istruzione ».

4 Letteralmente: « vestiti di lino »; sta per « sacerdoti ».

narono così molti discorsi del condottiero, ed emisero un editto. « Ma come! » esclamò l'Ingenuo, « editti emessi da gente simile! » « Non sono affatto editti, » replicò Gordon, « sono contro-editti, di cui tutti si facevano beffe a Costantinopoli, e l'imperatore per primo: era un saggio principe che aveva saputo ridurre gli apedeuti linostoli a non poter fare altro che il bene. Sapeva che quei signori e molti altri pastofori avevano con i loro contro-editti fatto perdere la pazienza agli imperatori suoi predecessori per questioni più gravi. » « E fece molto bene, » disse l'Ingenuo, « bisogna sopportare i pastofori, e contenerli. »

Mise per iscritto molte altre riflessioni che spaventavano il vecchio Gordon. « Ma come! » disse questi dentro di sé, « ho consumato cinquant'anni della mia vita ad istruirmi, e temo di non poter raggiungere il buon senso naturale di questo ragazzo semiselvaggio! Ho paura di essermi dato da fare a fortificare dei pregiudizi; lui non ascolta altro che la semplice natura. »

Il brav'uomo aveva qualcuno di quei libretti di critica, di quei fogli periodici in cui uomini incapaci di produrre alcunché denigrano le produzioni altrui, in cui i Visé insultano i Racine,[1] e i Faydit i Fénelon. L'Ingenuo dette una scorsa ad alcuni di essi. « Mi sembrano, » diceva, « come quei mosconi che vanno a deporre le uova nel sedere dei più bei cavalli: questo non impedisce ai cavalli di correre. » I due filosofi si degnarono appena di dare un'occhiata a questi escrementi della letteratura.

Lessero insieme gli elementi dell'astronomia; l'Ingenuo si fece mandare delle sfere; questo grandioso spettacolo lo mandava in visibilio. « Come è duro, » diceva, « cominciare a conoscere il cielo proprio ora che mi hanno tolto il diritto di contemplarlo! Giove e Saturno girano in quegli spazi immensi; milioni di soli illuminano miliardi di mondi; e, nell'angolino della terra nel quale mi son trovato, esistono degli esseri che mi privano, me essere vedente e pensante, di tutti questi mondi che il mio sguardo potrebbe raggiungere e di quello in cui Dio mi ha fatto nascere! La luce, fatta per tutto l'universo, è perduta per me. Non me la nasconde-

1 Visé: allusione al « Mercure galant », 1672; Faydit: allusione alla *Télémachomanie*, 1700.

vano nell'emisfero settentrionale in cui ho passato la mia infanzia e la giovinezza. Senza di voi, caro Gordon, sarei qui nel nulla. »

XII · CIÒ CHE PENSA L'INGENUO DEGLI SPETTACOLI TEATRALI

Il giovane Ingenuo somigliava ad uno di quegli alberi vigorosi che, nati in un suolo ingrato, estendono in poco tempo le radici e i rami quando sono trapiantati in terreno favorevole; e, cosa strana, la prigione rappresentava questo terreno.

Tra i libri che occupavano il tempo dei due prigionieri, c'erano delle poesie, traduzioni di tragedie greche, qualche dramma francese. I versi che parlavano d'amore portavano nell'animo dell'Ingenuo insieme piacere e dolore. Tutti gli parlavano dell'amata St-Yves. La favola dei *Due piccioni* gli trapassò il cuore: era così lontano dal raggiungere la sua colombaia.

Molière lo affascinò. Gli faceva conoscere i costumi di Parigi e del genere umano. « Quale di queste commedie preferite? » « Il *Tartufo*, senza esitazione. » « La penso come voi, » disse Gordon; « è un Tartufo che mi ha ficcato in questa prigione, e forse sono dei Tartufi che hanno fatto la vostra disgrazia. Come trovate queste tragedie greche? » « Buone, per i Greci, » disse l'Ingenuo. Ma quando lesse l'*Ifigenia* moderna, *Fedra*, *Andromaca*, *Atalia* cadde in estasi, sospirò, pianse, le imparò a memoria senza aver fatto alcuno sforzo per impararle.

« Leggete *Roduguna*, » gli disse Gordon; « si dice che sia il capolavoro del teatro; le altre *pièces*, che vi sono piaciute tanto, non sono niente al confronto. » Il giovane fin dalla prima pagina disse: « Non è dello stesso autore. » « Da che lo capite? » « Non lo so ancora, ma questi versi non arrivano né alle mie orecchie né al mio cuore. » « Oh, i versi non contano niente, » replicò Gordon. L'Ingenuo rispose: « Allora, perché farli? »

Dopo aver letto molto attentamente la *pièce*, senza altro motivo che di trarne piacere, guardava il suo amico con occhi asciutti e stupiti, e non sapeva che dire. Alla fine, sollecitato a render conto di ciò che gliene era sembrato, rispose: « Non ho capito per nulla l'inizio; a metà ho sentito ripugnanza; l'ultima scena mi ha commosso molto, benché mi sembri poco verosimile; non mi sono interessato a nessuno e non mi ricordo neppure venti versi, io che li imparo tutti a memoria quando mi piacciono. »

« Questa *pièce* passa tuttavia per essere la migliore che abbiamo. » « Se è così, » replicò, « è forse come tanta gente che non merita il posto che occupa. Dopo tutto qui è un problema di gusto: il mio non è forse ancora formato; mi posso sbagliare; ma sapete che ho l'abitudine di dire ciò che penso, o meglio ciò che sento. Sospetto che ci sia spesso illusione, moda, capriccio, nei giudizi degli uomini. Ho parlato con la voce della natura: può darsi che in me la natura sia molto imperfetta; ma può anche darsi che talvolta sia poco consultata dalla maggioranza degli uomini. » Allora recitò i versi dell'*Ifigenia*, che lo avevano estasiato, e benché non li declamasse bene, vi mise tanta verità e tanta convinzione che fece piangere il vecchio giansenista. Poi lesse *Cinna*: non pianse, ma fu pieno di ammirazione.

XIII · LA BELLA ST-YVES VA A VERSAILLES

Mentre il nostro sventurato si istruiva più di quanto si consolasse; mentre il suo ingegno, soffocato per tanto tempo, si dispiegava con tanta rapidità e forza; mentre la natura, che si perfezionava in lui, lo vendicava degli oltraggi della sorte, che ne era del signor priore, della sua buona sorella, e della bella reclusa St-Yves? Il primo mese furono inquieti, il terzo sprofondarono nel dolore: le false congetture, le dicerie infondate, li allarmarono; in capo a sei mesi lo credettero morto. Finalmente il signore e la signorina di Kerkabon appresero, da una vecchia lettera, che una guardia del re aveva scritto in Bretagna, che un giovane simile all'Ingenuo era arrivato una sera a Versailles, ma che era stato preso durante la notte, e che da allora nessuno ne aveva più sentito parlare.

« Ohimè! » disse la signorina di Kerkabon, « il nostro nipote avrà fatto qualche sciocchezza e si sarà cacciato in qualche brutto impiccio. È giovane, basso-bretone, non può sapere come ci si comporta a corte. Fratello caro, non ho mai visto Versailles, né Parigi; ecco una bella occasione, ritroveremo forse il nostro povero nipote: è figlio di nostro fratello, perciò è nostro dovere soccorrerlo. Chissà che non possiamo pervenire finalmente a farne un suddiacono, quando la foga giovanile gli si sarà un po' calmata? Aveva molta disposizione per la scienza. Vi ricordate come ragionava sull'antico e sul nuovo Testamento? Siamo responsabili della sua anima; siamo noi che l'abbiamo fatto battezzare; la sua cara amante St-Yves passa le giornate a piangere. In verità, bisogna andare a Parigi. Se è nascosto in qualcuna di quelle orribili case di piacere di cui mi hanno tanto raccontato, lo tireremo fuori. » Il priore fu toccato dalle parole della sorella. Andò a trovare il vescovo di Saint-Malo, che aveva battezzato l'Urone e gli chiese protezione e consiglio. Il prelato approvò il viaggio. Dette al priore lettere di raccomandazione per il P. La Chaise, confessore del re, che aveva la più alta carica del regno; per l'arcivescovo di Parigi Harlay, e per il vescovo di Meaux Bossuet.

Infine fratello e sorella partirono; ma, quando furono giunti a Parigi, si sentirono sperduti come in un gran labirinto senza filo e senza uscita. Le loro sostanze erano di mediocre entità; ogni giorno avevano bisogno di vetture per andare alla scoperta, e non scoprivano mai nulla.

Il priore si presentò dal reverendo Padre La Chaise: questi era con la signorina Du Tron, e non poteva dare udienza ai priori. Andò alla porta dell'arcivescovo: il prelato era chiuso con la bella signora di Lesdiguières, beninteso per affari concernenti la Chiesa. Corse allora alla casa di campagna del vescovo di Meaux: ma questi esaminava con la signorina di Meauléon l'amore mistico di Madame Guyon. Tuttavia riuscì a farsi sentire da questi due prelati; tutti e due gli dichiararono che non potevano immischiarsi negli affari di suo nipote, visto che non era suddiacono.

Finalmente vide il gesuita; questi lo ricevette a braccia aperte e protestò che aveva sempre avuto per lui una stima speciale; infatti non l'aveva mai conosciuto. Giurò che la Società era sempre stata molto affezionata ai basso-bretoni. « Ma, » disse, « vostro nipote non avrà per caso la sventura di essere ugonotto? » « Sicuramente no, Reverendo Padre. » « Non sarà per caso giansenista? » « Posso assicurare alla Riverenza Vostra che è appena cristiano. Sono circa undici mesi che l'abbiamo battezzato. » « Molto bene, molto bene, avremo cura di lui. E il vostro beneficio, è sostanzioso? » « Oh no, è poca cosa, e il mio nipote ci costa parecchio. » « C'è qualche giansenista dalle vostre parti? State bene attento, mio caro priore, sono più pericolosi degli atei. » « Mio Reverendo Padre, non ne abbiamo affatto; non sanno neanche che cosa sia il giansenismo, alla Madonna della Montagna. » « Meglio così; andate pure, farò per voi tutto quello che occorre. » Congedò affettuosamente il priore, e non ci pensò più.

Il tempo passava, il priore e la sua buona sorella si disperavano.

Frattanto il maledetto balivo affrettava il matrimonio di quel babbeo di suo figlio con la bella St-Yves, che era stata fatta uscire apposta dal convento. Ella amava sempre il suo caro figlioccio, tanto quanto detestava il marito che le volevano affibbiare. L'affronto di essere stata rinchiusa in un convento aumentava la sua passione. L'ingiunzione di sposare il figlio del balivo era poi il colmo. I rimpianti, la tenerezza e l'orrore sconvolgevano il suo animo. L'amore, come è noto, è molto più ingegnoso e audace in una fanciulla che non l'amicizia in un vecchio priore e in una zia di quarantacinque anni suonati. In più, si era formata in convento sui romanzi che aveva letto di nascosto.

La bella St-Yves si ricordava della lettera che una guardia del corpo aveva scritto in Bassa-Bretagna, della quale si era parlato nella provincia. Decise di andare di persona a prendere informazioni a Versailles, di gettarsi ai piedi dei ministri se suo marito era in prigione, come dicevano, e di ottenere giustizia per lui. Qualcosa dentro di lei l'avvertiva che a corte niente viene rifiutato ad una ragazza graziosa. Ma non sapeva quanto questo costasse.

Presa la sua decisione si consolò, diventò tranquilla, smise di respingere il suo pretendente; accolse il detestabile suocero, fu gentile con suo fratello, spandeva l'allegria in casa; poi, il giorno destinato alla cerimonia, parte segretamente alle quattro del mattino con tutti i regali di nozze e quanto è riuscita a raccogliere. Aveva fatto così bene i suoi calcoli che era già a più di due leghe quando entrarono nella sua camera verso mezzogiorno. La sorpresa e la costernazione furono grandi. L'interrogante balivo fece quel giorno più domande di quante ne avesse fatte in tutta la settimana; il marito restò più scimunito di quanto non fosse mai stato. L'abate di St-Yves, pieno di rabbia, decise di correre dietro a sua sorella. Il balivo e suo figlio vollero accompagnarlo. Così il destino portava a Parigi quasi tutto quel cantone della Bassa-Bretagna.

La bella St-Yves si aspettava di essere seguita. Era a cavallo; si informava abilmente dai corrieri se non avessero visto un grosso abate, un enorme balivo e un giovane babbeo che correvano sulla via di Parigi. Avendo appreso il terzo giorno che non erano lontani, prese un'altra strada, ed ebbe abbastanza abilità e fortuna da arrivare a Versailles mentre la cercavano inutilmente a Parigi.

Ma come comportarsi a Versailles? Giovane, bella, senza consigli, senza appoggi, sconosciuta, esposta a tutto, come osare cercare una guardia del re? Pensò di rivolgersi a un gesuita di basso rango; ce n'erano per tutte le condizioni sociali, come Dio, dicevano, ha dato nutrimento diverso alle diverse specie di animali. Aveva dato al re il suo confessore, che tutti i postulanti di benefici chiamavano il *capo della Chiesa gallicana*; poi venivano i confessori delle principesse; i ministri non ne avevano affatto: non erano così sciocchi. C'erano i gesuiti della massa, e soprattutto i gesuiti delle cameriere, attraverso i quali si sapevano i segreti delle amanti, impiego non di poco conto. La bella St-Yves si rivolse a uno di questi ultimi che si chiamava Padre Tutto-a-tutti. Si confessò con lui, gli espose le sue avventure, il suo stato, il suo pericolo, e lo scongiurò di procurarle alloggio presso qualche buona devota che la mettesse al riparo dalle tentazioni.

Il padre Tutto-a-tutti la introdusse in casa della moglie di un ufficiale assaggiatore del re, una delle sue penitenti più fidate. La St-Yves cominciò subito a cercare di guadagnarsi la confidenza e l'amicizia di questa donna; si informò della guardia bretone e lo fece pregare di venire a casa. Saputo da lui che il suo amante era stato portato via dopo aver parlato ad un alto funzionario, corre da costui: la vista di una bella donna lo addolcisce subito, poiché bisogna convenire che Dio non ha creato le donne se non per ammansire gli uomini.

Lo scritturale, intenerito, le confessò tutto. « Il vostro amante è alla Bastiglia da circa un anno, e senza di voi ci resterebbe forse tutta la vita. » La fragile St-Yves svenne. Quando ebbe ripreso i sensi, lo scritturale disse: « Non ho abbastanza credito per fare del bene; tutto il mio potere si limita a fare del male ogni tanto. Date retta a me, andate dal signor di St-Pouange, che fa il bene e il male, cugino e favorito di monsignor di Louvois. Questo ministro ha una doppia anima: il signor di St-Pouange è una, la signora di Belloy [1] l'altra; ma lei in questo momento non è a Versailles; non vi resta che piegare il protettore che vi ho indicato. »

La bella St-Yves, divisa tra un po' di gioia e grandi dolori, tra qualche speranza e funesti timori, inseguita dal fratello, innamorata del suo amante, asciugandosi le lacrime e versandone ancora, tremante, indebolita, riprendendo tuttavia coraggio, corse subito a casa del signor di St-Pouange.

XIV · PROGRESSI DELLO SPIRITO DELL'INGENUO

L'Ingenuo faceva rapidi progressi nelle scienze, e soprattutto nella scienza dell'uomo. La causa del rapido sviluppo del suo spirito era dovuta alla sua educazione selvaggia più o meno quanto alla tempra del suo animo. Poiché, non avendo appreso nulla nell'infanzia, non aveva pregiudizi. Il suo intelletto, non fuorviato dall'errore, era restato perfettamente integro. Vedeva le cose come sono, mentre le idee che ci hanno inculcato fin dall'infanzia ce le fanno vedere per tutta la vita come non sono. « I vostri persecutori sono abominevoli, » diceva al suo amico Gordon. « Mi rammarico molto del fatto che siate oppresso, ma mi ramma-

1 Nell'edizione di Kehl figura il vero nome della favorita di Louvois, *madame du Fresnoi*.

rico anche del fatto che siate giansenista. Tutte le sette mi sembrano una raccolta di errori. Ditemi se esistono sette in geometria. » « No, figlio mio, » gli disse sospirando il buon Gordon; « tutti gli uomini sono d'accordo sulla verità quando è dimostrata, ma sono molto divisi sulle verità oscure. » « Dite pure sulle falsità oscure. Se ci fosse una sola verità nascosta sotto i cumuli delle vostre argomentazioni che si rimestano da tanti secoli, sarebbe stata senza dubbio scoperta; e l'universo sarebbe stato d'accordo almeno su quel punto. Se questa verità fosse necessaria come lo è il sole alla terra, sarebbe lucente come lui. È un'assurdità, un oltraggio al genere umano, un attentato contro l'Essere infinito e supremo il dire: c'è una verità essenziale all'uomo e Dio l'ha nascosta. »

Tutto ciò che diceva questo giovane ignorante, istruito dalla natura, faceva una profonda impressione sullo spirito del saggio e sventurato vecchio. « Non avrò mica fatto la mia disgrazia per delle chimere? » esclamò. « Sono molto più sicuro della mia infelicità che della grazia efficiente. Ho consumato i miei giorni a ragionare sulla libertà di Dio e del genere umano, ma ho perduto la mia; né S. Agostino, né Prospero mi tireranno fuori dall'abisso in cui mi trovo. »

L'Ingenuo, abbandonandosi al suo carattere, disse infine: « Volete che vi parli con tutta franchezza? Quelli che si fanno perseguitare per queste vane dispute di scuola mi sembrano poco saggi; quelli che perseguitano mi sembrano dei mostri. »

I due prigionieri erano molto d'accordo sull'ingiustizia della loro prigionia. « Sono mille volte più da compatire di voi, » diceva l'Ingenuo; « sono nato libero come l'aria; avevo due ragioni di vita, la libertà e l'oggetto del mio amore: me le hanno tolte. Eccoci tutti e due in catene, senza saperne la ragione, e senza poterla chiedere a nessuno. Ho vissuto da Urone vent'anni; dicono che sono barbari perché si vendicano dei loro nemici; ma non hanno mai oppresso i loro amici. Ho appena messo piede in Francia che ho subito versato il mio sangue per lei; forse ho salvato una provincia, e per ricompensa sono inghiottito da questa tomba di vivi, dove sarei morto di rabbia senza di voi. Non ci sono dunque leggi in questo paese! Si condannano gli uomini senza ascoltarli! Non è così in Inghilterra. Ah, non era con gli Inglesi che mi dovevo battere. » Così la sua filosofia nascente non poteva domare la natura oltraggiata nel primo dei suoi diritti, e lasciava un libero corso alla sua giusta collera.

Il suo compagno non lo contraddisse. L'assenza aumenta sempre l'amore che non è soddisfatto, e la filosofia non lo diminuisce. Parlava della sua cara St-Yves tanto spesso quanto di morale e di metafisica. Più i suoi sentimenti si affinavano, più amava. Lesse qualche nuovo romanzo; ne trovò pochi che dipingessero la sua situazione d'animo. Sentiva che il suo cuore andava sempre oltre quello che leggeva. « Ah, » diceva, « quasi tutti questi autori hanno soltanto ingegno e arte! » Intanto il buon prete giansenista diventava insensibilmente il confidente del suo amore. Fino ad allora aveva conosciuto l'amore solo come un peccato di cui ci si accusa in confessione. Imparò a conoscerlo come un sentimento nobile e tenero, che può elevare l'animo quanto abbatterlo, e qualche volta perfino produrre qualche virtù. Insomma, come ultimo prodigio, un Urone convertiva un giansenista.

XV · LA BELLA ST-YVES RESISTE A PROPOSTE DELICATE

La bella St-Yves, ancor più tenera del suo amante, andò dunque dal signor di St-Pouange, accompagnata dall'amica presso la quale alloggiava, tutte e due nascoste dai cappucci. La prima cosa che vide alla porta fu l'abate di St-Yves, suo fratello, che usciva. Fu intimidita; ma la devota amica la rassicurò. « È proprio perché hanno parlato contro di voi che bisogna che voi parliate. Siate certa che in questo paese gli accusatori hanno sempre ragione se non ci si affretta a confonderli. D'altra parte la vostra presenza, se non mi sbaglio, farà più effetto delle parole di vostro fratello. »

Per poco che s'incoraggi, un'amante appassionata diventa intrepida. La St-Yves si presenta all'udienza. La sua giovinezza, il suo fascino, i suoi occhi teneri, bagnati di pianto, attirarono tutti gli sguardi. Ogni cortigiano del viceministro dimenticò per un momento l'idolo del potere per contemplare quello della bellezza. Il St-Pouange[1] la fece entrare nel suo studio; ella parlò con commozione e con grazia. St-Pouange ne fu toccato. Ella tremava ed egli la rassicurò. « Ritornate stasera, » le disse; « questo affare merita di essere considerato e discusso con tutto l'agio. Qui c'è troppa gente. Si sbrigano le udienze troppo rapidamente. Bisogna che mi intrattenga con voi a fondo per conoscere tutto ciò che vi riguarda. » Quindi, avendo fatto l'elogio della sua bellezza e dei suoi sentimenti, le raccomandò di venire alle sette di sera.

Ella non mancò; la devota amica l'accompagnò ancora, ma si trattenne nel salotto, e lesse il *Pedagogo cristiano*[2] mentre il St-Pouange e la bella St-Yves erano nello studiolo riservato. « Ci credereste, signorina, » disse lui all'inizio, « che vostro fratello è venuto a domandarmi un mandato d'arresto contro di voi? In verità ne emetterei piuttosto uno per rimandare lui in Bassa-Bretagna. » « Ohimè! Signore, si è dunque così prodighi di mandati d'arresto nel vostro ufficio, giacché vengono a sollecitarne fin dai luoghi più reconditi del regno, come fossero pensioni? Sono ben lontana dal domandarne uno contro mio fratello. Ho molti motivi per lamentarmi di lui, ma rispetto la libertà degli uomini; domando quella di un uomo che voglio sposare, d'un uomo al quale il re deve la conservazione di una provincia, che può servirlo utilmente, e che è figlio di un ufficiale ucciso al suo servizio. Di che cosa è accusato? Come hanno potuto trattarlo così crudelmente senza neppure ascoltarlo? »

Allora il viceministro le mostrò la lettera del gesuita spione e quella del perfido balivo. « Ma come! esistono mostri simili sulla terra! E in questo modo vorrebbero costringermi a sposare il ridicolo figlio di un ridicolo uomo malvagio! E su simili prove si decide del destino dei cittadini! » Si gettò in ginocchio e singhiozzando domandò la libertà dell'uomo valoroso che l'adorava. Il suo fascino, in quel momento, appariva centuplicato. Era così bella che il St-Pouange, perso ogni ritegno, le insinuò che avrebbe ottenuto ciò che voleva se cominciava col concedere a lui le primizie di

1 Probabilmente il conte di St-Florentin.
2 Opera del Padre d'Oultreman, 1629.

ciò che riserbava per il suo amante. La St-Yves, spaventata, confusa, per un pezzo finse di non aver capito; lo costrinse a spiegarsi più chiaramente. Una parola lasciata sfuggire dapprima con ritegno ne produceva una più forte, seguita da un'altra ancora più espressiva. Le fu offerto non solo la revoca del mandato d'arresto, ma ricompense, denaro, onori, sistemazione; più aumentavano le promesse, più aumentava anche il desiderio che non fossero rifiutate.

La St-Yves piangeva, si sentiva soffocare, riversa su un divano, non credeva ai suoi occhi e alle sue orecchie. Il St-Pouange, a sua volta, le si gettò ai piedi. Non era un uomo privo di attrattive, e avrebbe potuto non dispiacere a un cuore meno prevenuto. Ma la St-Yves adorava il suo amante e pensava che fosse un orribile crimine il tradirlo per aiutarlo. St-Pouange raddoppiava le preghiere e le promesse. Infine la testa gli girò a tal punto da dichiarare che quello era l'unico mezzo per trarre fuori di prigione l'uomo al quale si interessava in modo così violento e tenero al tempo stesso. Questa strana conversazione si prolungava. La devota dell'anticamera, leggendo il *Pedagogo cristiano*, diceva: « Dio mio! ma che faranno quei due da due ore? Monsignor di St-Pouange non dà mai udienze così lunghe; forse ha rifiutato ogni aiuto a quella povera ragazza, ed ella lo sta ancora pregando. » Alla fine la sua compagna uscì dallo studio riservato, sperduta, incapace di parlare, immersa in profonde riflessioni sul carattere dei grandi e dei semigrandi che sacrificano con tanta leggerezza la libertà degli uomini e l'onore delle donne.

Non disse una parola durante tutto il tragitto. Ma arrivata a casa dell'amica non ne poté più e raccontò tutto. La devota si fece dei gran segni di croce. « Amica cara, bisogna che consultiamo subito, domani stesso, il padre Tutto-a-tutti, il nostro direttore spirituale; egli ha molto credito presso il signor di St-Pouange; confessa molte domestiche della sua casa; è un uomo pio e accomodante, che dirige anche donne di qualità. Abbandonatevi a lui, come faccio io; me ne sono sempre trovata bene. Noi altre, povere donne, abbiamo bisogno di essere guidate da un uomo. » « E va bene! Amica cara, andrò domani a trovare il padre Tutto-a-tutti. »

Appena la bella e desolata St-Yves fu con il suo confessore, gli confidò che un uomo potente e voluttuoso le proponeva di far uscire di prigione il suo futuro legittimo sposo, e che domandava un prezzo molto alto per i suoi servigi; che lei aveva una terribile ripugnanza per una tale infedeltà e che, se non si fosse trattato che della propria vita, l'avrebbe sacrificata volentieri piuttosto che soccombere.

« Che abominevole peccatore! » disse il padre Tutto-a-tutti. « Dovreste proprio dirmi il nome di quest'uomo volgare; sicuramente è giansenista; lo denuncerò a Sua Riverenza il Padre La Chaise che lo farà mettere al posto in cui si trova attualmente la cara persona che dovete sposare. »

La povera fanciulla, dopo un lungo imbarazzo e grande incertezza, alla fine fece il nome di St-Pouange.

« Monsignor di St-Pouange! » esclamò il gesuita; « Ah, figlia mia, ma allora è tutt'altra cosa; è cugino del più grande ministro che abbiamo mai avuto, uomo dabbene, protettore della buona causa, buon cristiano; non può avere avuto un tal pensiero, avrete di sicuro capito male. » « Oh, padre mio, ho capito anche troppo bene; sono perduta, qualunque cosa faccia; non ho altra scelta che l'infelicità o la vergogna; è necessario che il mio amante sia sepolto vivo o che mi renda indegna di vivere. Non posso lasciarlo morire, e non posso salvarlo. »

Il padre Tutto-a-tutti cercò di calmarla con queste blande parole:

« Tanto per cominciare, figlia mia, non dite mai le parole *il mio amante*; c'è in esse qualcosa di mondano che potrebbe offendere Dio. Dite: *mio marito*; infatti; benché non lo sia ancora, lo considerate tale, e non c'è niente di più onesto.

« In secondo luogo, benché sia vostro sposo nell'idea, nella speranza, non lo è di fatto: pertanto non commettereste adulterio, peccato enorme che bisogna evitare finché è possibile.

« In terzo luogo le azioni non possono essere considerate peccaminose quando l'intenzione è pura; e non c'è niente di più puro del desiderio di liberare vostro marito.

« In quarto luogo, avete degli esempi nella santa antichità che possono meravigliosamente servire a ispirare la vostra condotta. S. Agostino [1] riporta che, sotto il proconsolato di Settimio Acindino, nell'anno 340 della nostra salvezza, un pover uomo che non poteva pagare a Cesare ciò che era di Cesare, fu condannato a morte, come è giusto, malgrado la massima: *Dove non c'è niente il re perde i suoi diritti.* Si trattava di una lira d'oro; il condannato aveva una moglie nella quale Dio aveva posto bellezza e prudenza. Un vecchio riccone promise di regalare una lira d'oro e anche di più alla signora a condizione di poter commettere con lei il peccato immondo. La signora pensò di non far niente di male a salvare la vita a suo marito. S. Agostino approva molto la sua generosa rassegnazione. È vero che il riccone la ingannò, e forse il marito non scampò alla forca; ma lei aveva fatto tutto quello che era in suo potere per salvargli la vita.

« Siate certa, figlia mia, che quando un gesuita vi cita S. Agostino, bisogna proprio che questo santo abbia pienamente ragione. Non vi do consigli; siate saggia; si può presumere che sarete utile a vostro marito. Monsignor di St-Pouange è un onest'uomo, non vi ingannerà; è tutto ciò che posso dirvi; pregherò Dio per voi, e spero che tutto andrà come deve, per la sua maggior gloria. »

La bella St-Yves, non meno sgomenta dei discorsi del gesuita di quanto lo fosse delle proposte del viceministro, tornò sperduta dalla sua amica. Era tentata di liberarsi con la morte dall'orrore di lasciare in una prigione spaventosa l'amante che adorava, e dalla vergogna di liberarlo a prezzo di ciò che aveva di più caro, e che non doveva appartenere ad altri che al suo sfortunato amante.

XVII · ELLA SOCCOMBE PER VIRTÙ

Pregava la sua amica di ucciderla; ma quella donna, non meno indulgente del gesuita, le parlò ancor più chiaramente. « Ohimè! » disse, « gli affari non si fanno mai in altro modo in questa corte così amabile, galante, rinomata. I po-

1 S. Agostino: *Sermone di Gesù Cristo sulla montagna.*

sti più mediocri, e i più considerevoli spesso sono stati attribuiti proprio al prezzo che si esige da voi. Ascoltate, mi avete ispirato amicizia e confidenza; vi confesserò che, se fossi stata difficile come voi, mio marito non godrebbe del piccolo impiego che lo fa vivere; lo sa, e lungi dall'esserne adirato, vede in me la sua benefattrice e si considera mia creatura. Pensate che tutti coloro che sono stati al governo di provincie, o a capo di eserciti, abbiano dovuto i loro onori e la loro fortuna soltanto ai servigi prestati? Ce ne sono che sono debitori alle loro signore mogli. Le dignità della guerra sono state sollecitate dall'amore; e il posto è stato dato al marito della più bella.

« Voi vi trovate in una situazione molto più importante: si tratta di portar fuori di prigione il vostro amante e di sposarlo; è un dovere sacro che dovete compiere. Non sono state affatto biasimate le belle e le grandi dame di cui vi parlo; ma voi sarete applaudita, si dirà che vi siete permessa una debolezza solo per un eccesso di virtù. » « Ah! che virtù! » gridò la bella St-Yves; « che labirinto di iniquità! Che paese! Come imparo a conoscere gli uomini! Un padre La Chaise e un ridicolo balivo fanno mettere il mio amante in prigione; la mia famiglia mi perseguita; mi si tende la mano, nella disgrazia, solo per disonorarmi. Un gesuita ha fatto la rovina di un brav'uomo, un altro gesuita vuole fare la mia; sono circondata da insidie, sono giunta al punto di precipitare nella miseria! Bisogna che mi uccida o che parli al re; mi getterò ai suoi piedi al suo passaggio, quando andrà a messa o a teatro. »

« Non vi lasceranno avvicinare, » disse la buona amica, « e se aveste la sventura di parlare, monsignor di Louvois e il reverendo padre La Chaise potrebbero seppellirvi in fondo a qualche convento per il resto dei vostri giorni. »

Mentre questa brava persona aumentava così le perplessità di quell'anima disperata e affondava il pugnale nel suo cuore, arrivò un corriere del signor di St-Pouange con una lettera e due begli orecchini. La St-Yves respinse tutto piangendo, ma l'amica se ne incaricò lei.

Appena il messaggero fu partito, la nostra confidente lesse la lettera, nella quale si proponeva una piccola cena alle due amiche per quella sera. La St-Yves giura che non ci andrà affatto. La devota cerca di farle provare gli orecchini di diamante; la St-Yves non lo può sopportare, e lotta per tutta la giornata. Alla fine, pensando al suo amante, vinta, trascinata, senza sapere dove la portano, si lascia condurre alla cena fatale. In nessun modo si era lasciata convincere ad ornarsi degli orecchini; la confidente li portò con sé, e glieli mise contro la sua volontà, prima che si mettessero a tavola. La St-Yves era così confusa, turbata, che si lasciava tormentare; e il padrone di casa ne traeva un augurio favorevole. Verso la fine della cena, la confidente si ritirò con discrezione. Allora il padrone mostrò la revoca del mandato d'arresto, il certificato di una considerevole gratificazione, quello dell'assegnazione di una compagnia, e non lesinò le promesse. « Ah, » disse la St-Yves, « quanto vi amerei se non voleste tanto essere amato! »

Infine, dopo una lunga resistenza, singhiozzi, grida, lacrime, indebolita dalla lotta, sperduta, languente, dovette arrendersi. Non ebbe altra risorsa che promettere a se stessa di non pensare all'Ingenuo mentre quel crudele godeva spietatamente della necessità alla quale era costretta.

XVIII · ELLA LIBERA IL SUO AMANTE E UN GIANSENISTA

Sul far del giorno vola a Parigi, munita dell'ordine del ministro. È difficile descrivere quanto passava nel suo cuore durante questo viaggio. Si immagini un'anima virtuosa e nobile, umiliata per la sua azione obbrobriosa, ebbra di tenerezza, lacerata dal rimorso di aver tradito il suo amante, piena della gioia di liberare colui che adora. La sua amarezza, le sue lotte, il suo successo occupavano tutte le sue riflessioni. Non era più la fanciulla semplice cui l'educazione provinciale aveva ristretto la mente. L'amore e la sventura l'avevano formata. Il sentimento aveva fatto in lei tanti progressi quanti ne aveva fatti la ragione nello spirito del suo sventurato amante. Le fanciulle imparano a sentire più facilmente di quanto gli uomini imparino a pensare. La sua avventura era più istruttiva che quattro anni di convento.

Il suo abito era di una semplicità estrema. Ella aveva in

orrore l'abbigliamento col quale era comparsa davanti al suo funesto benefattore; aveva lasciato gli orecchini di diamante alla sua compagna senza degnarli di un'occhiata. Confusa e ammaliata, innamorata dell'Ingenuo e piena di odio verso se stessa, arrivò infine alla porta

> Di quel castello orribile, palazzo di vendetta,
> che rinchiuse sovente colpevole e innocente.[1]

Quando bisognò scendere dalla carrozza, le forze le mancarono; la aiutarono; entrò con il cuore in tumulto, gli occhi umidi, il volto pieno di costernazione. La presentarono al governatore; cerca di parlargli ma le manca la voce; allora mostra l'ordine, articolando appena qualche parola. Il governatore voleva bene al prigioniero e fu molto contento della sua scarcerazione. Il suo cuore non era indurito come quello di alcuni onorati carcerieri suoi colleghi, che pensando solo alla retribuzione proveniente dalla guardia dei prigionieri, poiché il loro reddito è fondato sulle loro vittime e vivono sulle disgrazie altrui, in segreto godono di una gioia odiosa davanti alle lacrime degli infelici.

Egli fa venire il prigioniero nel suo appartamento. I due amanti si vedono e tutti e due svengono. La bella St-Yves restò a lungo senza movimento e senza vita: l'altro ritrovò presto il suo coraggio. « A quanto pare, questa è vostra moglie, » disse il governatore; « non mi avevate detto di essere sposato. Mi fanno sapere che dovete alle sue generose cure la vostra scarcerazione. » « Ah, non son degna di essere sua moglie! » disse la bella St-Yves con voce tremante, e ricadde di nuovo in uno stato di languore.

Quando ebbe ripreso i sensi presentò, sempre tremando, il documento della gratificazione e la promessa scritta di una compagnia. L'Ingenuo, stupito e insieme commosso, si svegliava da un sogno per entrare in un altro. « Ma perché sono stato rinchiuso qui? Come avete potuto tirarmene fuori? Dove sono i mostri che mi ci hanno mandato? Siete una divinità scesa dal cielo in mio aiuto. »

1 Voltaire: *Henriade*, canto IV (testo del 1723): *De cet affreux château, palais de la vengeance, / Qui renferma souvent le crime et l'innocence.*

La bella St-Yves abbassava gli occhi, guardava il suo amante, arrossiva e distoglieva un minuto dopo gli occhi bagnati di pianto. Gli disse tutto ciò che sapeva e tutto quello che aveva passato, eccetto ciò che avrebbe voluto nascondere per sempre e che un altro che non fosse l'Ingenuo, assuefatto al mondo e più istruito degli usi di corte, avrebbe indovinato facilmente.

« Possibile che un miserabile come quel balivo abbia avuto il potere di togliermi la libertà? Ah, vedo bene che gli uomini sono come gli animali più vili; tutti possono nuocere. Ma è possibile che un monaco, un gesuita confessore del re, abbia contribuito alla mia disgrazia quanto il balivo, senza che io possa immaginare con che pretesto quel miserabile farabutto mi ha perseguitato? Mi ha fatto passare per giansenista? E voi, come vi siete ricordata di me? Non lo meritavo, ero ancora un selvaggio. Ma come! Avete potuto intraprendere il viaggio per Versailles senza consigli e senza soccorsi! Appena siete arrivata hanno rotto le mie catene! C'è dunque nella bellezza e nella virtù un fascino invincibile che fa cadere le porte di ferro e rende molli i cuori di bronzo! »

Alla parola *virtù* la bella St-Yves si lasciò sfuggire dei singhiozzi. Non sapeva quanto in realtà fosse virtuosa, proprio nel delitto che si rimproverava.

Il suo amante continuò: « Angelo che avete rotto le mie catene, se avete avuto (non riesco a capire come) abbastanza credito da farmi rendere giustizia, fate che sia resa anche a un vecchio che per primo mi ha insegnato a pensare, come voi mi insegnaste ad amare. La calamità ci ha unito; gli voglio bene come fosse mio padre, non posso vivere né senza di voi né senza di lui. »

« Io! Dovrei sollecitare lo stesso uomo che...! » « Sì, voglio esservi debitore di tutto, non voglio mai essere debitore a nessuno salvo che a voi: scrivete a quell'uomo potente, colmatemi dei vostri benefici, portate a termine ciò che avete cominciato, compite i vostri prodigi. » Ella sentiva di dover fare tutto ciò che il suo amante esigeva. Cercò di scrivere, ma la sua mano non obbediva. Ricominciò la lettera tre volte; alla fine scrisse e i due amanti uscirono dopo aver abbracciato il vecchio martire della grazia efficiente.

La felice e desolata St-Yves sapeva in quale casa aveva preso alloggio suo fratello; ci andò; il suo amante prese un appartamento nella stessa casa.

Erano appena giunti che il suo protettore inviò l'ordine della liberazione del buon Gordon e chiese un appuntamento per l'indomani. Così, ad ogni azione onesta e generosa che ella faceva, il suo disonore ne era il prezzo. Considerava con esecrazione l'uso di vendere la felicità e l'infelicità degli uomini. Dette l'ordine di scarcerazione al suo amante, rifiutò l'appuntamento con un benefattore che non poteva più vedere senza soffocare di dolore e di vergogna. L'Ingenuo, che non poteva più separarsi da lei se non per andare a liberare un amico, vi andò di corsa. Compì questo dovere riflettendo sugli strani avvenimenti di questo mondo, e ammirando la coraggiosa virtù di una fanciulla cui due sventurati dovevano più della vita.

XIX · L'INGENUO, LA BELLA ST-YVES E I LORO PARENTI SONO RIUNITI

La generosa e rispettabile infedele era con suo fratello, l'abate di St-Yves, il buon priore della Montagna e la signorina di Kerkabon. Tutti erano ugualmente stupiti, ma le loro situazioni e i loro sentimenti erano ben diversi. L'abate di St-Yves piangeva i suoi torti ai piedi della sorella, che lo perdonava. Il priore e la sua tenera sorella piangevano anche loro, ma di gioia. Il malvagio balivo e il suo insopportabile figliolo non turbavano affatto questa scena toccante: erano partiti alle prime voci della scarcerazione del loro nemico; correvano a seppellire in provincia la loro idiozia e la loro paura.

I quattro personaggi, agitati da cento passioni diverse, aspettavano che il giovane tornasse con l'amico che doveva liberare. L'abate di St-Yves non osava alzare gli occhi davanti a sua sorella; la buona Kerkabon diceva: « Finalmente rivedrò il mio caro nipote. » « Lo rivedrete, » disse l'affascinante St-Yves, « ma non è più lo stesso; il suo contegno, il suo tono, le sue idee, il suo spirito, tutto è cambiato; è diventato tanto rispettabile quanto prima era ingenuo ed estraneo a tutto. Sarà l'onore e la consolazione della vostra famiglia; ma io non lo sarò affatto della mia! » « Anche voi non siete più la stessa, » disse il priore; « che vi è successo che ha prodotto in voi un così gran cambiamento? »

Nel bel mezzo di questa conversazione arriva l'Ingenuo, che tiene per mano il suo giansenista. La scena allora si rinnovò e divenne più interessante. Cominciò con i teneri abbracci dello zio e della zia. L'abate di St-Yves si metteva quasi in ginocchio davanti all'Ingenuo, che non era più *ingenuo*. I due amanti si parlavano con gli occhi che esprimevano tutti i sentimenti di cui traboccavano. Si vedevano scintillare la soddisfazione e la riconoscenza, sulla fronte dell'uno; l'imbarazzo era dipinto negli occhi teneri e un po' sconvolti dell'altra. Tutti si stupivano che in lei si mescolasse il dolore a una gioia così grande.

Il vecchio Gordon divenne subito caro a tutta la famiglia. Era stato accomunato nell'infelicità al giovane prigioniero, e ciò era già un gran titolo. Doveva la sua liberazione ai due amanti, e questo bastava a riconciliarlo coll'amore; l'asprezza delle sue antiche opinioni aveva lasciato il suo cuore; era diventato anche lui un uomo, come l'Urone. Ognuno raccontò le sue avventure prima di cena. I due abati, la zia, ascoltavano come bambini che sentono le storie dei fantasmi, e come uomini che s'interessavano tutti a tanti disastri. « Ohimè! » disse Gordon, « ci sono più di cinquecento persone virtuose che si trovano in questo momento nelle medesime catene che la signorina di St-Yves ha spezzato: le loro sventure sono sconosciute. Si trovano sempre tante mani pronte a colpire la massa dei disgraziati, ma raramente una mano che porti soccorso. » Questa riflessione così vera aumentava la sua sensibilità e la sua riconoscenza; tutto raddoppiava il trionfo della bella St-Yves; si ammiravano la grandezza e la fermezza del suo animo. L'ammirazione era unita a quel rispetto che sentiamo, nostro malgrado, per una persona di cui si crede che abbia credito a corte. L'abate di St-Yves diceva ogni tanto: « Ma come avrà fatto mia sorella per ottenere ascolto così presto? »

Stavano per mettersi a tavola, di buon'ora, quando ecco che arriva la buona amica di Versailles che non sapeva nulla di ciò che era successo; era in carrozza a sei cavalli, e si può facilmente intuire a chi appartenesse l'equipaggiamento. Entrò con quel fare imponente da persona di corte che ha grandi affari, salutò con un cenno leggero la compagnia e, traendo in disparte la St-Yves: « Perché vi fate tanto aspettare? Seguitemi; eccovi i diamanti che avevate dimenticato. » Non poté parlare tanto basso da non farsi intendere dall'Ingenuo; egli vide i diamanti; il fratello ne fu interdetto; lo zio e la zia non provarono che la sorpresa della brava gente che non ha mai visto in vita sua tanta magnificenza. Il giovane, che si era formato in un anno di riflessioni, rifletteva appunto, suo malgrado, e parve turbato un momento. La sua amante se ne accorse; un pallore mortale le sbiancò il viso, fu presa da un fremito, si sostenne appena. « Ah, signora, » disse alla fatale amica, « mi avete perduta! Mi portate la morte! » Queste parole ferirono il cuore dell'Ingenuo; ma aveva imparato a padroneggiarsi; fece finta di non averle notate, per paura di inquietare la sua amante davanti al fratello; ma impallidì come lei.

La St-Yves, terrorizzata dall'alterazione che aveva letto sul viso dell'amante, trascina quella donna fuori della stanza in un corridoio, e getta a terra i diamanti davanti a lei. « Non sono questi che mi hanno sedotta, lo sapete bene; ma colui che me li ha dati non mi rivedrà mai più. » L'amica li raccolse, e la St-Yves aggiunse: « Ch'egli li riprenda, o ne faccia dono a voi; andatevene, non fatemi avere ancor più vergogna di me stessa. » Finalmente l'ambasciatrice se ne andò, senza poter capire i rimorsi di cui era stata testimone.

La bella St-Yves, oppressa, fisicamente sconvolta da una specie di rivolgimento che le toglieva il respiro, fu costretta a mettersi a letto; ma per non allarmare nessuno non parlò affatto di ciò che soffriva e, portando a pretesto solo la stanchezza, chiese il permesso di prendersi un po' di riposo; ma questo, non prima di aver rassicurato la compagnia con parole consolanti e lusinghiere, e aver gettato sul suo amante sguardi che portavano il fuoco nel suo animo.

La cena, senza la sua presenza che l'animasse, fu triste all'inizio, ma di quella tristezza interessante che fa sorgere conversazioni piacevoli e utili, così superiori alla frivola gioia che si cerca e che di solito è solo rumore importuno.

Gordon fece in poche parole la storia del giansenismo e del molinismo, delle persecuzioni con le quali un partito opprimeva l'altro, e della ostinazione di tutti e due. L'Ingenuo ne fece la critica e compiangeva gli uomini che, non contenti di tante discordie accese dai contrasti di interesse, si creano nuovi mali per interessi chimerici e per assurdità inintelligibili. Gordon raccontava, l'altro giudicava; i convitati ascoltavano con emozione e acquistavano nuovi lumi. Si parlò della lunghezza delle nostre sventure e della brevità della vita. Si notò che ogni professione ha un qualche vizio o pericolo che le è proprio e che, dal principe fino all'ultimo dei mendicanti, tutto sembra accusare la natura. Come mai si trovano tanti uomini che, per poco denaro, si fanno i persecutori, i sicari, i boia di altri uomini? Con quale inumana indifferenza un uomo dotato di potere firma la distruzione di una famiglia e con quale gioia più barbara dei mercenari eseguono la condanna!

« Ho visto nella mia gioventù, » disse il buon Gordon, « un parente del maresciallo di Marillac che, essendo perseguitato nella sua provincia a causa di quell'illustre sventurato, si nascondeva a Parigi sotto falso nome. Era un vegliardo di settantadue anni. Sua moglie, che l'accompagnava, aveva press'a poco la stessa età. Avevano avuto un figlio libertino che, a quattordici anni, era scappato dalla casa paterna; divenuto soldato, poi disertore, era passato per tutti i gradi della depravazione e della miseria; alla fine, avendo preso un nome falso, era entrato nelle guardie del cardinale Richelieu (giacché questo prete, come il Mazarino, aveva delle guardie); aveva ottenuto un posto di ufficiale di polizia in quella compagnia di sicari. Questo avventuriero fu incaricato di arrestare il vegliardo e la sua sposa, e portò a termine il suo compito con tutta la durezza di un uomo che voleva solo far piacere al suo padrone. Mentre li conduceva, udì le due vittime deplorare la lunga sequenza di sventure che avevano provato fin dalla culla. Il padre e la madre contavano tra le loro maggiori disgrazie gli errori e la perdita del figlio. Egli li riconobbe, ma non per questo mancò di condurli in prigione, assicurando loro che Sua Eminenza doveva essere servita prima di tutto. Sua Eminenza ricompensò il suo zelo.

« Ho visto una spia del padre La Chaise tradire il proprio fratello, nella speranza di un piccolo beneficio, che del resto non ebbe affatto; e l'ho visto morire, non di rimorso, ma di dolore per essere stato ingannato dal gesuita.

« La professione di confessore, che ho a lungo esercitato, mi ha fatto conoscere i segreti delle famiglie; non ne ho mai viste che non fossero immerse nell'amarezza, mentre dal di fuori, coperte da una maschera di felicità, parevano navigare nel benessere, e ho sempre notato che i grandi dolori erano sempre frutto della nostra cupidigia sfrenata. »

« Quanto a me, » disse l'Ingenuo, « penso che un'anima nobile, riconoscente e sensibile, può vivere felice; e conto di gioire di una felicità senza ombre con la bella e generosa St-Yves. Perché mi lusingo, » aggiunse rivolto verso il fratello con un sorriso di amicizia, « che non mi rifiuterete, come l'anno scorso, e che quanto a me mi comporterò in maniera più decorosa. » L'abate si sprofondò in scuse per il passato e in proteste di affetto eterno.

La zio Kerkabon disse che sarebbe stato il più bel giorno della sua vita. La buona zia, estasiandosi e piangendo di gioia, esclamò: « Ve l'avevo detto che non sareste mai diventato suddiacono; questo sacramento è meglio di quell'altro; fosse piaciuto a Dio che anch'io ne fossi stata onorata! Ma vi farò da madre. » Allora fu una gara a chi lodava di più la tenera St-Yves.

Il suo amante aveva il cuore troppo colmo per ciò che aveva fatto per lui, l'amava troppo perché l'avventura dei diamanti avesse fatto sul suo cuore un'impressione dominante. Ma queste parole che aveva udito troppo bene: *voi mi date la morte*, lo spaventavano ancora in segreto e corrompevano tutta la sua gioia, mentre gli elogi della bella amante aumentavano ancora il suo amore. Insomma, ci si occupava soltanto di lei; si parlava della felicità che i due amanti meritavano; si prendevano accordi per vivere tutti insieme a Parigi, si facevano progetti di ricchezza e di grandezza, ci si abbandonava a tutte quelle speranze che un barlume di felicità fa nascere così facilmente. Ma l'Ingenuo, nel fondo del cuore, provava un sentimento segreto che respingeva queste illusioni. Rileggeva le promesse firmate St-Pouange, e i certificati firmati Louvois; gli furono dipinti questi due uomini come erano in effetti, o erano creduti essere. Ognuno parlò dei ministri e del ministero con quella libertà con cui si parla a tavola e che è considerata in Francia come la più preziosa libertà che si possa godere sulla terra.

« Se fossi re di Francia, » disse l'Ingenuo, « ecco il ministro della guerra che sceglierei: vorrei un uomo di nascita nobilissima, per la ragione che dà ordini alla nobiltà. Esigerei che fosse stato egli stesso ufficiale, che fosse passato per tutti i gradi, che fosse diventato almeno luogotenente generale degli eserciti, e degno di essere maresciallo di Francia; non è infatti necessario che abbia servito per conoscere meglio i dettagli del servizio? E gli ufficiali non obbediranno forse con un entusiasmo cento volte maggiore ad un uomo di guerra che avrà dato prova come loro del suo coraggio, piuttosto che a un burocrate che, per quanto possa essere intelligente, può al massimo indovinare le operazioni di una campagna? Non mi dispiacerebbe che il mio ministro fosse generoso, anche se questo mettesse talvolta in imbarazzo il custode delle finanze reali. Mi piacerebbe che avesse un lavoro facile e che anzi si distinguesse per quella gaiezza di spirito, appannaggio degli uomini superiori agli affari, che piace tanto alla nazione, e che rende tutti i doveri meno penosi. »[1] Desiderava che un ministro avesse questo carattere perché aveva sempre notato che il buonumore è incompatibile con la crudeltà.

Monsignor di Louvois non sarebbe forse stato contento dei desideri dell'Ingenuo: aveva infatti un'altra sorta di meriti.

Ma mentre si era a tavola, la malattia della povera ragazza prendeva un carattere maligno; il sangue si era acceso e si era scatenata una febbre divorante; ella soffriva e non si lamentava, attenta a non turbare la gioia dei convitati.

Suo fratello, sapendo che non dormiva, andò al suo capezzale; fu sorpreso nel vedere lo stato in cui si trovava. Tutti accorsero; l'amante si presentò al seguito del fratello. Era senza dubbio il più allarmato e il più commosso di tutti; ma aveva imparato ad unire la discrezione a tutti i felici

1 Ritratto che si applica alla figura di Choisel.

doni che la natura gli aveva prodigato, e il sentimento immediato della convenienza cominciava a dominare in lui.

Si fece venire subito un medico del vicinato. Era uno di quelli che visitano i loro malati di corsa, che confondono la malattia che hanno appena visto con quella che hanno sotto gli occhi, che mettono una pratica cieca in una scienza alla quale tutta la maturità di un discernimento sano e frutto di riflessione non toglie mai, tuttavia, un margine di incertezza e di rischio. Peggiorò il male per la sua precipitazione nel prescrivere un rimedio allora di moda. La moda fin nella medicina! Era una mania anche troppo diffusa a Parigi.

La triste St-Yves contribuiva ancor più del medico a rendere la sua malattia pericolosa. Era l'anima che uccideva il corpo. La folla di pensieri che l'agitavano portava nelle sue vene un veleno più pericoloso di quello della febbre più bruciante.

XX · LA BELLA ST-YVES MUORE E QUELLO CHE AVVIENE IN SEGUITO

Fu chiamato un altro medico: questi, invece di aiutare la natura e di lasciarla agire in un giovane corpo in cui tutti gli organi si aggrappavano alla vita, si occupò solo di contraddire il suo collega. La malattia divenne mortale entro due giorni. Il cervello, che è creduto essere la sede dell'intelletto, fu attaccato violentemente come il cuore, che si dice sia la sede delle passioni.

Quale meccanica incomprensibile ha sottomesso gli organi al sentimento e al pensiero? Come mai una sola idea dolorosa disturba la circolazione del sangue e come mai il sangue, a sua volta, porta delle irregolarità nell'intelletto umano? Qual è il fluido sconosciuto la cui esistenza è certa e che, più rapido e più attivo della luce, vola in meno di un batter d'occhio in tutti i canali della vita, produce le sensazioni, la memoria, la tristezza e la gioia, la ragione o la vertigine, riporta con orrore al ricordo ciò che si voleva dimenticare, e fa di un animale pensante un oggetto di ammirazione o un motivo di pietà e di lacrime?

Tutto questo diceva a se stesso il buon Gordon; e questa riflessione così naturale, che gli uomini fanno raramente, non toglieva niente alla sua commozione; infatti non era di quegli sciagurati filosofi che si sforzano di essere insensibili. Era toccato dalla sorte della giovane; come un padre che vede morire lentamente il suo figlio adorato.

L'abate di St-Yves era disperato, il priore e sua sorella versavano fiumi di lacrime. Ma chi potrebbe descrivere lo stato del suo amante? Nessuna lingua ha espressioni capaci di dire l'enormità del suo dolore; le lingue sono troppo imperfette.

La zia, quasi senza vita, reggeva la testa della morente con le sue deboli braccia, suo fratello era in ginocchio ai piedi del letto. L'amante le stringeva la mano che bagnava di pianto e singhiozzava; la chiamava mia benefattrice, mia speranza, mia vita, mia metà, mia amante, mia sposa. Alla parola *sposa* ella sospirò, lo guardò con tenerezza inesprimibile e subito dopo gettò un grido d'orrore; poi, in uno di quegli intervalli in cui l'oppressione e l'abbattimento dei sensi, le sofferenze per un poco sospese lasciavano all'anima la sua libertà e la sua forza, gridò: « Io, vostra sposa! Ah! Amante caro, questo nome, questa felicità, questo premio, non erano fatti per me. Muoio e lo merito. O dio del mio cuore! O voi che ho sacrificato ai demoni infernali, è fatta, sono punita; vivete felici. » Queste parole tenere e terribili non potevano essere comprese, ma portavano in tutti i cuori lo sgomento e la commozione; ella ebbe il coraggio di spiegarsi. Ogni parola fece fremere di sbigottimento, di dolore e di pietà tutti gli astanti. Tutti erano concordi nel detestare l'uomo potente che aveva riparato un'orribile ingiustizia commettendo un crimine maggiore e che aveva costretto la più rispettabile innocenza a farsi sua complice.

« Chi, voi colpevole! » le disse l'amante, « no, non lo siete; la colpa non può essere che nel cuore, e il vostro è della virtù e mio. »

Confermava questo sentimento con parole che sembravano riportare in vita la bella St-Yves. Ella si sentiva consolata e si stupiva di essere amata ancora. Il vecchio Gordon l'avrebbe condannata al tempo in cui non era che giansenista; ma, essendo divenuto saggio, la stimava e piangeva.

In mezzo a questa scena di lacrime e timori, mentre il pericolo che correva questa fanciulla così cara rattristava tutti i cuori, mentre tutto era costernazione, viene annunciato un corriere di corte. Un corriere! e di chi? e perché? Era da parte del confessore del re per il priore della Montagna; non era il padre La Chaise che scriveva, ma frate Vadbled, suo cameriere, uomo a quel tempo molto importante, che mandava agli arcivescovi le volontà del reverendo padre, che dava udienza, che prometteva benefici, che faceva talvolta spedire mandati d'arresto. Scrisse all'abate della Montagna *che sua Riverenza era informata delle avventure di suo nipote, che la sua prigionia era stata solo un malinteso, che queste piccole disgrazie avvengono di frequente, che non bisognava prestarvi troppa attenzione, e che infine era conveniente che lui, il priore, venisse a presentargli suo nipote l'indomani, che doveva condurre con sé quella brava persona di Gordon, e che lui, frate Vadbled, li avrebbe introdotti al cospetto di sua Riverenza e di Monsignor di Louvois, che avrebbe detto loro due parole nell'anticamera.*

Aggiungeva che la storia dell'Ingenuo e il suo combattimento contro gl'Inglesi erano stati raccontati al re, che certamente il re si sarebbe degnato di notarlo al suo passaggio nella galleria, e forse gli avrebbe fatto perfino un cenno col capo. La lettera terminava con la speranza, mediante la quale lo si voleva lusingare, che tutte le dame di corte si sarebbero fatte premura di introdurre suo nipote nelle loro stanze, che molte di loro gli avrebbero detto: « Buongiorno, signor Ingenuo »; e che certamente si sarebbe parlato di lui alla cena del re. La lettera era firmata: *Vostro affezionato Vadbled, frate gesuita.*

Il priore aveva letto la lettera ad alta voce; suo nipote, furioso, ma padroneggiando un momento la sua collera, non disse niente al portatore; ma, volgendosi verso il suo compagno di sventure gli domandò che cosa pensasse di quello stile. Gordon gli rispose: « È così dunque che si trattano gli uomini come fossero scimmie! Prima si picchiano, poi si fanno ballare. » L'Ingenuo, ripreso il suo carattere, che torna sempre a galla nei grandi movimenti dell'animo, strappò la lettera in mille pezzi e li gettò sul viso del corriere: « Ecco la mia risposta. » Suo zio, spaventato, credette di vedere la folgore e venti mandati di cattura piombargli addosso. Andò di corsa a scrivere per scusarsi, come poté, per quello che gli sembrava la perdita di controllo di un giovane, e che era invece lo slancio di una grande anima.

Ma cure più dolorose occupavano tutti i cuori. La bella e sfortunata St-Yves sentiva già la fine avvicinarsi; era calma, ma di quella calma terribile della natura accasciata che non ha più forze per combattere: « Mio caro amante! » disse con la voce che le tremava, « la morte mi punisce della mia debolezza; ma spiro con la consolazione di sapervi libero. Vi ho adorato tradendovi, vi adoro dandovi l'addio eterno. »

Non affettava una vana fermezza; non concepiva quella miserabile gloria che consiste nel poter far dire a qualche vicino: « È morta con coraggio. » Chi può perdere a vent'anni il suo amante, la vita, e ciò che vien chiamato *onore*, senza rimpianti e senza strazio? Sentiva tutto l'orrore del suo stato e lo faceva sentire con quelle parole e quegli sguardi morenti che parlano così imperiosamente. Insomma, piangeva come gli altri nei momenti in cui aveva la forza di piangere.

Altri cerchino di lodare le morti fastose di coloro che entrano nella distruzione con insensibilità: è la sorte di tutti gli animali. Noi non moriamo come loro con indifferenza se non quando l'età o la malattia ci rendono simili a loro per la stupidità dei nostri organi. Chiunque subisce una gran perdita ha grandi rimpianti; se li soffoca è perché porta la vanità fin nelle braccia della morte.

Quando il momento fatale fu giunto, tutti gli astanti sparsero lacrime e gemiti. L'Ingenuo perse l'uso dei sensi. Le anime forti hanno sentimenti più violenti delle altre quando sono tenere. Il buon Gordon lo conosceva abbastanza da temere che tornato in sé si desse la morte. Furono allontanate tutte le armi; lo sventurato giovane se ne accorse; disse ai suoi parenti e a Gordon, senza pianti e senza gemiti, senza commuoversi: « Pensate forse che ci sia qualcuno sulla terra che abbia il diritto e il potere di impedirmi di uccidermi? » Gordon si guardò bene dallo sciorinargli quei fastidiosi luoghi comuni con i quali si tenta di dimostrare che non è permesso usare la propria libertà per cessare di essere quando si sta orribilmente male, che non bisogna uscire dalla propria casa quando non ci si può più vivere, che l'uomo è sulla terra come un soldato al suo posto di combattimento: come se importasse qualcosa, all'Essere degli esseri, che l'aggregato di qualche parte di materia si trovi in un posto invece che in un altro; ragioni impotenti che una disperazione ferma e ragionata disdegna di ascoltare e alle quali Catone rispose con un colpo di pugnale.

Il tetro e terribile silenzio dell'Ingenuo, i suoi occhi cupi, le labbra tremanti, i fremiti del suo corpo, portavano nell'anima di tutti quelli che lo guardavano quel miscuglio di compassione e di spavento che incatena tutte le potenze dell'anima, che esclude ogni discorso, e che si manifesta solo con parole rotte. L'ostessa e la sua famiglia erano accorsi; tutti avevano paura della disperazione dell'Ingenuo, lo sorvegliavano a vista, osservavano tutti i suoi movimenti. Già il corpo freddo della bella St-Yves era stato portato in una sala in basso, lontano dagli occhi del suo amante, che sembrava cercarla ancora, benché fosse in uno stato tale da non poter vedere nulla.

In mezzo a questo spettacolo di morte, mentre il corpo era esposto alla porta della casa e due preti ai lati di un'acquasantiera recitavano delle preghiere con aria distratta, mentre dei passanti gettavano qualche goccia d'acqua benedetta sulla bara perché non avevano di meglio da fare, altri proseguivano il loro cammino con indifferenza, i parenti piangevano e l'amante era sul punto di togliersi la vita, ecco che arriva il St-Pouange con l'amica di Versailles.

Il suo capriccio, essendo stato soddisfatto una volta sola, si era trasformato in amore. Il rifiuto dei suoi doni lo aveva irritato. Al padre La Chaise non sarebbe mai venuto in mente di andare in quella casa; ma St-Pouange, che aveva tutti i giorni davanti agli occhi l'immagine della bella St-Yves, che bruciava dalla voglia di soddisfare una passione che, per una volta che era stata appagata, aveva affondato nel suo cuore il pungolo del desiderio, non esitò a venire a cercare di persona colei che forse non avrebbe voluto vedere tre volte se fosse venuta spontaneamente.

Scende dalla carrozza; la prima cosa che si presenta ai suoi occhi è una bara; distoglie lo sguardo con quel sentimento di disgusto da uomo che vive in mezzo ai piaceri e pensa che gli dovrebbe essere risparmiato qualunque spettacolo capace di riportarlo alla contemplazione della miseria umana. Fa per salire. La donna di Versailles domanda per curiosità chi è la persona che stanno per seppellire; viene pronunciato il nome della signorina di St-Yves. A quel nome ella impallidisce e dà in un grido; St-Pouange si volta; sorpresa e dolore riempiono il suo amico. Il buon Gordon era là, cogli occhi pieni di lacrime. Interrompe le sue tristi preghiere per mettere al corrente l'uomo di corte di tutta quella orribile catastrofe. Gli parla con quell'autorità che conferiscono il dolore e la virtù. St-Pouange non era affatto cattivo di natura; la corrente degli affari e dei divertimenti aveva trascinato il suo animo, che non si conosceva ancora. Non era prossimo alla vecchiaia che indurisce i cuori dei ministri; ascoltava Gordon cogli occhi bassi e ne asciugava qualche lacrima che era stupito di versare: conobbe il pentimento.

« Voglio vedere assolutamente, » disse, « quell'uomo straordinario di cui mi avete parlato; mi fa compassione quasi quanto la vittima innocente della quale ho causato la morte. » Gordon lo segue fino alla camera in cui il priore, la Kerkabon, l'abate di St-Yves e qualche vicino cercavano di riportare in vita il giovane che era di nuovo svenuto.

« Io ho fatto la vostra sciagura, » gli disse il viceministro; « impiegherò il resto dei miei giorni a riparare. » Il primo impulso che venne all'Ingenuo fu di ammazzarlo e uccidersi. Era fuori di sé; ma era senza armi e sorvegliato da vicino. St-Pouange non si scoraggiò affatto dei rifiuti accompagnati da rimproveri, del disprezzo e dell'orrore che aveva meritato e che gli prodigarono. Il tempo addolcisce tutto. Monsignor di Louvois riuscì infine a fare dell'Ingenuo un eccellente ufficiale; come tale è apparso sotto falso nome a Parigi e negli eserciti, con l'approvazione di tutta la gente dabbene, ed è stato insieme guerriero e filosofo intrepido.

Non parlava mai di quest'avventura senza commuoversi; tuttavia la sua consolazione era nel parlarne. Venerò la memoria della tenera St-Yves fino all'ultimo momento della sua vita. L'abate di St-Yves e il priore ebbero ciascuno un buon beneficio; la buona Kerkabon fu più contenta di vedere il proprio nipote negli onori militari che nel suddiaconato. La devota di Versailles si tenne gli orecchini di diamante e ricevette in più un bel regalo. Il padre Tutto-a-tutti ebbe delle scatole di cioccolata, di caffè, di zucchero candito, di limoni confettati, con le *Meditazioni del Reverendo padre Croiset* [1] e *Il Fiore dei santi* rilegati in marocchino. Il buon Gordon visse con l'Ingenuo fino alla morte nella più intima amicizia; ebbe anche lui un beneficio e dimenticò per sempre la grazia efficiente e il concorso concomitante. Prese come motto: *Il male serve a qualcosa.* Ma quanta gente onesta al mondo ha potuto dire: *il male non serve a niente.*

1 Autore di numerose raccolte di meditazioni; *Il Fiore dei santi*, raccolta del Padre Ribadeneira, 1610.

INDICE

Voltaire: la vita · profilo storico-critico dell'autore e dell'opera · guida bibliografica V

CANDIDO 1

ZADIG O DEL DESTINO 97

MICROMEGA 169

L'INGENUO 191

Letteratura greca

Aristofane	*Gli Acarnesi - Le Nuvole - Le Vespe - Gli Uccelli*
Aristofane	*Pace* ◫
Aristofane	*Pluto* ◫
Aristofane	*Le Vespe - Gli Uccelli* ◫
Callimaco	*Inni - Chioma di Berenice* ◫
Demostene	*Filippiche* ◫
Epitteto	*Manuale* ◫
Erodoto	*Le Storie: Libri I-II. Lidi - Persiani - Egizi* ◫
Erodoto	*Le Storie: Libri III-IV. L'impero persiano* ◫
Erodoto	*Le Storie: Libri V-VI-VII. I Persiani contro i Greci* ◫
Erodoto	*Le Storie: Libri VIII-IX. La vittoria della Grecia* ◫
Eschilo	*Orestea* ◫
Eschilo	*Prometeo incatenato - I Persiani - I sette contro Tebe - Le supplici* ◫
Esiodo	*Opere e giorni* ◫
Euripide	*Alcesti - Ciclope* ◫
Euripide	*Andromaca - Troiane* ◫
Euripide	*Ecuba - Elettra* ◫
Euripide	*Elena - Ione* ◫
Euripide	*Eracle* ◫
Euripide	*Eraclidi - Supplici* ◫
Euripide	*Fenicie* ◫
Euripide	*Ifigenia in Tauride - Baccanti* ◫
Euripide	*Medea - Ippolito* ◫
Euripide	*Oreste - Ifigenia in Aulide* ◫
—	*Lirici greci* ◫
Longo Sofista	*Le avventure pastorali di Dafni e Cloe* ◫
Luciano	*Racconti fantastici* ◫
Marco Aurelio	*A se stesso (pensieri)* ◫
Omero	*Iliade*
Omero	*Odissea*
Pindaro	*Olimpiche* ◫
Platone	*Apologia di Socrate - Critone* ◫
Platone	*Convito* ◫
Platone	*Fedone* ◫
Plutarco	*Vita di Coriolano - Vita di Alcibiade* ◫
Plutarco	*Vita di Demostene - Vita di Cicerone* ◫
Porfirio	*Sentenze* ◫
Procopio	*Carte segrete* ◫
Senofonte	*Anabasi* ◫
Sofocle	*Aiace - Elettra - Trachinie - Filottete* ◫
Sofocle	*Edipo re - Edipo a Colono - Antigone* ◫
Teocrito	*Idilli* ◫
Teofrasto	*Caratteri* ◫
Tucidide	*La guerra del Peloponneso*

Letteratura francese

Alain-Fournier	*Il grande Meaulnes*
Apollinaire	*L'Eresiarca & C.* (2)
Balzac	*Addio - Il figlio maledetto - El Verdugo*
Balzac	*Il colonnello Chabert - Un episodio durante il Terrore*
Balzac	*La cugina Bette*
Balzac	*Il cugino Pons*
Balzac	*Eugénie Grandet*
Balzac	*Illusioni perdute*
Balzac	*Gli impiegati*
Balzac	*Il medico di campagna*
Balzac	*Papà Goriot*
Balzac	*La pelle di zigrino*
Balzac	*La ricerca dell'assoluto*
Balzac	*Sarrasine*
Balzac	*Splendori e miserie delle cortigiane*
Balzac	*Storia dei Tredici*
Balzac	*Studio di donna - Il messaggio - La donna abbandonata*
Baudelaire	*I fiori del male* ◫
Baudelaire	*Paradisi artificiali* ◫
Baudelaire	*Lo spleen di Parigi* ◫
Bertrand	*Gaspard de la Nuit*
Chateaubriand	*Atala - René*
Constant	*Adolphe*
Corneille	*Il Cid*
Daudet	*Lettere dal mio mulino*
Diderot	*La monaca*
Diderot	*Il nipote di Rameau - Jacques il fatalista*
Diderot	*Teatro*
Flaubert	*Bouvard e Pécuchet*
Flaubert	*L'educazione sentimentale*
Flaubert	*Madame Bovary*
Flaubert	*Salambò*
Flaubert	*Tre racconti*
Gautier	*Mademoiselle de Maupin*
Gautier	*Racconti fantastici*
Gide	*L'immoralista - La porta stretta*
Gide	*Isabelle - La sinfonia pastorale*
Gide	*Paludi - I nutrimenti terrestri*
Goncourt	*Diario*
Holbach	*Il buon senso*
Hugo	*Ernani - Il re si diverte - Ruy Blas*
Hugo	*I miserabili*
Hugo	*Notre-Dame de Paris*
Hugo	*L'uomo che ride*
Huysmans	*Controcorrente* (3)
Laclos	*Le relazioni pericolose*
La Fayette	*La principessa di Clèves*
Laforgue	*Moralità leggendarie*
Lamartine	*Graziella*
Lautréamont	*I canti di Maldoror - Poesie - Lettere* ◫
Lesage	*Storia di Gil Blas di Santillana*
Mallarmé	*Poesie e prose* ◫

Marivaux	*Il gioco dell'amore e del caso - Le false confidenze* ◫
Maupassant	*Bel-Ami*
Maupassant	*Forte come la morte*
Maupassant	*Pierre e Jean*
Maupassant	*Racconti e novelle*
Maupassant	*Una vita*
Mérimée	*Carmen - Colomba*
Molière	*L'avaro* ◫
Molière	*Il borghese gentiluomo* ◫
Molière	*Don Giovanni o il Convito di pietra* ◫
Molière	*George Dandin ovvero il Marito umiliato* ◫
Molière	*Il malato immaginario* ◫
Molière	*La scuola dei mariti* ◫
Molière	*La scuola delle mogli - La critica della Scuola delle mogli* ◫
Molière	*Il Tartufo - Il misantropo* ◫
Musset	*Le confessioni di un figlio del secolo*
Nerval	*Le figlie del fuoco - La Pandora - Aurelia*
Nodier	*I demoni della notte e altri racconti*
Pascal	*Pensieri*
Philippe	*Bubu di Montparnasse - Croquignole*
Prévost	*Manon Lescaut*
Proust	*Un amore di Swann*
Racine	*Britannico - Bajazet - Atalia* ◫
Racine	*Fedra* (4) ◫
Radiguet	*Il diavolo in corpo - Il ballo del conte d'Orgel*
Renard	*Pel di carota - Storie naturali*
Rimbaud	*Opere in versi e in prosa* ◫
—	*Romanzi medievali d'amore e d'avventura*
Rousseau	*Le confessioni*
Saint-Simon	*Il Re Sole*
Stendhal	*Armance*
Stendhal	*La Certosa di Parma*
Stendhal	*Cronache romane*
Stendhal	*Dell'amore*
Stendhal	*Ricordi di egotismo*
Stendhal	*Il rosso e il nero*
Stendhal	*Vita di Henry Brulard*
Stendhal	*Vita di Napoleone*
Thomas	*Tristano e Isotta*
Verlaine	*Poesie* ◫
Verne	*Ventimila leghe sotto i mari*
Vigny	*Poemi antichi e moderni - I destini* ◫
Voltaire	*Candido - Zadig - Micromega - L'ingenuo*
Voltaire	*Dizionario filosofico*
Zola	*L'Assommoir*
Zola	*La conquista di Plassans*
Zola	*La fortuna dei Rougon*
Zola	*L'opera*
Zola	*Teresa Raquin*
Zola	*Il ventre di Parigi*

Letteratura tedesca

Büchner	*Woyzeck* ◫
Chamisso	*Storia straordinaria di Peter Schlemihl*
Fontane	*Cécile* (9)
Fontane	*Effi Briest*
Fontane	*Il signore di Stechlin*
Goethe	*Le affinità elettive*
Goethe	*Ballate* ◫
Goethe	*I dolori del giovane Werther*
Goethe	*Faust - Urfaust* ◫
Goethe	*Ifigenia in Tauride* ◫
Goethe	*La vocazione teatrale di Wilhelm Meister*
Heine	*Idee - Il libro Le Grand* ◫
Hoffmann	*La principessa Brambilla - Mastro Pulce*
Hoffmann	*Il vaso d'oro e altri racconti*
Hofmannsthal	*Elettra* ◫
Hölderlin	*La morte di Empedocle* (2)
Kafka	*America*
Kafka	*Il castello*
Kafka	*La metamorfosi e altri racconti*
Kafka	*Il processo*
Kleist	*La brocca rotta - Anfitrione - Il principe di Homburg*
Kleist	*I racconti*
Klingemann	*Le veglie di Bonaventura* (2)
Lessing	*Nathan il Saggio* ◫
Mann	*Altezza Reale* (1)
Mann	*I Buddenbrook*
Mann	*Tonio Kröger - La morte a Venezia - Cane e padrone*
Musil	*Il giovane Törless*
Novalis	*Inni alla notte - Canti spirituali*
Rilke	*La felicità bianca e altri racconti* (2)
Rilke	*I quaderni di Malte Laurids Brigge*
Rilke	*I sonetti a Orfeo* ◫
Rosvita	*Dialoghi drammatici* ◫
Schiller	*I masnadieri - Don Carlos Maria Stuarda*
Schiller	*Wallenstein* ◫
Spies	*Storia del dottor Faust, ben noto mago e negromante*
Storm	*Novelle*
Trakl	*Le poesie* ◫

I titoli contrassegnati con numero tra parentesi sono pubblicati su licenza degli Editori:

(1) Mursia
(2) Guanda
(3) Scheiwiller
(4) Mondadori
(5) Longanesi
(6) TEA
(7) Città Nuova Editrice
(8) UTET
(9) Ponte alle Grazie
(10) Zanichelli

◫ Titoli con testo a fronte

Finito di stampare nel mese di aprile 2005
dalla Grafica Veneta S.p.A., Trebaseleghe (PD)